道の万葉集

高岡市万葉歴史館編

笠間書院

道の万葉集　目次

総論——万葉集の「道」 …… 小野　寛　3
一　はじめに—「みち」と「ち」　二　道の隈　三　玉桙の道　四　新墾の今作る道
五　世間の遊びの道　六おわりに

越への道〈近江を含めて〉について …… 佐藤　隆　37
一　越国について　二　近江国〈塩津〉　三　越前国〈松原・可歔流・武生・味真野・深見村〉

東海道をゆく万葉の旅人 …… 影山尚之　69
はじめに　古代の東国観　東国へ通う道　東国に赴く大和の官人たち　むすび

瀬戸内海の道——遣新羅使の歌を中心に—— …… 森　斌　93
はじめに　一　瀬戸内海の津　二　国際港難波津　三　安芸と周防の津　四　船旅と家郷　結び

持統女帝の旅路——行幸と行幸歌—— …… 田中夏陽子　125
一　はじめに　二　持統天皇の経験した行幸・旅　(1)生誕前　(2)孝徳朝　(3)斉明朝〈紀国行幸・西国遠征〉　(4)天智朝〈壬申の乱〉　(5)天武朝〈吉野の盟約〉　三　持統天皇の体験した行幸・旅　(1)吉野行幸　(2)紀伊行幸　(3)伊勢行幸　(4)難波行幸
四　むすび

聖武天皇の行幸と和歌……高松寿夫 169
一 法規からうかがう行幸のあり方 二 聖武即位と行幸讃歌 三 専門歌人の行幸時作歌の種々相 四 行幸における作歌の〈場〉 五 聖武朝の専門歌人、その後
天皇・皇子の葬送の道――天智・高市の殯宮挽歌を中心に――……渡瀬昌忠 201
はじめに 一 天智「大殯の時」の送別歌―「かからむの懐知りせば」・去りゆく「大御船」― 二 海上葬送の船―「大御船取れ」・「大君を島に葬らば」― 三 皇子・王（みこ）葬送の道―〈居所―境界地―殯宮〉 むすび
旅の歌人 高市黒人の道……関隆司 239
一 はじめに 二 摂津への道 三 北陸への道 四 黒人の道
配流された萬葉びと――記録者としての家持――……新谷秀夫 261
はじめに 一 軽太子、伊予へ 二 麻続王、伊勢へ 三 穂積老、佐渡へ 四 石上乙麻呂、土佐へ 五 中臣宅守、越前へ 六 天平の「和歌圏」 七 記録者としての家持 さいごに
大唐への道――山上憶良「在大唐時、憶本郷作歌」の周辺――……藏中進 303
一 第七次（大宝度）遣唐使派遣 二 「日本国使」大唐（周）着岸 三 「日本国使」大陸横断 四 「日本国使」長安入京 五 「日本国使」長安滞在 六 長

安辞去―故国日本へ　七　国号「日本」の定着

歴史地理的に見た「道の万葉集」……………………………………木下　良　345

一　古代の交通制度と道路〈古代の交通制度　日本の古代道路〉　二　畿内と諸道〈西海道を除く〉〈畿内の境界　東海道　東山道　北陸道　山陰道　山陽道　南海道〉　三　西海道の特殊性と大宰府

鑑真入京の道……………………………………………………………川﨑　晃　381

はじめに　一　天平勝宝四年度の遣唐使　二　鑑真の来朝〈(一)　大宰府　(二)　難波〉　三　河内大橋〈(一)　河内国府　(二)　河内大橋〉　四　龍田道

編集後記

執筆者紹介

道の万葉集

総論——万葉集の「道」

小野　寛

一　はじめに——「みち」と「ち」

「みち」ということばの確かな初出は、古事記中巻、応神天皇の歌謡に、

この蟹《かに》や　いづくの蟹　百伝《ももづた》ふ　角鹿《つぬが》の蟹……階《しな》だゆふ　佐佐那美遅《さざなみぢ》を　すくすくと　我が坐《いま》せ
ばや　木幡《こはた》の美知《みち》に　逢はしし娘子《をとめ》…　（記四二）

いざ子ども　野蒜《のびる》摘みに　蒜摘みに　我が行く美知《みち》の　香ぐはし　花橘は…　（記四三）

と、二例がある。「道」の字は同じく古事記上巻、イザナキノ神が黄泉国から脱出して禊祓《みそぎはらい》をする時、帯を解いて投げ棄てたところ、その帯に成った神の名が「道之長乳歯神」とあるのが早い。これはミチノナガチハノカミと訓んでいる。帯からの連想で、道の長道をつかさどる神になったのだろ

う。日本書紀にはその一書に、イザナキの帯から成った神を「長道磐神」とある。ナガチハノカミと訓む。「道」をチという。帯に続いて「褌《はかま》」を投げ棄てたところ、「道俣神」が成ったという。チマタノカミと訓む。これは古事記。日本書紀には「履《くつ》」を投げたら「道敷神」が成った。チシキノカミと訓む。「道」はチと訓む。同じく古事記上巻、海幸山幸の条に、山幸彦である火遠理命《ほをりのみこと》が海神を尋ねるところに、「やや暫《しま》し往《い》でませ。将レ有ニ味御路一」とある。ウマシミチアラムと訓む。「御路」をミチと訓む。ミは神のものにつく接頭語で、チが道の意である。道はチであった。前出の古事記歌謡四二の「佐佐那美遅《さざなみぢ》」の「ぢ」がそれだった。「ささなみ道《ぢ》」であった。しかし「ち」は古事記でも万葉集でも単独で用いられる例はなく、「ささなみぢ」や「ちまた」のように複合語としてしか見られない。「み崎（岬）」「み嶺《ね》（峰）」のように接頭語「み」のついた形の「みち」が普通に用いられるようになった。

「道俣《ちまた》神」の「ちまた」は道が股のように分岐している所の意である。万葉集に七例ある。

橘の影踏む道の八衢《やちまた》に物をそ思ふ妹に逢はずして　（巻二・一二五、三方沙弥《みかたのさみ》）

橘の本に道踏む八衢《やちまた》に物をそ思ふ人に知らえず　（巻六・一〇二七、伝豊島采女《としまのうねめ》作）

「八ちまた」の歌である。後者は宴席で豊島采女の歌として披露されたとあるが、前の三方沙弥の歌によく似ている。豊島采女は故人だったが、生前あちらこちらで三方沙弥の歌を吟誦していたのだろう。「八ちまた」は「ちまた」の道が四方八方から集まっている所で、大勢の人が集まる所である。ここで市が開かれ、ここが男女の密会の場所にもなった。

またこんな歌がある。

海石榴市《つばきち》の八十《やそ》の衢《ちまた》に立ち平《なら》し結びし紐を解《と》かまく惜しも　（巻十二・二九五一）

紫は灰さすものぞ海石榴市《つばきち》の八十《やそ》の衢《ちまた》に逢へる児や誰《たれ》　（巻十二・三一〇一）

「八《や》ちまた」を「八十《やそ》のちまた」ともいう。そこには椿が植えられて、街路樹として日陰を作り、そこで市が開かれた。それを「つばき市」と呼ぶ。そこに男女が行き交い、出会いがあり、新しい恋が生まれる。「八十のちまた」は集中五例あり、その中に柿本人麻呂歌集略体歌（古体歌ともいう）が一首ある。これが最も古い例ということになる。

言霊《ことだまの》　八十衢《やそのちまたに》　夕占問《ゆふけとふ》　占正告《うらまさにのる》　妹相依《いもはあひよらむ》　（巻十一・二五〇六）

（言霊の八十の衢に夕占問ふ占正に告る妹は相寄らむ）

「八十のちまた」は言霊の活動の活潑な所でもあった。夕暮れ時の雑踏は特にその言霊の働きが盛んになると信じられていた。そこで日暮れの辻に出て占いをするのであった。今夜愛人に逢えるかどうか占ったところ、いい占いが出たのである。「道」はそんな所でもあった。「八十のちまた」に「夕占」を問う歌は巻十六にもある（巻十六・三八二一、三八二三）。

古事記の「ささなみ道《ぢ》」は「ささなみ」へ行く道である。「ささなみ」は近江国（滋賀県）の、山城国（京都府）から逢坂峠を越えたあたりから、琵琶湖の東南岸一帯の地の地名である。

古事記中巻、神功皇后の条に、神功皇后の大和入りを邪魔した反逆軍を山城に追い撃って、更に逢坂に追いつめて、沙々那美《ささなみ》の地に敗ったとある。敵は船に乗って湖上に逃げたが、殺された。また日本書紀、大化改新の詔《みことのり》に、新しい地方制度の中に行政区画の定めがあり、畿内を定めて「凡《およ》そ畿内は、東は名張《なばり》（伊賀国）の横河より以来、南は紀伊の兄山《せのやま》より以来、西は明石《あかし》（播磨国）の櫛淵より以来、北は近江の狭々波《ささなみ》の逢坂山より以来を畿内国《うちつくに》とす」とある。万葉集に、

ささなみの大津の宮に（巻一・二九）
ささなみの志賀《しが》の唐崎（同・三〇）
ささなみの故《ふる》き京《みやこ》を（同・三二）

などとある。「ささなみ」はこの地名である。「ささなみ道《ぢ》」とはその地へ行く道であった。

万葉集に「あづまぢ（東国の道）」を筆頭に、国名（あずま、越、筑紫を含む）を言う「道《ぢ》」は次のようにある。

あづまぢ（東道）…巻十四・三四四二、三四七七
淡海路・近江道…巻四・四八七、巻十三・三二四〇、巻十七・三九七八
木路・木道（紀伊道）…巻一・三五、巻四・五四三、巻七・一〇九八
越道・越路…巻三・三一四、巻十九・四二二〇
信濃道…巻十四・三三九九
丹波道…巻十二・三〇七一
筑紫道…巻十二・三二〇六、巻十五・三六三四
土左道…巻六・一〇二二
山背道…巻十三・三三一四
山跡道・日本道・倭道・倭路（大和道）…巻四・五五一、巻六・九六六、九六七、巻十二・三一二八
若狭道…巻四・七三七

これらは例えば、

これやこの大和にしては我が恋ふる木路にありとふ名に負ふ背の山　（巻一・三五）

…天飛ぶや　軽《かる》の道より　玉だすき　畝傍《うねび》を見つつ　あさもよし　木道に入り立ち　真土山《まつちやま》　越ゆらむ君は…　（巻四・五四三）

とあり、三五歌は「紀伊国にある」と同意で、五四三歌は「紀伊へ行く道」の意で、「国名＋道」は
その国内の道の意で用いる場合と、その国へ行く道の場合と両様に用いられる。
次に郡名や郷名などにつく例は次のようにある。
小治田の年魚道《あゆぢ》…巻十三・三二六〇
入間道…巻十四・三三七八
大野道…巻十六・三八八一
巨勢道…巻一・五〇、巻十三・三二五七、三三二〇
佐保道…巻八・一四三二、巻二十・四四七七
志雄道…巻十七・四〇二五
龍田道…巻六・九七一
豊泊瀬道…巻十一・二五一一
難波道…巻二十・四四〇四
奈良道…巻五・八六七、巻十七・三九七三
衾道《ふすまぢ》…巻二・二一二、二一五
松浦道…巻五・八七〇
三宅道…巻十三・三二九六
これらは「〜へ行く道」かと解されているものもあるが、大体は「〜にある道」「〜を通る道」の

意で用いられる。これは「都道」「宮道」も同様である。

志雄道から直越え来れば羽咋《はくひ》の海朝なぎしたり船梶もがも
（巻十七・四〇二五）

は、越中国守大伴家持が春の出挙《すいこ》の政務のために国内全郡を巡行した時の歌であるが、国府のあった高岡市伏木の地から氷見市を経て西へ、臼ヶ峰《うすがみね》を越えて石川県羽咋市の気多大社へ向かう歌である。「志雄」は石川県羽咋郡志雄町にその名を残していたが、最近隣の押水町と合併して宝達志水町となって、「志雄」の町名はなくなってしまった。「志雄道」は「志雄町へ出る道」と説明するものもあるが、これは臼ヶ峰を越えて志雄の地を通る道と解していいだろう。

他に「阿倍の市道《いちぢ》」「天道《あまぢ》」「家道《いへぢ》」「海道《うみぢ》」「山道《やまぢ》」「川道《かはぢ》」など、また「松の下道《したぢ》」「直道《ただぢ》」「長道《ながぢ》」などがあるが、変ったところでは「道の空路《そらぢ》」というのがある。

わたつみの　恐《かしこ》き道を　安けくも　なく悩み来て　今だにも　喪《も》なく行かむと　壱岐《ゆき》の海人《あま》の
秀《ほ》つ手の卜部《うらへ》を　かた焼きて　行かむとするに　夢《いめ》のごと　道の空路に　別れする君
（巻十五・三六九四）

巻十五の遣新羅使人の歌で、途中壱岐《いき》の島で使人の一人雪連宅満《ゆきのむらじやかまろ》が病死した、その挽歌である。

作者は「六鯖《むさば》」とあり、六人部連鯖麻呂《むとべのむらじさばまろ》をさすらしい。恐ろしい海の道を、不安な思いで苦労してやって来て、せめて今からでもあとは無事に行きたいと思い、壱岐の漁師の名人の占いを頼りに行こうとしている時に、夢のように「道の空路」にお別れする君よという。「道の空路」は、「そら」はどちらにもつかない状態をいうとして、道の途中でと解する説と、死んだ人の魂の行く天空の道をいうとする説がある。私は「空」は前者の意にとりたいが、そこからだろうか、心もとない旅路、不安な旅路をいうとする説もある。

二　道の隈

万葉集に「道《みち》」は一五一例ある（「ち」は含まない。「ち」は九五例ある。）集中初出は額田王《ぬかたのおおきみ》の次の歌にある。

味酒《うまさけ》　三輪《みわ》の山　あをによし　奈良の山の　山の際《ま》に　い隠るまで　道の隈《くま》　い積るまでに　つばらにも　見つつ行かむを　しばしばも　見放《さ》けむ山を　情《こころ》無く　雲の　隠さふべしや
（巻一・一七）

天智天皇になる中大兄皇子《なかのおおえのみこ》の近江遷都に際して、大和の三輪山に別れを惜しむ歌である。飛鳥から奈良山を越えるまで道は遠い。その長道の具体的表現が「道の隈い積るまでに」である。「隈」は物陰にあって周囲から見えにくい所をいう。「道の隈」は道の曲り角、道のカーブしたところをいう。飛鳥から奈良山まで、道の曲り角が一体どのくらいあるだろう。

後《おく》れ居て恋ひつつあらずは追ひ及《し》かむ道の隈廻《くまみ》に標結《しめゆ》へわが背

（巻二・一一五）

天武天皇皇女の但馬皇女《たじまのひめみこ》が、恋する異母兄穂積皇子《ほづみみこ》が近江の志賀の山寺に派遣されて行くのを悲しんで作った歌である。女性の身で、それも皇女の身で、男を追って旅をすることなどかなわない。飛鳥から近江まで、どのくらい道の曲り角があるだろうか。「隈廻《くまみ》」の「廻《み》」は廻りめぐること、そのまわり、めぐり。「隈廻」は曲り角のめぐり、その曲り角ごとに「標結へ」とはどうするのだろうか。自分が後を追って行くために、迷わぬように目印をしておいて下さいというのだろう。これが契沖『万葉代匠記』以来変らぬ解釈であったが、江戸時代後期、文政《ぶんせい》十一年（一八二八）に成ったという岸本由豆流の『万葉集攷証』に、

ここの意は、おくれゐて恋つつあらんよりは、君をおひゆきなん。君は、それをうるさしとおぼすべし。さらば、道のくまぐまに、標引わたして、わがこすまじきやうに、へだてし給へと、すまひていへる意也。

とあった。「すまひて」とは抵抗しての意だろう。この解は幕末の土佐の国学者鹿持雅澄の『万葉集古義』も全く触れず、山田孝雄『万葉集講義』にもない。『講義』は、このシメは道しるべのしるし

で、その道の行く手を後から来る人に知らせるもので、世に言う「しをり」というに同じといい、「そのシメをゆひおきてわが追ひ行かむに道のまがはぬやうに示しおきたまへとなり」という。ただ、菊池寿人『万葉集精考』にのみ、攷証説を紹介して「不思議な見解もあるものである」というだけである。

それが『新古典全集』の頭注に、

ここは後から追跡する者を撃退するために杭を打ったり、縄を張ったりして塞ぎ留める装置。

とあり、その口語訳に「道の曲り角に、通せんぼの縄を張っておいて下さい」とあった。これはびっくりである。

また伊藤博『万葉集釈注』は、

「道の隈」は、たしかに大きな曲り角ではある。しかし、そこは三叉路とか国境とかが多く、塞《さい》の神のこもるおそろしき所とされた。だから道の隈みには道祖神が祭ってある。古代の旅人は、その神に幣《ぬさ》を祭り、生い茂る樹木などに標を結んで旅の安全を祈った。その隈みに私の分もこめて標を結んでおいて下さいというのがこの下二句の意味で、それは、そのことによって自分の方では神祈りせずに一挙に道を進めてあなたに追いつくことができるという意を背景に据えた表現と見られる。

という。これも新説である。しかし「標を結ふ」ことが、幣をまつるように神に祈る行為ではない。神域や神木に標縄を張るのは穢れや邪悪なものが侵入しないように守るためである。「標結へ わが背」

を神にお祈りをして下さいとは訳せない。

「道の隈廻」はもう一例、山上憶良の、十八歳の前途ある若者の旅路での不慮の死を悼む歌にある。

…己《おの》が身し　労《いた》はしければ　玉桙《たまほこ》の　道乃久麻尾尓《みちのくまみに》　草手祈り　柴取り敷きて　床じもの　うち臥《こ》い伏して…

（巻五・八八六）

旅の者が病を得て、道傍に草と柴とで即席の寝床を作ってもらって臥した。そこが「道の隈み」であった。諸注はこれを「道の曲り角で」と記しているが、なぜ「道の曲り角」なのか。『釈注』は「行路病者は忌み嫌われて、村外れの道角に横たえられることが多かった」という。

この「道の隈み」について、窪田空穂『万葉集評釈』に「往還の隈に」とあり、武田祐吉『万葉集全註釈』に「道路のすみに」とあり、土屋文明『万葉集私注』は「道のほとりに」、澤瀉久孝『万葉集注釈』は「道のすみつこに」とある。これがよいだろう。

「道の隈」は柿本人麻呂が、年代的には額田王の前掲の三輪山惜別の歌に次いで、

…この道の　八十隈毎《やそくまごと》に　万《よろづ》たび　顧《かへり》みすれど　いや遠に　里は離《さか》りぬ　いや高に　山も越え来ぬ…

（巻二・一三一）

とあり、その「或る本の歌」（同・三二三八）にも「この道の　八十隈毎に」とあり、「いや遠に　里放《さか》り来ぬ」の一句のみ異同がある。これはもう一例、巻十三にある。

…道の隈《くま》　八十隈毎に　嘆きつつ　吾が過ぎ行けば　いや遠に　里離り来ぬ　いや高に　山も越え来ぬ…
（巻十三・三二四〇）

人麻呂の表現がもとになっていることは言うまでもない。

巻二十の防人歌に、

百隈《ももくま》の道は来にしをまたさらに八十島過ぎて別れか行かむ
（巻二十・四三四九）

とある。上総国の防人歌十三首の一首で、「助丁《すけのよほろ》、刑部直三野《おさかべのあたひみの》」の作とある。上総国の国府は今の千葉県市原市である。そこから難波まで、まさに「百隈の道」をめぐって来た。そして難波からは船で瀬戸内海を筑紫に向かったのであった。

三　玉桙の道

万葉集では「道」を歌うのに「玉桙《たまほこ》の道」という。万葉集の「道」一五一例の中に、「玉桙の道」

は三十六例である。二十四パーセントに当る。ほぼ四分の一である。

この「道」の枕詞「玉桙の」は万葉集以前には見られない。古事記にも日本書紀にも風土記にもない。そして「道」の枕詞は「玉桙の」以外にない。

万葉集でその最も古い例は人麻呂歌集略体歌（古体歌）である。

恋死《こひしなば》　恋死耶《こひもしねとや》　玉桙《たまほこの》　路行人《みちゆくひとの》　事告無《ことものらなく》　（巻十一・二三七〇）
早敷哉《はしきやし》　誰障鴨《たがさふれかも》　玉桙《たまほこの》　路見遺《みちみわすれて》　公《きみが》不二来座一《きまさぬ》　（同・二三八〇）
玉桙《たまほこの》　道不レ行為有者《みちゆかずあらば》　惻隠《ねもころの》　此有恋《かかるこひには》　不レ相《あはざらましを》　（同・二三九三）
玉桙《たまほこの》　路往占《みちゆきうらに》　占相《うらなへば》　妹逢《いもはあはむと》　我謂《われにのりつも》　（同・二五〇七）

（訓読は稲岡耕二『万葉集全注巻十一』による）

そして人麻呂作歌の例が二例ある。

…玉桙《たまほこの》　道行人毛《みちゆくひとも》　一人だに　似てし行かねば　すべを無み　妹が名呼びて…　（巻二・二〇七）
…玉桙之《たまほこの》　道太尓不レ知《みちだにしらず》　おほほしく　待ちか恋ふらむ　愛《は》しき妻らは　（同・二一〇）

そして、和銅三年（七一〇）奈良遷都の時の歌にある。作者未詳で、泊瀬川を船で行き、川の曲るたびに振り返り振り返りしながら新都へ向かうのである。

…万《よろづ》たび　顧《かへり》みしつつ　玉桙の道行き暮らし　あをによし　奈良の京《みやこ》の　佐保川に　い行き至りて…　（巻一・七九）

そして奈良時代初期と推測される巻十一、十二の出典不明、作者未詳の歌にある。

玉桙の道行きぶりに思はぬに妹を相見て恋ふるころかも　（巻十一・二六〇五）

玉桙の道行き疲れ稲むしろしきても君を見むよしもがも　（同・二六四三）

前の二六〇五歌の「道行きぶり」は唯一例であるが、「ふり」は「触り」か、あるいは機会の意か、道の行きずりに、通りすがりにと解しよう。後の二六四三歌の「しきても」は稲むしろを敷く意からしきりにの「しき」、事が重なる意の「しく」に懸けている。繰り返し重ねて君に逢うてだてがほしいと願うのである。

人言の讒《よこ》しを聞きて玉桙の道にも逢はじと言へりし吾妹《わぎも》　（巻十二・二八七一）

玉桙の道に行き逢ひて外目《よそめ》にも見れば良き児をいつとか待たむ　（同・二九四六）

玉桙の道に出で立ち別れ来し日より思ふに忘る時なし　（同・三一三九）

第一首目の「人言の讒し」は人の言う悪口のこと。「讒し」は事実無根の悪口を言うことである。そして続いて巻十三にある。最近の研究によれば「後期性」が強く、このあたりにあげていいだろう。

…玉桙の道来る人の　立ち留まり　いかにと問へば…　（巻十三・三二七六）
…玉桙の道に出で立ち　夕卜《ゆふうら》を　我が問ひしかば…　（同・三三一八）
玉桙の道行き人は　あしひきの　山行き野行き　にはたづみ　川行き渡り…　（同・三三三五）
玉桙の道に出で立ち　あしひきの　野行き山行き　にはたづみ　川行き渡り…　（同・三三三九）

巻十四、東歌《あずまうた》二三八首の中に「道（美知）」は三例あるが、「玉桙の道」は一例もない。これは都で歌われる歌ことばだったのである。

作者の分るものは、まずは次の通りである。

霊亀元年　笠金村　（巻二・二三〇）玉桙の道来る人の…
養老年間　安貴王　（巻四・五三四）玉桙の道をた遠み…
神亀二年　笠金村　（巻四・五四六）玉桙の道の行き逢ひに…

神亀四年　諸王臣の子等（巻六・九四八）玉桙の道にも出でず…
天平三年　山上憶良（巻五・八八六）　玉桙の道の隈廻に…
天平二〜五年頃　石川老夫（巻八・一五三四）玉桙の道行きづとと…
天平五、六年頃　大伴家持（巻八・一六一九）玉桙の道は遠けど…
天平年間（年時不明）｛高橋虫麻呂（巻九・一七三八）玉桙の道行く人は…
　　　　　　　　　　　田辺福麻呂（巻九・一八〇一）玉桙の道の辺近く…

このあとは、巻十七〜十九に、家持越中時代の作に九例、大伴池主の家持への返歌に一例。巻二十に防人を思う家持の長歌に一例、合計十一例である。

「玉桙」は武具の代表で、武器の象徴としても用いられる（例えば大国主神の武威を示す「八千矛神」の名など）「ほこ（戈・矛・鉾）」をほめたたえることばである。「玉」は霊魂、霊力のこもるものの意から、その「ほこ」をほめる美称として用いられている。その他に、「玉かづら、玉だすき、玉くしげ、玉くしろ、玉垣、玉箒、玉藻」などがある。

「玉桙の」を「道」の枕詞としたのはどうしてか。確かな答えはまだない。古く賀茂真淵『冠辞考』は、「鉾」の身を「みち」のミに続けたものと考えたが、『古義』は、古代の「桙」は全部木で作ったものだから身はないはずだといい、その意味は難解であるが、試みに言うならば、「玉桙」というのは先を円《まる》くした形で、その円《まる》いのを「玉」と言ったので、「円《まと》」をミチに通わせて「道」にかけたのだろうという。
日本書紀、神武天皇巻に、

昔、伊奘諾尊《いざなきのみこと》、此の国をなづけて曰《のたま》はく、「日本《やまと》は浦安の国、細戈《くはしほこ》の千足《ちだ》る国、磯輪上《しわがみ》の秀真《ほつま》国《くに》」とのたまひき。

とある。これについて本居宣長「国号考」に、「細戈《くはしほこ》」は美しい矛で、「千足《ちだ》る」のチの枕詞になっているが、そのチにつづく意味は「玉矛（桙）の道」というのと同じと言って、

道も美《ミ》は御《ミ》にて、添《ソヘ》たる言なれば、枕詞はかならず知《チ》へ係《カカ》れり、さるは古戈《ヘホコ》の柄に、知《チ》といふ処の有しなるべし、凡て手に取て引挙《ヒキアグ》べき料に付《ツケ》たる物を、知《チ》と云例多し、今も幕などに乳《チ》と云ものこれなり、されば戈にても、取持《リッ》ところを然《サ》はいへるなるべし、

とある。山田『講義』はこの説をよしとする。
折口信夫の『万葉集辞典』（大正八年一月刊）には、

此語などは、成立の極めて古い語で、我々の持つ文献の時代には、其用法が拡つて、元のかゝり方は忘られて了うたものなので、最初の形はち＝路《チ》に接してゐたのが、みちに翻《ウツ》したものと考へる。ちは血で、「くはしほこちたる国」も、刃物と血との連想から千《チ》にかけてゐるのらしい。但、動物神霊をみちとも言ふから、刃物の精霊にもみちと言うたのかも知れぬ。

とある。

また金子元臣『万葉集評釈』は、みずから「一説を提供する」として、

桙は柄が長いから、古へ道行く時、錫杖を突き立てるやうに、鉾を突き立てゝ歩いた故に、玉鉾の道と続けていふか。

という。『全註釈』は、

その道に懸かる所以はあきらかでないが、この詞の修飾する道の語は、チに中心思想があつて、ミは美称の接頭語と解せられ、そのチは、霊威の意の語から出るとすれば、玉桙にチを感じて、枕詞となつたものだろう。

という。そして岩波古典大系㈠の七九歌の補注に、

この枕詞は普通、桙には身(ミ)があり、そのミが道のミにかかると説かれている。しかし、身のミはミ乙類 mi 道のミはミ甲類 mi であるからこの説は成立しない。現在では各地で庚申塔や道祖神などと名称も変り、物自身の形も変ってしまっているが、多く三叉路に立てられている石神の中には、古くは陽石の形をしたものが少なくなかったようである。東北地方の笠島の道祖神その他にそのような例が少なくない。タマは霊魂のタマで、桙はフロイド流に解釈するならば陽石であったのではないか。それを三叉路や、部落の入口に立てて、邪悪なものの侵入を防ごうとする未開な農耕社会の習俗が、当時まだ多く残っていたのではあるまいか。タマホコノが、道にかかるだけでなく、ただ一例であるが里にかかっている例(巻十一、二五九八)のあるのは注目

すべきである。このような陽石を入口に立てる風習は、世界各地の農耕を主とする未開社会に見出されるものである。

とあるのがよいだろう。窪田『評釈』もこれにより、「男根にはたぶん、農作物繁殖の呪力があるとしてのことと思われる」と付記する。

『時代別国語大辞典　上代編』は、

タマホコの実態は明らかでないが、三叉路や里の入口に魔除けを立てる習俗は他民族にもみられ、わが国の道祖神や庚申塔とも関連するものだろう。

という。金関丈夫『発掘から推理する』に、石神のちぶりの神、すなわち、堺の石神とする説があるという。また、岩下武彦「人麻呂歌集における枕詞の位相——タマホコノをめぐって——」(『美夫君志』五五号、平成九年一〇月)は、「桙」字に注目し、陽石ではなく木製のホコで、神事等に関わる儀礼的なものであったろうと論じている。

四　新墾の今作る道

万葉集の「道」にはさまざまな道があった。

新墾《にひばり》の今作る道さやかにも聞きてけるかも妹《いも》が上のことを　(巻十二・二八五五)

柿本人麻呂歌集略体歌（古体歌）である。「新墾の今作る道」という。新たに土地を掘り削り開いて、田畑や道を作ることを「はる」という。

信濃道《しなのぢ》は今の墾道《はりみち》刈株《かりばね》に足踏ましなむ沓《くつ》履《は》けわが背　（巻十四・三三九九）

「新はりの道」は雑木の切り株や、柴や篠を鎌などで刈り取ったあとの切り株が残っていた。はだしで歩く里人《さとびと》は足を傷つけることが多かった。小学館新古典全集は「切り株で馬に足を怪我《けが》させなさるな。沓《くつ》をはかせておやりなさい」と口語訳している。馬の足元に気をつけるように注意したと解しているのである。この沓は馬蹄を痛めないように履かせる馬のわらじだという。新潮古典集成は「わが背の足」を案ずる妻の歌に解している。私も、ほるぷ版『日本の文学　万葉集三』（昭和六二年七月刊）でこの歌を取り上げ、「わが背」の足を踏みぬくと解している。

「沓履け」の原文は「久都波気」で、この「気」はケの乙類。自動詞四段活用の命令形は甲類であったから、東歌でもこれは仮名遣いの違例である。命令形で乙類のケになるのは下二段活用動詞で、「履く」のそれは他動詞の場合だろう。下二段に活用する「履く」で、他動詞で、履かせるの意となる。「沓を履かせなさい、わが夫よ」とは、夫の足への心配ではなくなる。

第四句は「足踏ましなむ」と訓んだが、原文は元暦校本のみ「安思布麻之奈牟」で、その他の諸本はすべて「安思布麻之牟奈」とあり、それならば「足踏ましむな」と訓む。「しむ」は使役の助動詞で、夫の足ではなく、馬に足を踏まさせるなという意になる。『釈注』が馬へのいたわりの解を採っているが、妻が「わが背」と呼びかけて、馬にくつをはかせなさいというのは、「相聞」の歌として不自然である。

「新墾の今作る道」は切り株もあっただろうが、『万葉集総釈』が「新路は見るからに清くさやかに、すがすがしい感じがするので」といい、『全註釈』が「道の堺も明瞭だし、草なども生えていないので」というのが当っていよう。澤瀉『注釈』は「新しい道が目に立つやうにはつきりと」といい、小学館古典全集は「新道のさえぎるものなくすっきりした感じから」というように、「新墾の今作る道」が次句「さやかにも」の序詞になっている。

万葉集の「道」にはさまざまな道があった。

隠《こも》りくの豊泊瀬道《とよはつせぢ》は常滑《とこなめ》の恐《かしこ》き道そ汝《な》が心ゆめ　（巻十一・二五一一）

これも人麻呂歌集略体歌（古体歌）である。「豊泊瀬道」は大和から伊勢へ行く大切な道で、「豊」を冠している。泊瀬川沿いに東へ向かう山間峡谷の道である。岩が出ていて「常滑」だった。日陰は苔なども生えていて、いつもつるつるしてすべりやすい危い道であるという。第五句が原文「恋由眼」とあり、コフラクハユメと訓むが、「恋」一字をコフラクハと訓むことに疑問があり、「恋ふらくはゆめ」と訓んで「恋に気を取られて危い目に逢わないように、気をおつけ遊ばせ」（大系）、「物思いなさるのもほどほどに」（新全集）、「恋は自戒してください。固く」（新大系）などの解釈も苦しい。『古義』が「恋」は「尓心」二字であったのを誤ったのだろうとして「爾心由眼」で、ナガココロユメと訓んだのを、『注釈』『釈注』『全注（稲岡）』が採っている。これによる。どうか、あなた気をつけてねというのである。

岩の露出した危い道は、

せむすべの　たづきを知らに　岩が根の　こごしき道を　岩床の　根延《ねば》へる門を　朝《あした》には　出で居て嘆き　夕《ゆふへ》には　入り居て偲ひ…　（巻十三・三二七四、相聞）

…せむすべの　たどきを知らに　岩が根の　こごしき道の　岩床の　根延へる門に　朝には　出で居て嘆き　夕には　入り居恋ひつつ…　（同・三三二九、挽歌）

とある。「こごしき」は次のように歌われている。

岩が根のこごしき山を越えかねて哭《ね》には泣くとも色に出でめやも　（巻三・三〇一）

…こごしかも伊予の高嶺の　いざにはの　岡に立たして…　（巻三・三二二）

あしひきの岩根こごしみ菅の根を引かば難みと標のみそ結ふ　（巻三・四一四）

神さぶる岩根こごしきみ吉野の水分山を見れば悲しも　（巻七・一一三〇）

岩が根のこごしき山に入り初《そ》めて山なつかしみ出でかてぬかも
（巻七・一三三二）

…こごしかも岩の神さび　たまきはる　幾代経にけむ　立ちて居て　見れどもあやし…
（巻十七・四〇〇三、敬和立山賦）

大きな岩がごつごつしてけわしいのが「岩が根のこごしき山」である。これを「道」に歌ったのは先の巻十三の二例のみである。そんな道もあった。

岡の崎たみたる道を人な通ひそ　ありつつも君が来まさむよき道にせむ
（巻十一・二三六三、古歌集）

旋頭歌である。恋の歌である。家の近くの岡の出鼻をぐるっとまわって行く道があった。「たみたる」の「たみ」は廻る意の動詞「たむ」である。

いづくにか船泊てすらむ安礼の崎漕ぎ多味《たみ》行きし棚無小舟
（巻一・五八）

磯の崎漕ぎ手廻《たみ》行けば近江の海八十《やそ》の湊《みなと》に鶴《たづ》さはに鳴く
（巻三・二七三）

とある。岬を船が漕ぎめぐって行くのである。

「岡の崎たみたる道」は回り道で、ひそかな自分専用の道にしたいと思っている。あまり人の通らない道なのだろう。その道は残しておいて、彼が通って来る時の「よき道《みち》」にしたいという。原文は「曲道」。「よき道」は、

三輪の崎荒磯《ありそ》も見えず波立ちぬいづくゆ行かむ与寄道《よきぢ》は無しに　（巻七・一二三六）

がある。これは三輪崎の荒磯も見えないほど波が立っている。旅の歌である。そこを通るはずだったが、波が激しく打ち寄せて通れない。どこから行こうか、「よき道」がなくて困っている。「よき道」とは波を避けて迂回して行く道、よけみち、回り道である。先の二三六三歌は「よきみち」といい、後の一二二六歌は「よきぢ」という。

ささなみの志賀津の児らが罷《まか》り道《ぢ》の川瀬の道を見ればさぶしも　（巻二・二一八）

がある。柿本人麻呂の挽歌「吉備の津の采女《うねめ》の死《みまか》りし時」に作った歌（長歌二一七）の反歌である。長歌に、その若く美しい采女が長かるべき命を自ら絶ったという。そしてその夫の君はどんなにか悔しく、嘆き悲しんでいることだろうという。天皇のお側に仕える采女がしてはならない結婚をしたらしい。それで自ら命を絶ったのである。その美しい人の、朝露のごと、夕霧のごと、はかなく散ったこ

とを、部外者である人麻呂でさえも悔しく思う。その反歌である。「ささなみの志賀津の児ら」というのは、天智天皇の近江の大津宮に仕えていた采女だったのである。

「罷《まか》り道《ぢ》の川瀬の道」とは何か。「罷り道」の「罷る」とは退出する。辞去すること、遠い彼方へ去ることで、例えば「みまかる」は「身＋罷る」の意。「罷る」だけで死ぬ意にも用いられる。この「罷り道」も、采女の葬送の道とする説（万葉考、講義、古典大系など）、黄泉の国への道、つまり死出の道とする説（土屋私注、古典全集、古典集成、釈注など）のほか、変ったところでは、神堀忍「『吉備津采女』と『天数ふ大津の子』」（『萬葉』五五号、昭和四九年二月）の、「志賀津の子」は采女の「その夫《つま》の子」（長歌にある）で、采女との通婚による罪を得ての宮都からの退出の道とする説もある。

その「川瀬の道」とは、葬送説ならば、葬送の列が川瀬の道を渡って行くと解し（講義など）、黄泉道説ならば、例えば川の浅瀬からだんだん深みや湖中に進んでゆくと解する（新全集）。窪田『評釈』に「『川瀬の道』は特殊な語である。川瀬には道というものがあるべきでないからである。これは上の『罷道』を言いかえた語で、道ならぬ道、すなわち不自然な道で、長歌では暗示にとどめていた自殺ということを、一歩前進させて、投身ということを婉曲にいったものと取れる」とある。采女がみまかって行った道であるその川瀬、それが死出の道になったその川瀬を見ると淋しいというのである。

五　世間の遊びの道

大伴旅人の「讃酒歌十三首」の中に「道」の歌が一首ある。

世間《よのなか》之《の》　遊道《あそびのみち》尓《に》　冷者　酔《ゑひ》泣《な》きするにあるべかるらし　（巻三・三四七）

「世間」は柿本人麻呂の「泣血哀慟歌」第二首に、妻の死を、

…世間乎　背《そむ》きし得ねば　かぎろひの　燃ゆる荒野に　白たへの　天《あま》領巾《ひれ》隠《がく》り…　（巻二・二一〇）

と歌ったのが初出で、この歌には「或る本の歌」があり、そこには同じ句が「世中　背きし得ねば…」（二一三）とあり、「世間」は「世の中」であることが分かる。「世間」はこのあとも多く歌われ、全部で三十一例ある。「世中」は全部で三例ある。

その「世の中の遊びの道に冷者」といい、「酔泣きするにあるべかるらし」という。世の中の遊びの道に「冷」なるは、酔泣きすることであるらしいというのである。「冷」は諸本（古写本など）に異文はない。この「冷」を旧訓はマシラハハ（まじらはば）で、世の中の遊びの道にまじり合うことは酔泣きすることであるらしいということになる。しかし「冷」はマジラフとは訓めない。のちに土屋

『私注』が、これは訓の伝来が正しく文字が誤まっているとして、「洽」に意改して、旧訓を採用している。

契沖『代匠記』は初稿本も精撰本もオカシキハと訓むべきかといい、荷田信名『万葉集童蒙抄』は「冷」はスサマジと訓む字であるからといって、スサメルハと訓んだ。そしてそれは長ずるという意味に同じだという。真淵『考』はサブシクハと訓み、「世は遊ひ楽しみて過すへし、もし其遊にも心ゆかぬ時は、酔なきして心をやるへしといふ也」という。本居宣長『玉の小琴』は「冷は怜の誤にて、たぬしきはと訓へし」といい、「さぶしを不怜とも、不楽共、通はして書れば、たぬしきにも、怜ノ字をも書べきなり」という。「たぬし(楽)」は上代特殊仮名遣いの存在に気付いた宣長が、ノに二種の発音があることを知らず、「野、楽し、偲ぶ」などのノをヌと発音したものである。荒木田久老『万葉考槻落葉』も『玉の小琴』にならって同文同訓で、その前文に「道といふ言、から国には、こちたくいへれど、吾御国にては、何の道、くれの道、などいひて、たゞその筋をいふ言也」とある。加藤千蔭『万葉集略解』は師真淵に同じくサブシクハと訓むが、解説文に「宣長は冷を怜の誤にて、たのしきはと訓んといへり。しかるべし」とある。宣長説を「しかるべし」と認めながら、『考』の訓みを採って、改訓にまでは踏み切れないでいる。『攷証』は本文を「怜」としてタヌシキハと訓み、『古義』は「洽」としてアマネキハと訓んだ。以来現在まで様々に訓み試みられているが、三つの方角と可能性にまとめられよう。

冷　スズシキハ(和歌文学大系ほか)

怜　タノシキハ（釈注・新古典大系など）
洽　カナヘルハ（新古典全集）

それが「世の中の遊びの道」だというのだが、「遊びの道」とは遊興の方面、その筋をいう。こういうところに「道」をいうのは、大伴旅人の漢籍の知識から出たものに違いない。

これに対して、山上憶良にのみ見られる「道」がある。「貧窮問答歌」の長歌の結びにある、

…かくばかり　すべなきものか　世間乃道　（巻五・八九二）

である。もう一つ、「男子名を古日《ふるひ》といふに恋ふる歌」の長歌の結びにある。

…手に持てる　我《あ》が子飛ばしつ　世間之道　（巻五・九〇四）

である。第一首は、この世に生きていくということが、こんなにもいたし方のない、なすすべもないものなのか、何とも仕方のないものなのかと詠嘆するのである。「世間の道」は、この世に生きてゆくことである。窪田空穂は「庶民として世に生きている道」という。この「道」とは、道理、あり方の意である。世間一般に「世渡りの道」ともいう。「この世の中のならはし」でもある。

第二首は、両親の限りない鍾愛を一身に受けて育った男児が病いに倒れ、その父母の神仏へのこの

上ない祈願にもかかわらず、遂に幼い命の絶えたのを悲しむ歌である。その結びは、掌中の玉として手に握りしめていた我が子を飛ばしてしまったという。ああ、これがこの世の道理なのかと嘆くのである。この「道」はやはり第一首と同じく、道理、ことわりである。

聖武天皇は万葉集に十一首の歌を残しているが、その中に道ならぬ「道」の歌が一首ある。

ますらをの行くといふ道そおほろかに思ひて行くなますらをの伴《とも》　（巻六・九七四）

という。これは、天平四年（七三二）に初めて節度使の制度を定め、初めて節度使を任命し派遣した時の壮行の歌の反歌である。この第一回節度使は、東海、東山二道を兼ねて参議藤原房前、山陰道に中納言多治比県守、西海道が参議藤原宇合であった。いずれも台閣のメンバー、いわゆる閣僚である。その高官たちを送り出す天皇の壮行歌であった。長歌と反歌一首である。

「ますらを」は万葉集には「大夫」と表記し、本来のまされる男、健き男、勇猛な男子の意から、宮廷人一般をほめていう呼称になっていた。東歌に「ますらを」が出て来ないというのはまさにその象徴的な事実である。その「ますらをの行くといふ道」である。節度使は、地方の特に軍備に関する監察官で、最高位の「ますらを」を派遣したのである。その「ますらを」たる者が赴いて働くべきつとめに、諸君を送り出すのだという。この「道」は専門の仕事、その専門の分野とも言えよう。

人麻呂歌集略体歌（古体歌）にもやはり道路でない「道」がある。

わがのちに生まれし人はわが如く恋する道に会ひこすなゆめ　（巻十一・二三七五）

とある。「恋する道に会ふ」とは、恋をして悩み苦しむことである。「わがのちに生まれし人」は原文「吾以後所レ生人」でワレユノチ、あるいはワガノチニ、ウマレムヒトハと一般には訓まれているが、『全注巻十一』（稲岡）にこれから生まれてくる人を指すわけではなく、自分より後にすでに生まれた人を指して言っているとする、その解による。これから生まれる遠い将来のことではなく、今目の前にいる若者に言っているのだろう。

「恋する道」の「道」とはやはり漢語を取り入れたもので、前述の「世の中の遊びの道」（巻三・三四七）、「すべなきものか世間の道」（巻五・八九二）などと同じく、抽象的な内容を示す語である（窪田『評釈』）。大伴家持の後の歌に、

うつせみは数なき身なり山川の清《さや》けき見つつ道を尋ねな　（巻二十・四四六八）
渡る日のかげに競《きほ》ひて尋ねてな清きその道またも会はむため　（同・四四六九）

と歌われた、来世までも尋ねて行こうという「清きその道」は仏の道である。前掲『全注巻十一』に稲岡耕二氏は「これは奈良時代の例であるが、天武朝にも仏典の講読が行われたから、同様な道の意識の存したことが推測される。そうしたことを背景に『恋する道にあひこすな』と詠まれたのだろ

う」という。仏の道も家持の「道を尋ねな」「清きその道」以外に見られない。

六　おわりに

大伴家持は越中守として、奈良の都から越中国府まで三百キロの遠い道を赴任して来ていた。その道の遠さは実感されて、記憶にしっかととどめられていた。

天平十八年（七四六）七月に越中に入った家持は、その年の九月二十五日に、別れて来たばかりの弟書持《ふみもち》の死の知らせを受け、哀傷する歌を作った。その歌から翌十九年春の自らの病臥を思う悲しみの歌、病床で作った部下で一族の大伴池主に贈る歌、病い癒えて五月に都へ使いに行くまでの在越中の歌に、連続して「道」が次のように歌われている。

天平18年9月25日　長逝せる弟を哀傷する歌　玉桙の道をた遠み山川を隔りてあれば…　（三九五七）
天平19年2月21日　病床にて悲緒を申ぶる歌　玉桙の道をた遠み間使も遣るよしもなし…　（三九六二）
天平19年3月3日　病床より池主に贈る歌　あしひきの山き隔りて玉桙の道の遠けば間使も遣るよしもなみ…　（三九六九）
3月20日　恋緒を述ぶる歌　玉桙の道はし遠く関さへに隔りてあれこそ…　（三九七八）
4月26日　税帳使家持に餞する宴の歌　玉桙の道に出で立ち別れなば…　（三九九五）
4月30日　池主との別れの悲しみの懐を述ぶる歌　玉桙の道行く我は…　（四〇〇六）

そしてそのあと二年を隔てて次の三例がある。

天平勝宝元年5《閏》月27日　掾久米広縄の帰任を迎える宴の歌　玉桙の道に出で立ち岩根踏み山越え野行き…　（四一一六）
　　2年5月27日　南右大臣家藤原二郎の亡母への挽歌　玉桙の道来る人の伝言に我に語らく…　（四二一四）
　　3年8月5日　都へ上道する時に林中の宴で和ふる歌　玉桙の道に出で立ち行く我は…　（四二五一）

最後は、防人歌に共感して、防人の悲別の思いを歌った最後の一首の中にある。これは防人に自らの気持を入れたものである。

天平勝宝7歳2月23日　防人の悲別の情を陳ぶる歌　玉桙の道に出で立ち岡の崎いたむるごとに…　（四四〇八）

家持はこの十首すべて「玉桙の道」と歌ったのだった。

家持の越中四年目の春三月、越中で最高の傑作をものした。

春の苑紅にほふ桃の花下照る道に出で立つをとめ　（巻十九・四一三九）

春の庭が紅色に明るく照り映えている。それは桃の花が咲きにおっているのだった。「下照る道」とは、

橘の下照る庭に殿建てて酒みづきいますわが大君かも　（巻十八・四〇五九）

の例がある。天平二十年春三月二十五日に都から左大臣橘家の使者として田辺福麻呂が来越して、家持は歓迎し饗宴を重ねたが、その宴席で、福麻呂が都で歌われた元正上皇の御製、左大臣橘諸兄の歌、左大臣橘家での肆宴の歌など七首を誦詠披露した。家持がそれを記録しているが、その一首である。その宴席での河内女王の歌である。「酒みづきいますわが大君」は元正上皇である。「橘の下照る庭」を承けて家持の歌も「桃の花下照る道」と解さねばならない。桃の花が木の下を照らしているという。桃の花に木の下道が照り映えているのである。その紅色にうつる道に一人の乙女がすっと来て立った。いやが上にも美しい。「道に出で立つ」も家持の得意の詩句なのであった。

色鮮やかな樹下美人図を思わせる美しい歌である。「道」の歌の傑作であろう。

越への道〈近江を含めて〉について

佐藤　隆

一　越国について

越国は広範囲である。律令制にしたがえば、北陸道に属する国であって、越前・加賀・能登・越中・越後・佐渡の六国が挙げられ、現在の福井・石川・富山・新潟県がそれにあたる。ただし、和銅五年（七一二）に、越後国出羽郡が独立して出羽国となり、北陸道から東山道の国に入れられている。大和朝廷の東国に対する勢力拡大にしたがって、北陸道とともに、東山道の国々をも重要視してきたことによる改変であろう。

奈良時代に、大和より越国に向かうには、大和を出発点とする古代の北陸道を行くのが一般的であった。その道筋の概略は、大和盆地の北東の奈良坂を越えて山城国に入り、しばらく泉川（木津川・淀川）の東岸に沿って北上し、その後巨椋池付近から泉川と離れ宇治に至り、宇治川を渡って山科に入り、小関越えで琵琶湖を鳥瞰しながら近江国に至る。近江から日本海側に出るには、琵琶湖の湖畔を陸路を採れば、湖東回りと湖西回りがあり、琵琶湖を利用すれば舟で行く方法があった。当時の旅人の多くは、古代の北陸道を利用し湖西回りで越前に向かった。

奈良時代には機能し、延暦八年（七八九）に廃止された「愛発《あらち》の関」（所在不明、追分・疋田・道口など諸説あり。図1参照）を通過し、越国で都に一番近い越前国の松原に至って、更に陸路北陸道を進むことになるが、後述する笠金村に代表されるように海路を利用する旅人も多かったと推定される。

諸氏がよく引用する『延喜式』の記述を紹介しよう。

越前国（上り七日・下り四日、海路六日）松原、鹿蒜、淑羅、丹生、朝津、阿味、足羽、三尾

加賀国（上り一二日・下り六日、海路八日）

　　朝倉、潮津、安宅、比楽、田上、深見、横山

能登国（上り一八日・下り九日、海路二七日）撰《よ》才《さ》、越蘇

越中国（上り一七日・下り九日、海路二七日）

　　坂本、川人、亘理、白城、磐瀬、水橋、布施、佐味

越後国（上り三四日・下り一七日、海路三六日）

　　滄海、鶉石、名立、水門、佐味、三嶋、多太、大家、伊神、渡戸

とされている。これは平安時代の記述であり、万葉時代とは異なる部分もある。山口博氏は、所用日数は庸調を運ぶ折りを基礎としており、任地に赴く官人達はそれよりは早く行動していたのであろうと『万葉の歌15・北陸』（保育社・昭和六十年）で推察する。越前国は比較的近い国と認識されていたと

推定されるが、加賀・能登・越中国は遠国意識があり越後にいたっては、九州の筑前国の上り二八日・下り一五日よりも日数が多く、彼方の国と認識されていたのであろう。

なお、近江国（上り一日・下り半日）からは、越前とは別路にて、若狭国（上り三日・下り二日）が存在したのである。

前述したように、北陸道は近江国から越前国に向かう時、律令制によって設けられた愛発の関があった。鈴鹿・不破とともに三関とされ、その関の内側が畿内の国々、外側が畿外の国々となっていた。近江国は畿内であり、越の国々は畿外である。越前国の地に足を踏み入れ愛発の関を越えた時、都を後にした旅愁の感が増したと考えられる。

二　近江国

越へ向かう万葉人は、前述のように、琵琶湖の湖畔を陸路で行く場合と、琵琶湖を利用し舟で行く場合があった。陸路で行く場合には、近江京を詠んだ人麻呂歌（巻一・二九〜三一）をはじめ様々な歌々があるが、それらについては、廣岡義隆氏の『万葉の歌8・滋賀』（保育社・昭和六十一年）の説明によって戴き、湖北から歩みはじめることにする。

塩津

養老八年（七二四）二月、首皇子が即位し聖武朝が出発した。吉野行幸や紀伊行幸、難波行幸が復活し、持統朝の柿本人麻呂のごとく、宮廷で活躍する歌人達があった。その代表的な歌人笠金村は、越国に赴いている。越前国に向かう道上にて、

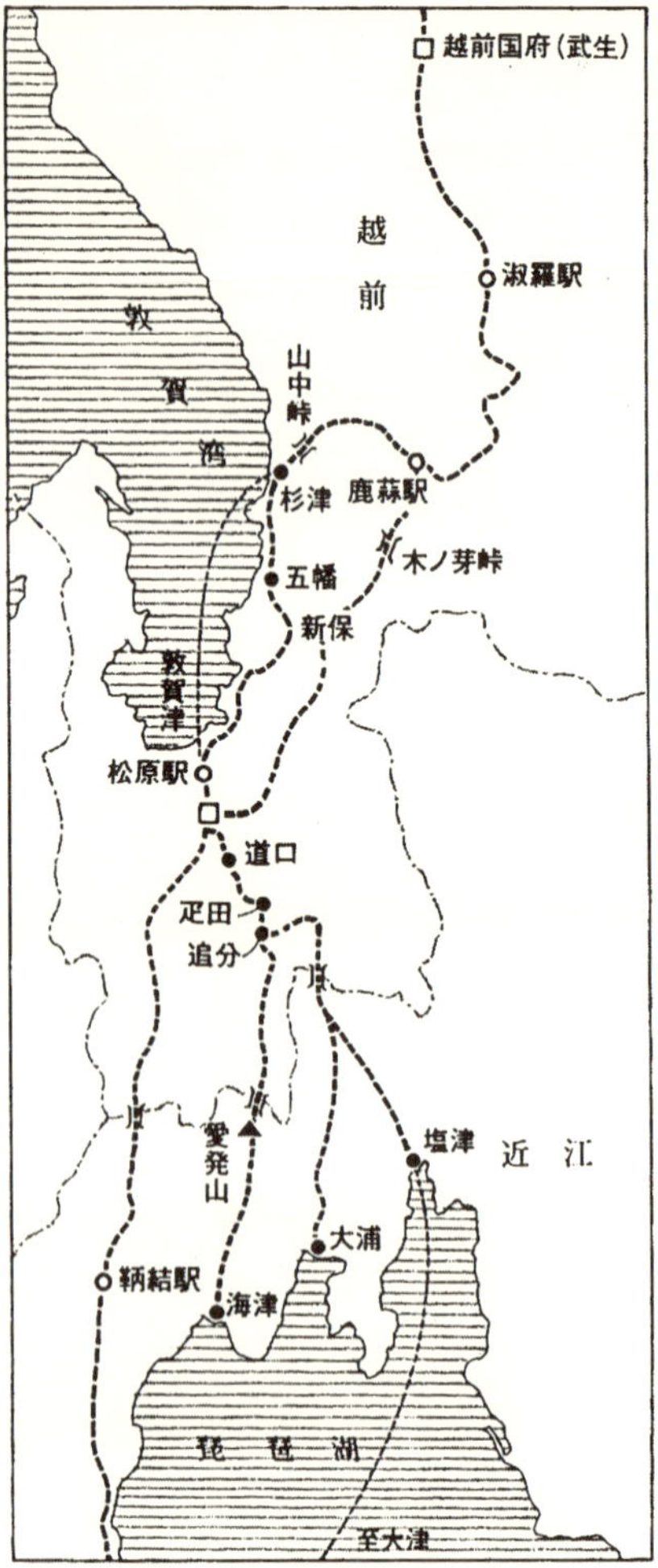

図１　近江路から敦賀路への街道図
『万葉の歌－人と風土－⑬北陸』山口博著（保育社刊）より転載。

笠朝臣金村が塩津山にして作る歌二首

ますらをの　弓末振り起し　射つる矢を　後見む人は　語り継ぐがね　（巻三・三六四）

塩津山　打ち越え行けば　我《あ》が乗れる　馬ぞつまづく　家恋ふらしも　（巻三・三六五）

と二首の短歌を詠出している。

題詞に「塩津山にして作る」とある。おそらく近江国の大津付近で乗船し、琵琶湖を北上し湖北の湊である「塩津」（滋賀県伊香郡西浅井町塩津浜付近。図1参照）に着き、塩津街道を北上し愛発の関を目前にした時の制作で、「塩津山」は塩津から沓掛・愛発を経て越前国の松原に至る「塩津越え」の山々の総称であろう。

一首目の「ますらをの弓末振り起し射つる矢」とは何であろう。諸注釈の多くは、近江国から越前国に越える国境の山で、神へ道中の無事を祈願したとする。大木に矢を射かけたのであろうか。

二首目に注目すると、「馬ぞつまづく家恋ふらしも」の表現がある。万葉には他に二例（巻七・一一九一・巻十一・二四二一）ほどあるが、「つまづく」に「妻」も想起され、興味ひかれる表現である。自分が乗る馬がつまずくことによって、留守宅の家人を思い遣っている。旅先に向けられた視線以上に家への視線が強力である。同様な心情を吐露した歌としては、

み雪降る　越《こし》の大山　行《ゆ》き過ぎて　いづれの日にか　我《わ》が里を見む　（巻十二・三一五三）

があり、残された家人の吐露としては、「神亀五年戊辰秋八月歌一首」の反歌、

み越道《こしぢ》の　雪降る山を　越えむ日は　留《と》まれる我《あ》れを　かけて偲《しの》はせ　（巻九・一七八六）

があり、

八田《やた》の野の　浅茅色付《あさぢいろづ》く　愛発山《あらちやま》　嶺《みね》の沫雪《あわゆき》　寒く散るらし　（巻十・二三三一）

がある。「八田の野」は、平城京西郊（奈良県大和郡山市西方、矢田丘陵の一部）の野である。その「八田の野」での浅茅の黄葉をみて、越国に赴いた人を偲んで作った家人の詠である。

都から越国の任地に赴く人々、また、任地から都に帰任する人々にとって、畿内畿外の境となる愛発山や関は格別な意味を持った土地であったのである。

三　越前国

松原

さて、越前国に進むことにする。

現在の敦賀市松原、当時の「松原」に着いた旅人は、陸路か海路か選択することになった。さきほどの聖武朝歌人笠金村は海路を採っている。金村とともにしばらく海路を進むことにする。

角鹿の津にして船に乗る時に、笠朝臣金村が作る歌一首　并せて短歌

越の海の　角鹿の浜ゆ　大船に　真楫貫き下ろし　鯨魚取り　海道に出でて　喘きつつ　我が漕

ぎ行けば　ますらをの　手結が浦に　海女娘子　塩焼く煙　草枕　旅にしあれば　ひとりして
見る験なみ　海神の　手に巻かしたる　玉たすき　懸けて偲ひつ　大和島根を　（巻三・三六六）

反歌

越の海の　手結が浦を　旅にして　見れば羨しみ　大和偲ひつ　（巻三・三六七）

が金村の歌である。敦賀を「角鹿」と表記している。「敦賀」と表記するようになったのは、平安朝頃である。

「大船に真楫貫き」とあることから推察すると、官船のような大船を多数のかこが懸命に漕いでいる様子がうかがえる。おそらく、官命による越国行きであろう。「越の海の角鹿の浜ゆ」とあり「松原」から出航したのであった。金村は「手結が浦」（敦賀市田結。図1参照）に目を向け、そこで塩焼く「海女娘子」をみている。

手結の塩については、『日本書紀』の武烈天皇条に「唯角鹿《ただつぬが》の海塩《うしほ》のみを忘《わす》れて詛《とご》はず。是《これ》に由《よ》りて角鹿の塩は、天皇《すめらみこと》の所食《おもの》とし、余《あたし》海の塩は、天皇の所忌《おほみいみ》とす。」とある。角鹿手結の塩は天皇家御料であった。

大君《おほきみ》の　塩《しほ》焼く海人《あま》の　藤衣《ふぢころも》　なれはすれども　いやめづらしも　（巻十二・二九七一）

の「大君の塩焼く海人」のように、天皇のため製塩する海辺の娘子と言えば、誰もが角鹿の手結の娘子を想起したのであった。

娘子を見、天皇への献上の塩を想像した時、金村の心は大和へ飛ぶことになったのである。

『万葉集』は、金村の歌に続けて、

石上大夫《いそのかみだいぶ》の歌一首

大船《おほぶね》に　真梶《まかぢ》しじ貫《ぬ》き　大君《おほきみ》の　命《みこと》畏《かしこ》み　磯廻《いそみ》するかも　（巻三・三六八）

右、今案《かむが》ふるに、石上朝臣乙麻呂《いそのかみのあそみおとまろ》、越　前《こしのみちのくち》の国守《くにのかみ》に任ず。けだしこの大夫《だいぶ》か。

和《こた》ふる歌一首

もののふの　臣《おみ》の壮士《をとこ》は　大君《おほきみ》の　任《ま》けのまにまに　聞くといふものそ　（巻三・三六九）

を載せている。石上大夫も海路を採って越前国に向ったのであろう。

『延喜式』によれば、琵琶湖を縦断し、塩津から陸路にて越前国の敦賀に至り、その後、敦賀津から加賀国の比楽湊、能登国の加嶋津、越中国の亘理《わたり》湊、越後国の蒲原《かんばら》津、佐渡国の国津への海路の行程が示されている。

可敝流

金村が採らなかった陸路に触れよう。越中国から越前国の地を思い遣りながらの詠であり、行程から言えば逆になるが、その歌を紹介する。

『続日本紀』の天平十八年（七四六）六月二十一日に、「従五位下大伴宿禰家持を越中守」とある。宮内少輔として平城京に居た大伴家持は、秋七月末には越中国の国守として赴任したと推察される。

天平二十年（七四八）春三月に、左大臣橘諸兄の使者として田辺福麻呂が、大伴家持を訪問した。家持はその遠来の客福麻呂を大歓待し、たびたび宴を開いている。それに関する歌が『万葉集』巻十八の巻頭部分（巻十八・四〇三二〜五五）に、伝誦歌群を加えて収録されている。楽しい日々は過ぎ去り、都に向かうことになった客人田辺福麻呂に対しての、餞宴が、掾の久米広縄の館で開かれた。

掾《じょう》久米朝臣広縄《くめあそみひろなわ》が舘《むろつみ》に、田辺史福麻呂《たのべのふびとさきまろ》に饗《あへ》する宴の歌四首

ほととぎす　今鳴かずして　明日越えむ　山に鳴くとも　験《しるし》あらめやも　（巻十八・四〇五二）

右の一首、田辺史福麻呂

木《こ》の暗《くれ》に　なりぬるものを　ほととぎす　なにか来鳴《きな》かぬ　君に逢《あ》へる時　（巻十八・四〇五三）

右の一首、久米朝臣広縄

ほととぎす　こよ鳴き渡れ　燈火《ともしび》を　月夜《つくよ》になそへ　その影《かげ》も見む　（巻十八・四〇五四）

可敝流廻《かへるみ》の　道行《ゆ》かむ日は　五幡《いつばた》の　坂に袖振《そでふ》れ　我《われ》をし思《おも》はば　（巻十八・四〇五五）

右の二首、大伴宿禰家持

前の件の歌は、二十六日に作る。

がその折りの歌々である。宴ではこの四首よりも多くの歌が披露されたであろうが、家持はこの四首を収録している。

客人福麻呂は、既に主人家持からホトトギスの魅力の深さを聞かされていたと推察される。この餞宴の主題となっている。福麻呂は「ほととぎす今鳴かずして」と詠み、当日の餞宴の盛況さを祈念している。「明日越えむ山」とは、翌日帰京するときに最初に越えることになる砺波山をさしているのであろう。そこでホトトギスがいくら鳴いても風雅を愛する仲間が存在しないので、何のかいもない。早く来て鳴けと詠うのであった。客人の主催者に対する深い思い遣りが感じられる。家持は、翌年の天平感宝元年（七四九）五月に、東大寺の僧平栄を迎え歓待しているが、その宴席にて、

焼《や》き大刀《たち》を　砺波《となみ》の関に　明日《あす》よりは　守部《もりへ》遣《や》り添《そ》へ　君を留《とど》めむ　（巻十八・四〇八五）

と詠んでいる。越中国府から帰京する時、別れとなる山は砺波山であった。

この福麻呂歌を受けて、館の主人広縄も宴の主催者家持もホトトギス詠の世界を展開している。広縄は、「木の暗になりぬるものをほととぎすなにか来鳴かぬ」と、今日の雅宴の充実さを願いホトトギスが早く訪れることを願った。宴の主催者である家持は、燈火を月夜に見立てて、その月とホトトギスとによって醸し出される雅な世界を思い浮かべている。

また、ホトトギスとともに注意すべきは、家持歌の第二首目である。福麻呂が帰途の最初の山を

「明日越えむ山」と詠んだのを受けて、その山に即応し詠出している。家持は、福麻呂が向かう旅先の山野に思いをはせ、そこから「可敝流」と「五幡」を選び出しそれを利用して、惜別の情を詠出している。なぜ家持は、越中国府から遠く離れた越前国の地を選んだのであろうか。「可敝流」(鹿蒜)は現在の「福井県南条郡南越前町新道」にあって、北陸自動車道の敦賀トンネルと今庄トンネルの間で、県道二〇七号線上の険しい山中にあり、「五幡」は現在の「敦賀市五幡」で敦賀湾の海岸近くにあり、約一〇㎞も離れている。当然越中から遥か彼方の越前の地であって、その五幡の坂から袖を振っても見えるはずがない。

　前述の山口氏は、『万葉の歌15』にて、その理由を説明している。

> 　少々ばか丁寧な解釈をすると、「都へ帰る身のそなたは、返り見という名をもつ鹿蒜廻の道を行く日には、その坂で越中の方を顧り見て、いつはた、帰る身の私をしのんで、袖を振れよなあ」。
> 　私は「かへるみ」にこめられた家持の心を思うと、彼の望郷の念に思わず涙する。越中からみえるはずのないところで袖を振らすのは、家持の魂を招く招魂の業であろう。都へ帰れるよう私の魂を招いてくれよというのだが、なるほどそれなら鹿蒜・五幡の名は的確である。

とある。越中国に居る家持が都までの行程の中から、越前国の地名「可敝流・五幡」に興味を覚え、カヘルにミ(廻)を加えその音に「帰る身」「返り見」「顧り見」、イツハタの音に「いつはた」の意味を込め、それを重層的に利用し、自身の望郷の念を重ねて創作したとする山口説は魅力的である。家持は天平貴族であり、奈良に帰住し生活することを願うのは至極当然のことであった。

ただし、筆者はこの歌の世界をそれだけと思わない。
この歌のように、これから向かう旅先の特殊な地名を利用して詠出する方法は、父旅人にも見られるのである。

冬十二月、大宰帥大伴卿の京《みやこ》に上《のぼ》る時に、娘子《をとめ》が作る歌二首

凡《おほ》ならば　かもかもせむを　恐《かしこ》みと　振りたき袖を　忍びてあるかも　（巻六・九六五）

大和道《やまとぢ》は　雲隠りたり　然《しか》れども　我《あ》が振る袖を　なめしと思《も》ふな　（巻六・九六六）

右、大宰帥大伴卿、大納言を兼任し、京《みやこ》にむかひて道を上る。この日に、馬を水城《みづき》に駐めて、府家《ふか》を顧《かへり》み望む。ここに、卿を送る府吏《ふし》の中に、遊行女婦《あそびめ》あり、その字を児島《こしま》と曰ふ。ここに、娘子《をとめ》この別れの易きことを傷み、その会ひの難きことを嘆き、涕《なみた》を拭《のご》ひて自から袖を振る歌を吟《うた》ふ。

大納言大伴卿の和《こた》ふる歌二首

大和道の　吉備《きび》の児島《こしま》を　過ぎて行《い》かば　筑紫《つくし》の児島　思ほえむかも　（巻六・九六七）

ますらをと　思へる我《あれ》や　水茎《みづくき》の　水城の上《うへ》に　涙拭《なみだのご》はむ　（巻六・九六八）

である。左注にあるように、旅人が大納言となって上京する折りの、大宰府の水城での遊行女婦の児島との贈答歌である。従来は、都へ帰る旅人と現地に残る児島との辛い別離の情が醸し出す世界とし

て捉えられてきた。

しかし、現在は東茂美氏の「遊行女婦児島の歌について」（『国語と教育』7、昭和57年12月）に代表されるように、当該歌群の持つ戯笑性にも注目して、餞宴の宴席歌として捉えられている。娘子の名「児島」と吉備国の地名「児島」との同音を利用すること。児島が遊行女婦であったこと。児島から歌いかけていることなどに注意するとき、この贈答歌の遊戯性が浮上する。

和歌史的には、旅の安全を祈願して訪れる地名を列挙する「道行き歌」があるが、その流れの新たな展開と考えられる。旅人はこれから向かう旅先地名を利用して、新しいそしていくらかユーモラスな贈答世界を構築している。

旅人歌をこのように捉えるとき、家持の福麻呂への餞宴歌も新しい解釈が可能になる。辛い餞宴ではあるが、やはり宴席である。家持自身の望郷の念を重ねる一方、宴席におけるユーモアが加味されていると捉えるべきと考える。

また、旅先の地名を利用する歌としては、叔母坂上郎女に、

冬十一月、大伴坂上郎女、帥の家を発《た》ちて道に上《のぼ》り、筑前国の宗像郡《むなかたのこほり》名を名児山《なごやま》といふを越ゆる時に作る歌一首

大汝《おほなむぢ》　少彦名《すこなびこな》の　神こそば　名付《なづ》けそめけめ　名のみを　名児山と負《お》ひて　我《あ》が恋の　千重の　一重も　慰めなくに　（巻六・九六三）

がある。こちらは旅先の地名ではなく、旅の現地の地名利用であるが、やはり、どことなくユーモラスである。

武生（当時の越前国府）

北陸道を進めば、鹿蒜からは淑羅そして丹生へ行くことになる。丹生は広大で現在の越前市、丹生郡、今立郡、南条郡を含む範囲である。淑羅は明確には不明であるが、現在の日野川に沿ったどこかであろう。

万葉人は、鹿蒜（現在の福井県今庄市新道帰）から、現在の県道二〇七号線を東に向かい、国道三六五号線に出、日野川に沿って今庄から南条を通り武生の越前国府に向かうのであった。

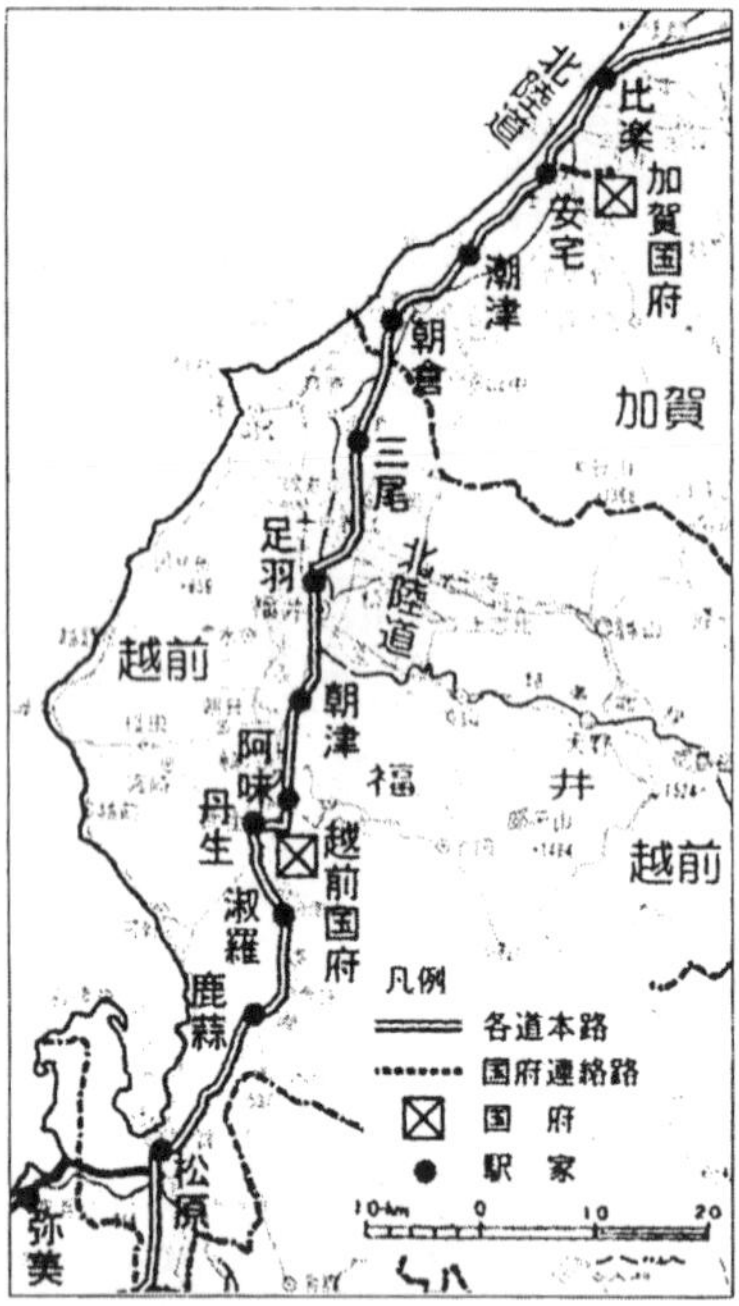

図２　「完全踏査古代の道　畿内・東海道・東山道・北陸道」木下良監修・武部健一著（吉川弘文館刊）より転載。

越前の国庁は諸説あるが、JR北陸線武生駅前の市庁舎隣接地が最有力であろう。現在の武生の地は、平安時代に生きる紫式部と関わりが深い。紫式部は越前守となった父とともに越前国府に居たからである。

天平十八年（七四六）の秋七月末に越中国の国守として赴任した家持は、その越中に既に掾として活躍する同族大伴池主と逢う。この邂逅が越中での天平十九年（七四七）からの琴瑟相和す文芸の友の世界を生むことになる。その具体的な様子は、『万葉集』巻十七の中央部分を中心にみることができる。

しかし、天平十九年に、越中の掾であった大伴池主が越前の掾として転出する。『万葉集』には、越中国に居る家持が既に越前国に転任した池主に、鵜を贈った天平勝宝二年（七五〇）四月の折りの歌がある。

水鳥を越前判官大伴宿禰池主に贈る歌一首　并せて短歌

天離る　鄙《ひな》にしあれば　そこここも　同じ心ぞ　家離《いへざか》り　年の経《へ》ぬれば　うつせみは　物思ひ繁し　そこ故に　心なぐさに　ほととぎす　鳴く初声《はつこゑ》を　橘の　玉に合へ貫《ぬ》き　かづらきて　遊ばむはしも　ますらをを　伴《とも》なへ立てて　叔羅《しくら》川　なづさひ上り　平瀬《ひらせ》には　小網《さで》さし渡し　速《はや》き瀬に　鵜を潜《かづ》けつつ　月に日に　然《しか》し遊ばね　愛《は》しき我が背子　（巻十九・四一八九）

叔羅川　瀬を尋《たづ》ねつつ　我が背子は　鵜川《うかは》立たさね　心なぐさに　（巻十九・四一九〇）

鵜川立ち　取らさむ鮎《あゆ》の　しが鰭《はた》は　我れにかき向け　思ひし思はば　（巻十九・四一九一）

右、九日に使ひに付けて贈る。

である。叔羅川で鵜飼漁をするためにと、鵜を贈ったのである。長歌には「天離る鄙にしあればそこここも同じ心そ」とある。田舎住まいであるので越前の池主様も越中の私家持も物思いする心は同じです。とし、五月五日の端午の節会の宴の折りにでも、鵜飼いを催して遊べと言うのであった。家持は天平二十年（七四八）春、出挙のために諸郡を巡行し各地でその折々の歌を制作しているが、その中にも、

鵜を潜くる人を見て作る歌一首

婦負川の　早き瀬ごとに　篝《かがり》さし　八十伴《やそとも》の緒は　鵜川立ちけり　（巻十七・四〇二三）

と、夏の夜多数が集う鵜飼漁に興味を示して詠出している。

当該歌反歌の短歌はおもしろい。第一首目は、家持が女性の立場になりきって、池主に「我が背子」と呼びかけ、「鵜川立たさね」と「立つ」の敬語形を用いて戯れ詠い、第二首目では、「取らさむ鮎のしが鰭は我れにかき向け」と命令形を用い贈ることを願うそのものは、鮎ではなく、その鮎の鰭《ひれ》であった。家持は鰭を贈ってもらってどうしたいのか。河豚の鰭なら利用価値がありそうであるが。

『万葉集』には、越前の国庁近くにあったであろう掾大伴池主の館での歌がある。

正税帳使掾《しやうぜいちやうしじよう》久米朝臣《くめあそみ》広縄《ひろなは》事畢《をは》り任に退《まか》る。適《たまさかに》に越前国掾大伴宿禰池主が館《むろつみ》に遇《あ》ひ、仍《よ》り

て共に飲樂《いんらく》す。ここに久米朝臣広縄萩の花を矚《み》て作る歌一首

君が家に　植ゑたる萩の　初花《はつはな》を　折りてかざさな　旅別るどち　（巻十九・四二五二）

大伴宿禰家持和歌一首

立ちて居《ゐ》て　待てど待ちかね　出でて来《こ》し　君にここに逢ひ　かざしつる萩　（巻十九・四二五三）

である。越中国守の任をおえた大伴家持は、帰京する途中、年来の文芸の友である池主に会うために越前国の掾の館に訪れた。しばらくの楽しい一時を過ごしたであろうが、その二人だけの折りの歌は残されていない。しかし、越中国掾である広縄がたまたま都から帰任する途中に、池主の館に立ち寄ることが解り、三人がともに宴席を開いた時の歌である。萩を肴に酒を酌み交わし、萩を頭に付けて遊ぶ姿が目に浮かぶ。

「叔羅川」とはどの川であろうか。武田祐吉の『萬葉集全註釈』が既に詳説している。『延喜式』巻二十八兵部省越前国駅馬には、「濟羅」とあるが、それは流布本系の用字であり、九条本では「淑羅」とあることに注目して、「淑羅」を採用している。そして、淑と叔とは音が同じとして、越前国駅馬の「淑羅」（南条郡南越前町鯖波）近くの日野川を叔羅川と呼んでいたとした。越前国庁の東を流れる川でもある。「淑羅」から日野川に沿って十㎞ほど北上すると越前国の国府があった武生に着く。古代北陸道は、越前国府から直ちに北に向かわず、東へ向かって日野川を渡り、それから北上している。

味真野

国府から七kmほどの北陸道の東側が後の阿味駅《あぢま》（越前市中新庄町）である。万葉時代の味真野の地である。

『万葉集』巻十五は不思議な巻である。約二百首で構成されているが、そのうち約百四十首が天平八年（七三六）に新羅に遣わされた使人たちの歌、他の約六十首が科を犯して天平十一年（七三九）から十三年（七四一）ごろまで越前国に配流された中臣宅守《なかとみのやかもり》と狭野茅上娘子《さのちがみをとめ》との贈答歌である。

具体的には、遣新羅使人たちの歌群は、家人との悲別の情や海路を行く者の苦痛が詠出されている。後半には、神祇官であった中臣宅守が何かの罪で越前国の味真野に流され、蔵部女孺《くらべのにょじゅ》であった狭野茅上娘子との、夫婦別離の悲しみが詠出されている。女孺とは後宮で仕える雑役人で、位は最下位の少初位か無位であるが官女である。

そのほとんどすべてが嘆きの歌である。悲しさを基層においた歌々である。円満な日常生活とは異なり、非日常の「縁を結んできた人々との別れ」に目を向け、そこに文芸の興味を抱いたとき、この様な歌群が生まれたのであろう。満ち足りた生活にある天平貴族たちのみが享受できる悲劇性趣味の強い二つの作品群と捉えるべきと考える。

さて、宅守が味真野に向うこととなり、別れに臨みて茅上娘子が、

　　中臣朝臣宅守と狭野茅上娘子とが贈答せる歌

あしひきの　山路《やまぢ》越えむと　する君を　心に持ちて　安けくもなし　（巻十五・三七二三）

君が行く　道の長手《ながて》を　繰《く》り畳《たた》ね　焼き滅ぼさむ　天《あめ》の火もがも　（巻十五・三七二四）

我《わ》が背子し　けだし罷《まか》らば　白たへの　袖を振らさね　見つつ偲《しの》はむ　（巻十五・三七二五）

このころは　恋ひつつもあらむ　玉櫛笥《たまくしげ》　明けてをちより　すべなかるべし　（巻十五・三七二六）

右の四首、娘子が別れに臨みて作る歌

と詠んでいる。「あしひきの山路」とは、奈良山や逢坂山や愛発山をはじめとする北陸道の山々を思い遣っての表現であろう。また、平城京から越前までの長い道のりをふまえて、それを焼き滅ぼす天の炎が欲しいとした。それらを受けて宅守からは、

塵泥《ちりひぢ》の　数にもあらぬ　我《わ》れ故に　思ひわぶらむ　妹がかなしさ　（巻十五・三七二七）

あをによし　奈良の大路《おほち》は　行きよけど　この山道《やまみち》は　行き悪しかりけり　（巻十五・三七二八）

愛《うるは》しと　我《あ》が思ふ妹を　思ひつつ　行けばかもとな　行き悪しかるらむ　（巻十五・三七二九）

恐《かしこ》みと　告《の》らずありしを　み越路《こしぢ》の　手向《たむ》けに立ちて　妹が名告《の》りつ　（巻十五・三七三〇）

右の四首、中臣朝臣宅守、上道《みちだち》して作る歌

の四首が返されている。「奈良の大路は行きよけどこの山道は行き悪しかりけり」とある。平城京の朱雀大路は七〇m、一般の大路は二四mで、たしかに歩きやすそうであったが、一方、天平期の全国

七道も想像以上に整備されていたことを留意すべきである。各地で古代官道の発掘調査が進み、その成果が『日本古代道路事典』(八木書店・平成十六年)として纏められているのでご参照願いたい。

石川県金沢市観法寺町《かんぼうじ》(加賀の田上から深見への道)では、観法寺遺跡として万葉時代北陸古道が発掘された。路面幅八mの整然とした道であったことが、近年明らかになっている。天平十五年(七四三)には、加賀市直前の石川県石川郡野々市町でも古代北陸道の遺構(三日市A遺跡)が発掘(『日本古代道路事典』)されている。側溝を含む幅が約九m、の道であった。山道は険しいものがあったであろうが、歌は現実の道よりその心情面を選び詠出しているのである。第四首目には「み越路」の語が見える。

遠《とほ》き山　関《せき》も越え来《き》ぬ　今更《いまさら》に　逢ふべきよしの　なきがさびしさ　(巻十五・三七三四)

右の十四首、中臣朝臣宅守(内一首)

我《あ》が身こそ　関山越えて　ここにあらめ　心は妹に　寄りにしものを　(巻十五・三七五七)

我妹子に　逢坂山《あふさかやま》を　越えて来て　泣きつつ居れど　逢ふよしもなし　(巻十五・三七六二)

右の十三首、中臣朝臣宅守(内二首)

の「関」や「逢坂山」を詠んだ歌もある。「遠き山関も越え来ぬ」とは、おそらく既に存在した逢坂の関や愛発の関を越えて、越前に来たことを強調している。「我妹子に逢坂山を越えて来て」ともある。「我妹子に」逢うから、「逢坂山」にかかる枕詞になっていることや、既に早く通過したはずの「逢坂山」を利用していることに注目すると、切実な心情の吐露と言うよりは、余裕を持った文芸的な面を感じる。

また、最終歌群には、

恋ひ死なば　恋ひも死ねとや　ほととぎす　物思《ものも》ふ時に　来鳴《きな》きとよむる　（巻十五・三七八〇）

右の七首、中臣朝臣宅守、花鳥に寄せて思ひを陳べて作る歌（内一首）

の歌がある。左注が「花鳥に寄せて思ひを陳べて作る」としているように、「花鳥」は漢語で唐詩との関連が推察される。七首中、一首が花橘、残り六首がホトトギスの鳴き声を利用して詠出している。文芸作品としての面を強く捉えるべきであろう。

深見村

味真野から北上すると、後の加賀国に入ることになるが、万葉時代に加賀国はない。越前国であった。嵯峨天皇時代の弘仁十四年（八二三）二月に、その越前国に属していた江沼《えぬま》・加賀《かが》の二郡を独立させて加賀国としたのである。

古代北陸道としては、越前国府から北上して海岸近くに進む。そして日本海の海岸線を北東に行く。現在の越前市から鯖江・福井・あわら・加賀・小松・白山・金沢市などにあたる。現在なら加賀温泉郷や安宅の関などよい湯や歴史的に興味深い場所があるが、万葉集時代の旅人達は無言である。

当時の加賀郡、現在の金沢市の北東にあった深見駅（河北郡津幡町加賀爪、大田、加茂。図3参照）は、越中国との国境にある。その深見駅からは、北陸道を離れ北上し横山駅から能登国に向かう道と、東に進み越中国に向かう道とに分かれる。加賀から越中国に至るには、北から志雄越え、倶利伽羅《くりから》峠越え、二俣越えの三ルートが想定されるが、最有力は、池主の和歌に「砺波山手向の神に幣奉り我が乞ひ禱まく……」（巻十七・四〇〇八）とある倶利伽羅峠越えである。私たちも砺波山の倶利伽羅峠を越える道（図4参照）を選ぶことにしよう。現在はJR北陸本線も国道八号線もトンネルで越えるが、万葉時代は徒歩の峠越えであった。

図3　「完全踏査古代の道　畿内・東海道・東山道・北陸道」木下良監修・武部健一著（吉川弘文館刊）より転載。

天平二十一年（七四九）、越前国掾の大伴池主は所用で深見村に来た。目前の砺波山は、越前国と越

図4　『日本古代道路事典』古代交通研究会編（八木書店刊）より転載。

中国との両国の境界となっており、その砺波山の倶利伽羅峠を越えれば越中国である。以前は越中国の掾であり、国守の家持と旺盛な作品交換をこころみ、交友を深めた大伴池主は、文人家持を思い、次の歌を制作した。

越前国掾大伴宿禰池主の来贈する歌三首

今月十四日を以《もち》て、深見村《ふかみのむら》に到来し、彼《そ》の北方を望拝《ばうはい》す。常に芳徳を思ふこと、いづれの日にか能《よ》く休《や》まむ。兼ねて隣近《りんきん》なるを以《もち》て、忽《たちま》ちに恋《こひ》を増す。加以《しかのみにあらず》、先の書に云《い》はく、暮春《ぼしゆん》惜しむべし、膝《ひざ》を促《ちかづ》くること未《いま》だ期せず、生別の悲しび、それまたいかにか言はむと。紙に臨みて悽断《せいだん》し、状を奉ること不備。

三月十五日、大伴宿禰池主

一、古人の云はく

月見れば　同じ国なり　山こそば　君があたりを　隔てたりけれ　（巻十八・四〇七三）

一、物に属けて思ひを発して

桜花　今そ盛りと　人は言へど　我はさぶしも　君としあらねば　（巻十八・四〇七四）

一、所心の歌

相思はず　あるらむ君を　怪しくも　嘆き渡るか　人の問ふまで　（巻十八・四〇七五）

である。受け取った家持は、池主の序文を読み、三首すべてに「君」の語を用いて女歌形式で親愛の情を吐露した歌を味わい、

越中国守大伴家持が報へ贈る歌四首

一、古人の云はくに答へて

あしひきの　山はなくもが　月見れば　同じき里を　心隔てつ　（巻十八・四〇七六）

一、属目して思ひを発すに答へ、兼ねて遷任せる旧宅の西北隅の桜樹を詠ひ云ふ

我《わ》が背子が　古き垣内の　桜花　いまだ含めり　一目見に来ね　（巻十八・四〇七七）

一、所心に答へ、即ち古人の跡を以て、今日の意に代へて

恋ふといふは　えも名付けたり　言ふすべの　たづきもなきは　我《あ》が身なりけり　（巻十八・四〇七八）

一、更に嘱目して

三島野に　霞たなびき　しかすがに　昨日も今日も　雪は降りつつ　（巻十八・四〇七九）

三月十六日

と、さっそく翌日に、三首に丁寧に応え、更に一首の作品を制作し贈っている。そこには、「兼ねて遷任せる旧宅の西北隅の桜樹を詠ひ云ふ」の語がある。二人にとって「桜花」は特別な存在であった

ことに注意すべきである。越前国と越中国とを結ぶ「桜花」について、しばらくこだわってみよう。

二十一歳の若い家持と池主は、早く天平十年（七三八）に、平城の橘朝臣奈良麻呂宅で出逢っていた。「黄葉」を歌題に、貴族階級の若者たちが雅宴に集った時である。

　　橘朝臣奈良麻呂、集宴を結ぶ歌十一首（内二首）

十月　しぐれにあへる　もみち葉の　吹かば散りなむ　風のまにまに　（巻八・一五九〇）

　　右の一首、大伴宿禰池主

もみち葉の　過ぎまく惜しみ　思ふどち　遊ぶ今夜は　明けずもあらぬか　（巻八・一五九一）

　　右の一首、内舎人大伴宿禰家持

と池主や家持が詠出している。「黄葉」の美しさに惹かれて若者達が集い、二次会三次会と別れを惜しむ人たちがいたのである。その二人が、偶然、越中で再会することになったのである。天平十八年（七四六）の秋のことである。それからの文芸交流は、前述のように『万葉集』巻十七の八月七日歌群（巻十七・三九四三〜三九五五）からの作品にみることができる。家持は天平十九年（七四七）の春に大病になり、やっと癒えて池主と盛んな作品応酬をし、二人の文芸を確認するとともに共感を得て楽しんでいる。

その一連の歌群の中に、大伴池主が天平十九年三月二日に、忽ちに芳音《はういん》を辱《かたじけな》みし、翰苑《かんゑん》雲を凌《しの》ぐ。兼ねて倭詩《わし》を垂れ、詞林《しりん》錦を舒《の》ぶ。以《もち》て吟じ以て詠じ、能《よ》く恋緒《れんしよ》を蠲《のぞ》く。春は楽しぶべく、暮春の風景最《もと》も怜れぶべし。紅桃《こうたう》灼々《しやくしやく》、戯蝶《きてふ》は花を廻《めぐ》りて儛《ま》ひ、翠柳《すいりう》依々《いい》、嬌鶯《けうあう》は葉に隠《かく》りて歌ふ。楽しぶべきかも。淡交に席を促《ちかづ》け、意を得て言を忘る。楽しきかも美《うるは》しきかも、幽襟《いうきん》賞づるに足りぬ。豈慮《あにはか》りけめや、蘭蕙《らんけい》藂《くさむら》を隔《へだ》て、琴罇《きんそん》用ゐるところなく、空しく令節を過ぐして、物色《ぶつしよく》人を軽《いるかせ》にせむとは。怨《うら》むる所ここにあり、黙《もだ》已《を》ること能《あた》はず。俗《よ》の語《ことば》に云はく、藤《ふぢ》を以て錦に続《つ》ぐといふ。聊《いささ》かに談笑《だんせう》に擬《あてはか》らくのみ。

山峡に　咲ける桜を　ただ一目　君に見せてば　何をか思はむ　（巻十七・三九六七）

うぐひすの　来鳴く山吹　うたがたも　君が手触れず　花散らめやも　（巻十七・三九六八）

沽洗《やよひ》二日、掾大伴宿禰池主

の作品を制作して家持に贈っている。家持は、

更に贈る歌一首　并せて短歌

含弘《がんこう》の徳は、思を蓬体《ほうたい》に垂れ、不貲《ふし》の恩は、慰を陋心《ろうしん》に報《こた》ふ。来眷《らいけん》を戴荷《たいか》し、喩《たと》ふる所に堪《あ》ふるものなし。ただし、稚《わか》き時に遊芸《いうげい》の庭に渉《わた》らざりしを以《もち》て、横翰《わうかん》の藻《さう》、自《おのづか》らに彫虫《てうちう》に乏《とも》し。幼年に未《いま》だ山柿《さんし》の門に逕《いた》らず、裁歌《さいか》の趣《おもぶき》、詞《ことば》を藂林《じゅりん》に失《うしな》ふ。ここに籐《ふぢ》を以《もち》て錦に続《つ》ぐの言を辱《かたじけな》みし、更《さら》に石を将《も》ちて瓊《たま》に間《まじ》ふる詠《うた》を題《しる》す。固《もと》より是《こ》れ俗愚《ぞくぐ》にして癖《くせ》に懐《むだ》き、黙《もだ》已《を》ること

能《あた》はず。仍《よ》りて数行《すかう》を捧げ、式《もち》て嗤笑《しせう》に酬《むく》いむ。その詞に曰《いは》く、
大君の　任《ま》けのまにまに　しなざかる　越を治めに　出でて来し　ますら我れすら　世間の　常しなければ　うち靡き　床に臥《こ》い伏し　痛けくの　日に異に増せば　悲しけく　ここに思ひ出いらなけく　そこに思ひ出　嘆くそら　安けなくに　思ふそら　苦しきものを　あしひきの　山き隔《へな》りて　玉桙の　道の遠けば　間使ひも　遣るよしもなみ　思ほしき　言も通はず　たまきはる　命惜しけど　せむすべの　たどきを知らに　隠り居て　思ひ嘆かひ　慰《なぐさ》むる　心はなしに春花《はるはな》の　咲ける盛りに　思ふどち　手折りかざさず　春の野の　茂み飛び潜《く》く　うぐひすの　声だに聞かず　娘子らが　春菜摘ますと　紅の　赤裳の裾の　春雨に　にほひひづちて　通ふらむ時の盛りを　いたづらに　過ぐし遣《や》りつれ　偲はせる　君が心を　愛《うるは》しみ　この夜すがらに　眠《い》も寝《ね》ずに　今日もしめらに　恋ひつつぞ居る　（巻十七・三九六九）
あしひきの　山桜花　一目だに　君とし見てば　我恋ひめやも　（巻十七・三九七〇）
山吹の　繁み飛び潜く　うぐひすの　声を聞くらむ　君はともしも　（巻十七・三九七一）
出で立たむ　力をなみと　隠り居て　君に恋ふるに　心どもなし　（巻十七・三九七二）
三月三日、大伴宿禰家持

を制作している。この二群をみるだけでも家持と池主の文芸交流の深さがうかがわれる。三月三日の上巳を意識し、興奮し詩的感興から作品を制作しているが、ここに詠出された花には特色がある。上

巳と言えば桃花が想起される。池主の序文にも「紅桃」の語が見られるが、歌では山の「咲ける桜」に目を向けている。もちろん、家持も「山桜花」の語を用いて丁寧に応えている。三月上旬は中国では桃花が美しい季節と捉えられていたが、日本の風土では桜花の季節であった。その違いに面白さを見出した二人が居たのであった。また、池主の序文には「嬌鶯」の語も見られ、「梅花」が想起されるが、二人は鶯に「山吹」を取り合わせて新鮮さもねらっている。

いずれにしても、精力的に斬新な和歌制作に励む二人にとって、上巳の桜花は特に興味ある景物であった。

今少し家持に注目すると、中国世界を下敷きに制作し、家持の秀歌として評判が高い、

春の苑　紅にほふ　桃の花　下照る道に　出で立つ娘子　（巻十九・四一三九）

の作品がある。天平勝宝二年（七五〇）三月一日からはじまる歌群の最初の一首である。この日には「桃の花」に意識を向けた家持であるが、二日の作品を経て、いよいよ上巳の当日三日となった時、

今日のためと　思ひて標めし　あしひきの　尾の上の桜　かく咲きにけり　（巻十九・四一五一）

と、やはり桃花でなく桜花に焦点を当てて詠出している。「かく咲きにけり」の語句に注意し推察す

ると、宴の部屋の床の間には花瓶が置かれ、山桜が美しくいけられていたのであろう。それを賞美しているのである。天平十九年（七四七）に、家持と池主とが見出した上巳における桜花が、二人の心に深く沈潜し、毎年上巳になると、「桜花」を主とした文芸交流が想起されていることが明らかである。

天平勝宝二年上巳の歌群を詠出する一年前、天平二十一年（七四九）に池主は所用で深見村を訪れ、家持を想い三月の季節を想起し、三月十五日に、前出の

桜花　今そ盛りと　人は言へど　我はさぶしも　君としあらねば　（巻十八・四〇七四）

と詠出し、家持は翌三月十六日に、

我が背子が　古き垣内の　桜花　いまだ含めり　一目見に来ね　（巻十八・四〇七七）

と詠出したのである。砺波山を隔てているが、深見村に居る池主と射水川の下流の国府に居る家持との「桜花」を主とした心の高まりは想像にあまるものがあったであろう。

池主は、天平勝宝元年（七四九）十一月にも、再度加賀郡深見村に訪れ、やはり、家持に書簡と和歌を贈っているが、不思議な内容である。「越前国掾大伴宿禰池主が来贈《おこ》せたる戯《たはぶ》れの歌四首」（巻十

八・四一二八〜三一）である。序文に当時の法律用語を用い、「針袋」を中心に制作されている。第二群のみを紹介すると、

更に来贈せたる歌二首

駅使《やくし》を迎ふる事に依《よ》りて、今月十五日に、部下加賀郡《かがのこほり》の境に到来《いた》る。面蔭《おもかげ》に射水《いみづ》の郷《さと》を見、恋緒深見《れんしよふかみ》村に結《むす》ぼほる。身は胡馬《こば》に異《こと》なれども、心は北風《ほくふう》に悲しぶ。月に乗じて徘徊《たもとほ》れども、曾《かつ》て為す所無し。稍《やくや》くに来封《らいふう》を開くに、その辞云々《しかしか》とあれば、先に奉る所の書、返りて畏《おそ》るらくは疑ひに度《わた》れるかと。僕嘱羅《われしよくら》を作《な》し、且使君《かつがつしくん》を悩ます。夫《それ》水を乞《こ》ひて酒を得るは従来《もとより》能《よ》き口なり。時を論じて理《ことわり》に合はば、何せむに強吏《がうり》と題《しる》さむや。尋《つ》ぎて針袋《はりぶくろ》の詠を誦するに、詞《し》泉酌《ぜんく》めども渇《つ》きず。膝《ひざ》を抱《むだ》き独《ひと》り笑《ゑ》み、能《よ》く旅の愁《うれ》へをのぞく。陶然《たうぜん》に日を遣《おく》り、何かを慮《はか》らむ何をか思《おも》はむ。短筆不宣《たんぴつふせん》。

勝宝元年十二月十五日　物を徴《はた》りし下司《げし》

謹上　不伏使君　記室

別に奉る　云々　歌二首

縦《たた》さにも　かにも横さも　奴《やつこ》とそ　我はありける　主の殿戸《とのど》に　（巻十八・四一三二）

針袋《はりぶくろ》　これは賜《たば》りぬ　すり袋《ぶくろ》　今は得てしか　翁《おきな》さびせむ　（巻十八・四一三三）

である。やはり序文を見ると、「部下加賀郡の境に到来る。面蔭に射水の郷を見、恋緒深見村に結ぼほる。」とある。加賀郡の深見村から射水の郷に居る家持に対する親愛の情が綴られている。和歌でも「奴とそ我はありける主の殿戸に」と、「奴」と「主の殿戸」の語を用い、敬愛する家持への心情を吐露するのであった。この越前国から越中国に居る家持を慕う池主の心に乗って倶利伽羅《くりから》峠を越えると、目的地越中国の射水郡にある国府に着く。

天平二十年（七四八）初春に国守家持は、出挙の政務もあって、越中国の諸郡を巡行して和歌を制作している。その旅は、砺波《となみ》郡の雄神《をかみ》川、婦負《めひ》郡の鸕坂《うさか》川、新川《にひかわ》郡の延槻《はひつき》川、能登郡の香島の津、鳳至《ふげし》郡の饒石《にぎし》川、珠洲郡、長浜の浦と当時の越中国全域にわたる陸路や海路を使い、立山、松田江の長浜、気太神社や羽咋の海、布勢水海の勝景を楽しんでいる。このような越中国や、越後国への旅は今後の楽しみにして、今回の都からの旅はそろそろ終わりにしよう。

＊万葉集の本文は、『日本古典文学全集』（小学館）によった。

東海道をゆく万葉の旅人

影山尚之

はじめに

「東国への道」というテーマで執筆依頼を戴いたとき、編集担当のかたに「コテコテ関西人の私が東国のことを書くのは変じゃないですかねえ」と、すこし躊躇して言ったら、あっさり無視された。気を取り直して考えてみると、万葉の七〜八世紀に「あづま」へ旅したのは、大半が畿内出身の人びとだったというあたりまえのことに思い当たる。黒人も赤人も虫麻呂も、みなおそらく大和盆地に生まれ育ち、官人となって後に東国への旅を経験したのだった。

しかし、はじめに確認しておこう。有名な『伊勢物語』第九段に、

その男、身をえうなきものに思ひなして、京にはあらじ、あづまの方にすむべき国もとめにとてゆきけり。もとより友とする人、ひとりふたりしていきけり。道しれる人もなくて、まどひいき

けり。

とあるところから、奈良・平安時代の貴族は東国（あづま）を「えうなきもの」の住むべき辺境無価値の世界と認識しており、ふだん眼中になかったために「道しれる人」もない未知の空間であったと見なされることがある。なるほど、『更級日記』作者は上総国に育った自らを「あづま路の道の果てよりも、なほ奥つ方に生ひ出でたる人、いかばかりかはあやしかりけむ」と卑下するのだったし、藤原宇合を見送るに際して常陸娘子《ひたちのをとめ》が、

庭に立つ麻手《あさで》刈り干し布さらす東女《あづまをみな》を忘れたまふな　（巻四・五二一）

とうたったのも「あづまをみな」に自虐的意識をこめてはいよう。都をこそ理想的な最高の空間と自覚する官人たちにとって、東国に限らず地方諸国は好んで住もうとするところでなかったのは確かだろうが、「稲荷山古墳出土鉄剣銘」を見れば五世紀代にすでに中央・東国間のネットワークが確保されていることが知られ、律令制の完備した奈良・平安時代に〈東国＝未開〉の図式はもはや成り立たない。大化改新によって駅馬・伝馬制の整備に着手され、東方八道に国司が派遣されているし（大化二年）、天武朝には、

是の日に、三野王《みののおほきみ》・小錦下《せうきむげ》采女臣《うねめのおみ》筑羅《つくら》等《ら》を信濃に遣して、地形《ところのありかた》を看《み》しめたまふ。是の地に都つくらむとしたまへるか。

（『日本書紀』天武天皇十三年〔六八四〕二月二十八日条）

とあって信濃国が皇都の候補地に浮上するほどに中央と東国との距離は短縮している。

崇神天皇代の四道将軍派遣や景行天皇代ヤマトタケル東征伝承に看取される荒ぶる東国像を七、八世紀の東国社会に適用することは不当であり、『万葉集』東歌の鑑賞にあたっても東国庶民の素朴な生活感情ばかりを追求するのは一面的に過ぎる。『伊勢物語』東下り章段に関する講話をこれまで内心苦々しく聴いてこられた関東出身者は少なくないのではないか。

古代の東国観

『伊勢物語』第九段の旅程は、三河国八橋（愛知県知立市）から駿河国宇都の山（静岡県志太郡）に至り、そこから富士山を望見した後、武蔵・下総両国の境・隅田川のほとりに及ぶ。東海道を下る行程であり、その要した日数を概算するに、『十六夜日記《いざよいにっき》』で阿仏尼《あぶつに》は平安京〜八橋間を四日、八橋〜鎌倉間を九日で踏破しているから、さらに一両日を足せばおよその目安となるだろう。それは『延喜式』が規定する京・武蔵間の下向日数十五日にほぼ一致する。辛い道行きには違いないとしても、大陸横断のような果てしない彷徨ではなかった。

富士山を紹介するに『伊勢物語』は、

その山は、ここにたとへば、比叡の山を二十ばかり重ねあげたらむほどして、

と記し、比叡山を二十も重ねあげたとしたら標高一万七千メートルに達してしまうのだから、この作者は富士山の実際について無知であったのだろうと予想する向きがあるかもしれない。しかし、それは物語描写ゆえの誇張であって、『竹取物語』の末尾に「駿河の国にあるなる山なむ、この都も近く、天も近く侍る」というのが読み手にも当然嘘と分かる趣向であるのと同じく、読者に対する一種のサービスだ。『伊勢物語』の作者に東海道を下って富士を望見した実体験があるかどうかは不明ながら、山容のおおよそを熟知してはいただろう。赤人「望不尽山歌」（巻三・三一七～三一八）や虫麻呂「詠不尽山歌」（巻三・三一九～三二一）がすでにあり、都良香の「富士山記」があり、この山への理解と関心は畿内に住む人びとの中に広く浸透していたはずである。絵図のようなビジュアルの存在も想定されていい。(注1)

なるほど、和語「あづま」は方角をあらわすヒムカシ（ヒガシ）とは異なって対偶する語を持たず、漠然と広がる地域を示す語として用いられてきた。『常陸国風土記』総記冒頭に、

古《いにしへ》は、相模《さがむ》の国足柄の岳坂《やまさか》より東《ひむがし》の諸《もろもろ》の県《あがた》は、惣《す》べて我姫《あづま》の国と称《い》ひき。

とあり、『日本書紀』景行天皇四十年是歳条には、

即ち甲斐《かひ》より北《きたのかた》武蔵《むざし》・上野《かみつけの》を転歴《めぐりへ》て、西《にしのかた》碓日坂《うすひのさか》に逮《いた》ります。時に、日本武尊、毎《つね》に弟橘媛《おとたちばなひめ》を顧《しの》ひたまふ情《みこころ》有り。故《かれ》、碓日嶺に登りまして、東南《たつみのかた》を望みて三歎《みたびなげ》かして曰はく、「吾嬬《あづま》はや」とのたまふ（嬬、此をば菟摩と云ふ）。故、因《よ》りて山の東《ひむがしのかた》の諸国《もろもろのくに》を号《なづ》けて、吾嬬国と曰ふ。

と見える一方で、高市皇子挽歌、

…鶏《とり》が鳴く　東《あづま》の国の　御軍士《みいくさ》を　召《め》したまひて　ちはやぶる　人を和《やは》せと　まつろはぬ　国を
治めと　皇子ながら　任《ま》けたまへば…
（巻二・一九九）

の「東の国」が直接には尾張の国をさすというように、その範囲や境界が一定しないというのはよく知られているとおりである。また、『古事記』下巻雄略天皇条、天語歌《あまがたりうた》に、

…新嘗屋《にひなへや》に　生ひ立てる　百足《ももだ》る　槻《つき》が枝《え》は　上《ほ》つ枝は　天《あめ》を覆《お》へり　中《なか》つ枝は　東《あづま》を覆へり
下枝《しづえ》は　鄙《ひな》を覆へり　…

とうたわれるように、「天（阿米）」「鄙（比那）」と対照される特別な世界観を背負っていた。アメ・ヒ

ナ・アヅマの関係性については平野邦雄氏に論があり、(注2)吉村武彦氏は古代王権のコスモロジーをそこに見ようとする。(注3)また、平川南氏は平野論を批判しつつ「『東（アヅマ）』は、天と鄙の間に設定された新たな地域」であり、「天（アメ）・東（アヅマ）・鄙（ヒナ）が同心円状に配置されていた」ことを右の歌謡から汲み取っているが、(注4)その空間性はともかく、「天」すなわち都とは決定的に異質であって、かつ「鄙」とも違う独特の世界像を帯びていたことをここでは確かめておこう。吉村論は「四方国」の中で東国（あづま）が特別の位置にあることを詳述している。都びとにとって「天離る鄙」は文字通りただ辺鄙な地であったけれども、

…聞《き》こし食《を》す　四方《よも》の国には　人多《さは》に　満ちてはあれど　鶏が鳴く　東男《あづまをのこ》は　出で向かひ　かへり見せずて　勇みたる　猛《たけ》き軍卒《いくさ》と　ねぎたまひ　任《ま》けのまにまに　…　（巻二十・四三三一）

などに看取されるように、アヅマは決してマイナスイメージだけで語られる異世界ではなかった。
もっとも、右の諸文献における理解はいずれも中央に属するものであって、在地の認識ではない。万葉集中の歌文にアヅマの語は複合語を含んで十五例ほど見られるが（人名を除く）、その大半が都びとの詠歌に使用される。

東人《あづまと》の荷前《のさき》の箱の荷の緒にも妹は心に乗りにけるかも　（巻二・一〇〇　久米禅師）

息の緒に我が思ふ君は鶏が鳴く東の坂を今日か越ゆらむ　（巻十二・三一九四）

鶏が鳴く東男の妻別れ悲しくありけむ年の緒長み　（巻二十・四三三三　家持）

東国在地詠に用いられるのは、先掲常陸娘子歌のほかには、

東道《あづまぢ》の手児《てご》の呼坂《よびさか》越えがねて山にか寝むも宿りはなしに　（巻十四・三四四二）

東道の手児の呼坂越えて去なば我は恋ひむな後は相寝とも　（巻十四・三四七七）

の二例に限られ、これはともに「東道」すなわち東国への道を詠み込む。「手児の呼坂」の位置は、いくつかの伝承地があるだけで未詳とするほかないけれども、アヅマに至るルート上の要衝であったことは疑いなく、そのような境界が認識にのぼるのは他地域との交通を前提とする。この点については村瀬憲夫氏が「『東路』は『東』以外の土地が意識されてこそ意味を持つ言葉である」というとおりで、(注5)この歌ことばが東国で成立した可能性は小さい。村瀬氏は右二首に東国方言の使用が見られないことをもって、その作者に東国を旅する都びとを想定する。首肯すべき見解であり、そうであればアヅマの特殊なイメージはもっぱら中央において付与されたと認めていい。

いにしえの東国女性を印象深く描写した虫麻呂「詠上総末珠名娘子」（巻九・一七三八～一七三九）「詠勝鹿真間娘子」（巻九・一八〇七～一八〇八）は、八世紀ごろの都びとによる東国観の一端を示していよう。前者

は放埒な魅惑の女性、後者は貧しいながら気高い女性、どちらも中央律令官人の規範的価値観とは異質でありながら、全面的に背反するのでもない二重性（両極性）を帯びている。

金門《かなと》にし人の来立てば夜中にも身はたな知らず出でてそあひける　（一七三九）

…いくばくも　生けらじものを　何すとか　身をたな知りて　波の音の　さわく湊《みなと》の　奥《おく》つ城《き》に

妹が臥《こ》やせる…　（一八〇七）

「身はたな知らず」男と逢う女は律令的道徳観に反するがゆえに男の興味をそそるのであり、「身をたな知りて」死を選択する女は等質の道徳観を共有するからこそ都びとが限りない同情を寄せるのだといえる。このような両極性がアヅマには付随しているのであり、前引常陸娘子歌はそれを逆手にとったような発想だ。東国女性である常陸娘子が率先して自らをアヅマヲミナと言ってのけるところに、単なる卑下・自虐に留まらない矜持を読み取る必要がある。

東国へ通う道

都から東国へ通う道には、東海道（うみのみち）と東山道（やまのみち）とがある。『延喜式』巻第二十二民部上によれば、行政上の東海道には伊賀・伊勢・志摩・尾張・三河・遠江・駿河・伊豆・甲斐・相模・武蔵・安房・上総・下総・常陸の十五国が属し、東山道には近江・美濃・飛驒・信濃・上

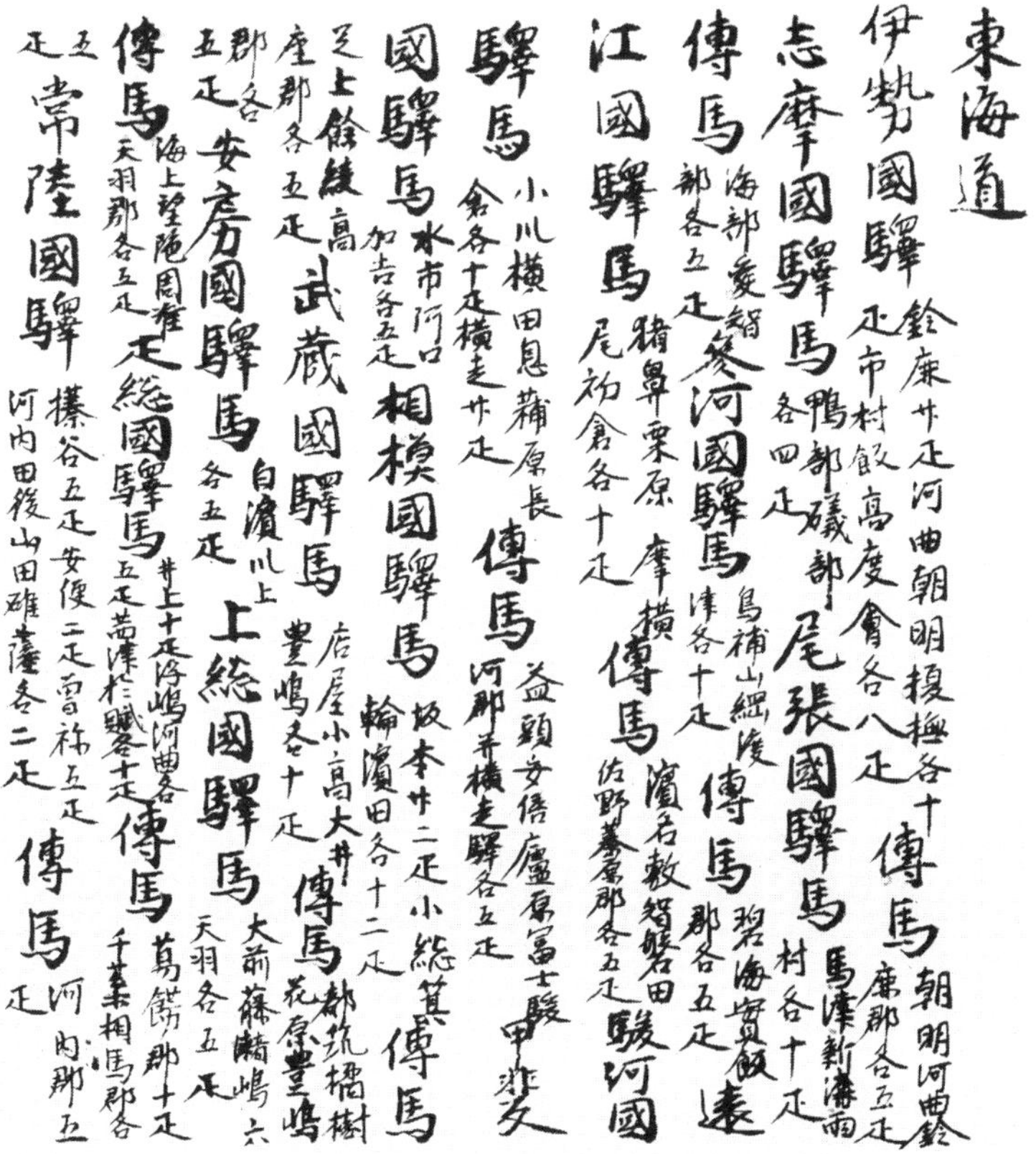
東海道
伊勢國驛馬 鈴鹿廿疋 河曲 朝明 榎撫 各十疋 市村 飯高 度會 各八疋 傳馬 朝明 河曲 鈴鹿 郡各五疋
志摩國驛馬 鴨部 礒部 各四疋
尾張國驛馬 馬津 新溝 両村各十疋 傳馬 海部 愛智 郡各五疋
参河國驛馬 鳥捕 山綱 渡津 各十疋 傳馬 碧海 宝飫 郡各五疋
遠江國驛馬 猪鼻 栗原 引摩 横尾 初倉 各十疋 傳馬 濱名 敷智 磐田 佐野 蓁原 郡各五疋
駿河國驛馬 小川 横田 息津 蒲原 長倉 各十疋 横走廿疋 傳馬 益頭 安倍 廬原 富士 駿河 郡并横走驛各五疋
甲斐國驛馬 水市 河口 加吉 各五疋
相模國驛馬 坂本廿二疋 小総 箕輪 濱田 各十二疋 傳馬 足上 餘綾 高座 郡各五疋
武蔵國驛馬 店屋 小高 大井 豊嶋 各十疋 傳馬 都筑 橘樹 荏原 豊嶋 郡各五疋
安房國驛馬 白濱 川上 各五疋
上総國驛馬 大前 藤潴 嶋穴 天羽 各五疋 傳馬 海上 望陀 周准 天羽 郡各五疋
下総國驛馬 井上十疋 浮嶋 河曲 各五疋 茜津 於賦 各十疋 傳馬 葛餝 郡十疋 千葉 相馬 郡各五疋
常陸國驛馬 榛谷五疋 安侯二疋 曾祢五疋 河内 田後 山田 雄薩 各二疋 傳馬 河内郡五疋

図版１　延喜式写本　巻二十八兵部省諸国駅伝馬条東海道冒頭部分
（国立歴史民俗博物館所蔵）

野・下野・陸奥・出羽の八国が含まれる。同じく『延喜式』巻第二十八兵部省諸国駅伝馬条は諸国の駅とそこに配置される馬の匹数を記しており、東海道には五十五駅合計四六五匹の駅馬を置き、東山道は八十六駅計八三五匹が配されている。

もっとも、時代によって駅路は変遷し、少なからず改廃される駅がある。たとえば『延喜式』には伊賀国内の駅を記さないけれども、『日本書紀』天武天皇元年（六七二）六月条によれば、大海人皇子の軍勢は「隠郡」（名張）に至って「隠駅家《なばりのうまや》」を、伊賀郡に進んで伊賀駅家を焼いており、さらに和銅四年（七一一）には伊賀国阿閇郡に「新家駅《にひのみ》」が新設されていることが見えるから（『続日本紀』和銅四年正月二日条）、早い段階に東海道が伊賀国内を通ったことは疑いないが、仁和二年（八八六）に近江国甲賀郡から鈴鹿峠を越えて鈴鹿関に通じる「阿須波道《あすはみち》」が新たに開かれるに及んで（『日本三代実録』仁和二年五月十五日条）、駅路が伊賀国を外れることになった。(注6) つまり、万葉びとが東国に赴く際は、

二年壬寅、太上天皇、三河国に幸せる時の歌（のうち）

夕《よひ》に逢ひて朝面《あしたおも》なみ名張にか日《け》長き妹が廬《いほ》せりけむ　（巻一・六〇）

伊勢国に幸せる時に、当麻麻呂大夫の妻が作る歌一首

我が背子はいづく行くらむ沖つ藻の名張の山を今日か越ゆらむ　（巻四・五一一）

などの行旅歌に看取されるように多く名張を通過したが、平安時代以後になると近江の湖東を経て鈴

鹿に至るコースが一般化する。『海道記』を例にとれば、貞応二年（一二二三）四月四日に京を出た作者は、勢多橋を渡って野洲・若椙・横田山を辿って大岳《おほをか》（近江国甲賀郡）に最初の宿りを求め、五日には内の白川・外の白川を過ぎて鈴鹿山を越え、伊勢に入っているという具合である。

万葉の七〜八世紀にあっても路程の変更があるため、東国へ下る赤人や虫麻呂らがどういう経路を辿ったのか、詳細はよくわからない。ただし、聖武天皇による天平十二年（七四〇）東国行幸では、山辺郡竹谿村堀越から伊賀郡名張を経、伊賀国安保頓宮から伊勢国一志郡河口頓宮へと進んでおり、このルートは平城京遷都を機として霊亀元年に開かれたバイパス「都祁山之道」を利用したものと考えられるから、少なくとも家持はこの山道を妹への思慕を抱きつつ歩いた。

ところで、『続日本紀』宝亀二年（七七一）十月条に、

> 太政官奏すらく、「武蔵国は山道《せんだう》に属《つらな》ると雖も、兼ねて海道《かいだう》を承《う》けたり。公使《くし》繁多《しげ》くして祗供《しく》堪へ難し。その東山《とうせん》の駅路《やくろ》は上野国新田駅《にひたのうまや》従り下野国足利《あしかが》駅に達《いた》る。此れ便道《へんだう》なり。而《しか》るに枉《まが》りて上野国邑楽《おはらき》郡従り五箇駅を経て武蔵国に到り、事畢《をは》りて去る日に、また同じき道を取りて下野国に向ふ。今東海道は、相模国夷参《いさま》駅従り下総国に達るまで、その間四駅にして往還便《すなは》ち近し。而して此《ここ》を去り彼《かしこ》に就くこと、損害極めて多し。臣ら商量するに、東山道を改めて東海道に属らば、公私所を得て、人馬息《いこ》ふこと有らむ」とまうす。奏するに可としたまふ。

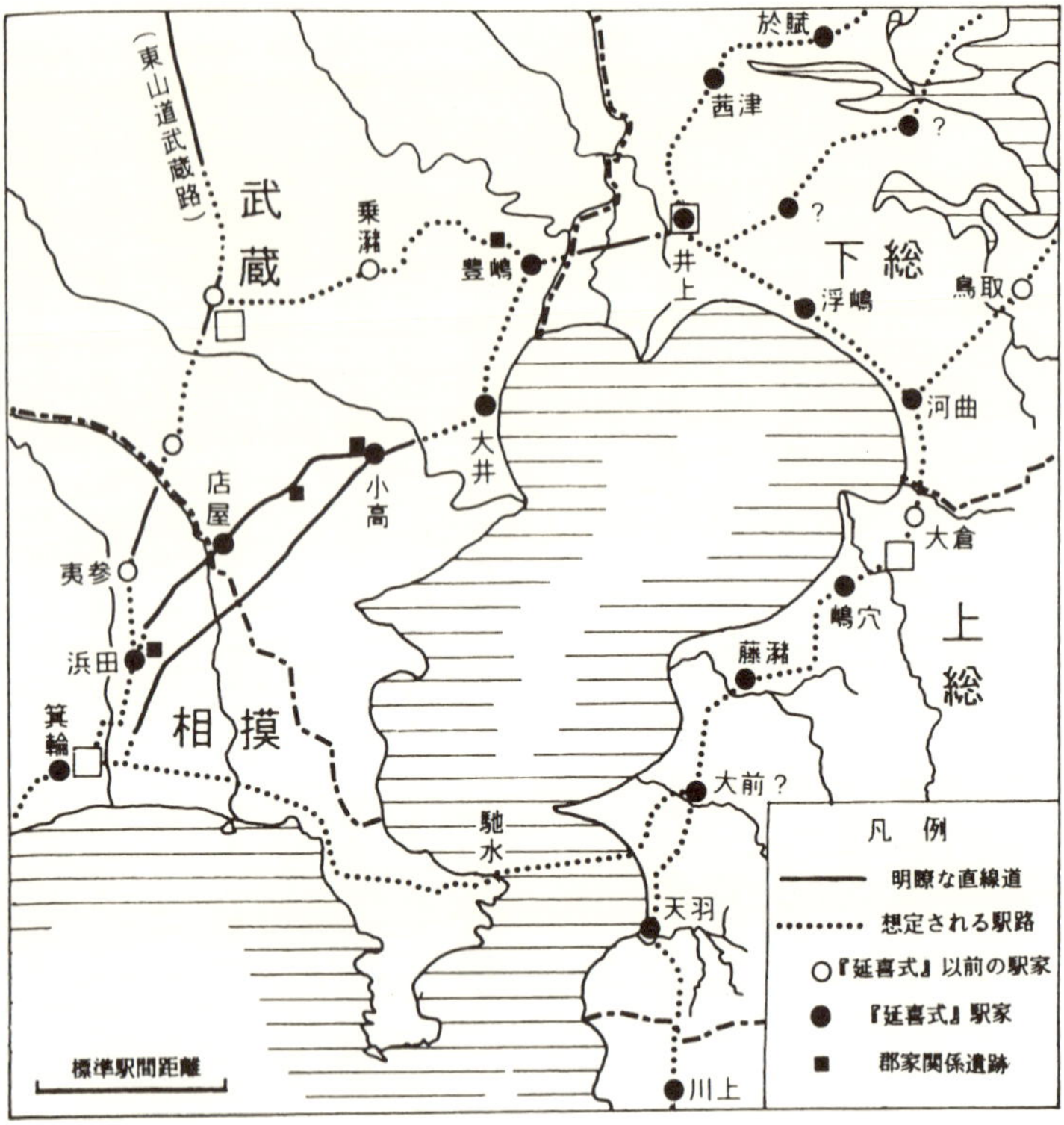

図版2　武蔵国を中心とした駅路の変遷 木下良編『古代を考える 古代道路』（吉川弘文館）より転載

と見えるように、武蔵国は八世紀にあっては東山道所属であった。右に先立って『続日本紀』神護景雲二年（七六八）三月条には、下総国井上《ゐかみ》・浮嶋《うきしま》・河曲《かはわ》の三駅と武蔵国乗潴《あまぬま》・豊嶋《としま》の二駅が東海・東山両道を承けて使命繁多であることが東海道巡察使紀広名により報告されている。

　夙に坂本太郎氏が注意した（注7）とおり、武蔵国が東山道に属していたことは、当初の東海道の経路が武蔵国内を通らない実態であったことをうかがわせる。『日本書紀』『古事記』ともに記述するヤマトタケルの東征において、相模から上総に向かうに「馳水《はしりみづ》」（浦賀水道／記には「走水海」）を渡る行路をとるのが右の投影であるらしいことは周知のとおりである。国名「上総」「下総」の宛てかたからしてそれは必然であり、『高橋氏文』を見ても小碓命（ヤマトタケル）の足跡を辿る景行天皇は伊勢→上総国安房浮島宮→葛飾野（下総）と進み、同地で無邪志（武蔵）国造と知々夫（秩父）国造による料理供奉を受けている。ところが、八世紀半ばに至って相模から東京湾沿いに北上し武蔵に入る経路が開発されたために、先掲記事のような交通繁多の状況が出来した。

また、田中卓氏によれば七世紀末ごろまでは尾張国も東山道に属していたといい、(注8)これを承けて木下良氏は次のように推定する。(注9)

東海道駅路はおそらくは伊勢または志摩から伊勢湾口を渡って、三河の渥美半島先端の伊良湖崎付近に上陸したのであろう。尾張と武蔵の地理的位置には共通するところが多く、木曽・長良・揖斐《いび》三川の合流する広大な低湿地を形成する伊勢湾奥と、荒川・古利根川や太日《ふとひ》川（江戸川）などが乱流する低地からなる東京湾奥の状況はきわめて類似している。駅路はこのような低湿地を避けて海路をとったと考えられ、まさしく東海道の名称はこれらの海路に由来するものであった。

海を渡る道は、古代海人の高度な航海技術に支えられて成り立っていたのだろう。しかし、律令制の完備により交通量が増加すれば、所要日数の一定しない海の道を改めて陸の道の確保に努めるのは必然であった。

もっとも、旅人は時々の都合により、規定外のルートを選択することもあったようだ。

田口益人大夫、上野の国司に任ずる時に、駿河の清見の崎に至りて作る歌二首

廬原《いほはら》の清見の崎の三保の浦のゆたけき見つつ物思ひもなし　（巻三・二九六）

昼見れど飽かぬ田子の浦大君の命恐《かしこ》み夜見つるかも　（巻三・二九七）

「清見の崎」はいまの静岡市清水区興津清見寺町に建つ清見寺の周辺、『更級日記』に、

清見が関は、かたつ方は海なるに、関屋どもあまたありて、海までくぎぬきしたり。けぶりあふにやあらむ、清見が関の浪もたかくなりぬべし。おもしろきことかぎりなし。

と記され、『十六夜日記』にも「岩越す浪の白き衣を打着するやうに見ゆる、いとをかし」と景観美を称えられる東海道の名所歌枕であったから、田口益人は東山道所属の上野国に赴任するのに東海道を利用していることになる。益人の上野守任官は『続日本紀』によれば和銅元年（七〇八）三月であ

り、森田梯氏はその時期に着眼して、「赴任時春から夏の季節を考えると、東海道を下る方が東山道を下るより好ましく思われ、枉道しているのであろう」という。(注10) かかる個人的好尚によって過所の発給が許可されたかどうかは疑問なしとしないが、それに代わる理由をにわかに案出できるわけではない。ただ、東山道と武蔵国府とを結ぶ東山道武蔵路と通称される道があり、近年の研究ではこれがさらに南下して相模国府に達し東海道本道と連絡していたと推定されているので、(注11) たとえば相模の国庁に立ち寄る任務を益人が帯びていたとすれば枉道の正当な理由となろう。なお、二九六歌第一句の「廬原」は『和名抄』に駿河国廬原郡と見え、郡家には伝馬五疋を配置したことが『延喜式』兵部省諸国駅伝馬条に載る。廬原郡内には駅馬十疋を擁する「息津駅」もあって、二首の実際の作歌場面にはこうした施設での停泊時を想定するのがよいかもしれない。

東国に赴く大和の官人たち

夏麻《なつそ》引く海上潟《うなかみがた》の沖つ渚《す》に舟は留めむさ夜ふけにけり　(巻十四・三三四八)

右の一首、上総国の歌

先に引いた「東道」二首と同じく、巻十四冒頭を飾る右の一首には東国方言の使用がない。内容から見ても、これは東国に赴任することとなった官人の、もしくは公務を帯びて東国を巡る使者の詠と判断して誤るまい。浦賀水道を舟で過り、養老川の河口付近、いまの市原市の海岸あたりに停留しよというのである。上総国府は市原市内に想定されている。東国に着任して歌を詠んだ万葉歌人はさほど多くない。

遠江守桜井王、天皇に奉る歌一首

九月《ながつき》のその初雁の使ひにも思ふ心は聞こえ来ぬかも　（巻八・一六一四）

天皇の報和へ賜ふ御歌一首

大《おほ》の浦のその長浜に寄する波ゆたけき君を思ふこのころ　大の浦は遠江国の海浜の名なり（巻八・一六一五）

東海道諸国のうちでは、右の遠江国守桜井王が現地から聖武天皇に歌を贈っているのが数少ない例である。ほかには藤原宇合が養老三年（七一九）中に常陸国守となって下っているものの在任中の詠歌はなく、家持も相模国守に任官したことがあるけれども、すでに作歌活動を終えている。(注12) 著名歌人のうちでかろうじて消息を辿れるのは山部赤人と高橋虫麻呂の二人に限られようが、赤人にしても「望不尽山歌」のほかには「過勝鹿真間娘子墓時」歌（巻三・四三一〜四三三）があるのみで、東国における動静は不明である。

その点、虫麻呂は次のように十一例に及ぶ東国関係歌を残しており、まさに異色である。

①詠不尽山歌　（巻三・三一九〜三二一　雑歌）

②惜不登筑波山歌　（巻八・一四九七　夏雑歌）

③詠上総末珠名娘子　（巻九・一七三八～一七三九　雑歌）
④見武蔵小埼沼鴨作歌　（一七四四　雑歌）
⑤那賀郡曝井歌　（一七四五　雑歌）
⑥手綱浜歌　（一七四六　雑歌）
⑦検税使大伴卿登筑波山時歌　（一七五三～一七五四　雑歌）
⑧登筑波山歌　（一七五七～一七五八　雑歌）
⑨登筑波嶺為嬥歌会日作歌　（一七五九～一七六〇　雑歌）
⑩鹿嶋郡苅野橋別大伴卿歌　（一七八〇～一七八一　雑歌）
⑪詠勝鹿真間娘子歌　（一八〇七～一八〇八　挽歌）

右を国別にまとめるなら、駿河国①、上総国③、下総国⑪、武蔵国④、常陸国②⑤⑥⑦⑧⑨⑩となって著しく常陸国に偏するところが目を引く。「大伴卿」を接遇する⑦⑩の存在によっても、虫麻呂が常陸国に地位を得て数年間を過ごしたことは疑いない。⑦と⑧との間に位置する「詠霍公鳥一首」（巻九・一七五五～一七五六）も常陸国における作歌であった可能性がある。

虫麻呂を養老年間に常陸国守であった宇合の下僚であると推定するのは契沖『代匠記』以来の通説だが、この当否を論じるためには虫麻呂の作歌活動期間や虫麻呂歌集の配列原理など関連して検討すべき事項が多く、いまそこに踏み込む余裕はない。ただ、右のように豊かにある東国関係歌が、一度の東国行（在任を含む）によって果たされたものか、複数回の行旅を想定するべきなのか、という点は若干考慮しておく必要があろう。

坂本信幸氏は、「検税使大伴卿」の呼称や虫麻呂歌集の配列および個々の歌の内容について先行研究を総合的に検討・批判したうえで、虫麻呂の経歴に関しては通説にほぼ従ってよいと認定し、

虫麻呂は常陸国には一度だけ、養老三年頃に国守宇合のもとで官人として在任していたということになる。(注13)

と結論する。現時点において信頼するに足る識見のひとつであるが、これと対極にある論として井村哲夫氏「高橋虫麻呂―虫麻呂歌集の元の姿を考える―」(注14)がある。井村氏は東国関係歌に限らずすべての虫麻呂歌について「作歌年月順を第一の基準として」歌集の原形態を復元しようと試みた結果、右の⑦をその直前に配される天平六年(七三四)作とおぼしい「春三月諸卿大夫等下難波時歌」(巻九・一七四七～一七五〇)、「難波経宿明日還来之時歌」(一七五一～一七五二)より以後の作と見なし、⑦→⑩→(前記「詠霍公鳥一首」)→⑧→⑨および②を天平六・七年以降数年間の常陸国在任中作歌と推測する(②については一連の中での位置は不明という)。また、巻三に収録される①と巻九雑歌部の③、同挽歌部の⑪が一連の配列であるとして、この三首が東海道を下って駿河(①)から相模へ、そこから浦賀水道を渡って上総国周淮(③)、さらに上総国府から下総国府を経て勝鹿真間(⑪)へ至るひとつづきの旅程に並ぶものであると述べ、この東国行を先の常陸国任官より以前に位置づける。そして、東海道を行くこの最初の東国行より帰京してから「詠水江浦嶋子一首」(巻九・一七四〇～一七四一)ほか畿内の旅を経験した後、今度は東山道を下って二度目の東国行を経験し、④⑤⑥を詠作したと見ている。すなわち、武蔵

国が東海道に編入される以前の東山道を辿って上野国から武蔵国府に入る途次に「小埼沼」に立ち寄り(④)、北上して常陸国府から那賀郡(⑤)さらに多珂郡(⑥)へと進んだというのである。以上はいずれも簡略にまとめすぎた嫌いがあるため、詳しくは直接両論によられたい。

歌集の配列を度外視して残された作品の総体を眺めるかぎりでは、一度の東国行と見てもさしたる矛盾はない。先の田口益人のごとく何らかの事情によって正規外のルートをとることが珍しくなかったとすれば、東海道を下って常陸に着任する虫麻呂が往路にまたは復路に東山道所属武蔵国へ立ち寄ることがなかったとは言い切れないから、十一編の作品を連続する数年間に制作することは可能である。しかし一方で、接近した時期に三度の東国下向は不審であるという理由から井村論を退けるのは適当でない。ひとりの官人が複数回東国を往還すること自体は、道路網の整備が進んだ八世紀社会の交通行為として決して突出した現象ではなく、現に藤原宇合は遣唐使から帰国直後の養老三年、常陸国守在任のまま按察使として安房・上総・下総を管轄し、神亀元年四月には持節大将軍に任じられて蝦夷制圧に出征、さらに天平四年八月には西海道節度使を拝命している。律令官人虫麻呂の東国訪問が数次にわたった可能性は十分にある。

いずれにせよ万葉集のなかに解体されてしまっている虫麻呂歌集の原配列を見定めることには制限が大きく、現段階で右のふたつの見解はほぼ五分五分の蓋然性を有しているように見える。それを論定する用意を小稿は持たないが、万葉びとの歩いた道を探るうえでは、その道のりをより豊かに描くことができるという意味で井村論に与しておくのが便宜である。仮にそのとおりであれば、最初の東国行において在地の伝説に関心を払い（①③⑪）、二度目の旅では東国の地名そのものに興味を抱いて（④⑤⑥）、常陸国在任中は現地の風土・環境および習慣に観察の目を注いだ（⑦⑧⑨など）というふうに大括りの詠作傾向を見取ることもできる。

頻繁な旅は、下級官人にとって過酷な使命であると同時にある種の特権であったといえるかもしれない。虫麻呂は度重なる旅を経験することで歌人として独自の地位を築いたのだったし、虫麻呂歌集の編集も、各方面へ数度の旅を経たことに価値を認めての営みであっただろう。交通網が整ったとはいえ、旅行機会はやはり限定されていたのであり、誰もが実見できるわけではない風景に接するのは珍奇な経験に違いない。もちろん、その過程で歌を詠むかどうかは旅人の任意だが、名所歌枕が未成立のこの時点にあって、何をどううたうかということもまた、歌人の意のままであった。

三栗《みつぐり》の那賀《なか》に向かへる曝井《さらしゐ》の絶えず通はむそこに妻もが　（巻九・一七四五）
遠妻《とほづま》し高《たか》にありせば知らずとも手綱《たづな》の浜の尋ね来なまし　（巻九・一七四六）

「那賀」（『和名抄』常陸国那珂郡那珂郷）と「曝井」（『常陸国風土記』那賀郡）とが那珂川を隔てて向かい合っていることを印象的に描写したり、隣接する「高」（『和名抄』常陸国多珂郡多珂郷）と「手綱浜」とを妻問いの連想を伴わせつつ取り込んだりする詠法は、自覚的に旅をする者でなければおそらく獲得しえなかっただろう。第二首について犬養孝氏『万葉の旅　中』が「地誌の調査か巡察などのおりの宴での如才ない即興であるかもしれない」と推測するのは、『常陸国風土記』の編纂と関連づけての把握であろうが、地理に対する虫麻呂の分析的な視点をとらえた言として首肯される。地名と地理的空間とが有機的に連接しているのである。

虫麻呂の歌には、あたかも地図を念頭に浮かべているかと思わせるものが少なくない。

牡牛《ことひうし》の　三宅の潟に　さし向かふ　鹿島の崎に　さ丹塗《にぬ》りの　小舟《をぶね》を設け　玉巻きの　小楫《をかぢ》し
じ貫き　夕潮《ゆふしほ》の　満ちのとどみに　み舟子《ふなこ》を　率《あども》ひ立てて　呼び立てて　み舟出でなば　浜も狭《せ》
に　後《おく》れ並み居て　臥《こ》いまろび　恋ひかも居らむ　足ずりし　音のみや泣かむ　海上《うなかみ》の　その津
をさして　君が漕ぎ行かば　（巻九・一七八〇）

「検税使大伴卿」が「鹿島の崎」から船出して帰路につくのを「鹿島郡刈野橋」（『和名抄』常陸国鹿島郡軽野郷／橋の所在は不明）に見送る歌であり、大伴卿の乗る舟は下総国の「海上」の津、つまり「牡牛の　三宅の潟」の湊を目指すのである。もとより検税使のとる旅程は現地の官吏たちが事前に知るところではありながら、惜別を叙するのにあえて地理の詳細に触れるあたりはこの歌人の個性のひとつに数えていい。虫麻呂を東国出身者と推測する見方もあるけれども、(注15)右のように地名に執する態度は、何度も地図を取り出して眺めながら、次の駅、さらに次の停泊地と、疲れた足を一歩一歩踏み出す旅人（外来者）にこそ身につきやすい。いま歩く道の先に何があるかを常に意識しながら歩くのが旅人の習性だ。

その点は、同じく旅の歌人というべき黒人にも共通する。

いづくにか舟泊《は》てすらむ安礼《あれ》の崎漕ぎたみ行きし棚なし小舟　（巻一・五八）
我が舟は比良《ひら》の湊に漕ぎ泊てむ沖辺な離りさ夜ふけにけり　（巻三・二七四）
我妹子に猪名野は見せつ名次山角《なすきやまつの》の松原いつか示さむ　（巻三・二七九）

まだ踏み入れていない土地、これから向かうべき場所を黒人はしきりに気にしてあらかじめうたう。視線は現在身を置くところよりも先に据えられているのである。この気短かな発想は、地図や旅程を念頭に置かず漫然と旅する者には理解されにくい。

万葉のむかしから、どこへ行っても関西人はせっかちであったのだろうか。

むすび

東海道新幹線が昭和三十九年に開通し、いまでは「のぞみ」が東京―新大阪間の五〇〇キロ余りを最短二時間三十六分で連絡する。昭和の前半期には青雲の志を抱いて東京行きの列車に乗り込む若者が停車場を満たしたというが、もはやそんな感慨を抱くいとまもないほど東西が近くなった。ましてや「身をえうなきもの」に思いなして東を目指す者などいない。交通の過度なまでの発達は「道」から人の心を規定する能力を奪ったかに見える。

その一方で、昨今は競って各地の古道を歩く人たちがおり、草生い繁るさびれた道に癒しを求めているかのようだ。ただし、古道の多くは道本来の機能をとうに終えてしまっている。虫麻呂らが通った道とそれは、同じではない。

注1 『日本書紀』大化二年八月条には、五十戸ごとに一人の仕丁に対して、諸国の境界を観察し「或いは書にしるし或いは図をかきて」提出するように、と命ずる記事がある。

2 平野邦雄氏「古代ヤマトの世界観―ヒナ（夷）・ヒナモリ（夷守）の概念を通じて―」（『史論』第39集、昭和61年3月）

3 吉村武彦氏「都と夷（ひな）・東国―古代日本のコスモロジーに関する覚書―」（『万葉集研究』第二十一集、塙書房、平成9年）

4 平川南氏「古代東国史の再構築に向けて―その序章―」（『上代文学』第九十四号、平成17年4月）

5 村瀬憲夫氏「手児の呼坂」（『東海の万葉歌』おうふう、平成12年）

6 『日本古代道路事典』第二章「伊賀国」（執筆者中大輔氏）（八木書店、平成16年）

7 坂本太郎氏「乗潴駅の所在について」（『坂本太郎著作集八巻　古代の道と駅』吉川弘文館、平成元年／初出は昭和29年）

8 田中卓氏「尾張国はもと東山道か」（『田中卓著作集第六巻　律令制の諸問題』国書刊行会、昭和61年／初出は昭和55年）

9 木下良氏「東海道」（『古代を考える　古代道路』吉川弘文館、平成8年）

10　森田悌氏「東山道武蔵支路について」(『古代東国と大和政権』新人物往来社、平成4年)

11　森田氏注10の書、『日本古代道路事典』第二章「相模国」〔執筆者明石新氏〕、「武蔵国」〔執筆者江口桂氏〕(いずれも注6に同じ)など。なお、『万葉集』巻十四・三三七八歌に詠まれる「入間道」はこの道をさすともいう。

12　もっとも、宇合常陸国在任中には「在常陸贈倭判官留在京」と題する七言詩と長編の序があり、『懐風藻』に収められている。また、家持は晩年に陸奥按察使兼鎮守将軍を拝命し、東国の果ての地を踏んでいる。

13　坂本信幸氏「高橋虫麻呂論」(『セミナー万葉の歌人と作品第七巻』和泉書院、平成13年)

14　井村哲夫氏「高橋虫麻呂―虫麻呂歌集の元の姿を考える―」(『憶良・虫麻呂と天平歌壇』翰林書房、平成9年/初出は平成7年)。なお、当該井村論は「検税使大伴卿」に牛養を想定し、虫麻呂の作歌活動期を万葉第四期に求める「高橋虫麻呂―第四期初発歌人説・再論―」(同書所収/初出は平成6年)と補完的関係をなすものである。

15　中西進氏「高橋虫麻呂」(『上代文学』第三十一号、昭和47年10月)

※本文中に引用した万葉集歌の訓読は塙書房刊『増訂版萬葉集』に拠った。

瀬戸内海の道
――遣新羅使の歌を中心に――

森　斌

はじめに

現代の最先端技術の一つに旅客機がある。福岡から東京に行く時と逆に東京から福岡に行く時では、飛行時間に違いがある。最先端の乗り物でありながら偏西風の影響がある。あるいは、日本海を北上して本州から北海道へ行くフェリーと北海道から本州に南下するフェリーとは、対馬海流のために航海時間が異なる。これは、時間が余計かかるということである。

しかし、風と潮流は、古代の帆船において決定的で本質的な問題を孕んでいる。すなわち、風の助けをかりないで人力に頼る梶だけでは、瀬戸内海の航海でも潮流に逆らえないし、逆風にあったら目的の方向へなかなか歩めない。風と潮の流れを見極めなければ、目的地に着けないのである。風と波とはお友達であると土佐日記（一月十五日）に女児らしい発想で真実が語られている。風と波に対してその対になるのは、瀬戸内海では潮流である。満潮と干潮で潮の流れは広島県福山市の沖で東西に別

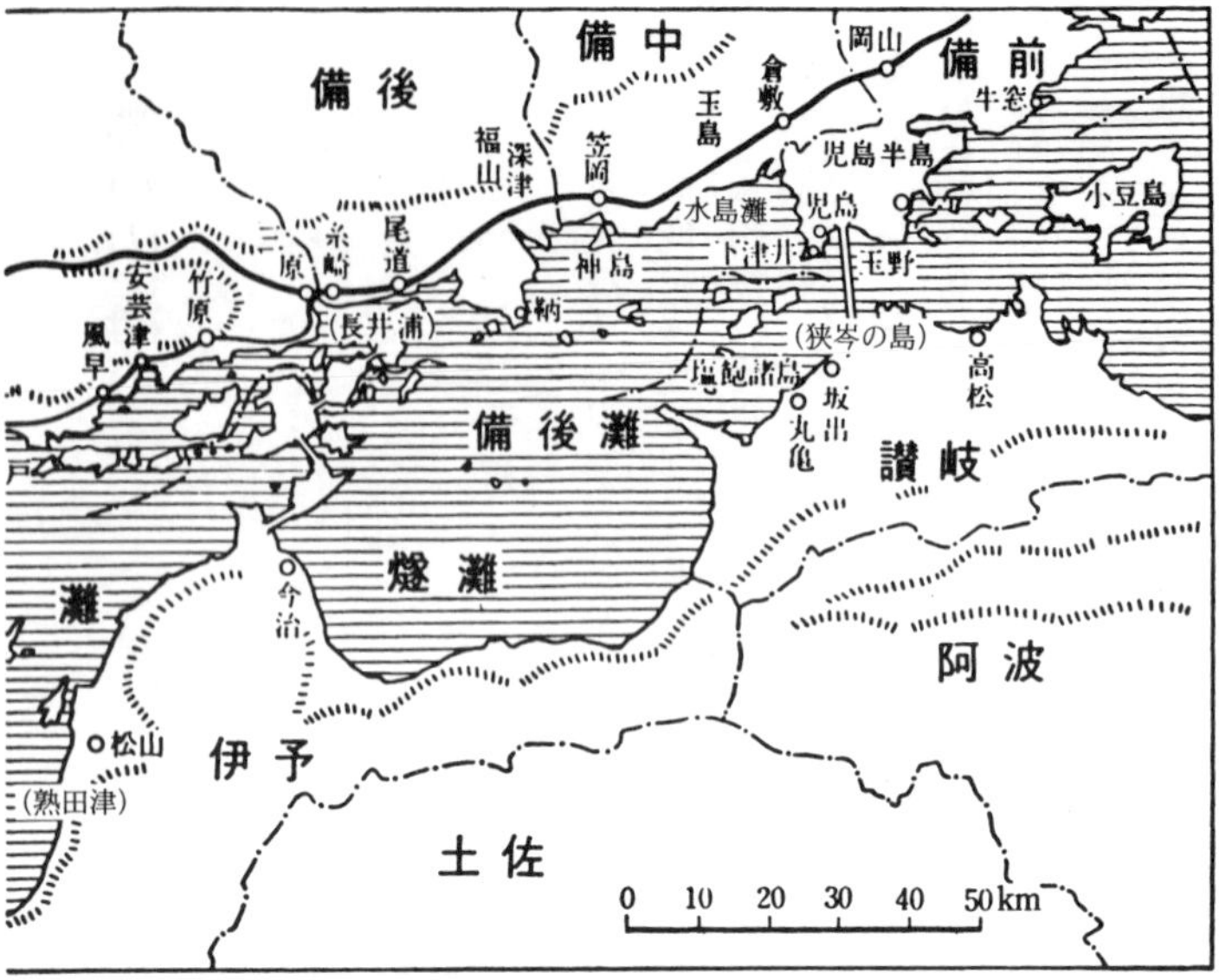

れ、あるいは合流する。その潮の流れと気ままな風をうまく使って、梶の補助としたのが遣隋使・遣唐使時代の瀬戸内海における航海である。また、帆船の時代には瀬戸内海のほぼ中央に位置する福山市鞆《とも》が満潮で入船、干潮で出船と言われてにぎわった港である。

瀬戸内海とは、大阪湾、播磨《はりま》灘、水島《みずしま》灘、備後灘、燧《ひうち》灘、斎《いつき》灘、安芸《あき》灘、伊予《いよ》灘、周防《すおう》灘を主とした海域を総称した言い方である。芸予諸島の言語を調査した灰谷謙二氏の研究は、東西の交流が南北を遥かに凌駕する方言の内容にあって、しかも東西の方言の特質は、山陽道に近いものと四国に近いものの二つの流れがあると指摘する。(注1) この二つは、いずれも最終的には北九州につながっているのであるから、これは古代の貿易ルートと一致する。すなわち、難波から太宰府までの地乗りと沖乗りという交易

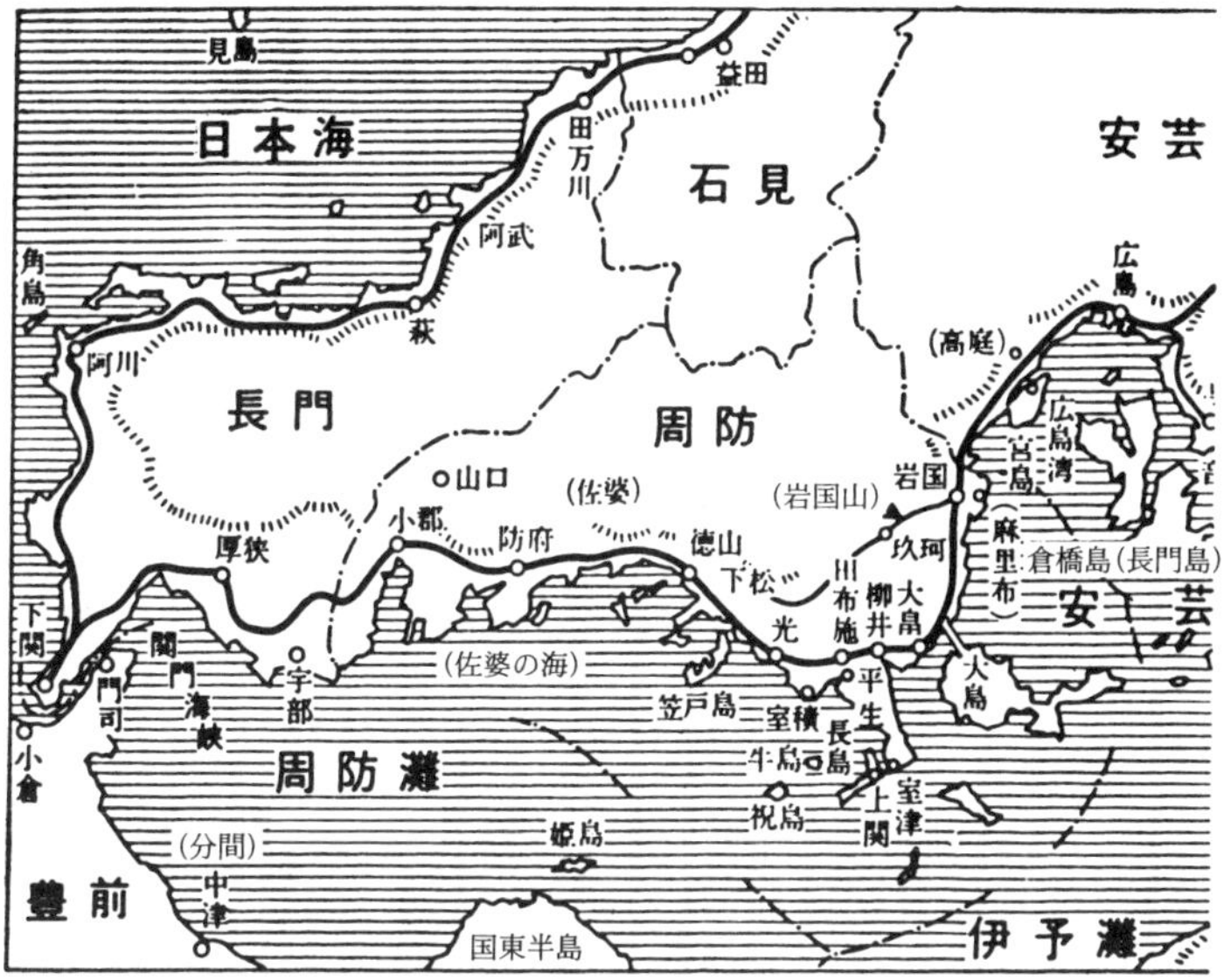

ルートが言語的な特質と奇しくも合致しているのである。人とものとの東西交通が南北流通を遥かに超えた重さを持つ海の道であった。『万葉集』では、瀬戸内海の船旅が歌作の契機になっている。その多くは役人の立場からの羇旅である。そして、陸に幅十メートルの整備された幹線道路である山陽道がありながら、その旅での歌がすくない。

天平八年（七三六）の遣新羅使の船旅で詠まれた歌（巻十五・三五七八から三七二二）を中心に取り上げながら、万葉時代の瀬戸内海航路を考察し、さらに遣新羅使が夜の船出を試みた意図と一日の航海距離についても併せて考えてみたい。

一　瀬戸内海の津

万葉集歌を参考に船泊まりしたであろう瀬戸

内の地名をあげる。

摂津　難波津《なにわづ》（巻三・三二二等）　住吉《すみのえ》の津（巻一・六五等）　猪名《いな》（巻七・一一八九）　武庫《むこ》（巻三・二八三等）
　　　敏馬《みぬめ》（巻六・一〇六六等）　大和田《おおわだ》（巻六・一〇六七）
淡路　野島《のしま》（巻三・二五〇等）　飼飯《けい》（巻三・二五六等）
播磨　明石《あかし》（巻七・一二二九等）　藤江《ふじえ》（巻三・二五二等）　稲日《いなび》（巻四・五〇九）　名寸隅《なきすみ》（巻六・九三七等）
　　　加古《かこ》（巻三・二五三）　飾磨《しかま》（巻七・一一七八）　都田《つだ》（巻六・九四五）　室《むろ》（巻十二・三一六四）　家島《いえしま》（巻
　　　四・五〇九等）
備前　牛窓《うしまど》（巻十一・二七三一）
備中　児島《こじま》（巻六・九六七等）　玉之浦《たまのうら》（巻十五・三六二八等）
備後　神島《かみしま》（巻十五・三五九九等）　鞆《とも》（巻三・四四六等）　長井《ながい》の浦（巻十五・三六一二題詞）
安芸　風速《かざはや》（巻十五・三六一五）　長門《ながと》の島（巻十五・三六二一）
周防　麻里布《まりふ》（巻十五・三六三〇等）　熊毛《くまげ》（巻十五・三六四〇題詞）　可良《から》（巻十五・三六四二）　祝島《いわいしま》（巻十
　　　五・三六三六等）　佐婆《さば》（巻十五・三六四四題詞）
讃岐　狭岑《さみね》の島（巻二・二二〇）
伊予　熟田津《にきたつ》（巻三・三二三等）
豊後　分間《わくま》（巻十五・三六四四題詞）

瀬戸内海西征の一歩と東征の終焉は、難波《なにわ》の津（大伴の御津《みつ》）と住吉《すみのえ》の津にはじまり終わる。とりわけ難波津は、大陸を意識した国際港でもあった。阿倍仲麻呂などの遣唐使は難波から出発した。また、正倉院に収蔵されたものには、西域からの品もある。将来品も、鑑真和上なども難波津で上陸している。特別な地方行政官司である摂津職《せっしき》は、天武六年（六七七）十月、丹比公麻呂を摂津職大夫《たいふ》にした記事が初見である。奈良時代の七世紀後半から八世紀末まで摂津職が存在した。一方国内の西征の主要な目的地は、筑前那《ちくぜんな》の津である。現在の大阪と福岡が海路の東西起点であった。筑紫《つくし》には、太宰府があった。どちらも諸外国の使節を歓迎する館がある。摂津とは、難波津、住吉津、武庫津を有する国である。難波の語源は、魚（な）庭（には）なのか、浪速（なみはや）の訛りと言う『日本書紀』が正しいのか、定説はない。殷賑《いんしん》を極めた津の近くには仁徳天皇の難波高津《たかつ》宮、孝徳天皇の難波長柄《ながらの》豊碕《とよさき》宮、聖武天皇の難波宮が造営され、都が大和から遷都した時の宮殿である。難波津の所在地ははっきりしていないが、宮殿のあった上町台地の近くであろうと考えられる。

犬養孝氏は、摂津国として万葉に所出の地名を延べで六十を数えると言い、さらに古代では播磨五泊と言う、と記している。[注2]難波から兵庫県室津まで約百キロであるから、一日平均は二十キロ程の行程になる。あるいは悪天候の日もあるし、潮待ちの日もあるのであるから、それらを勘案して五泊が相場であったのかも知れない。ちなみに住吉には男女が集まり野遊びをしていたことなどが「住吉の小集楽《をづめ》」（巻十六・三八〇八）などの歌語で知られ、雅な世界を含み持つ住吉の神がいる場所である。

さて、江戸時代には興味深い記録が残された。それは朝鮮通信使である。[注3]朝鮮国王の使節として国

皇座山から上関（長島）と祝島

書をもって将軍に謁見して、さらに国書を得て帰る使節を通信使と言う。もちろん室町・豊臣時代にあったが、徳川家康が復活させた。江戸時代には十二回の通信使が来日して、旅日記で瀬戸内の様子が詳しく知られる。有能な文人による筆談と詩の贈答は、寄港した港で精力的に試みられていて、言語文化を知る貴重な資料である。儒教から言えば後進国の日本が先進国の朝鮮からどのように見られていたかも興味がある。

まず海は安全ではない。様々な安全策が試みられた。朝鮮通信使の来日が決定されると瀬戸内海で寄港する港の管轄諸藩に江戸幕府から様々な指令が出される。宿泊場所、応接等である。そして広島の浅野藩においては、「外聞之者」が各地に派遣されて情報を集める。とりわけ責任場所である蒲刈《かまがり》（呉市下蒲刈町）の寄港地の前である上関《かみのせき》（山口県熊毛《くまげ》郡上関町）と後である鞆の浦（広島県福山市鞆）は、重要な場所であった。さらに幕府は、通信使一隻に四隻の関船《せきふね》を諸藩に命じている。四隻で一隻の通信使の船を囲み、瀬戸内海を伴走するのである。一方通信使には対馬の船頭が水先案内として乗り込んでいた。頼祺一氏は、芸州浅野藩だけで往復千隻以上の船が奉仕し、なお数千人が使役された、と述べる。(注4) もちろん浅野藩の持ち船だけでは処理できない大事件であった。一回の通信使についやす諸費用の合計は、幕府の年度予算を超えていたとも言われる。第十二次は対馬までであったので除き、一次から十一次までの赤間（下関）から大坂までの往路と復路についやした日数と朝鮮を出発して帰国までの月数は、平均で十四日と六ヶ月である。江戸時代の通信使は、最短で第二次が四ヶ月で往復している。瀬戸内海も六日から三十日ほどというばらつきがあるが、平均では二週間の船旅であった。

大坂で上陸した通信使は、江戸間での往復がその総合日数に加えられているが、奈良時代の遣新羅使には、難波から筑前まで一ヶ月ついやしていたらしいので、単純に比較してもよいのであろう。すなわち、任命され佩刀を賜ってから直ちに出立になったとしても、往復には最低でも四ヶ月ほどの日数を必要としていた。あるいは常識的には六ヶ月程度の覚悟がいる旅であった。遣新羅使の拝朝から帰任までの日数については、伊藤博氏が詳しく紹介している。(注5) 偶然であろうが、最短で往復に四ヶ月、平均六ヶ月程であったことが知られる。

朝鮮通信使の瀬戸内海の風波による恐怖と様子は、柴村敬次郎氏が調査された。(注6) それによれば、赤間関《あかまがせき》（下関）から上関《かみのせき》（三十五里）では、第6次が、上関から蒲刈（二十里）では、第4次と第9次が、蒲刈から鞆（二十里）では、第1次と第2次が、鞆から牛窓（二十里）では、第3次と第5次が、牛窓から室津（十里）では、第1次が、室津から兵庫（十八里）では、第7次が、兵庫から大坂（十里）では、第6次がそれぞれ波涛のすごさにふれている。船の事故は、福山市鞆の浦では帆柱の損傷にふれ出帆が遅れたことを、岡山県牛窓では浅瀬で座礁したことを記している。船火事も発生していて、山口県上関では第11次が責任者の処罰にふれる。病気、怪我、そして死亡記事も見られるが、これらのことは遣新羅使にも当然つきまとったであろう。瀬戸内海ですら平穏に航海した通信使は居なかったのである。当然渡海の難関は、朝鮮海峡と対馬海峡を渡ることである。潮の流れは当然配慮したであろうが、大海は風が基本であった。さらに瀬戸内海に入ってからも苦戦が続く。港には、曳舟で入港することもある。松明、篝火、伴走、曳舟、水先案内人、宿泊施設の提供等、ありとあらゆる便宜が途中で提供されていても、気候の穏やかな瀬戸内海ですら激しい風波が航海中の船を襲った。

一方江戸時代に規模は遥かに小さいが、琉球使節とオランダ商館が江戸までの道中では、瀬戸内海を航海していて、これも柴村氏が具体的に調査されている。オランダは船の製造技術、航海術に長けていたのか、風や潮流の条件次第では夜の航海もそれなりに試みていて、平均では一週間ほどで下関から大坂まで至っている。条件がよい時は、一日五十里ほども進むことがあった。朝鮮通信使では、御馳走所の区間としては下関から上関までが三十五里で最長である。しかし、成功例も例外的で一日での走破が難しかった。実力的には、梶の漕走と木綿で出来た帆による帆走でありながら、江戸時代でも二十里が目安である。

奈良時代において瀬戸内海が国内の主要な道である山陽道と同様に、あるいは大量の物資を運ぶ手段としての海上交通が果たした役割からも大幹線であったことは間違いがない。『万葉集』を見る限りにおいては、むしろ陸の山陽道は影が薄い。歌は、瀬戸内海の船旅に素材しているものが圧倒的である。防人においても難波から瀬戸内海の船旅であった。唐・新羅との外交交通は瀬戸内海を行き来していて、それによって七世紀から八世紀の瀬戸内海の実態がわずかに知られる。なかでも一番詳しいのは、巻十五の遣新羅使の歌群である。

二　国際港難波津

難波津が様々な歌に登場するが、その中から遣唐使、遣新羅使、防人《さきもり》歌を取り上げる。まず遣唐使に関わるのは、次の三群である。

第一群が大宝元年（七〇二）の第七次遣唐使一行である。遣唐少録山上憶良がその中にいた。憶良は恐らく大宝四年に帰国したであろうから、そのころの作品であろうか。『万葉集』では唯一外国でうたわれた。

山上臣憶良《やまのうへのおみおくら》、大唐に在る時に、本郷を憶《おも》ひて作る歌

いざ子ども早く日本《やまと》へ大伴の三津《みつ》の浜松待ち恋ひぬらむ　（巻一・六三）

第二群は、第九次遣唐使と関わる。天平五年（七三三）三月三日に山上憶良が大使丹治比広成に

贈った「好去好来」の歌（巻五・八九四）と笠金村の歌（巻八・一四五三〜）、さらに遣唐船が出帆する時に、母が子に贈った歌（巻九・一七九〇〜）等がある。

第三群は、天平勝宝四年（七五二）第十次遣唐使の時である。この時に初めて藤原氏から大使が選ばれている。孝謙天皇が大使藤原清河等に酒肴を与えた歌（巻十九・四二六四〜）等が残されている。大伴の御津が難波津であり、遣唐使の出発地であり、また憶良歌によっても日本の終着地にもなっている。遣唐使同様に外国への派遣は、遣渤海《ぼっかい》使もいた。渤海大使小野田守に大伴家持が贈るために作った歌（巻二十・四五一四）があるが、出発地は日本海北陸の港である。

瀬戸内海と関わる天平八年（七三六）の遣新羅使がうたった百四十五首は、万葉巻十五に記載された。六月の出帆であったことが目録で知られるが、実際は二月に大使に阿倍継麻呂が任命され、拝朝が四月であった。

君が行く海辺《うみへ》の宿に霧立たば我《あ》が立ち嘆く息と知りませ　（三五八〇）
秋さらば相見《あひみ》むものをなにしかも霧に立つべく嘆きしまさむ　（三五八一）

引用した歌は、出発時にある男女が贈答した冒頭の十一首中の二首である。それらは基本として女が贈り、男が答えるという形式である。新羅との往復は、江戸時代の朝鮮通信使でも半年以上を覚悟しなければならない旅であった。遣新羅使には「秋さらば」とあり、秋に帰国が出来るという前提で歌の贈答が交わされている。この根拠は何に由来するのであろう。拝朝した四月からそれほど経ていない頃としても、十月の帰国が順当である。但し、四月早々の贈答であれば、秋に帰国が不可能な季節ではないことを、伊藤博氏は指摘する。（注7）

伊藤氏は、遣新羅使の歌群を注釈するに際して、第一回を大化二年（六四六）として、第二十七回宝亀十年（七七九）までを簡潔に整理して示している。要領よくまとめられた遣新羅使の例には、出発と帰国が具体的に続日本紀に記載されているものが乏しいのであるが、文武四年の拝命から帰国までの五ヶ月が最短である。拝命から拝朝まで一月程度かかるので、難波からの往復は四ヶ月程度であろう。天平八年度は拝朝が四月であるから、秋九月帰国も十分あり得た。使人は、秋の帰宅を考えていい。しかし、それは拝命した二月、あるいは拝朝した四月のことであろう。とすれば、この贈答は、拝朝が終わって実際にいつでも出帆できるはずであった四月中の贈答かも知れない。実際はさらに二ヶ月ほど遅れて六月の出帆であったことが目録で知られる。その時点では現実として秋までに帰宅することは諦めるはずである。遣新羅使の歌を読む限りは、苛立って旅を急いでいる雰囲気はない。安全な航海を心がけているのであろうが、六月の半ばから下旬の頃であろうか、周防佐婆の海で遭難した。それ以降でも大使などはそれなりにゆったりした歌を披露している。

一方、一度約束したことは、かなり忠実に歌で繰り返される。黄葉になって秋であることを自覚しても、引用した冒頭にある男の歌に詠まれた妹との約束の秋に拘っている。

難波に集まったのは、遣唐使・遣新羅使ばかりではない。東国から防人が船に乗るために集まってきた。大伴家持は、防人の歌を記録したが、彼自身も故郷を去って防人に徴用された人々に同情している。防人たちは、難波まで陸路をやってきた。ここからは官船に乗せられて筑紫に向かう。不安に満ちていたことは、引用する防人歌に「いともすべなし」という諦めの言葉に表白されている。

国々の防人集《つど》ひ舟乗《ふなの》りて別るを見ればいともすべなし
右の一首、河内郡《かふちのこほり》の上丁《かみつよぼろ》神麻続部島麻呂《かむをみべのしままろ》
（巻二十・四三八一）

下野河内《しもつけこうち》（宇都宮市付近）から来た防人は、自分の心情をうたうのに、その他の防人もそうなのだから自分も手段がないのだ、と難波からの船出を踏まえて歌にする。恐らく大船に乗るのは初めてであろう。そのためにかえって明日は我が身であるというやるせなさが伝えられた。また、大伴家持は身分の違いを超えて同情の気持ちを持って防人を見送っていた。「世の人」だから命のことは分からないが、「住江の　我が皇神《すめかみ》に　幣奉《ぬさまつ》り　祈り申して」とうたい、航路の神である住吉に無事であれと祈って難波に船を浮かべて出発したと伝えてほしい防人の心を長歌（巻二十・四四〇八）で代弁している。

住吉《すみのえ》は墨之江、清江とも表記するが、現在の大阪住吉区にある住吉大社近くであり、住吉の津もある。住吉大社の神は、上・中・底筒之男命の三神と神功皇后を祭る。安曇の神、宗像の神とこの住吉の神は航海の神であり、海人の信仰する神である。遣唐使も住之江の神に航海の安全を祈り、奉幣していた。空海をはじめ僧侶も神仏に加護を祈っている。天平五年の遣唐使に贈る作者不明の長歌でも「住吉《すみのえ》の　我が大御神《おほみかみ》　船の舳《へ》に　領きいまし」（巻十九・四二四五）とある。そして比較的安全な旅が播磨までであった。難波が近いだけに港の整備もしっかりしていたのであろう。但し、明石海峡はその中では特別な場所であった。故郷として生駒連山に愛着を持っていたのであろうか、明石以西になれば天ざかる鄙であるという意識が強く働いたのであろう。大和を連想させる生駒山なども明石から西では視野に入らなくなる。摂津と播磨とは、明確な違いがあった。

神亀三年（七二六）に聖武天皇は、藤原宇合を知造難波宮事に任命して難波宮を造営した。完成は八年後の天平六年であったが、宇合も難波を田舎だと言う。

昔こそ難波ゐなかと言はれけめ今は都引《みやこひ》き都《みやこ》びにけり　（巻三・三一二）

住吉は、すべて「すみのえ」であり、四十三例がある。また、難波は六十例がある。海のない大和から海のある摂津に人が来れば、白砂青松の海岸が広がっていたために、歌心を刺激されている。ちなみに難波は、異国文化の入り口であり、西航の船と入船に満ちあふれた国際・国内最大の貿易港である。その華やぎの中で遣唐使、遣新羅使、そして防人の歌を見たのである。港は繁栄を極めているが、それぞれの前途を思えば見送る人も、乗船する人も安穏としていたわけではない。防人歌は、未知なる船旅であっても、生死をかけた緊張の思いがある。遣新羅使の贈答にせよ、安心したいために思いやりを歌に詠んでいるのである。霧は「立ち嘆く息」（三五八〇）であるが、自分の思いだ、と。

三　安芸《あき》と周防《すおう》の津

瀬戸内海航路の遭難は頻繁であったのであろうか。内海といえども突風は怖い。潮流は時間である程度分かるし、予想もつく。風については、遣新羅使の歌にも出てくるし、その関係で波も登場する。潮については七首にうたわれた。やはり突風、嵐が大敵である。にもかかわらず梶にふれている歌が多いのは、これも航海が主に漕走によるものであり、殊更人間に頼っていたからである。奈良時代には、帆の材料が木綿ではなかったから性能が劣っていた。

但し、人間の力だけでは、対馬海流の流れる海峡も思うように渡れない。『魏志倭人伝』の一海を渡ることの実験が朝鮮海峡と対馬海峡で一九七五年に試みられた。商船学校のカッター船では海流に流されてしまって、対馬海峡を渡ることが出来なかった。当然人間の力と風の力とが必要になる。このことは、円仁の入唐求法巡礼行記でも東シナ海を航海している承和五年（八三八）六月の記事には盛んに風の記述が試みられていることで理解される。江戸時代の朝鮮通信使も対馬、壱岐等で風を待った。そして、逆風と波が大敵であり、瀬戸内海では潮待ちが加わる。平成十七年の夏には、熊本から大阪まで帆のない古代船で石棺を運ぶ試みがなされた。七月二十四日に出航して、八月二十六日に大阪に入港した。石棺（六、七トン）は、台船に乗せた。漕走の古代船（全長十二メートル）が台船を

長門島の万葉歌碑と松原（呉市倉橋町）

引きながら航海するが、水主は十八人である。延べ七百七十人がリレー式で古代船「海王」を漕いだ、と朝日新聞（八月二十七日）が伝えた。約九百キロを三十日であるから、一日平均三十キロ程の航海であった。一日八時間の航海であれば、時速三、八キロほどになり、十時間であれば、時速三キロほどである。これは歩く速さに及ばない。

さて、江戸時代の朝鮮通信使に幕府が提供した宿泊所を兼ねた御馳走所は、大坂、兵庫、室津、牛窓、鞆浦、鎌刈、上関、赤間関（下関）、藍島《あいじま》、壱岐、対馬である。大坂から赤間関までが瀬戸内海である。それぞれの距離を合計すれば大坂から赤間関まで東西百三十三里（約五百キロ）となり、その中で一番長い距離は、赤間関から上関までの三十五里である。最も短いのは、兵庫から大坂と牛窓から室津の十里となる。水島灘・安芸灘、燧灘などでは、約二十里の間隔で御馳走所が設けられた。

朝鮮通信使から、高い評価が安芸と備後にあった。御馳走一番が安芸蒲刈《かまがり》の接待の評価であり、風光扶桑第一が備後鞆《とも》の評判であった。安芸の国の地名起源は、「飽く」と考えられる。すなわち、食べ物がにぎにぎ（饒）しく飽くから、安芸の国になったということである。食べ物も風光も一つの評価基準でしかないが、朝鮮通信使によって証明された。コンビナートから離れているので、鞆も蒲刈も風光明媚な観光地になっている。大伴旅人は、神亀五年の三月頃妻を太宰府で喪った。福山市にある鞆の浦で天平二年（七三〇）十二月に旅人は亡妻を悼む歌（巻三・四四六から四四八）を詠んでいる。

さて、安芸の国の津としては、風速と長門島がある。ちなみに平清盛が開削したという呉市音戸の瀬戸を渡れば倉橋島である。そこが古代の長門島である。巻十五の新羅使一行の歌には、周防の国の地名には、玖珂《くが》郡の麻里布《まりふ》、熊毛《くまげ》の浦、大島、鳴門、祝島《いわいしま》、可良《から》の浦、佐婆《さば》がある。熊毛を除き宿泊はどこであったのか不明である。しかし、行程からは麻里布、佐婆などに宿泊した可能性が高い。麻里布は岩国市にあり、大島は周防屋代島であり、祝島は現在と名前が一致し、佐婆とは防府市付近を指している。可良と熊毛は、現在の上関か、その付近と考えられている地名である。玖珂は、岩国市から柳井市一帯の地名である。

オランダ商館長一行の倍の日数をかけて瀬戸内海を航海している朝鮮通信使の旅は、恐らく古代の日程の半分ほどである。ちなみに延喜式では、京都から太宰府まで船で三十日、陸路下りで十四日の行程としている。（注8）大坂から朝鮮の釜山まで約二百里である。大坂から赤間（下関）までが約百三十里である。赤間から釜山までが約七十里である。赤間から釜山までは慎重に壱岐・対馬で風待ち等をするので三十日程度をかけて旅をする。順調であれば大坂から釜山まで二ヶ月の旅である。

さて、瀬戸内海には、大小数百の島があり、人が住んでいるのは百数十である。万葉に登場している神聖な名称を持つのは、祝島《いわいしま》と神島《かみしま》の二つである。祝島は瀬戸内海としては波の荒い周防灘の東の端に位置している。島の人口は現在六百人ほどであり、漁業を主とした周囲十二キロほどの静かな島である。祝島の名前に恥じない四年に一度の「神舞神事《かみまいしんじ》」が有名である。伝承によれば仁和二年（八八六）豊後国伊美の人が嵐のために祝島の三浦湾に宿った時に、その住民が持てなした。そのお礼に貴重な五穀の種を三浦の住民に与えたために、その後島民の生活が向上していった。それを感謝して「お種戻し」と称する豊後国伊美別宮社に参拝することになり、それから四年ごとに伊美別宮と合同で祝島を斎場にした神の恩寵を感謝する祭事をすることになった。「神舞神事」は、大分県国見町の伊美別宮社と祝島の間三十キロ程を御座船が往復し、大小の漁船が大漁旗等で飾って彩なす海上絵巻は絢爛豪華で勇壮なものである。現在でも祝島で行われる三十三種類の神楽舞は、旧暦のお盆の五日間にわたるものである。

もう一つが神島である。巻十三・三三三九番の題詞に備後とあるが、現在の備中笠岡市神島《こうのしま》と備後福山市神島《かしま》とがその候補地となっている。どちらにせよ神と言うのであるから、祭司が行われた神聖な島である。もし福山市神島が遣新羅使の言う「神島」であれば、山陽道のある神辺町や府中市に近く、徹底して本州沿いの船路に拘っていることになる。一方笠岡市の「神島」であれば、直線距離で十キロほどに西に鞆の浦がある。福山市の神島であれば、笠岡神島を経て鞆の浦に至るまでが二十キロ程の距離になるので半日遠回りする距離である。疑問は、長門島から麻里布を目指した箇所にも感じる。

長門島（呉市倉橋島）から岩国市麻里布と言われる地までは、北西に三十キロほどある。麻里布の沖を通るにせよ、九州に行くために用いる安芸から周防の航路としては、南西に上関・室津が位置していて、その後西に向かうのが航路であるから不経済な回り道である。三十キロは一日の大回りに匹敵する。大型船は、枕詞「大船の」という頼りがいのある舟と異なり、思いの外嵐に弱い。灘と言われるところは陸地近くを通ったのであろうにせよ、神島、あるいは麻里布という地名の登場は、これまであまり配慮されない問題がある。

すなわち、一つは大船が安心していられない脆弱な船であることを船乗りは知っていたのではないか、ということもつい想像してしまう。最短距離で航海をするという時間等の問題より、安全第一といった心理的な意味もあるのであろう。安芸の長門《ながと》（倉橋島）から麻里布、玖珂（岩国から柳井の地名）、可良の浦（上関《かみのせき》付近）、佐婆の海等の固有名詞が遣新羅使人の歌群に見られ、さらに祝島も登場しているからである。倉橋島から南下していけば、周防大島の東の端が十五キロほどである。そこからは熊毛（上関　異説が多い）が案外近いし、一日の航海としてやや長い五十キロである。距離的には一泊二日で十分である。また上関からは国東半島も近い。ところがさらに周防灘の航海も本州沿いに船を走らせていたと判断される。

上関からは、大分県国東半島が三十五キロ（九里）程度であり、姫島《ひめしま》であれば、三十キロ（八里）ほどである。古事記神話には周防大島と姫島の誕生が語られる。そこでは山口県の大島も、大分県の姫島も登場していて、そこからは遣唐使の航路か、海人の語りが原型か、と言われているのである。ところが、天平八年（七三六）六月と考える瀬戸内海の航海では、徹頭徹尾本州沿岸を通過しようとしている。松本清張氏は、額田王の、

熟田津《にきたつ》に船乗《ふなの》りせむと月待てば潮《しほ》もかなひぬ今は漕ぎ出《い》でな　（巻一・八）

とある歌の「潮」を潮流と解釈している。(注9) その根拠は、国東半島《くにさき》にあった日出《ひじ》藩の参勤交代の潮流を利用した航路から指摘した。松本氏の指摘をまつまでもなく、国東半島と上関は地図を見れば即納得するほど近いのである。また、上関と熟田津も近いのである。

三十キロの海原の直線が恐ろしいのであろうか。長門島から麻里布とは、安芸灘になり、小さな島は若干あるが、案外直線の航路と呼べそうである。そこを夜わたるのであるから、それなりの理由もあるのであろう。周防灘などでも海の直線航路の三十キロがなかなか航路に見いだせない距離になっている。例えば、広島県の神島と長井、長井と風速、さら風速と長門までがそれぞれ島と島の海峡をぬうように通過した一日の航海距離としては四十キロ程度（十里）である。何かあればすぐ港に逃げ込めそうな本州沿岸に沿った場所を選び、すなわち安全と安心を最優先にして航海している。とすれば、夜航海するのも安全であるために明るい月夜であることと順風と潮流の裏づけがありそうな天気

安芸風速の万葉歌碑（東広島市風早）

は、当然なのであろう。夜の船出として吉井巌氏の指摘する八十キロも先の難所である大島鳴門に対する日中通過の配慮も、最短でも海峡は二日後の通行になる。[注10]とすれば、長門や神島を夜船出したのは、夏であることから体力の配慮もあって良い。あるいは、二日後といいながら大島鳴戸を昼の通過を控えていて体力の温存をはかったのかも知れない。『万葉集』の代表的な注釈書では、唯一土屋文明氏が涼しい夜の航海を取り上げる。[注11]

　夏は昼間の航海がつらい。夕方から夜の凪は、瀬戸内海の有名な気象である。海風から陸風に変わる時に規則正しく数時間凪になる。風、潮、さらに月夜も味方したのであろう。夏であるから夜が比較的涼しいので体力の温存という配慮も考えて良い。長門と神島の二カ所に夜の船出がある。夜は、直木孝次郎氏の指摘する凪から陸風の吹く時間である。[注12]月、潮、風が満たされれば、瀬戸内海の航海であっても、船出に支障などはない。国家的なプロジェクトであるから、松明などで先導する小舟等も存在していたのではないか、岩礁にも松明が燃やされていたのではないか、とついつい想像してしまう。月明かりに長門の浦を出帆した遣新羅使の歌に「沖辺の方に梶の音すなり」(三六二四)とあるが、それは伴走の船であったのかも知れない。

月読《つくよみ》の光りを清《きよ》み神島《かみしま》の磯間の浦ゆ船出す我れは　(三五九九)
月読の光りを清み夕なぎに水手《かこ》の声呼《よ》び浦廻《うらみ》漕ぐかも　(三六二二)

引用は、備後神島からと安芸長門島から夜の航海をうたった歌である。どちらも「月読」とあり、明るい夜であった。月夜の航海であることが条件にある。

さて、遣唐使などに使用する船は、帆柱が二本の大型であり、長さが約三十メートル、幅が八メートル、喫水が三メートルほどと考えられる二百トンの船である。一回り小型にすれば、百トンほどになる。どちらにせよ、甲板に使人のための住居を設け、百人から二百人の人を乗せ、大量の貨物を積載させるために設計されている。遣唐使船が構造上の強度に問題があることは、松枝正根氏が取り上げている。(注13) 鋭角ではなく平面的な舳先であり波に乗ってしまうための摩擦と荷物と人等を大量に収容するために強度が犠牲になったことなどを指摘している。

遣新羅使の航海は、国家的なものであるために、沿岸の使役に支えられていたであろうことを、規模が異なるにせよ江戸時代の朝鮮通信使が暗示している。臨機応変に対処などというよりも、ここからは次のどこの港という具合に国が港を決めていて、山陽道を利用することを含めた通信に裏打ちされた住民の奉仕、あるいは海人等の援助があったはずである。夜であれば、安全のためには篝火船も存在していたかも知れない。もちろんその土地の水先案内人は準備されていたであろう。この当時としては最善の方法が模索され、実行されていたはずである。

ちなみに馬を用いれば、かなり迅速に情報を伝えられる。その陸上の伝達方法もとられたのではないか。物資も確実に陸路から寄港地に届けられる。地図だけの知識でしかないが、神島（福山市とすれば国府と山陽道に近い）――三原市糸崎（長井）――東広島市風早（風速）――呉市倉橋（長門島）――麻里布（岩国山のある山陽道に近い）――周防大島鳴門――熊毛（上関か、室津か）――可良――防府市（佐婆国府と山陽道に近い）とたどる行程は、本州地乗りである。また、備後神島、周防麻里布などは、わざわざ寄り道した如くでありながら、山陽道には近い港である。

安芸群島にある長門島からであれば、周防大島の鳴門海峡を通る必要はない。倉橋島（長門島）から十五キロ南に見える東西二十五キロの周防大島東端から上関を目指せば航路として単純である。そして、その後は、祝島を目印にして神話でも周防大島から国東半島近くの姫島《ひめしま》を誕生させているのであるから、当然のこととして国東半島を目指す方法もある。たまたま周防の佐婆で嵐に遭い、豊前分間《ぶぜんわくま》に至るのであるが、恐ろしい思いをしたのであっても、結局航海ということからは一泊しただけであり、船等に損傷がなければそれほどの寄り道にならない。

松本清張氏の九州国東半島から上関、そして松山の航路説は、貴重である。古くからその道があったにもかかわらず、別なルートを選んでいるとすれば、それなりの理由があったはずである。その意味では、国家的な計画であるから、国レベルの基準があり、その配慮もあったはずである。我々は、乗船している人と船だけを考えてしまうが、朝鮮通信使は数百隻の伴走があった。御馳走場所も決まっていたし、その仕事は幕府から依頼されたものであっても藩の名誉までもかけている。たまたま土佐日記でも木の葉として登場している一月二十一日船の描写は、もしかしたら貫之一行を安全に航海させる伴走の船もそこにいたのかも知れない。航路を選ぶ要因は様々であるが、天平八年の新羅使の航路は、本州安芸・周防地乗りコースを徹底させる内容であり、神島と麻里布とは不経済な回り道になりながら、どちらも寄港地としては山陽道に近い。とりわけ麻里布は、寄港せざるを得ない場所であったから、恐ろしいのであるが、涼しい夜の航海までして体力の温存をはかり、三十キロの海を渡ったのであろう。

四　船旅と家郷

慎重にも慎重を重ねた航海でありながら、周防灘では海難に遭遇していて、その時の歌が八首あるが、最初の歌を引用する。

大君《おほきみ》の命《みこと》恐《かしこ》み大舟の行《ゆ》きのまにまに宿りするかも　（三六四四）

右の一首、雪宅麻呂《ゆきのやかまろ》

作者不明の歌には、「一夜も落ちず」（三六四七）とあり、何とか一晩で順風に変わり大事に至らなかった。佐婆の海で嵐に遭い、豊前の分間に漂着した。現在に大分県中津市の海岸である。四十キロ程流されたらしい。ここから下関まではやはり四十キロ程である。船に損害があれば当然修理して出発する。最初の一首を引用したが、作者は、雪宅麻呂であり、雪は壱岐であり、偶然往路壱岐島で亡くなっている。現在も壱岐にそれと伝える墓がある。

初句と第二句で「大君の命恐み」とあるのは、この旅をする使命に対する決意であろうから、自然の猛威にも安心な乗り物である大船に身をただ任すのである、という大船神話がこの背景にある。実際は木造船が巨大化すればもろい存在になる。大型船であれば、船足、喫水の深さ、小回り等で生じる短所があったのであろうし、木造船であるだけに骨組み等の構造的な弱点もあったのであろう。大船は、港に入港する時も曳舟などが必要であろうし、そもそも乗員の大人数に対処する適当な大きさと深さを保つ港も乏しかったのかも知れない。瀬戸内海の港が浅いことは、オランダ商館一行の航海にも指摘されている。潮の干満の大きいところであるから、深い港はなかなか容易ではなかったのであろう。

作者不明の七首には、「風早み」から予定外のところで宿りをしたとうたう三六四六番、浮き寝であったので髪も白くなると苦労をうたう三六四九番を除けば、他は恋人を偲ぶ。妹を思うことで望郷としているのであろうが、命の危険な時に思い出している。それは最愛の人が辛い旅で一番勇気づける存在になるのであろう。要は妻がそこに居なくても妹との共感を前提にして歌が作られている。このことは、最初に贈答十一首が位置づけられていることとも関わる。

さて、筑紫の館に到着した頃は、七夕を歌にうたう秋であった。瀬戸内海は夏六月の一ヶ月ほどの旅であった。しかし、さらに対馬の浅茅の浦で宿りしている時にも、黄葉を見て「吾妹子がまたむといひし時そ来にける」(三七〇二)と妹が秋まで待つと言ったこととして季節に拘っている。興味深いのは秋であることを現実に認めた時に、新羅に到着すらしていなくてもその約束を破ることにふれていない。あくまでも妹との約束であり、また航海の遅れが望郷につながっても恨み辛みの対象になってはいない。

天平八年の遣新羅使一行の歌は、具体的な宿泊場所が記されるのは備後国長井の浦(三原市糸崎)以降である。そして、風待ちで苦労しているのであるが、筑紫の館から対馬までの歌が多い。一方季節では、秋に拘る。それは帰国の時期を秋として家の人と約束したからである。歌での約束は重い意味がある。その歌は、往路は対馬までの歌しかない。これは、東茂美氏が二〇〇四年冬季全国大学国語国文学会で興味深い講演をしていたことと関わる。(注14)すなわち、文学的なトポスとしての対馬の存在である。対馬が歌の国境である、と。要は、朝鮮海峡からは新羅の国であるから歌を詠まなかったということになる。

山上憶良は、中国での創作が一首(巻一・六三)あるが、例外である特殊事情を配慮するべきであるかも知れないし、あるいは仮託であるかも知れない。この延長上には、百人一首でも有名な古今の一首（巻九・四〇六）である阿倍仲麻呂歌もある。国の神は、対馬までであるから、歌の祈りもここまでである。歌とは、神聖な言葉に基づく祈りでもある。

遣新羅使の一行も海難以来、秋の戻って来るという約束が重荷になってきた。望郷も強まるが、約束の秋にも拘りだしている。肥前松浦の狛島《こましま》で宿泊した折りには、

帰り来て見むと思ひし我が宿の秋萩すすき散りにけるかも　（三六八一）

とうたう人物もいた。あきらかに薄が散っているのであるから、いよいよ秋の終わりを告げる。

帰路の作は、五首であり、すべてが播磨の国家島《いえしま》で詠まれた。家島は、一説によれば神話に登場する「オノゴロ島」であると言う。島の名前も「胞（え）島」とも言うのであるから、海人にとっては、海上交通の拠点でもあったらしい。ちなみに「家」は、妻の居る奈良の住居を連想させる。三七一八番は、名前だけで妹が家島に居ないとうたう。家とは、妹が、すなわち妻が居る場所であった。

家島《いへしま》は名にこそありけれ海原を我《あ》が恋ひ来つる妹《いも》もあらなくに　（三七一八）
草枕旅に久しくあらめやと妹に言ひしを年の経《へ》ぬらく　（三七一九）
我妹子《わぎもこ》を行きてはや見む淡路島雲居《くもゐ》に見えぬ家付くらしも　（三七二〇）

ぬばたまの夜明かしも舟は漕ぎ行かな三津《みつ》の浜松待ち恋ひぬらむ　（三七二一）

大伴の三津の泊まりに舟泊《ふねは》てて龍田《たつた》の山をいつか越え行かむ　（三七二二）

第二首は「草枕旅に久しくあらめやと」（三七一九）とあるが、秋に帰宅予定が翌年になったのである。その意味では「三津の浜松待ち恋ひぬらむ」（三七二一）ということであるが、家島でうたわれたのは、「龍田の山をいつか越え行かむ」（三七二二）と願い続けた故郷の「家」を連想させた。また、播磨は摂津とは異なるにしても、このあたりまでは聖武天皇の行幸の地であり、都人にもなじみがある。大使の死亡、副使の病気、病気の蔓延、遣使として失敗等、悲惨な状態であればある程、ここに至って安堵するのであろう。播磨とは瀬戸内海を東征してきた時に安堵する場所であったらしい。故郷も近いし、朝鮮通信使にしても家島の近くあった室津から大坂までは安全な航海にほぼ終始しているので、海難の緊張感からやや開放されたのであろう。これら五首は、巻頭と対応させて、年内の秋ではなく年が改まる春一月のことであったが、妹に会えるといい、航海の安全をも踏まえて平城京へ戻る時の期待をうたう。第五首にある龍田山を越えれば、妹のいる奈良である。

この遣新羅使人は悲惨で困難な旅を経なければならなかった。大使をはじめとして疫病による死者が出たこと、大幅な予定の遅れがあったこと、さらに続日本紀には「新羅の国常に礼を失ひ、使の旨を受けず」ということがあっては、この遣新羅使が完全な失敗である。但し、歌は妹との約束、愛情、そして望郷という内容に満ち満ちていた。役人としての不平不満が直接感じられないことに、歌が悲しき玩具と祈りを担っていた、と理解した。

結び

天平八年（七三六）の新羅使は、大使が阿倍継麻呂、副使大伴三中、大判官壬生宇太麻呂、少判官大蔵麻呂である。二月二十八日に任命の儀式があり、拝朝が四月十七日である。最初の贈答十一首は、この四月のことであろう。但し、難波から実際の出帆は万葉の目録にある六月である。約一月後に筑紫に着いている。播磨、備前、備中は、地名が歌に登場していても具体的にどこで宿泊しているのかが分からない。しかし、備後水調郡長井の浦（広島県三原市糸崎）からは、「船泊」とある題詞が風速（三六一五）長門の島（三六一七）熊毛の浦（三六四〇）にも用いられ、さらに歌を詠んだ状況として船出した長門島（三六二二）、宿泊もしたか、あるいは通過した地名として麻里布（三六三〇）、通過した大島鳴門（三六三八）、そして漂流地の佐婆の海、漂着した豊前下毛郡の分間（三六四四）などが記されていて、実記として日記的な意味も強まる。さらに筑紫、肥前、壱岐、対馬は歌を創作した航海での場として信頼できる条件を満たしている。

宿泊した港では、様々な援助があったであろう。神島、麻里布と言った地名からは、本州沿いの陸路に拘っているばかりか、山陽道を利用した通信や物資の補給もあったのではないか、とも考えた。そんな幹線道路との持ちつ持たれつでありながら、海路は怖い。遣新羅使歌の疑問の一つは、夜の航海である。風、波、潮がセットであるが、明るい月夜は夜の航海を可能にさせる。

山の端《は》に月かたぶけば漁《いざり》する海人《あま》の燈火《ともしび》沖になづさふ　（三六二三）

引用した長門の浦を夜の船出をしてうたった歌を、中西進氏は「なづさふ」に注目して秀歌と言う。(注15) 月明かりが消えて闇夜になた時、航海の不安が増した。漁り火が浮き沈みして波間から見えたり、見えなかったりすることを、「なづさふ」とした。この歌は、月夜から闇夜になって生じた航海の不安を明滅する明かりで的確に表現した。夜の航海は、日常試みられていたとは思えないのであるから、特殊な事情が伴われていたのであろうが、闇に浮かび、そして沈む漁り火がかえってある使人の不安をかき立てたのである。

遣新羅使の歌は、船泊まりでは瀬戸内海で比較的備中、備後、安芸、周防の地名が残されている。そこからはこの船旅が一日四十キロを限度とするものであること、夏であるから体力の温存もあったのであろうが、月・潮・風等の自然条件次第では、比較的涼しい夜の船出もあったことが知られる。日照りの夏では、木造船の内部は相当の蒸し暑さである。倉橋島の本浦には、再現された二百トンの遣唐使船が係留されていて乗船も許されたが、夏の木造船の船倉はすごい暑さと湿度であった。

海の旅が陸の旅とは質の異なる緊張と刺激があったこと、さらにいつも船という狭い範囲で居なければならないことで集団としてのまとまりが得られ、たまたま宴で歌が披露されたばかりか、さらに備忘録として記録する人が居たのであろう、と考える。また、歌作が共同の遊びでありながら、無事に帰還することを共通の祈りにすることでその座にいる人々の共感を保ち続けた。

帰路の歌は五首にすぎないが、往路に雪宅満が突然壱岐で「鬼病」（天然痘）で死去しているように悲惨な状態であり、新羅使としても国書の受け取りを拒絶されることなどもあり、ますます歌を記録に残す余裕もなかったのであろう。さらに帰路対馬での大使の病没、副使の病気、そして目的の喪失等は、一行に重くのしかかっていた。しかし、巻頭と対応させる家島の歌五首は記録された。ここに天平八年四月にはじまり翌年一月まで遣新羅使が詠んだ往復の航路歌群百四十五首としてあくまでもまとめようとした意図がある。

注1 「言語流通経路としてのしまなみ海道域方言――『瀬戸内海言語図巻』語彙項目地図より――」（「しまなみ」架橋による地域方言の変化研究成果報告書　平成十七年三月刊行）

2 『万葉の旅（下）』（昭和三十九年七月）二十六頁には、題詞・左注・歌の所出数として約六十、さらに難波津の淀川の河尻・大輪田（神戸）・魚住（明石）・韓泊（姫路市福泊）・室津の各泊所の間は各一日の舟航を要した、とある。

3 朝鮮通信使の年次のみ記すと、一次慶長十二年（一六〇七）、二次元和三年（一六一七）、三次寛永元年（一六二四）、四次寛永十三年（一六三六）、五次寛永二十年（一六四三）、六次明暦元年（一六五五）、七次天和二年（一六八二）、八次正徳元年（一七一一）、九次享保四年（一七一九）、十次寛延元年（一七四八）、十一次明和元年（一七六四）、十二次文化八年（一八一一）である。

4 「朝鮮通信使と広島藩」（『広島藩・朝鮮通信使来聘記』呉市・安芸郡下蒲刈町刊　平成二年三月）所収）に、正徳元年度は、一一二五艘、享保四年は、一〇七九艘とある。二十一頁。

5 『万葉集釈注八』（平成十年一月）遺新羅使の拝命から拝朝、さらに帰京等を整理して二四頁〜二六頁に示している。第一回大化二年（六四六）から第二十七回宝亀十年（七七九）までが簡潔に整理されている。天平八年は、第二十三回にあたる。

6 朝鮮通信使とオランダ商館長江戸参府は、『朝鮮通信使船とその旅（ふるさと下蒲刈その21）』（平成七年十一月）『オランダ商館長の江戸参府と蒲刈（ふるさと下蒲刈その24）』（平成十年十一月）『紀行文などに見る下蒲刈あた（ふるさと下蒲刈その12）』（昭和六十三年十一月）を参照した。いずれも下蒲刈町（現在呉市下蒲刈）から発行されている。また、朝鮮通信使と文人の交流は、日本文化と国文学の貴重な資料である。

7 『万葉集釈注八』（平成十年一月）には、「四月の別れであれば、心情的には、五か月ばかりののちの秋の末九月には帰り得ると考えるはずであり」とある。二十八頁。

8 『延喜式』巻二十四主計上には、太宰府までの行程として上りが二十七日、下りが十四日、海路が三十日とある。さらに、壱岐島は、海路行程三日、対馬は四日とあるが、太宰府からの行程である。参考としては、備後が十五日、安芸が十八日、そして長門が二十三日とそれぞれ海路の行程が記されている。

9 「万葉を推理する」（『日本発見万葉の里34』昭和五十七年四月暁教育図書）には、松本清張氏と中西進氏の対談が載せられていて、松本氏が日出藩の参勤交代が『日出町史』にあることを指摘している。航海は、下りが松山、上関、日出町、上りが日出町、上関、松山というルートである。

10 「万葉集の遺新羅使船の夜の船出――直木孝次郎氏の『夜の船出』を読んで――」（『帝塚山学院大学日本文学研究』昭和六十二年二月第十八号）と『万葉集全注巻十五』（昭和六十三年七月）で指摘している。

11 『万葉集私注八』（昭和五十二年五月版）三六二二番の作者及作意には、「海が穏かなので、涼しい夜の航行を企てたものと見える」とある。

12 「夜の船出」（『夜の船出　古代史から見た万葉集』（昭和六十年六月）所収）には、「陸風海風が規則的に吹く瀬戸内海の港では、これを利用して夜の船出が行なわれたとする仮説を、私は重んじたい」とある。百十頁。

13 『古代日本の軍事航海史下巻』（平成六年十一月）二十六から二十七頁。

14 講演の要旨が「天平万葉の国境意識――文学的なトポスとしての対馬――」として「文学・語学」（平成十七年七月第百八十二号）に記載されている。

15 『万葉集全訳注』（昭和五十九年九月）の注で「秀歌」としている。

＊万葉集の引用には、『新編日本古典文学全集万葉集①～④』を基本的に使用した。

持統女帝の旅路——行幸と行幸歌——

田中夏陽子

一　はじめに——行幸とは——

行幸《ぎょうこう》とは、天皇が外出することをさす言葉である。和語では「みゆき」といい、尊敬を示す接頭語ミに動詞の行クがついたものである。上代の文献では、「幸」「巡行」などと記されることが多い。また、「儀制令《ぎせいりょう》」には「車駕《きょが》。行幸に称する所」とある。車駕《きょが》とは天皇の乗り物、或いは天皇自身を指すものと定義されている。『萬葉集』にも、海上女王が聖武天皇に奉った歌や、伊勢行幸の途中、狭《さ》残《さ》行宮《あんぐう》で大伴家持がうたった歌に、「御幸」（巻四・五三一・海上女王）「行幸」（巻六・一〇三三・大伴家持）といった表記がみられる。

七世紀末から平安時代初期にかけて二百回以上の記録が残る古代の行幸に関しては、古く坂本太郎氏[1]が、その変遷を三期に分けている。

第一期　天武・持統〜称徳朝　行幸の活発な時期

第二期　光仁・桓武朝　遠国への行幸がなくなり郊外への遊猟に限定される
第三期　文徳朝以後　巡幸遊覧は愚行なこと

また、近年、仁藤敦史氏(2)は、早川庄八氏(3)の論に立脚しながら、奈良時代までの行幸を畿内政権の政治的首長「移動する大王」によるものとし、令制度が整う以前の大王の行幸には、国見・国讃《ぼ》め・狩猟・服属儀礼といった目的がともなうとされた。一方、平安時代以降の行幸は、天皇が大王から脱却して律令制の理念に基づいて絶対化するのに成功し、支配領域の巡視をおこなわないでよくなった「動かない天皇」へ移行していったとの大局的見解を示された。

二　持統天皇の経験した行幸・旅──即位前──

持統天皇は、乙巳《いっし》の変のあった大化元年（六四五）に誕生した。父は中大兄皇子、母は蘇我倉山田石川麻呂の娘の遠智《おちの》娘《いらつめ》である。孝徳、斉明、天智、天武の四朝を経て即位し、孫の文武天皇に譲位した後、大宝二年（七〇二）十二月二十二日に崩御した。

その五十八年の生涯の間、少女時代、皇后時代、天皇時代、そして太上天皇時代、実に多くの行幸に参加した「行幸の活発な時期」の中心的人物である。

（1）生誕前

持統がこの世に生を受ける以前の天皇の行幸記事を『日本書紀』に探してみると、用明《ようめい》天皇の御代には、行幸の記事はみられない。持統天皇と同様に女帝である推古天皇の時代には、推古十年（六〇二）・十九年（六一一）・二十二年（六一四）と薬狩りの記事が三回みられるのみである。持統天皇の祖父にあたる舒明《じょめい》天皇の御代には、有間温泉への記事が二回（舒明三年九月十九日・舒明十年十月）、伊予温泉（舒明十一年十二月十四日）への記事が一回と、冬場に温泉へ行った記事だけである。そして、舒明天皇の皇后で持統の祖母にあたり、後に斉明天皇として即位する皇極《こうぎょく》天皇の御代には、天皇自ら南淵（現在の奈良県明日香村）の河上に雨乞いをするために出かけ、祈願が成功し大雨となったため「至徳の天皇」とよばれた、という記事があるのみである。

（2）孝徳朝

持統が産まれた年である大化元年以降、孝徳天皇の御代になると行幸記事も増える。大化二年（六四六）正月に、「是の月に、天皇、子代離宮《こしろ》（現在の大阪市内高津あたりか）に御す」や、大化四年正月一日に「天皇、難波碕宮《さきのみや》に幸す」といった、新都の難波京内での外出の他、大化三年十月十一日の「天皇、有間温湯《ゆ》に幸す。左右大臣・群卿大夫、従へり。十二月晦、天皇、温湯より還りまして、武庫行宮に停《とど》まりたまふ。武庫は地の名なり。」と、群臣を従えた有間温泉への冬の湯治の記事などもみられる。

（3）斉明朝

紀国行幸　温泉への行幸の記事は、次の斉明朝にもみられる。現在も白浜温泉として有名な紀国《きのくに》の牟婁《むろ》の温湯《ゆ》への行幸である。斉明四年（六五八）十月十五日に出発し、翌年五年正月三日に帰京した。この牟婁の温湯への行幸は、溺愛していた孫建《たける》王の幼い死により、ふさぎがちな日々をすごしていた斉明女帝の気分転換におこなわれたようで、道すがら、女帝自らよんだとされる建王挽歌が『日本書紀』には残されている。また、この紀国行幸の時よまれた歌として、『萬葉集』巻一には額田王の難訓歌として有名な次にあげる1や、中皇命の歌（2・3・4）、巻九には二首の作者未詳歌（5・6）がみられる。

紀の温泉《ゆ》に幸《いでま》す時に、額田王の作る歌

1莫囂圓隣之大相七兄爪謁気　我が背子が　い立たせりけむ　厳橿《いつかし》が本　（巻一・九）

中皇命、紀の温泉に往く時の御歌

2君が代も　我が代も知るや　磐代《いはしろ》の　岡の草根を　いざ結びてな　（一〇）

3我が背子は　仮廬《かりほ》作らす　草なくは　小松が下の　草を刈らさね　（一一）

4我が欲《ほ》りし　野島は見せつ　底深き　阿胡根《あごね》の浦の　玉そ拾《ひり》はぬ　或は頭に云ふ「我が欲りし　子島は見しを」　（一二）

右、山上憶良大夫の類聚歌林《るいじゅうかりん》に検すに、曰く、「天皇の御製歌なり云々」といふ。

岡本宮に天下治めたまふ天皇の紀伊国に幸しし時の歌二首

5妹がため　我玉拾ふ　沖辺《おきへ》なる　玉寄せ持ち来《こ》　沖つ白波　（巻九・一六六五）

6朝霧に　濡れにし衣　干さずして　ひとりか君が　山路越ゆらむ　（一六六六）

右の二首、作者未だ詳らかならず。

そして、この紀国滞在中には、『萬葉集』挽歌の冒頭に据えられた二首の自傷歌《じしょうか》「磐代の浜松が枝を引き結びま幸《さき》くあらばまたかへり見む」（巻二・一四一）と「家にあれば笥《け》に盛る飯を草枕旅にしあれば椎の葉に盛る」（一四二）で有名な有間皇子謀叛事件がおきる。天皇の留守を狙って大和国で謀叛を起こそうとした有間皇子は、事前に察知されて捕まり、紀国へ連行される。牟婁にいる天皇の御前で審議を受けた後、紀国の藤代坂で縊死《いし》という結末を迎えた。

この時、持統は十四歳。斉明天皇の孫娘であった持統も、前年、天皇の息子の一人である大海人皇子の妻となっており、この行幸にもそうした公人の立場で参加していたことと思われる。亡くなった建王の面影を偲びつつおこなわれたこの紀国行幸は、自分と年の近い有間皇子による謀叛事件もあり、多感な少女時代の持統の脳裏に、紀国の風景と共に深く刻み込まれたことであろう。

その後、斉明朝には、斉明五年（六五九）三月一日に、吉野に行幸して肆宴《しえん》をする記事や、二日後の三月三日の近江の平浦《ひらのうら》（現在の滋賀県大津市志賀町付近の湖岸）への行幸がみられる。

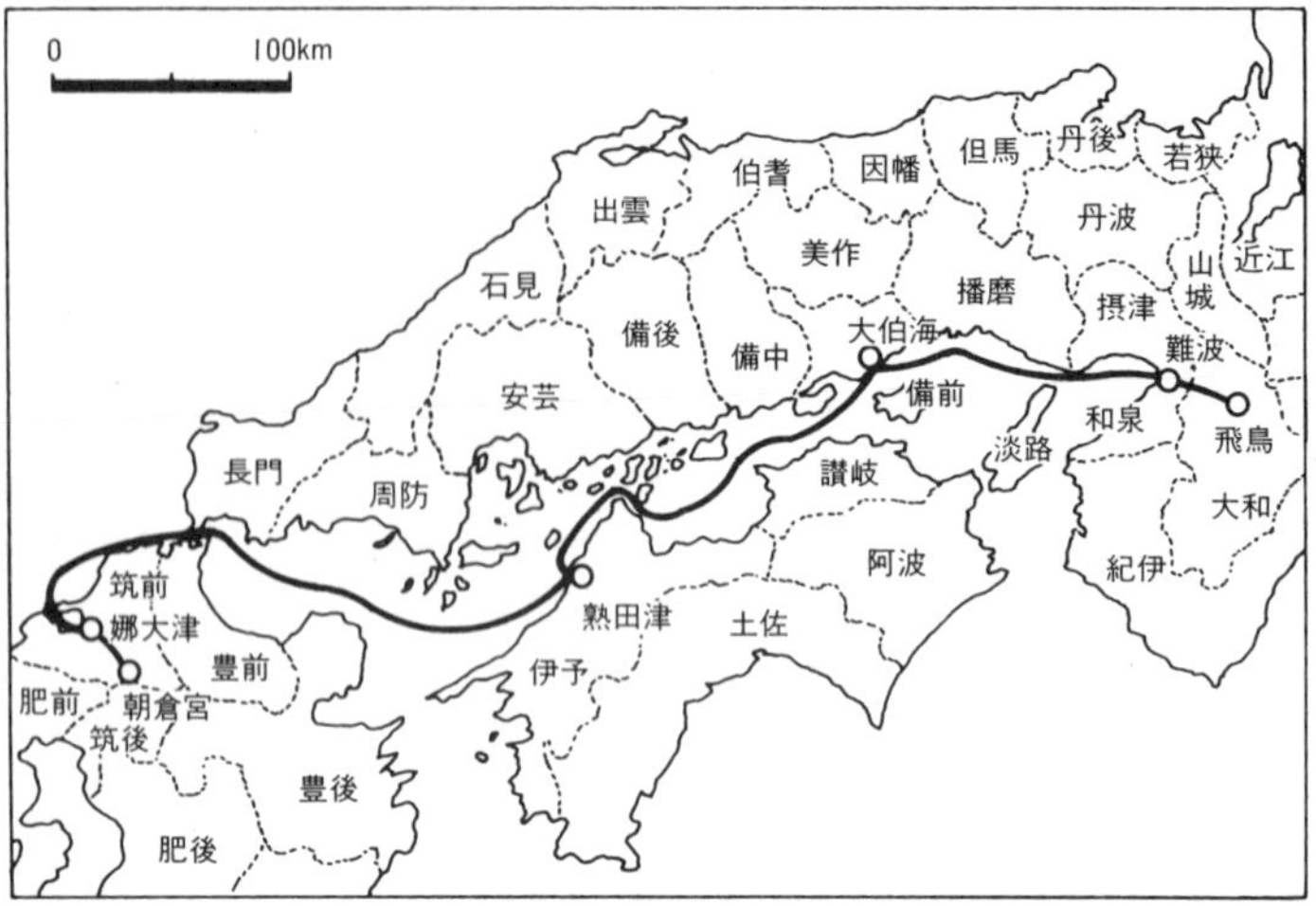

斉明天皇の西征ルート

西国遠征　しかし、斉明七年（六六一）正月六日、「御船西に征《ゆ》きて、始めて海路に就く」と、唐と新羅の連合軍から百済を救うべく、天皇自ら九州の筑紫に向かうため、朝廷をあげて西海に遠征することになる。この百済救援のための遠征は『日本書紀』には「御船西征」とあり、単なる行幸以上の重要な旅だといえる。前年十二月二十四日には、斉明天皇は救軍を準備すべく、積極的な態度で難波に行幸したことが記されている。こうした半島遠征については、推古朝にも、新羅遠征が行われたが、この時は聖徳太子の弟の久米皇子などが派遣された。そうした前例に反して、天皇本人、しかも女帝の身で朝廷を率いて遠征にのりだすという、驚くべき決断と行動をとった斉明天皇である。

　その強行ともいえる旅路では、出発して二日後の正月八日、「御船、大伯《おおくの》海に到る。時に、大田姫皇《ひめみ》女《こ》、女を産む。仍りて是の女の名を大伯皇女と曰ふ」と、今日の小豆島の北方付近で大伯皇女が生まれた。船旅による早産ではないかと想像させられる記事だが、そもそも妊娠中の肉親を遠征に同行させる感覚は、斉明天皇のこの遠征を重視する態度と見ればよいのか、或は古代人の出産に対する考え方の違いと解すればよいのか、理解に苦しむところがある。しかしながら、記紀や『萬葉集』の山上憶良の歌（巻五・八一三、八一四）にもとりあげられてた、臨月に近い状態で新羅征討を敢行して成し遂げた神功皇后の鎮懐石《ちんかいせき》伝説や、記紀のアマテラスとスサノヲのうけい（誓約）の神話に代表されるような出産によって吉凶や成否を判断する伝承もある。遠征中の妊娠や出産は、こうした神託的効果を期待した宗教的職能者として女帝の特性をかいま見せた政治的判断だったとも考えられる。

そうしたこともあってか、遠征中には同行した女たちの出産がその後も続いた。大海人皇子と大田皇女の間には、翌翌年に、大伯皇女に引き続き、九州の娜《な》の大津で大津皇子が産まれたと見られる。持統自身も、天智元年（六六二）「天命開分天皇元年に、草壁皇子尊を大津宮に生れます」（『紀』持統称制前紀）と、実姉大田皇女と競うかのように大海人皇子との間に草壁皇子を出産している。

また、この出征の際によまれた歌が額田王詠とされる有名な次の歌である。

7熟田津に　船乗りせむと　月待てば　潮もかなひぬ　今は漕ぎ出でな　（巻一・八）

遠征往路におけるもので、現在の道後温泉として知られる伊予の熟田津の石湯行宮《いわゆあんぐう》における歌と考えられる。この歌の左注には、「昔日の猶し存れる物を御覧して、当時《そのかみ》に忽ちに感愛の情を起したまふ。所以《ゆゑ》に因りて歌詠を製《つく》りて哀傷したまふ」と、斉明天皇の夫舒明《じょめい》天皇の御代に伊予へ行幸した時と変わらずにある物を見て、感愛の情をおこしてよんだ歌ともある。

この伊予には、約二ヶ月も立ち寄った。長期にわたる停泊は、水軍の軍備を整えるなどの準備があったことが推察されるが、足止めをくらっているかの如く戦意が低下したことと思われる。だからこそ、こうした威勢良く船出を宣言する歌がよまれたのであろう。

しかしながら、出発してから七ヶ月後の七月二十四日、斉明天皇は、「朝倉宮（現在の福岡県朝倉市山田）で崩《かむあが》りましぬ」と、遠征半ば、筑紫の地で客死する。異郷の地で客死した女帝は斉明天皇だけである。母斉明天皇の死に際し、息子の中大兄がよんだ挽歌が、『日本書紀』には記されている。

（4）天智朝

斉明天皇の死後、天皇にかわって政治を取り仕切ったのは、持統の父の中大兄であった。天皇に即位したのは、白村江の戦いの戦後処理が一段落した天智七年（六六八）のことだった。

斉明朝の行幸は、有間皇子の変がおこった紀国行幸といい、祖母斉明天皇が崩御した百済救援のための西国遠征といい、近縁者の死の影におおわれたものであった。それに対して、天智朝の行幸は、都を近江大津宮に遷都し、華やかなものだった。特筆すべきは「大皇弟（大海人皇子）・藤原内大臣（藤原鎌足）と群臣、皆悉に従へり」とある五月五日の薬狩りの記事が二度みられることである。天智七年五月五日条の蒲生野《がもうの》（現在の滋賀県東近江市八日市付近）と、天智八年五月五日条の山科野（現在の京都市山科区山科）の二回である。蒲生野の薬狩りに関しては、額田王と大海人皇子の有名な贈答歌が『萬葉集』に残されており、この日の行事のにぎわいが想像される。

壬申の乱　鎌足の死から二年後、天智十年（六七二）十二月、天智天皇は崩御する。ほどなくして壬申の乱が勃発。保身のために既に吉野へ隠遁していた大海人皇子であったが、近江朝廷側の敵意を察して、六月二十四日、ひそかに吉野を脱出したと『日本書紀』には書かれている。大海人皇子一行は、追っ手を恐れ、たった二日で大和国の菟田《うだ》から大友皇子の本拠地のある伊賀国を抜け、伊勢国に入り、三日後には、湯沐《とうもく》（養育料などをだす私領）のある美濃国に入った。

この間、持統は、大海人皇子を支えるべく草壁皇子を守りながら正妻として、伊勢国の桑名郡家（現在の三重県桑名市）まで同行。持統と幼い草壁皇子はこの桑名の地で、本陣となる不破《ふわ》の野上行宮《あんぐう》（現在の岐阜県不破郡関ヶ原町東部）へ出立する夫を見送ったことと思われる。

壬申の乱は、激戦の末、大海人軍が勝利する。不破で指揮をとっていた大海人皇子は、伊勢国の桑名で持統らと合流し、鈴鹿・名張を通り、倭京《やまとのみやこ》に凱旋したと推測される。そして、その昔蘇我馬子の邸宅で天皇家の離宮となっていた島宮《しまのみや》で数日過ごし、九月十五日、舒明・斉明両天皇の皇居だった岡本宮へ移る。この冬には岡本宮の南側に造営した飛鳥浄御原宮が完成。翌年の天武二年（六七四）二月二十七日、大海人皇子は天皇として即位したのであった。

この壬申の乱は、戦乱の旅である。行幸のような安全な旅ではない。持統は人生において十代から二十代の間に、九州地方への西国遠征と、東海地方への壬申の乱という、長期間にわたり死の危険性を伴う旅路を経験したことになる。こうした危険な旅の体験を若い時期に二度もしている女帝は他にいない。そして、その戦乱の旅の経験こそが、持統女帝のまれにみる活発な行幸を可能にする推進力になっていたと思われる。

（5）天武朝

さて、大海人皇子が天皇に即位すると同時に、戦乱の時代は終わった。持統も皇后となり、国家の礎を築くための儀式を中心に、夫の天皇と一緒に政治の表舞台に立つ機会が格段に増えることとなる。持統の旅路も、動乱期の危険な旅ではなく、次の表のごとく、国家太平のための儀礼的な行幸が中心となっていく。

【天武朝の行幸】

天武　四年（六七五）	二月二十三日	高安城（現在の奈良県平群町）に行幸。
七年（六七八）	四月朔	伊勢斎宮に行幸しようとして卜《うらな》う。
八年（六七九）	三月七日	越智に行幸して、後岡本天皇（斉明天皇）陵を参拝。
	五月五日	吉野行幸。皇子達と盟約を結ぶ。
	八月十一日	泊瀬に行幸して、迹驚淵《とどろきのふち》の上で宴。

九年（六八〇）	三月二十三日	菟田《うだ》の吾城《あき》へ行幸。
	七月五日	犬養連大伴の家に見舞いに行く。大恩を下す。
	九月九日	朝嬬《あさづま》（現在の奈良県御坊市大字朝妻）に行幸。長柄杜《ながらのもり》で、騎射。
十年（六八一）	十月	広瀬野に行宮を造るが、行幸せず。
十二年（六八三）	七月四日	鏡姫王の家に見舞いに行く。次の日、鏡姫王亡くなる。
	七月十八日	京師《みやこ》を巡行する。
	十月十三日	倉梯《くらはし》で狩りをする。
十三年（六八四）	三月九日	京師を巡行し、宮室に適当な地を選定。
	七月四日	広瀬に行幸。九日、広瀬・竜田の神を祭る。
十四年（六八五）	五月五日	飛鳥寺に行幸。珍宝を奉納し、礼拝。
	八月十二日	山田寺に行幸。
	八月十三日	河原寺に行幸。稲を僧衆に施す。
	十月十日	信濃に行宮を造らせる。束間《つかまの》温湯《ゆ》に行幸するつもりだったか。
	十一月六日	白錦後苑《しろにしきのみその》（場所不明）に行幸。

壬申の乱関連地への行幸は、天武四年二月二十三日の高安城（現在の奈良県平群町）や、天武九年三月二十三日の菟田《うだ》の吾城《あき》への行幸がある。前者は、天智六年十一月に築かれた城で、ここからは大阪平野が一望でき、壬申の乱の際には、大海人軍が占領した。後者は、壬申の乱の時、通過したところである。また、壬申の乱の際に勝利を祈願をした伊勢斎宮への天武七年の行幸は、出発直前の十市皇

女の突然の死によって中止された。

五月五日の薬狩りについては、天武朝には記録がない。ただし、秋に行う狩猟の記事が、天武十二年十月十三日（倉梯）と、広瀬野に狩のため行宮を準備したが実施されなかったことが天武十年十月にみられる。だが三年後の天武十三年、広瀬行幸がおこなわれ、広瀬の地の神は、竜田の神とともに天武朝より祭られるようになり、持統朝にも引き継がれた。

そのほか目立つ行幸記事としては、天武八年三月七日の、越智（現在の奈良県橿原市北越智町あたり）にある斉明天皇の陵墓への参拝や、藤原宮選定のための視察の巡行記事がある。

天武天皇の親の世代に頻繁に行われた温泉への行幸は、天武十四年の記事によれば、信濃国の束間《つかまの》温湯《ゆ》への計画があったようである。同じ天武十四年には、飛鳥寺・山田寺・河原寺と三つの寺院への行幸があった。寺院への行幸はそれまでみられなかった記事である。

吉野の盟約　天武朝の数ある行幸の中で、持統の行幸と最も密接な関係があるのは、天武八年五月の吉野行幸である。

離宮としての吉野宮は、斉明二年（六五六）条に「吉野宮を作る」と造営された記事がみられ、斉明五（六五九）年三月一日条には、「吉野に幸《いでま》して、肆宴《しえん》す」と宴会がおこなわれたことが『日本書紀』に記されている。奈良県吉野郡吉野町の宮滝付近からは七世紀後半の庭園を含む大規模な施設遺構が確認されている（末永雅雄『増補　宮滝の遺跡』木耳社・昭和六十一年八月）。

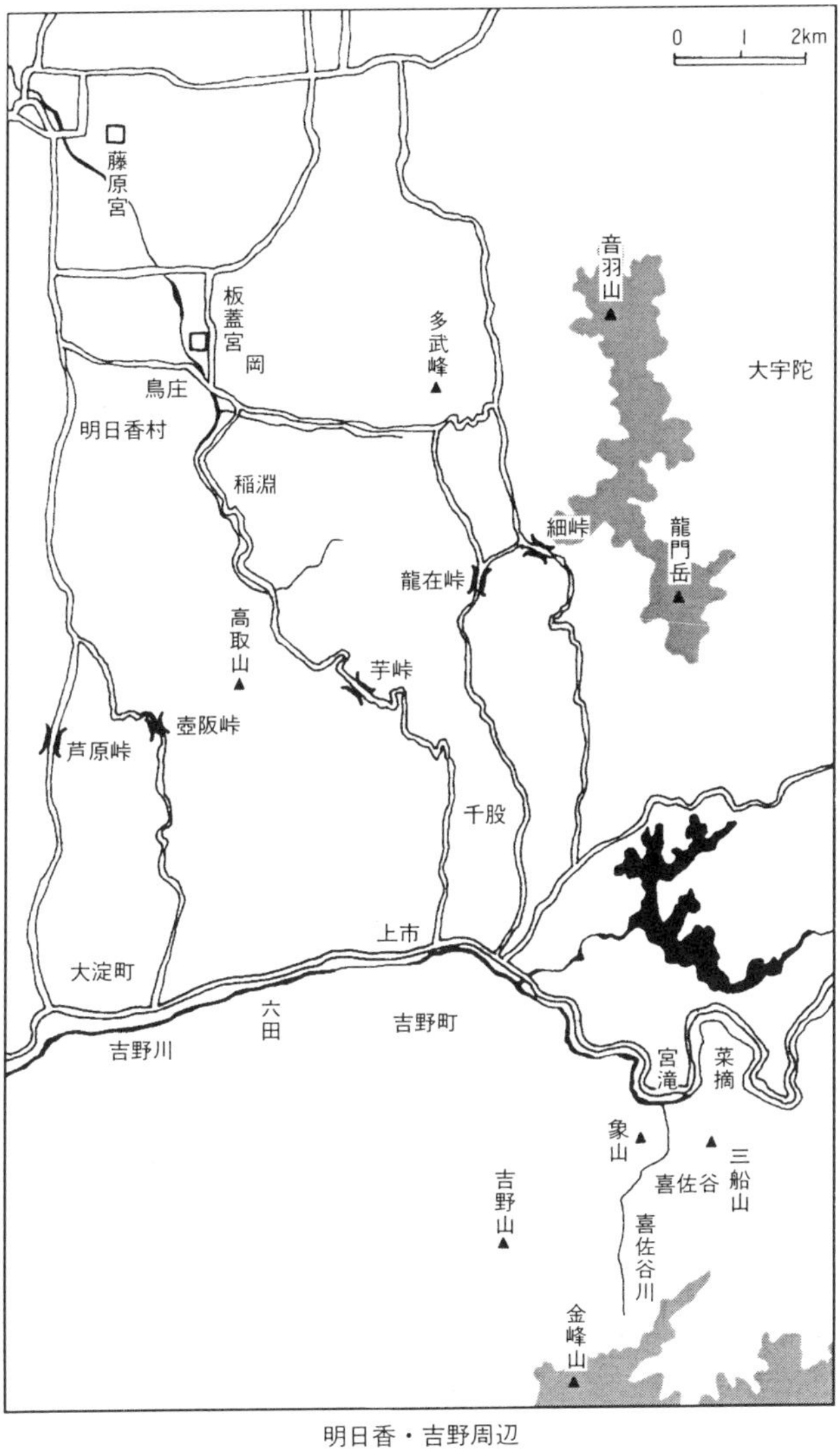
0 1 2km
藤原宮
板蓋宮
岡
多武峰
音羽山
大宇陀
鳥庄
明日香村
稲淵
細峠
龍門岳
龍在峠
高取山
芋峠
壺阪峠
芦原峠
千股
上市
大淀町
六田
吉野町
吉野川
宮滝
菜摘
象山
三船山
喜佐谷
吉野山
喜佐谷川
金峰山

明日香・吉野周辺

大化元年（六四五）九月には古人大兄皇子が吉野に入り、十一月に謀叛を起こした。そして、天智十年（六七一）十月、天智天皇が危篤となった時、大海人皇子も身の危険を感じて出家蟄居。前述のように、天智天皇崩御後、大海人皇子は、吉野から脱出して壬申の乱で勝利した経緯がある。

天武八年（六七九）五月の吉野行幸については、かなり詳しい記述が『日本書紀』にみられる。五月五日の節句の日に出発し、七日に還るという行程であった。飛鳥浄御原宮から吉野滝宮までは六時間ほどかかるため、(4)初日の五日と最終日の七日は、移動日ということになり、二日目の五月六日のいわゆる吉野の盟約とよばれるできごとこそ、この吉野行幸の最大の目的であった。

この盟約は、壬申の乱のような近親同士の骨肉の争いをおこさないよう、天武天皇と皇后（後の持統天皇）、及び六皇子、草壁《くさかべ》皇子尊《みこと》・大津皇子・高市《たけち》皇子・河嶋皇子・忍壁《おさかべ》皇子・芝基《しき》皇子が、神聖な「庭《おほば》」で誓いを結んだもので、もしその誓いに背けば、「身命《いのち》亡び、子孫絶えむ」と自分の命もなくなり子孫も途絶えることを誓約をした。また、天武天皇自身もこの盟約に背けば、即座に我が身が滅びるであろうとし、皇后であった持統も「皇后の盟ひたまふこと、且《また》天皇の如し」と、天皇と同様に盟約を結んだ。この吉野盟約の行幸の折りにうたわれたと左注にある歌が、次の『萬葉集』の歌である。

天皇、吉野宮に幸す時の御製歌

淑《よ》き人の　良《よ》しとよく見て　好《よ》しと言ひし　芳野《よしの》よく見よ　良き人よく見（巻一・二七）

紀に曰く、「八年己卯の五月、庚辰の朔の甲申、吉野宮に幸す」といふ。

天武天皇は歌の中で「芳野よく見よ」と呼びかけているが、亡き夫の呼びかけに応えて月忌《がっき》に墓参するかのごとく、夫亡き後、持統は吉野行幸を頻繁におこなった。皇后だった持統も夫天武と共に誓いを立てたこの吉野盟約こそが、行幸の大きな原動力になっているのであり、吉野を聖地化したのである。この盟約なくしては、持統の三十回を超える吉野行幸はありえなかったであろう。

三　持統天皇の体験した行幸・旅――天皇時代・太上天皇時代――

さて、朱鳥元年（六八六）九月九日天武天皇は崩御する。その直後、吉野の盟約は破られ大津皇子の謀叛事件が発覚。大津皇子は即日死を賜る。持統は、天武天皇の死後、すぐに称制《しょうせい》（天皇が在位していないときに、皇后・皇太子などが臨時に政務を行うこと）をしいたが、亡き夫天武天皇のための追悼期間は長く、二年後の持統二年（六八八）十一月になってやっと大内《おおち》陵に埋葬した。

そして、その二ヶ月後の持統三年（六八九）年一月、持統は吉野行幸をおこなう。称制中ではあるが、持統の最初の吉野行幸となる。しかし、四月十三日、息子で皇太子だった草壁皇子が薨去する。その死に関しては、『日本書紀』には、「皇太子草壁皇子尊薨す」（持統三年四月十三日条）としかみられないが、『萬葉集』には、柿本人麻呂の日並皇子尊挽歌（巻二・一六七～一七〇）や舎人たちによる挽歌（巻二・一七一～一九三）が多数見られ、その死の重みが語り伝えられている。

草壁皇子の死から約四ヶ月後の八月、持統は再び吉野行幸を行う。十月には、天武天皇も即位してすぐに訪れた高安城にも行幸。そして、六九〇年正月、持統自ら天皇即位するのである。

以下は、持統天皇の在位期間中及び譲位後の行幸関連年表である。

【持統天皇（持統太上天皇）の行幸】

和号	西暦	年齢	事項
朱鳥元	六八六	41	九月九日**天武天皇崩御**　十月二日**大津皇子の変**
持統三	六八九	45	正月十八日吉野行幸〔4〕　四月十三日**皇太子草壁皇子薨去** 八月四日吉野行幸〔?〕　十月十一日高安城行幸
四	六九〇	46	正月元日**持統天皇即位**　二月五日　腋上陂行幸 二月十七日吉野行幸〔?〕　五月三日吉野行幸〔?〕 六月六日泊瀬行幸　八月四日吉野行幸〔?〕 九月十三日**紀伊行幸**〔12〕　十月五日吉野行幸〔?〕 十二月十二日吉野行幸〔3〕　十二月十九日藤原宮の地に幸す
五	六九一	47	正月十六日吉野行幸〔8〕　四月十六日吉野行幸〔7〕 七月三日吉野行幸〔10〕　十月十三日吉野行幸〔8〕
六	六九二	48	正月二十七日高宮行幸〔2〕　三月六日**伊勢行幸**〔15〕 五月十二日吉野行幸〔5〕　七月九日吉野行幸〔20〕 十月十二日吉野行幸〔8〕
七	六九三	49	三月六日吉野行幸〔8〕　五月一日吉野行幸〔7〕 七月七日吉野行幸〔10〕　八月一日藤原宮地に幸す 八月十七日吉野行幸〔5〕　九月五日多武峰行幸〔2〕

			十一月五日吉野行幸（6）
八	六九四	50	正月二十一日藤原宮地に幸す　一月二十四日吉野行幸（?） 四月七日吉野行幸（?）　九月四日吉野行幸（?） 十二月六日**藤原宮遷都**
九	六九五	51	閏二月八日吉野行幸（8）　三月十二日吉野行幸（4） 六月十八日吉野行幸（9）　八月二十四日吉野行幸（7） 十月十一日菟田吉隠行幸（2）　十二月五日吉野行幸（9）
十	六九六	52	二月三日吉野行幸（11）　四月二十八日吉野行幸（7） 六月十八日吉野行幸（9）
持統十一 文武　元	六九七	53	二月**軽皇子立太子か**　四月七日吉野行幸（8） 七月二十九日**薬師寺開眼会**　八月一日**文武天皇即位**
二	六九八	54	二月五日宇智郡行幸
三	六九九	55	一月二十七日**難波行幸**（1ケ月弱）
文武　五 大宝　元	七〇一	57	二月二十日吉野行幸（8）　三月二十一日**改元** 六月二十九日太上天皇吉野行幸（3）　八月三日**大宝律令完成** 九月十八日**紀伊行幸**（約1ケ月）
二	七〇二	58	七月十一日吉野行幸（?） 十月十日**持統太上天皇三河・伊勢行幸に出発。尾張・美濃・伊勢・伊賀を経て帰京**（2ケ月弱） 十二月二十二日**持統太上天皇崩御**
慶雲　二	七〇五		三月四日倉橋離宮行幸

三	七〇六	二月二十三日内野行幸	九月二十五日**難波行幸**〔約半月〕
四	七〇七	六月十五日**文武天皇崩御**	

太字…長期間にわたる行幸・歴史的重要事項　傍線…吉野行幸以外の短距離の行幸
破線…藤原宮造営関連の行幸
〔　〕内のアラビア数字…行幸の所要日数。数字のない行幸は日帰りと推察される。
※文武朝の行幸に関しては、文武天皇の行幸に持統太上天皇も同行したものとする。

見てわかるとおり、持統が持統・文武朝に参加した行幸のうち、吉野行幸および長期間にわたる行幸（紀伊・伊勢方面・難波）は下記のとおりである。

吉野	在位中（十一年間）31回	譲位後（五年間）3回	合計34回
紀伊	在位中（〃　）1回	譲位後（〃　）1回	合計2回
伊勢	在位中（〃　）1回	譲位後（〃　）1回	合計2回
難波	在位中（〃　）0回	譲位後（〃　）1回	合計1回

また、短期の行幸については、高安城・菟田などの壬申の乱関連地については、天武朝におこなわれた行幸場所と重なるものが多い。また、天武朝の越智行幸は、天武天皇の母たちが眠る陵墓への参拝を目的としたものだったが、持統朝の多武峰行幸は、斉明二年（六五六）に、山の頂上に垣根をめ

ぐらし、嶺の二本の槻《つき》の側に両槻宮《なみつきのみや》が造営された斉明天皇ゆかりの地である。
天武朝の朝嬬《あさづま》（現在の奈良県御所《ごせ》市大字朝妻付近、式内社高鴨神社が近くにある）、持統朝の腋上陂《わきのかみのつつみ》（現在の奈良県御所市御所宮前の鴨都波神社付近の堤か）・高宮《たかみや》（奈良県御所市大字西佐味の高宮廃寺付近か）への行幸は、葛城・金剛山麓地域ということで共通している。

いわゆる行幸歌、行幸従駕歌とよばれている行幸に際してよまれた歌は、こうした距離や期間が短い行幸については、数多く実施されている割には『萬葉集』に残されていない。先にあげた吉野・紀伊・伊勢方面・難波といった、長期にわたる行幸のみに歌が集中している。

（1）吉野行幸

持統天皇の吉野行幸については多数の研究があるが、前掲の年表を見てもわかるとおり、月ごとの回数や干支などに規則性や特徴がなく、[5]重大な国事のない限りおこなわれた。[6]その目的については、景勝や宴遊・遊覧、風雨の順調の祈願、霊場でのみそぎ、夫天武への追慕、人間性の回復、国家の安定等がいわれているが、遠藤宏氏[7]も述べられているように、その目的を画一的に解釈する必要はないと思われる。

そうした中、持統天皇・持統太上天皇時代の吉野行幸の折りにうたわれた歌で、最も重要視されているのが、柿本人麻呂による吉野讃歌である。

二首の長歌とそれに付属する反歌は、左注を手がかりに推測した場合、持統三年（六八九）から持統五年（六九二）の二年間の吉野行幸の中でよまれたものと考えられる。

この柿本人麻呂の吉野讃歌に関する研究の詳細は、身崎壽氏の「吉野讃歌」（『セミナー万葉の歌人と作品』二・和泉書院・平成十一年）をご参照いただくとして、この人麻呂の吉野讃歌は、吉野離宮を讃え、宮讃《ほ》め・御代讃めによって、持統天皇を新しい王朝の皇統を継ぐ神として神格化し、王権を保障していこうとする規範性を提示する歌として、その後の行幸歌に影響をあたえた。(8) また、歌にみられる自然は、「大君」「大宮人」「自然」という三者の関わりの中で王権を保証するものとして機能しているが、そのため、吉野固有の歴史は無視され、その地で現実に生活するものはうたわれていないという指摘もある。(9) つまり、吉野讃歌でうたわれる自然は、現実の景を超えて、天皇の秩序の元に作り出された自然（山・川）という、〈景観の神話化〉がなされているのである。(10)

そうした王権讃美のための長歌がある一方、次のような一般的な羇旅歌も吉野行幸歌には存在する。

太上天皇、吉野宮に幸す時に、高市連黒人が作る歌
大和には　鳴きてか来らむ　呼子鳥《よぶこどり》　象《きさ》の中山　呼びそ越ゆなる　（巻一・七〇）

持統を太上天皇と題詞にあるので、持統天皇譲位後の文武朝の吉野行幸、文武五年（七〇一）二月二十日・大宝元年（七〇一）六月二十九日・大宝二年（七〇二）七月十一日の三回のうちのいずれかで

よまれた歌である。
吉野の地から、呼子鳥に託して妻のいる大和を思う歌で、妻と離ればなれになっていることをよんだ一般的な羈旅歌である。呼子鳥をカッコウ・ホトトギスだと考えると、文武五年（七〇一）二月二十日の行幸の可能性が高い。

大行天皇、吉野宮に幸す時の歌
み吉野の　山のあらしの　寒けくに　はたや今夜《こよひ》も　我がひとり寝む　（巻一・七四）
右の一首、或は云ふ、天皇の御製歌
宇治間山《うぢまやま》　朝風寒し　旅にして　衣貸すべき　妹《いも》もあらなくに　（七五）
右の一首、長屋王《ながやのおほきみ》

この大行天皇《たいこう》は文武天皇をさすので、先ほどの黒人の歌と同様に、文武朝の三回の行幸のうちのいずれかであるが、「山のあらしの寒けくに」「朝風寒し」と寒さがよまれているので、文武五年（七〇一）二月二十日の吉野行幸がふさわしいかと思われる。一首目の歌の「天皇の御製歌」という左注のとおりだとすれば、文武天皇はこの時十代後半、うら若い天皇だった。文武天皇の子の聖武天皇（首《おびと》皇子）は大宝元年生まれなので、この吉野行幸の時、藤原不比等の娘宮子夫人の胎内にあったことになる。そうした中、妻のもとをはなれて吉野に出向いた文武天皇の歌は、王権讃美性とは無縁の羈旅歌として映る。

一方、天皇への返歌をした高市皇子の第一子の長屋王は、二十代中頃の青年だった。歌の内容も、妊娠している妻を大和へ残して旅をする夫の文武天皇の心情をくみ取り、共鳴したかのような旅の独り寝の朝を嘆く歌を返した。長屋王は、この吉野行幸を「旅にして」と、旅ととらえている。この二首の贈答歌は、王権讃美の色調がみられない叙情的な羈旅歌となっている。

こうした羈旅歌以外に、持統天皇の吉野行幸の時にうたわれた歌には、次のような相聞歌もある。

　　吉野宮に幸す時に、弓削《ゆげ》皇子、額田王に贈り与ふる歌一首

古《いにしへ》に　恋ふる鳥かも　ゆづるはの　御井《みゐ》の上より　鳴き渡り行く　（巻二・一一一）

　　額田王の和へ奉る歌一首　倭京より進り入る

古に　恋ふらむ鳥は　ほととぎす　けだしや鳴きし　我が思へるごと　（一一二）

　　吉野より苔生せる松が枝を折り取りて遣る時に、額田王の奉り入るる歌一首

み吉野の　玉松が枝は　愛しきかも　君が御言《みこと》を　持ちて通はく　（一一三）

額田王と天武天皇の子弓削《ゆげ》皇子の相聞歌で、一一二番の題詞の注「倭京より進り入る」から、持統朝のうちでも藤原宮遷都前の持統八年（六九四）九月までに行われた吉野行幸の歌だということがわかる。昔を懐古する内容の歌である。

持統がかかわった吉野行幸は、譲位後も含めて三十四回あるわけだが、頻度のわりには、巻一・二に収録されている歌数は少なく感じる。柿本人麻呂の吉野讃歌、文武天皇と長屋王羈旅歌、額田王の贈答歌は、数ある吉野行幸歌から、吉野行幸を代表する歌として選び抜かれて収録されたものかもしれない。

巻一・二の拾遺的巻とされる巻三には、吉野行幸歌とは断言できるものではないが、「弓削皇子、吉野に遊《いでま》しし時の御歌一首」と題される春日王との吉野を舞台とした唱和歌及び、入水した乙女を吉野に火葬する時によんだ柿本人麻呂の挽歌がある。

弓削皇子、吉野に遊《いでま》しし時の御歌一首

瀧《たぎ》の上《うへ》の　三船《みふね》の山に　居《ゐ》る雲の　常にあらむと　我が思はなくに　（巻三・二四二）

春日《かすがのおほきみ》王の和へ奉る歌一首

大君《おほきみ》は　千歳にまさむ　白雲も　三船の山に　絶ゆる日あらめや　（二四三）

或本の歌一首

み吉野の　三船の山に　立つ雲の　常にあらむと　我が思はなくに　（二四四）

右の一首、柿本朝臣人麻呂が歌集に出づ。

吉野の山にかかる雲を我が身にたとえて、薄命を予感してよんだ歌である。弓削皇子・春日王ともに、文武三年に亡くなっているので、持統朝の吉野行幸の折りによまれた歌かもしれない。
次の柿本人麻呂の挽歌は、溺れ死んだ出雲娘子を吉野に火葬する時よんだ歌と題詞にある。

溺《おぼ》れ死にし出雲娘子《いづものをとめ》を吉野に火葬《やきはふ》る時に、柿本朝臣人麻呂が作る歌二首

山のまゆ　出雲の児らは　霧なれや　吉野の山の　嶺《みね》にたなびく　（巻三・四二九）
やくもさす　出雲の児らが　黒髪は　吉野の川の　沖になづさふ　（四三〇）

この歌に関し、伊藤博氏が、「吉野での歌は、讃美も悲嘆も、山川を対比することによって完備されるという心の現れであるらしい。であっても、その完備は、せめては美しい姿で死にたかった娘子を深く印象づけようとした人麻呂の心と矛盾しない」（『萬葉集釋注』）と述べられているように、吉野の王権讃美のための観念的な〈山・川〉の自然叙述が、悲劇の物語を美化する表現にもなっている。

その他、巻九にも歌の配列の具合などから持統の吉野行幸の折りにうたわれた可能性が指摘される（新編日本古典文学全集『萬葉集』小学館）次のような歌がある。

吉野の離宮に幸す時の歌二首

瀧《たぎ》の上の　三船の山ゆ　秋津辺《あきつへ》に　来鳴き渡るは　誰《たれ》呼子鳥　（巻九・一七一三）
落ち激《たぎ》ち　流るる水の　岩に触れ　淀《よど》める淀に　月の影見ゆ　（一七一四）

右の二首、作者未だ詳《つばひ》らかならず。

一七一三番歌が山、一七一四番歌が川と、この二首も〈山・川〉をテーマにしているが、人麻呂時代の自然詠より繊細さが増しているように感じられる歌である。

このように、持統の吉野行幸の折りによまれた歌は、一般的な王権讃美や羈旅歌という枠をこえて、懐古の歌や挽歌といった多様な歌がよまれていた可能性がある。また、そうした歌々が〈山・川〉の対比表現という形で自然描写が類型的、観念的な方向性を志向したのは、人麻呂による王権讃美表現の影響が絶大であったのが第一の要因であろう。しかし一方で、吉野という土地が大和から距離的に近い上、度重なる行幸によって行幸関連歌が量産され、吉野行幸歌は目新しさが欠乏した状況にあったのかもしれない。そうした目新しさが欠如する中で、出雲娘子の事件的な出来事は、マンネリ化しつつあった吉野行幸を舞台とした歌々の中で、目新しい格好の素材としてとりあげられたのではないだろうか。

（2）紀伊行幸

持統在位中四十六歳の時に一回、譲位後五十七歳の時に一回おこなわれた紀伊行幸についてみてみたい。二度の行幸ともに、九月の中頃とほぼ同じ時期に行われている。持統が十四歳の時の斉明四年十月十五日から翌年正月三日にかけておこなわれた紀国行幸は、冬場の避寒の要素も高かったようである。持統・文武朝の行幸については、時期的や期間からみて冬場の避寒といった長期滞在型の目的ではなかったことは確かである。けれども、『日本書紀』天武十四年（六八五）四月四日条に、前年十月十四日におこった大地震によって牟婁湯泉《むろのゆ》が埋もれて湯が出なくなったという報告を紀伊の国司が報告している記事や、大宝元年の紀伊行幸について「車駕《きょが》、武漏《むろ》の温泉《ゆ》に至りたまふ」（大宝元年十月八日条）と記載があるので、紀伊の温泉地としての特性を軽視している訳ではないと思われる。

また、日常的に行われていた吉野行幸と比較し、遠出の行幸となるとそれにかかわる地域の負担が大きかったようで、行幸のおこなわれた地域に対し、その年の税等の免除や恩赦の詔が発布されている。そして、この二回の紀伊行幸歌は、以下のような歌をみることができる。

【持統四年紀伊行幸歌】

紀伊国《きのくに》に幸す時に、川島《かはしま》皇子の作らす歌　或は云はく、山上臣憶良の作なりといふ

8白波の　浜松が枝の　手向草《たむけぐさ》　幾代《いくよ》までにか　年の経ぬらむ　一に云ふ「年は経にけむ」（巻一・三四）

日本紀に曰く、「朱鳥四年庚寅の秋九月、天皇紀伊国に幸す」といふ。

背《せ》の山を越ゆる時に、阿閉《あへ》皇女の作らす歌

9これやこの　大和にしては　我が恋ふる　紀路にありといふ　名に負《お》ふ背の山　（三五）

長忌寸意吉麻呂《ながのいみきおきまろ》、結び松を見て哀《かな》しび咽《むせ》ふ歌二首

10磐代の　岸《きし》の松が枝　結びけむ　人は反《かへ》りて　また見けむかも　（巻二・一四三）

11磐代の　野中に立てる　結び松　心も解けず　古《いにしへ》思ほゆ　未だ詳らかならず　（一四四）

山上臣憶良の追和する歌一首

12鳥翔成　あり通ひつつ　見らめども　人こそ知らね　松は知るらむ　（一四五）

右の件の歌どもは、柩《ひつぎ》を挽く時に作る所にあらずといへども、歌の意を准擬す。故以《ゆゑ》に挽歌の類に載す。

【大宝元年紀伊行幸歌】

大宝元年辛丑の秋九月、太上天皇、紀伊国に幸す時の歌

13巨勢《こせ》山の　つらつら椿　つらつらに　見つつ思《しの》はな　巨勢の春野を　（巻一・五四）

右の一首、坂門人足《さかとのひとたり》

14あさもよし　紀人《きひと》ともしも　真土《まつち》山　行き来《く》と見らむ　紀人ともしも　（五五）

右の一首、調首淡海《つぎのおびとあふみ》

或本の歌

15川上の　つらつら椿　つらつらに　見れども飽かず　巨勢の春野は　（五六）

右の一首、春日蔵首老《かすがのくらのおびとおゆ》

大宝元年辛丑、紀伊国に幸す時に、結び松を見る歌一首　柿本朝臣人麻呂が歌集の中に出づ

16後《のち》見むと　君が結べる　磐代の　小松が末《うれ》を　またも見むかも　（巻二・一四六）

大宝元年辛丑の冬十月、太上天皇・大行天皇、紀伊国に幸しし時の歌十三首

17妹がため　我玉求む　沖辺なる　白玉寄せ来　沖つ白波　（巻九・一六六七）

右の一首、上に見ゆること既に畢《をは》りぬ。ただし、歌辞少《すこ》しく換《かは》り、年代相違《あひたが》ふ。因以累《かさ》ね載す。

18白崎は　幸くあり待て　大舟に　ま梶《かぢ》しじ貫《ぬ》き　またかへり見む　（一六六八）

19三名部《みなべ》の浦　潮な満ちそね　鹿島なる　釣する海人を　見て帰り来む　（一六六九）

20朝開き　漕ぎ出て我は　由良《ゆら》の崎　釣する海人を　見て帰り来む　（一六七〇）

21由良の崎　潮干《しほひ》にけらし　白神の　磯の浦廻《うらみ》を　あへて漕ぐなり　（一六七一）

22黒牛潟《くろうしがた》　潮干の浦を　紅《くれなゐ》の　玉裳裾引《たまもすそひ》き　行くは誰《た》が妻　（一六七二）

23風無《かぜなし》の　浜の白波　いたづらに　ここに寄せ来る　見る人なしに　一に云ふ「ここに寄せ来も」　（一六七三）

右の一首、山上臣憶良の類聚歌林に曰く、長忌寸意吉麻呂、詔に応へてこの歌を作る、といふ。

24我が背子《せこ》が　使ひ来むかと　出立《いでたち》の　この松原を　今日か過ぎなむ　（一六七四）

25藤白《ふぢしろ》の　み坂を越ゆと　白たへの　我が衣手《ころもで》は　濡れにけるかも　（一六七五）

26背の山に　黄葉常敷《もみちつねし》く　神岳《かむをか》の　山の黄葉は　今日か散るらむ　（一六七六）

27大和には　聞こえ行かぬか　大我野《おほがの》の　竹葉刈《たかはか》り敷き　廬りせりとは　（一六七七）

28紀伊の国の　昔猟雄《さつを》の　鳴る矢もち　鹿取《かと》りなびけし　坂の上《へ》にそある　（一六七八）

29紀伊の国に　止まず通はむ　妻の社《もり》　妻寄《よ》しこせね　妻といひながら　一に云ふ「妻賜《たま》はにも　妻といひながら」　（一六七九）

右の一首、或は云はく、坂上忌寸人長《ひとをさ》の作なりといふ。

後れたる人の歌二首

30あさもよし　紀伊へ行く君が　真土山　越ゆらむ今日そ　雨な降りそね　（一六八〇）

31後れ居て　我が恋ひ居れば　白雲の　たなびく山を　今日か越ゆらむ　（一六八一）

意吉麻呂・憶良の有間皇子自傷歌への追悼歌（10・11・12）の制作時期については、行幸歌をしめす題詞や左注がないが、行幸の折りの歌とみられている。ただし、持統四年紀伊行幸説、大宝元年紀伊行幸説、憶良の歌（12）については、行幸の折りではなく慶雲年中の憶良帰国後など諸説あり、(11)ここでは、この三首の後に配列されている人麻呂歌集歌（16）に「大宝元年辛丑、紀伊国に幸す時に」という題詞があるので、それ以前の行幸の歌と仮にとらえておく。ただし、16が後の追補だったとする説や、巻九の大宝元年紀伊行幸歌23に意吉麻呂の応詔歌だったという注があること、意吉麻呂の歌が文武朝に集中していることなどから、大宝元年紀伊行幸時の可能性が高い。

こうした有間皇子に対する追悼歌以外の歌についてみてみると、8の川島皇子の歌は、有間皇子自傷歌に対する追悼歌としてもとらえられるが、斉明朝の紀国行幸でとりあげた2（巻一・九）の影響をうけた旅路の安全を祈る習俗をうたった歌ともとらえられる。

9の阿閉皇女の歌については、8の歌をうけて持統四年の歌だとすると、夫草壁皇子を亡くした直後の歌となり、紀伊の道行きには欠かせない名所の背山が、より身にしみる歌として響いてくる。

この紀伊行幸の道程は、大和から南下し紀ノ川沿いに山路を通って海沿いに南へ下るため、山路の歌と海辺の歌がよまれることになる。山路の歌は9・13・14・15・25・26・27・28・29・30・31、海辺の歌は8・16・17・18・19・20・21・22・23・24といった具合で、以下のような地名がうたわれている。

山路　巨勢（13・15）　真土山（14・30）　背の山（9・26）　大我野（27）　妻の杜（29）
海辺　藤白（25）　白崎（18）　三名部（19）　鹿島（19）　由良の崎（20・21）　白神の磯（21）
　黒牛潟（22）　出立の松原（24）

特に、背山は、大化二年（六四六）正月の改新の詔に「紀伊兄山」と畿内の南限とされていたので、畿内との境界にあって大和望郷の心情がより高まる地点であった。そして、背山と共に、紀ノ川をはさんで対岸にある妹《いも》山と二つの山が仲良く並んでみえる姿は、恋しい相手、妹（妻）・背（夫）を思う羈旅歌をよむのに絶好の名所であった。

前章（3）の斉明朝でとりあげた紀国行幸歌4の野島（小島）・阿胡根《あごね》は、海辺の地名をよんだものだが、持統・文武朝の行幸には残されていない。この4の歌のような海辺の玉拾いをテーマにした歌は、斉明朝の歌4・5にうたわれているが、持統・文武朝の紀伊行幸歌では、5の類歌である17にしかない。また、海辺の羈旅歌にみられる、船（18・20）や海人の様子（19・20）は斉明朝の歌にはない素材である。

一方、斉明の紀国行幸歌と持統の紀伊行幸歌とで共通するテーマとしては、有間皇子の歌にうたわれたような結びをテーマにしたものをのぞくと、山路越え（6・25・30・31）や、仮庵（3・27）がある。

しかし、斉明朝、持統・文武朝ともに旅先の大きな目的地点である武漏《むろ》の温泉についてふれた歌は、『萬葉集』には一首も残されていない。温泉については、『萬葉集』には、「山部宿祢赤人《やまべのすくねあかひと》、伊予《いよ》の温泉《ゆ》に至りて作る歌」（巻三・三二二・三二三）や「帥大伴卿《そちおほとものまへつきみ》、次田《すきた》の温泉《ゆ》に宿りて鶴が音を聞きて作る歌」（巻六・九六一）・東歌（巻十四・三三六八）のような歌をみることができる。

山部赤人の歌は養老年間の作で、舒明・斉明朝にも行幸があった現在の道後温泉をよんだ伊予温泉の讃美の歌で、その反歌は額田王の西国遠征の時の歌「熟田津に…」（7）をうけている。大伴旅人の歌は、現在の福岡県の二日市温泉に泊まって亡くなった妻を偲ぶ歌。東歌は、絶えず湧き出る湯に恋人の言葉を託したもので、現在の湯河原温泉をよんだものである。

紀伊国行幸歌においても、こうした温泉に関する歌、あるいは温泉の讃歌があってもよさそうであるが、『萬葉集』には残されていない。吉野行幸のように度重なる行幸でないとテーマの多様化、特に長歌体の讃歌は生まれないのであろう。その分、そうした讃歌の役割は、14や18、28のような紀伊国の土地讃めの短歌でもって、行幸従駕歌の讃歌の役割をしているのだと思われる。

（3）伊勢行幸

持統の伊勢への行幸は、持統六年（六九二）年三月六日から十五日間にわたっておこなわれたものと、譲位後、持統崩御約二ヶ月前にあたる大宝二年（七〇二）年十月十日出発し、尾張・美濃・伊勢・伊賀を経て帰京する約二ヶ月にわたっておこなわれた三河地方への行幸と二回ある。この二度の伊勢への行幸には、次のような行幸歌がある。

【持統六年伊勢行幸】

伊勢国に幸す時に、京に留まれる柿本朝臣人麻呂が作る歌

33 嗚《あ》呼見《み》の浦に　舟乗りすらむ　娘子《をとめ》らが　玉裳の裾に　潮満つらむか　（巻一・四〇）

34 釧《くしろ》つく　答志《たふし》の崎に　今日もかも　大宮人の　玉藻刈るらむ　（四一）

35 潮さゐに　伊良虞《いらご》の島辺　漕ぐ舟に　妹乗るらむか　荒き島廻《しまみ》を　（四二）

当麻《たぎまの》真人《まひと》麻呂《まろ》が妻の作る歌

36 我が背子は　いづく行くらむ　沖つ藻の　隠《なばり》の山を　今日か越ゆらむ　（四三）

石上大臣《いそのかみのおほまへつきみ》、従駕《おほみとも》にして作る歌

37 我妹子を　いざみの山を　高みかも　大和の見えぬ　国遠みかも　（四四）

右、日本紀に曰く、「朱鳥六年壬辰の春三月、丙寅の朔の戊辰、浄広肆《じやうくわうし》広瀬王《ひろせのおほきみ》らを以て留守の官となす。ここに、中納言三輪朝臣高市麻呂《みわのあそみたけちまろ》その冠位を脱きて朝《みかど》に擎上《ささ》げ、重ねて諫《いさ》めまつりて曰く、『農作の前に、車駕未だ以て動すべからず』とまうす。辛未、天皇諫めに従ひたまはず、遂に伊勢に幸す。五月乙丑の朔の庚午、阿胡《あご》の行宮に御《いでま》す」といふ。

伊勢国に幸す時に、当麻麻呂大夫の妻が作る歌一首

38我が背子は　いづく行くらむ　沖つ藻の　隠《なばり》の山を　今日か越ゆらむ　（巻四・五一一）

【大宝二年三河行幸】

二年壬寅、太上天皇、三河国に幸す時の歌

39引馬野《ひきまの》に　にほふ榛原《はりはら》　入《い》り乱れ　衣にほはせ　旅のしるしに　（巻一・五七）

右の一首、長忌寸奥麻呂

40いづくにか　船泊《ふなは》てすらむ　安礼《あれ》の崎　漕ぎたみ行きし　棚なし小舟《をぶね》　（五八）

右の一首、高市連黒人《たけちのむらじくろひと》

誉謝《よさの》女王の作る歌

41流らふる　つま吹く風の　寒き夜に　我が背の君は　ひとりか寝らむ　（五九）

長《ながの》皇子の御歌

42暮《よひ》に逢ひて　朝面《あしたおも》なみ　隠《なばり》にか　日長《けなが》き妹が　廬《いほ》りせりけむ　（六〇）

舎人娘子《とねりのをとめ》、従駕《おほみとも》にして作る歌

43ますらをの　さつ矢《や》たばさみ　立ち向かひ　射《い》る的形《まとかた》は　見るにさやけし　（六一）

そもそも伊勢への行幸は、壬申の乱の際、大海人皇子が天照大神を望拝したことに端を発する。壬申の乱に勝利した天武天皇は、伊勢に自分の娘大伯皇女を斎宮として派遣し、伊勢神宮を手厚く祭った。自らも伊勢におもむこうと行幸を計画するが、出発直前、突然の十市皇女の死によって中止されたので、行幸が行われるのは持統朝がはじめてのこととなる。

一回目の持統六年の行幸は、農作の時期に行幸を行おうとする天皇に対して、三輪高市麻呂が職を賭《と》して天皇をいさめる美談として『日本書紀』持統六年二月条に伝えられている。この話は、『日本霊異記』にも取上げられて激賞され、やがておひれがついて平安末期に成立したと見られる『今昔物語集』では高市麻呂の諫言によって行幸が中止されたことになっている。37の左注にも、そうした経緯の概略がみられるが、壬申の乱の功労者であった三輪高市麻呂の諫言を押し切っておこなわれた行幸の背景には、三輪氏という大和に根をはる旧派の豪族が、伊勢をはじめとする東国の新派の土豪などを重用することを快く思っていない状況が推測されている。(12)

この諫言を意識してだろうか、この伊勢行幸関連地域に対しては、持統四年の紀伊行幸にくらべて、調を免除をするのは無論のこと、大赦をおこなったり、国中の貧困者に稲を賜わるなど、仁政の政策が顕著であった。

行幸ルートに関しては詳細は記されていないが、『萬葉集』に残された歌や、通過地点の神郡（伊勢の渡会郡《わたらい》・多気郡《きた》）及び伊賀・伊勢・志摩の国造らに冠位を賜わり、その年の調役を免除させたと『日本書紀』（持統六年三月十七日条）にあるので、飛鳥浄御原宮→伊賀（36名張）→伊勢（34答志の崎・35伊良虞の島）→志摩といった道程でおこなわれたことが想像される。

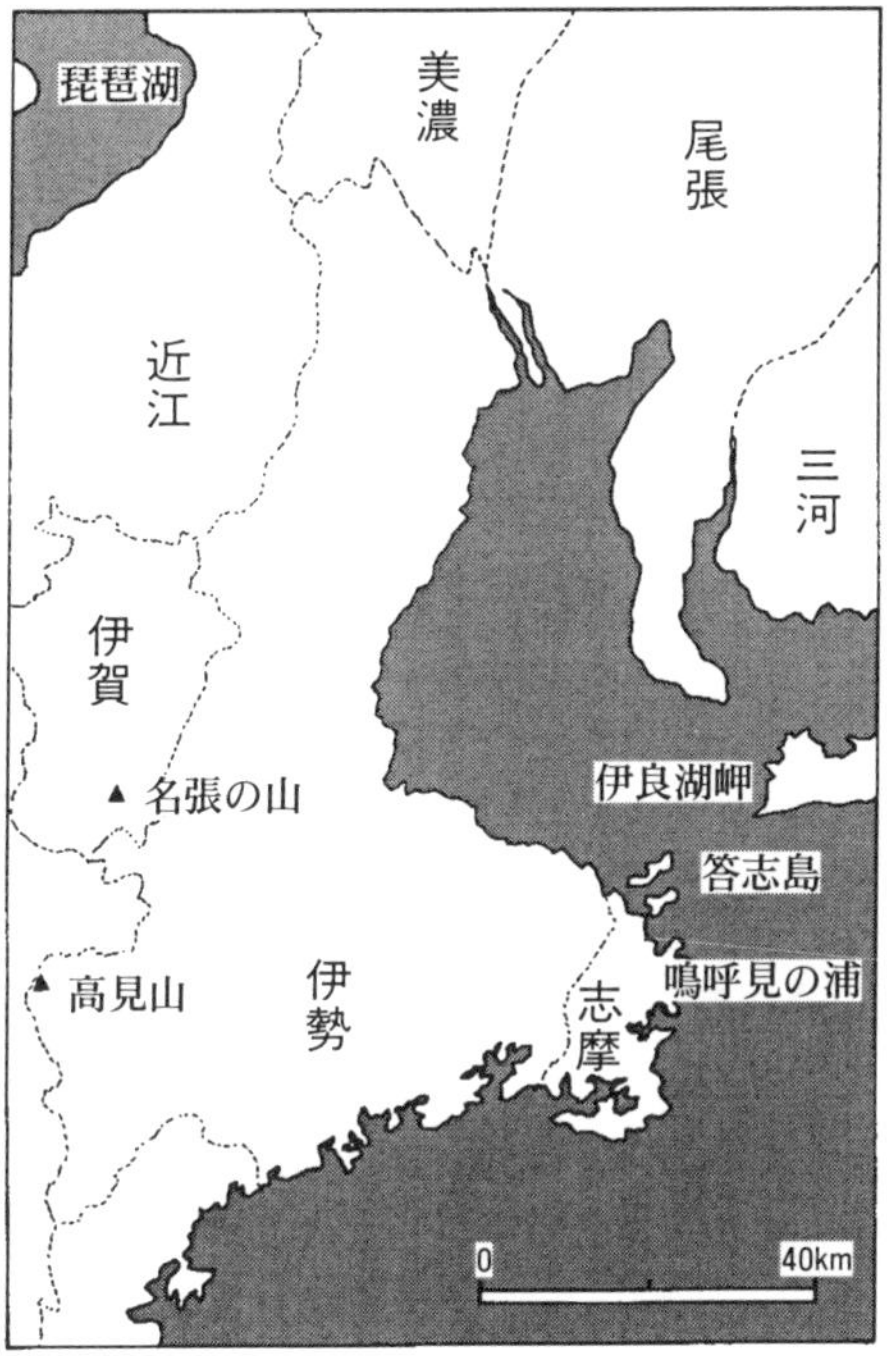

鳴呼見の浦付近

この持統六年の伊勢行幸歌は巻一に集中してみられるが、33・34・35の柿本人麻呂歌は、題詞に「京に留まれる」とある通り、人麻呂はこの行幸に従駕しておらず、都に居残って作られた歌である。この人麻呂留京歌研究の詳細に関しては、高松寿夫氏の「留京三首」（『セミナー万葉の歌人と作品』二・和泉書院・一九九九年）を参考にしていただきたいが、歌の中で推量の

「らむ」が三首すべてにみられるのは、飛鳥の都から伊勢の行幸先の状況を想像してうたっているからである。しかしながら、海辺の景と、その景勝を楽しむ行幸に従駕した大宮人たちの姿が見事に描写されており、畿内に住む都びとの海に対する憧憬が感じられる。

この人麻呂の三首の歌は、留京歌でありながら盛況な行幸の様子がうたわれることによって行幸讃歌的な役割さえ果たしており、36の当麻麻呂の妻の歌にように（38は36の重出歌）、都で夫の帰りを持つタイプの留守歌と一線を画している。したがって、持統六年の伊勢行幸に従駕してよまれた歌というのは37の石上麿の歌しか『萬葉集』に残っていないことになる。

こうした留京というテーマが取り上げられたされた背景には、37左注に『日本書紀』の引用として「朱鳥六年壬辰の春三月、丙寅の朔の戊辰、浄広肆広瀬王らを以て留守の官となす」とあるように、行幸に際する留守官の設置が、持統朝においてこの伊勢行幸ではじめておこなわれたことと関係しているとする指摘もある。律令制度の整備が進む中で留守官が設置されることによって、留守を守る官人集団のアイデンティティが生み出され、留守歌がよまれることが要求されるようになった結果とする。[13]

続いて、大宝二年の伊勢への行幸についてみてみたい。この行幸は、「三河行幸」と呼ばれており、『続日本紀』大宝二年条によれば、

大宝二年（七〇二）　九月　十九日　伊賀・伊勢・美濃・尾張・三河の五つの国に行宮造営を指示

十月　三日　行幸に先立ち、来訪する国の神々をまつらせる

十日　太上天皇、三河国に出発。通過する諸国の租税を免除
十一月　十三日　尾張国に到着
十七日　美濃国に到着
二十二日　伊勢国に到着
二十四日　伊賀国に到着
二十五日　帰京

と、いった道程でおこなわれた。各地域を通過する際には、国守や郡の大領（郡の長官）にも叙位等がおこなわれた。

伊勢、美濃といった地域は、壬申の乱の大海人軍の主力となった地域である。勝利後も、壬申の乱の功績は称えられ、贈位・賜物など授けられ、子息たちにも食封・功田が捧げられている。この東国地域の豪族の協力があってこそ、大海人軍は壬申の乱に勝利し、即位後も天皇親政による律令体制の推進が可能であった。そうした東国の周辺豪族とのつながりを天武天皇亡き後に引き継ぐためにも、伊勢・三河地方への行幸は持統にとって必須のことであった。

この行幸の歌をみてみると、引馬野（39）、安礼の崎（40）、名張（42）、的方（43）といった地名がみられ、それぞれ、三河国（引馬野、安礼の崎）、伊賀（名張）、伊勢（的方）の地名で、尾張・美濃国に関する歌は残っていない。

この大宝二年の三河行幸・持統六年の伊勢行幸とともに、伊勢の神に対する讃歌というものがな

い。天武の死から八年後の命日に持統によって詠じられた挽歌には「神風の伊勢…」（巻二・一六二）という句がみられ、また巻十三にも、伊勢讃歌がある（三二三四・三二三五）。

伊勢には、持統・文武朝以外にも、元正天皇の霊亀三年（七一七）九月の美濃行幸の折にも訪れているので、この巻十三の伊勢讃歌は作歌事情が伝わらない以上、いずれの時によまれたのか定かでないが、持統の伊勢への行幸の折の歌としては、この巻十三の歌のような伊勢讃歌、あるいは人麻呂の吉野讃歌のような宮廷讃歌は残されなかったようである。

（4）難波行幸

難波行幸は、持統譲位後の太上天皇時代、文武三年（六九九）一月二十七日から約一ケ月にわたっておこわれた。持統朝には難波行幸はおこなわれなかったが、文武朝には、持統の太上天皇期のこの一回と、持統崩御後の慶雲三年（七〇六）九月にもおこなわれた。以下は、文武三年の難波行幸歌である。

【文武三年難波行幸歌】

太上天皇、難波宮に幸す時の歌

44大伴の　高師《たかし》の浜の　松が根を　枕《まく》き寝《ぬ》れど　家し偲《しの》はゆ　（巻一・六六）

右の一首、置始東人《おきそめのあづまひと》

45旅にして　物恋之鳴毛　聞こえざりせば　恋ひて死なまし　（六七）

右の一首、高安大島《たかやすのおほしま》

46大伴の　三津《みつ》の浜なる　忘れ貝　家なる妹を　忘れて思へや　（六八）

右の一首、身人部王《むとべのおほきみ》

47草枕　旅行く君と　知らませば　岸の埴生《はにふ》に　にほはさましを　（六九）

右の一首、清江《すみのえの》の娘子《をとめ》、長皇子《ながのみこ》に進《たてまつ》りしなり。　姓氏未だ詳らかならず。

難波という地は、古来より西海に通じる交通の要衝であり、孝徳朝においては都であった。斉明朝に都は飛鳥に移ったが、前述したように、百済救援の際、斉明天皇自ら難波に足を運び軍備を整え、遠征に出航した土地である。壬申の乱の際は、大海人軍の将軍の大伴吹負が難波小郡で西国国司を掌握。天武朝には、羅城（城壁）を築き（天武八年十一月条）、天武十二年（六八三）十二月には、複都となった。しかし、天武朝最後の年にあたる朱鳥元年（六八六）正月十四日、難波の大蔵から出火し、兵庫職《つわものつかさ》を除き宮殿を全焼してしまった。持統朝における難波宮の状況はほとんどわからないが、持統六年（六九二）に親王以下すべての位のある官人に難波の大蔵に納める鍬を賜う記述が『日本書紀』にみられる。そして、持統の死後、聖武朝におよんで、藤原宇合《うまかい》を知造難波宮事に任命し、難波宮は再興された。

天武朝の終わりに全焼してしまった難波宮だが、持統朝に鍬を賜う記事がみられることから、文武三年の難波行幸の時には、ある程度再建されていたことが想像される。[14]

『萬葉集』に残された右の文武三年難波行幸歌をみると、宮の栄えている様子はうたわれておらず、44・45のように旅の仮寝の辛さや旅愁がテーマの歌となっている。

参考までに、持統太上天皇の崩御後、文武三年の難波行幸から八年後の慶雲三年九月の難波行幸歌をあげておく。次のような歌だが、同じように、旅のわびしさを嘆くような歌が目立ち、讃歌に通じる土地讃美の要素がある歌は六五番歌ぐらいである。

　慶雲《けいうん》三年丙午、難波宮に幸す時に志貴《しき》皇子の作らす歌

葦辺《あしへ》行く　鴨の羽がひに　霜降りて　寒き夕《ゆふへ》は　大和し思ほゆ　（巻一・六四）

　長皇子の御歌

あられ打つ　安良礼《あられ》松原　住吉《すみのえ》の　弟日娘子《をとひをとめ》と　見れど飽かぬかも　（六五）

　大行天皇、難波宮に幸す時の歌

大和恋ひ　眠《い》の寝《ね》らえぬに　心なく　この州崎廻《すさきみ》に　鶴《たづ》鳴くべしや　（七一）

　右の一首、忍坂部《をさかべの》乙麻呂

玉藻刈る　沖辺は漕がじ　しきたへの　枕のあたり　忘れかねつも　（七二）

　右の一首、式部卿藤原宇合《うまかひ》

　長皇子の御歌

我妹子を　早み浜風　大和なる　我松つ椿　吹かざるなゆめ　（七三）

持統・文武朝の難波は、荒都とまではいかないまでも、全焼したことによって、天武朝の複都の頃のような繁栄は失われたままだったのかもしれない。

この慶雲三年の難波行幸には藤原宇合も従駕して右の七二番の歌をよんだが、後に聖武朝において難波宮造営の総責任者であった時、

昔こそ　難波田舎《なにはゐなか》と　言はれけめ　今は京引《みやこひ》き　都《みやこ》びにけり　（巻三・三一二）

と、昔こそ難波田舎と言われていたが、今は都を引っ張ってきて都らしくなったとうたった。この「昔は田舎状態だった」という宇合の言葉こそ、行幸に従駕した実体験をもって文武朝の持統もおとずれた難波を表現したものかもしれない。

四　むすび

以上、持統が関係した吉野行幸・紀伊行幸・伊勢行幸・難波行幸についてみてきたが、吉野行幸における柿本人麻呂の吉野讃歌のような、長歌によって行幸先を讃美した歌が、吉野行幸を除いた行幸ではみられない。持統在命中の行幸歌は、一般的には旅の無事を祈ったり、旅の風物や景勝、旅愁をうたう程度のもので、吉野讃歌のような叙事的な行幸讃歌はまだ確立していなかったのかもしれない。行幸に従駕し、目的地を讃美するという行幸歌の様式は、山部赤人や笠金村ら次世代の頃になってようやく確立し、吉野行幸歌の影響をうけて、他の地域の行幸においても王権讃美の行幸歌が数多くよまれるようになる。

行幸歌は、天皇の命令のもと作られる応詔歌のイメージがあるが、行幸歌すべてが応詔によってつくられた訳ではない。しかし、持統が関連した行幸歌が数多く載っている『萬葉集』巻一・巻二の編者は、それぞれの行幸に対して、その行幸が持つ意味を歌によって語らせてようとしていたと思われる。

持統朝は、斉明朝のような、天皇が都に常住するという観念が希薄な時代では既になかった。そうした中において、持統が数多くの行幸を実行できたのは、斉明天皇の行動を目の当たりにしていたことばかりでなく、異郷の地での出産や、大海人皇子と共に行動した壬申の乱の体験など自身の驚異的な旅の体験があったからだろう。

日本歴代の女帝の中で、持統のように地理的範囲が広く活発に行幸をした女帝はいない。律令制のもと国内外ともに動乱期から安定期へ向かっていった古代日本の国家が、安定と発展を希求する中、持統の行幸によってうまれた行幸歌は、その一首一首が古代国家の安定と発展を願う持統自身の祈りの精華なのであろう。

注1　坂本太郎『上代駅制の研究』（至文堂・昭和三年、吉川弘文館刊『坂本太郎著作集』八巻所収）

2　仁藤敦史『古代王権と官僚制』（臨川書店・平成十二年、初出平成二年）

3　早川庄八「律令国家・王朝国家における天皇」『天皇と古代国家』（講談社・平成十二年、初出昭和六十二年）

4　和田萃「古代の吉野―その歴史と信仰―」『日本古代の儀礼と祭礼・信仰』下（塙書房・平成七年、初出昭和五十九年）
5　五味智英「持統吉野行幸について」（『和歌文学研究』十六・昭和三十九年四月）
6　菅野雅雄『菅野雅雄著作集』六巻第四章（おうふう・平成十六年・初出平成四年）
7　遠藤宏「持統帝吉野行幸の動機」『講座日本文学の争点1上代編』（明治書院・昭和四十四年）
8　神野志隆光「人麻呂の天皇神格化表現をめぐって」『柿本人麻呂研究』（塙書房・平成四年、初出平成二年）
9　西澤一光「『吉野』という場所をめぐって―虚構と現実の間―」（『青山学院女子短期大学総合文化研究所年報』二号・平成六年十二月）
10　身崎壽「吉野讃歌」『セミナー万葉の歌人と作品』二（和泉書院・平成十一年）
11　稲岡耕二『萬葉集全注』二（有斐閣・昭和六十年）
12　直木孝次郎『持統天皇』（吉川弘文館・昭和三十五年）
13　福沢健「柿本人麻呂留京三首と伊勢行幸」（『美夫君志』五〇・平成七年三月）
14　新日本古典文学大系『続日本紀』一補注1・一〇七（岩波書店・平成元年）

＊使用テキスト　『萬葉集』は『萬葉集』CD-ROM版（塙書房）、『日本書紀』は新編古典文学全集『日本書紀』（小学館）、『続日本紀』は新日本古典文学大系『続日本紀』（岩波書店）を使用したが、適宜あらためたところもある。

聖武天皇の行幸と和歌

高松寿夫

一　法規からうかがう行幸のあり方

『宮衛令』には天皇行幸に際してのとりきめについても種々規定されている。いわゆる「車駕出入」条は「凡そ車駕出入せむとき、諸の駕に従へらむ人の当按せむ次第は、鹵簿の図の如くに」（『養老令』）というもので、天皇の外出にともなう隊列（＝鹵簿《ろぼ》）はあらかじめ定められたとおりに編成されるべきことを定めている。『大宝令』にも該箇所はほぼ同文であったようで、『古記』には、次のような文言による注解がみえている（『令集解』引用）。

当按、謂二亦次一耳。鹵簿図、謂行幸之図也。仮令、行二芳野一、左右京職列レ道。次隼人司、衛門府。次左衛士府。次図書寮。如レ此諸司当次図耳。至二羅城之外一、倭国列レ道。京職停止也。

『大宝令』の注釈書である『古記』は、吉野（芳野）行幸を仮定して具体的に説明している。『古記』の筆者は、いったいなぜ行幸の具体例として吉野行幸を挙げたのだろうか。

当該の記事を読むかぎりでは、京域外への行幸であれば目的地には関係なく、そこに記されたような手続きのもとに行幸の鹵簿は出発したはずである。具体的な地名を挙げて話題に現実味をもたせようとしたときに、筆者にはふと吉野という地名が浮かんだのだ、ということなのだろう。記事にとって吉野という地名には必然性がない。しかしそれだけに、吉野という土地が『古記』の筆者の脳中で行幸と結びついた脈絡とはなんであったのか、興味深くも感じる。『古記』の成立は天平十年（七三八）ごろと推定されている。(注1)『続日本紀』によれば、その『古記』成立にほど近い天平八年六月から七月にかけて、ときの聖武天皇は吉野に行幸している。その後、『古記』成立と推定される天平十年までの『続紀』の記事によるに、聖武は内裏周辺に出遊することはあったようだが、平城京を離れて大々的な行幸を催すことはなかったらしい。そのような状況からすると、『古記』には具体的な事例による条文解釈が多いことが指摘されているが、(注2)「先年行われた吉野行幸を例にとってみれば、こんな具合であった…」と、直近の大規模な行幸を話題にして語りかけるような呼吸を感じればいいのかもしれない。

『古記』筆者の個人的な思いにはこれ以上深く立ち入ることは不可能だが、聖武朝にとっての吉野行幸が特別な意味合いを持っていることは、改めて指摘するまでもなかろう。聖武の即位は神亀元年（七二四）二月であるが、その翌月には早々に吉野行幸が挙行されている（一日〜五日・続紀）。さらにさかのぼって、前年の養老七年五月にも吉野行幸は催されている（九日〜十三日・同）が、それもいよいよ機運が高まった首皇太子（聖武）の即位に向けた企画であったと考えられる。聖武朝は、吉野行幸によって始まった、と言っていい。そしてその後、新帝聖武は、難波・紀伊など天武・持統・文武といった先帝にゆかりの諸地に連続して赴き、みずからの存在を誇示する。こと行幸ということだけでいえば、聖武以前の元明・元正の二代の女帝の時代においてもしばしば催されてはいた。(注3)頻度で比べても、かならずしも聖武朝にひけをとらない。しかし、聖武即位にあたっての行幸が、元明・元正朝のそれと決定的に異なるのは、行幸にともなって専門的な歌人による讃歌が多く制作されていることだ。その折の作歌は『万葉集』巻六の冒頭部分を中心に多く残されている。行幸を実施するだけではなく、それにともなって、行幸の趣旨を汲んだ讃歌を制作・発表して、あらためて聖武即位の意義を喧伝する。そのあたりの、聖武即位の状況と個々の行幸讃歌の制作意図や表現とを関わらせて論ずることは、これまでに諸家によって行われてきたし、(注4)また若干の拙論も発表してきた。(注5)その視点に基づく考察や議論は、今後もなお繰り返され、深化もして行くであろうと思う。この文章も多少その点に触れることになるだろうが、関心の中心は、むしろその聖武の即位直後の諸地行幸にあって、作歌がどのような場面で、どのような機能をはたしていたのか、総合的な見地から考えてみることにある。行幸の作歌といっても、それを詠作する人によって、あるいは場面によって、実はその性格はさまざなはずである。そのあたりをあるていど見極めたうえでないと、個々の作品の正確な位置付けや評価は定まらないのではないかと思う。もちろん、作品の内容をよく吟味することで、それが行幸という催事の中でどのような役割を担っていたかが明らかになる場合もあり得る。その意味では、全体的な視点と個々の作品への注目は、つねに裏表の関係である。

いま一度、冒頭に掲げた『古記』の記事に注目してみたい。短い文章であるが、その時代＝聖武朝の、行幸というものの実際の一端が、具体的にうかがえる内容であるからだ。

内裏を出発した鹵簿には、平城京の境域のうちは左右京職が付き従い、いよいよ「羅城之外」に出るという境界――ということは羅城門ということであろう――で、大和国の国庁の担当者が京職と交替して鹵簿に加わったようである。（おそらく、大和国の外側の地域に行幸する際には、さらにまたその国境の地で、大和の担当官から、次の国の担当官に引き継ぎが行われたのだろう。）衛門府や衛士府といった警護担当官とともに隼人司や図書寮の担当者が鹵簿に加わっている。隼人司は、途上の「山川道路之曲」（『延喜式』巻二十八。万葉歌にうたわれる「道の隈」〈一七、三二四〇〉「道の隈み」〈二一五、八八六〉に相当する場所であろう）で隼人たちに吠え声をあげさせる役目である。隼人たちの吠え叫ぶ声は、道々の邪悪なるモノを退散させると考えられていたらしい。図書寮は地図の管理を担当する。携行される地図は、後の『延喜式』の定めるところによれば、細布に描かれたもので、赤地両面の袋に入れたうえに、柳筥に収められていた（巻十三）。図書寮は、他に天皇の筆記具・和琴・幔幕といったものの携行・管理の任にもあたっていたようである。(注6)

行幸には、もちろん右の『古記』の記事にみえる役職者以外にも多くの従駕者があったはずで、令の条文に確認できるだけでも、他に内舎人・兵衛府・侍臣といった構成員が挙げられる。末端の要員まで入れれば、なおさまざまな役職者が従駕したことであろう。『延喜式』には、多くの機関における従駕者に関する規定を掲載する。いくつかの具体例を示せば、行幸中にも暦や時刻の管理は必要なので陰陽寮からは陰陽師・漏刻博士・守辰丁が随行し（巻十六）、行幸先の諸儀礼では楽の演奏が必要となる場合があったであろうから、雅楽寮からも属以上の担当官が楽人たちを引率した（巻二十一）。とうぜん医療に対する備えは必要となり、典薬寮からは侍医・薬生が随行する（巻三十七）。天皇は輿に乗って道中するので、それを担う駕輿丁たちがおり（巻四十七）、従駕者の中には乗馬で従う者もいたので、その馬の世話をする馬子も必要となる（巻四十八）。多くの従駕者の隊列に一斉に号令を掛けるには鉦鼓を撃って合図とするが、その打ち手（鉦鼓師など）もいなくてはならない（巻四十九）。行幸先で狩猟が予定されていれば、狩子や鷹飼・犬飼も随行した（巻十四）。

鹵簿の出発にあたっては、在京の五位以上の官人は、留守官担当者を除いては全員が見送りに参集することが義務付けられていた（『儀制令』「車駕巡行」条）。加えて一般の人々にも鹵簿の隊列を見物することが許されていたが、その際、声高に話したり、高所から見下ろすような行為は制止された（『宮衛令』「車駕出行」条および義解）。

二　聖武即位と行幸讃歌

行幸従駕に際して制作された讃歌の中で、『万葉集』を代表する作品をあげるとすれば、やはりそれは柿本人麻呂の「吉野讃歌」（巻一・三六〜三九）ということになると思う。諸家が推定するように、おそらくこの作品は、持統の正式な即位（持統四年正月）を受けて、新帝の威容を高らかに謳いあげる意図があったものだろう。(注7)持統朝にはその後もたびたび吉野行幸が挙行されたことはよく知られるところであり、「吉野讃歌」にはところどころに異文がみられることに照らせば、この作品は、持統によるたびたびの吉野行幸で、繰り返し披露されたのかもしれない。しかし持統朝には、吉野にかぎらず、他の地域への行幸もしばしば催されているものの、「吉野讃歌」に相当するような讃歌は他に制作されたようすがうかがえない。やはり、即位という一世一代の時機だからこそ、その意義を際立たせるための意匠がことさらに求められたのだろう。

聖武即位に際する行幸で制作された長歌群も、基本的に事情は同じだといえる。持統朝の開始には、壬申の乱の戦後的な状況を乗り越えて、朝廷が挙国一致的な盛り上がりの中で、六世紀の末以来百年越しの懸案であった近代化（＝律令官僚制化）の総仕上げの時代としての期待が寄せられただろう。(注8)そして聖武の即位は、文武の殁後途絶えていた、天武朝に構想された天武・持統直系による皇位の継承という原則が、十七年ぶりに復活することを意味していた。その特別な意義を強調するために、専門歌人たちによる行幸讃歌が次々と制作されたのであったろう。持統即位にあたって制作された行幸讃歌が人麻呂の「吉野讃歌」だけであったことに比べれば、聖武即位時の行幸讃歌の多さは、この時期に専門歌人たちに寄せられた期待が、それなりに大きかったことをうかがわせる。その聖武即位時の行幸において、専門的に作歌活動を担った歌人たちとは、山部赤人・笠金村・車持千年の三人であった。

それでは、聖武朝の専門歌人たちは、寄せられた期待に、どのような作品を制作することで応えたのか。この時期の行幸讃歌の基本的なスタンスが、端的にかつきわめて特異に表現化されたものとして、山部赤人の「吉野讃歌」をあげることができる。(注9)

山部宿祢赤人が作る歌二首　并せて短歌

やすみしし　わご大王の　高知らす　芳野の宮は　たたなづく　青垣隠《こも》り　河次《かはなみ》の　清き河内ぞ
春へは　花咲きををり　秋去れば　霧立ち渡る　其の山の　弥益《いや》々に　此の河の　絶ゆる事無く
百石木《ももしき》の　大宮人は　常に通はむ　(巻六・九二三)

反歌二首

み吉野の象山《きさやま》の際《ま》の木末にはここだもさわく鳥の声かも　(九二四)
烏玉《ぬばたま》の夜の深け去けば久木生ふる清き河原に知鳥《しば》数鳴く　(九二五)

やすみしし　わご大王は　み吉野の　飽津《あきづ》の小野の　野の上には　跡見《とみ》居ゑ置きて　御山には
射目《いめ》立て渡し　朝獦《がり》に　しし覆み起こし　夕狩に　とり蹋み立て　馬並めて　御獦ぞ立たす　春
の茂野に　(九二六)

反歌一首

あしひきの山にも野にも御獦人得物矢《さつや》手挟みさわきてあり見ゆ　(九二七)

右、先後を審らかにせず。ただし、便を以て故ちこの次に載す。

左注に記すとおり、作歌年次未詳の作であるが、九二六歌末尾の「春の茂野」にふさわしい折を『続紀』に求めると、神亀元年三月の吉野行幸が浮かび上がる。(注10) 聖武即位直後のタイミングである。そこで発表された当該作品の第一長歌（九三）は、あきらかに人麻呂の「吉野讃歌」の語彙を意識している。一般論として、この時代の歌人が人麻呂の影響下にあることはたしかなのだが、九二三歌については、その度合いが異常であると言うべきで、これは赤人があえてとった方法だったと考えられる。人麻呂的な語彙だけから一首の長歌を構成することで、赤人はいま現在の聖武の時代と、人麻呂の時代＝持統朝とを情緒的に直接結び付けようとしているのだろう。反歌二首が一転して現実の吉野の佳景に引きつけた詠みぶりになっているのは、長歌の語彙からイメージされた過去の栄光の時代と、現実のいまとを結びつけるのに効果的であろう。久しぶりの直系男帝の即位は、過去の栄光の時代の再来である、という政治的メッセージを、抒情詩を基本とする和歌によって主張するために、赤人がとった方法である。第二歌群は新帝の狩猟のさまを讃美する。狩猟する王の姿は、王権の威力を象徴的に示す恰好の素材であったらしく、記紀の説話にも天皇の狩猟を扱うものは多く、万葉歌でも、中皇命の「宇智野遊猟歌」（巻一・三〜四）をはじめ、狩猟する天皇や皇族を讃美するものは少なくない。しかも当該作品の第二歌群の場合、第一歌群で栄光の持統朝と結び付けられたうえでの、狩猟の場への聖武の出現は、栄光の時代の再来の予感を一身に背負った期待の新帝として映ることが意図されていよう。聖武即位直後の行幸にふさわしい内容たり得ていると言える。

赤人の「吉野讃歌」は、独特の方法が駆使された作品と言えるが、聖武の即位の意義を、過去の栄光の時代との結びつきによって強調するという回路は、この時期の他の行幸讃歌に共通するものであった。そのことは、「神代」ということばの使い方に端的にうかがえる。(注11)

瀧の上の　三船の山に　みづ枝さし　しじに生ひたる　とがの木の　いや継ぎ継ぎに　万代に
かくし知らさむ　み吉野の　秋津の宮は　神からか　貴くあるらむ　国からか　見が欲しからむ
山川を　清みさやけみ　うべし神代ゆ　定めけらしも
（金村「養老七年吉野讃歌」長歌、巻六・九〇七）

やすみしし　わご大君の　常宮《とこみや》と　仕へ奉れる　雑賀野《さひがの》ゆ　そがひに見ゆる　沖つ島　清き渚に
風吹けば　白波騒き　潮干《ふ》れば　玉藻刈りつつ　神代より　然そ貴き　玉津島山
（赤人「神亀元年玉津島讃歌」長歌、巻六・九一七）

神代より吉野の宮にあり通ひ高知らせるは山川を良み
（赤人「天平八年吉野応詔歌」反歌、巻六・一〇〇六）

いずれも、現在の行幸地を「神代」から継続する行幸地と捉える。ここでいう「神代」とは、人麻呂が「神の御代かも」（巻一・三八）と讃嘆した持統朝を中心とする時代を指すだろう。それは、吉野・紀伊への行幸が持統・文武朝に行われている事実とも符合する。いまと神代を結びつけつつ行幸を讃美することで、現在の聖武の即位が、神代に約束された聖代の始まりであることを主張するのである。もっとも、この時期の行幸讃歌に頻繁に詠み込まれる「神代」を、天武朝に限定して考える論があるが[注12]、それは当たらないだろう。「直系男子」による皇位継承ということを考えると、その「直系」の源には天武という存在が厳然としてあるわけだが、聖武即位にあたって問題となったのは、天武という存在が唯一であったかというと、それはそうではない。たとえば元正から聖武への譲位の宣命で、聖武による皇位継承の根拠とされる「不改常典」は、天智天皇に始原が求められている。

霊亀元年に、此の天日嗣高御座の業食国天下の政を、朕に授け賜ひ譲り賜ひて、教へ賜ひ詔り賜ひつらく、「挂けまくも畏き淡海大津宮に御宇しし倭根子天皇の、万世に不改常典《かはるましじきつねののり》と、立て賜ひ敷き賜へる法の随《まにま》に、後遂には我子に、さだかにむくさかに、過つ事無く授け賜へ」と、負せ賜ひ詔り賜ひしに、坐す間に去年の九月、天地の貺《たま》へる大き瑞物顕れ来り。又四方の食国の年実豊に、むくさかに得たりと見賜ひて、神ながらも念し行《め》すに、うつしくも、皇朕が御世に当りて、顕見るる物には在らじ。今嗣ぎ坐さむ御世の名を記して、応へ来りて顕れ来る物に在るらしと念ほし坐して、今神亀の二字を御世の年名《な》と定めて、養老八年を改めて、神亀元年として、天日嗣高御座食国天下の業を、吾が子みまし王《みこ》に、授け賜ひ譲り賜ふ

（続紀・神亀元年二月甲午条）

「不改常典」はその実態については不明の部分を残すものの、元明の即位以来、皇位継承の根拠と

して言及され続けたものである。元明即位の宣命（続紀・慶雲四年七月壬子条）の中では、文武が持統より譲位される根拠としてまず「不改常典」が言及され、元明の即位じたいも、文武が死の床で譲位の意向を示したことを受けて、「不改常典と立て賜へる食国の法」が「傾く事無く動く事無く渡り去」くことを期しての即位であったと主張する。元明の即位は、「不改常典」の実行のためではなく、「不改常典」の将来への継承のためだと言うのである。そして聖武の宣命では、聖武への譲位が、「不改常典」に則る（「法の随《まにま》」）行為だと言う。これらの文脈に照らせば、「不改常典」が、直系男子による皇位の継承に関わるものと考えるべきだろう。[注13] いうなれば、草壁―文武―聖武という直系皇統は、その血統的根拠は天武に由来するが、制度的根拠は天智に求められる構図になっているのである。それが史実としてそうであったかはこの際問題ではなく、そのような枠組みの中で、文武以来聖武にいたるまでの皇位継承の正統性が主張されてきた事実を重視しなくてはならない。実際の対立的状況を乗り越えて、天智朝と天武朝とを止揚するかのようなかかる発想が成り立つのは、持統朝という時代を通過した後だからこそであろう。そもそも赤人の九二三歌の人麻呂的語彙は、その典拠となっている人麻呂の「吉野讃歌」が讃える吉野行幸の主人公が持統であることに照らして、他でもない持統の時代が想起される装置であると考えざるを得ない。また、他の行幸讃歌において、「神代」が想起される行幸の地＝吉野・紀伊の双方への行幸を実施した天皇という観点からも、天武は直接には該当せず、持統が当てはまる。[注14]（文武も両地に行幸しており、[注15]「神代」に文武朝を加えることは許容される。）

三　専門歌人の行幸時作歌の種々相

ところで、これまで「行幸讃歌」ということばを漠然と使用してきたが、実はこの用語の使用には慎重な態度が必要とされる。神亀二年十月の難波宮行幸を例にとって、そのことを指摘してみる。

冬十月、難波宮に幸す時に、笠朝臣金村が作る歌一首　并せて短歌

おし照る　難波の国は　葦垣の　古りにし里と　人皆の　思ひやすみて　つれもなく　ありし間に　続麻《うみを》なす　長柄《ながら》の宮に　真木柱　太高敷きて　食す国を　治めたまへば　沖つ鳥　味経《あぢふ》の原に　もののふの　八十伴《やそとも》の緒《を》は　廬りして　都なしたり　旅にはあれども　（巻六・九二八）

反歌二首

荒野らに里はあれども大君の敷きます時は都となりぬ　（九二九）

海人娘子棚なし小舟漕ぎ出らし旅の宿りに梶の音聞こゆ　（九三〇）

車持朝臣千年が作る歌一首　并せて短歌

いさなとり　浜辺を清み　うちなびき　生ふる玉藻に　朝なぎに　千重波寄せ　夕なぎに　五百重波寄す　辺つ波の　いやしくしくに　月に異に　日に日に見とも　今のみに　飽き足らめやも　白波の　い咲き巡れる　住吉《すみのえ》の浜　（九三一）

反歌一首

白波の千重に来寄する住吉の岸の黄生ににほひて行かな　（九三二）

山部宿祢赤人が作る歌一首　并せて短歌

天地の　遠きがごとく　日月の　長きがごとく　おし照る　難波の宮に　わご大君　国知らすらし　御食《みけ》つ国　日の御調と　淡路の　野島の海人の　海の底　沖つ海石《いくり》に　鮑玉　さはに潜《かづ》き出　舟並めて　仕へ奉るが　貴き見れば　（九三三）

反歌一首

朝なぎに梶の音聞こゆ御食つ国野島の海人の舟にしあるらし　（九三四）

聖武朝を代表する三人の専門歌人がそろって作歌している唯一の例で、三人の作品の連作性といったことがしばしば話題になってきた歌群である。(注16) そのような点に注目する意味はもちろん大きいが、その分析や議論に際して、この三作品を無前提に「行幸讃歌」というくくりで捉えるところから出発するのは危険である。それぞれの作品の内容をやや注意して読めば、三作品の主題がかならずしも同一の範疇には収まらないことがわかるからだ。特に金村・赤人の作と、千年の作との間の性格の違いは顕著と言うべきだろう。(注17) 金村・赤人の作はいずれも行幸そのものに関わる表現が認められ、行幸が難波に挙行されたことをうけて、いったいどんなことが出来したかを描写し、その事態が王権の讃わしさの根拠として讃美の主題に結び付けられている。それに対して、千年の作には、直接王権に関わる表現を見ない。行幸地周辺の景の美しさを言うことは、単なる自然讃美ではなく、そこを行幸の地として選択した天皇そのものへの讃美にもなる、という説明はたしかに成り立つ。先にとりあげた「神代」を引き合いに出す行幸讃歌も、基本的な認識のパターンは、行幸地の佳景を眺め、その素晴らしさから神代以来の行幸の地であることを納得する、というものであった。しかしそこには、「いや継ぎ継ぎに　万代に　かくし知らさむ」（九〇七）とか「やすみしし　わご大君」（九一七）といった、王権讃美を直接に志向する表現が必ずともなう。千年歌には直接王権讃美を志向する表現が見られない――離宮の存在にすら言及しない――という一点において、千年歌と他の行幸讃歌とは、決定的にその性格を異にすると言わざるを得ない。行幸讃歌の主題は王権讃美にあるが、千年の「住吉作歌」は、美景賞美そのものに主題が据えられている。

千年歌が王権讃美を直接に志向しないという傾向は、実は千年作品のすべてに及ぶ。次に掲げる「吉野作歌」も、金村や赤人の吉野における行幸讃歌に挟まれて掲載されるために、それらとともに行幸讃歌として理解されがちであるが、そのような捉え方は正しいとは言えない。

車持朝臣千年が作る歌一首　并せて短歌

うまこり　あやにともしく　鳴る神の　音のみ聞きし　み吉野の　真木立つ山ゆ　見下ろせば
川の瀬ごとに　明け来れば　朝霧立ち　夕されば　かはづ鳴くなへ　紐解かぬ　旅にしあれば
我のみして　清き川原を　見らくし惜しも　（巻六・九一三）

反歌一首

瀧の上の三船の山は恐《かしこ》けど思ひ忘るる時も日もなし　（九一四）
或本の反歌に曰く
千鳥鳴くみ吉野川の川の音の止む時なしに思ほゆる君　（九一五）
あかねさす日並べなくに我が恋は吉野の川の霧に立ちつつ　（九一六）
右、年月審らかならず。ただし、歌の類を以てこの次に載す。或本に云はく、養老七年五月に吉野の離宮に幸す時の作、といふ。

やはり表現には直接に王権讃美を志向する表現が一切見えず、主題は吉野の美景を共に賞美する相手（具体的には配偶者などが考えられる）の不在を歎く抒情にある。羇旅歌の伝統で言えば、ひとり旅にある侘しさを歎く主題で、望郷歌の範疇に属する。もうひとつの千年が関わったと思しい作品「難波四首」は、そもそも短歌の連作であるところが、すでに行幸讃歌とはスタイルを異にする。

（神亀）五年戊辰、難波宮に幸す時に作る歌四首
大君の境ひたまふと山守据ゑ守るといふ山に入らずは止まじ　（巻六・九五〇）
見渡せば近きものから岩隠りかがよふ玉を取らずは止まじ　（九五一）
韓衣《からころも》着奈良《きなら》の里の妻待つに玉をし託《つ》けむ良き人もがも　（九五二）
さ雄鹿の鳴くなる山を越え行かむ日だにや君がはた逢はざらむ　（九五三）

右、笠朝臣金村が歌の中に出づ。或は云はく、車持朝臣千年が作なり、といふ。

左注によれば、作者には情報の混乱があるようなのだが、おそらく金村と千年による合作なのだろうと推定する。内容的にも（歌意にやや分かりにくいものがあるが）従駕の男性官人による地元の女性への恋の挑み掛け（九五〇・九五一）と、それに対する女性側からの男性への揶揄の応酬（九五二・九五三）といったやりとりになっていると思われる。

千年のように、王権讃美を直接には志向しない作品を行幸時に制作することは、金村の作品にもみてとれる。巻四に収録される次の二作品がそれである。

神亀元年甲子の冬十月、紀伊国に幸す時に、従駕の人に贈らむがために、娘子に誂へられて作る歌一首　并せて短歌　　笠朝臣金村

大君の　行幸《みゆき》のまにま　もののふの　八十伴の緒と　出でて行きし　うるはし夫《つま》は　天飛ぶや　軽の路より　玉だすき　畝傍を見つつ　あさもよし　紀伊道《きぢ》に入り立ち　真土山　越ゆらむ君は　もみち葉の　散り飛ぶ見つつ　にきびにし　我は思はず　草枕　旅を宜しと　思ひつつ　君はあるらむと　あそそには　かつは知れども　しかすがに　黙《もだ》もえあらねば　我が背子が　行きのまにまに　追はむとは　千度思へど　たわやめの　我が身にしあれば　道守が　問はむ答へを　言ひ遣らむ　すべを知らにと　立ちてつまづく　（五四三）

反歌

後れ居て恋ひつつあらずは紀伊の国の妹背の山にあらましものを　（五四四）

我が背子が跡踏み求め追ひ行かば紀伊の関守い留めてむかも　（五四五）

二年乙丑の春三月、三香原の離宮に幸す時に、娘子を得て作る歌一首　并せて短歌

笠朝臣金村

三香原　旅の宿りに　玉桙の　道の行き逢ひに　天雲の　よそのみ見つつ　言問はむ　よしのなければ　心のみ　むせつつあるに　天地の　神言寄せて　しきたへの　衣手交《か》へて　己妻と頼める今夜《こよひ》　秋の夜の　百夜《ももよ》の長さ　ありこせぬかも　（五四六）

反歌

天雲のよそに見しより我妹子に心も身さへ寄りにしものを　（五四七）

今夜《こよひ》の早く明けなばすべをなみ秋の百夜を願ひつるかも　（五四八）

特に後者（五四六〜五四八）の作を行幸讃歌という括り方で捉えることは、ふつうしないだろう。地元の女性との恋愛を扱うもので、男女の関係については対照的あり方を示しているが、先に示した、金村・千年による合作かと考えられる「難波四首」と類似する趣向と言える。前者（五四三〜五四五）については、冒頭に天皇の行幸を言い、また、それに従駕している夫を羨望するかのような表現がなされていることを、行幸へのあこがれの表明として、行幸讃歌の範疇で捉えることは、あるいは可能かもしれ

ない。しかし作品の主題は、やはり旅の途上にある夫に対する妻の思いの方に置かれているとみるべきだろう。羇旅歌の伝統でいえば〈留守歌〉[注18]に属するもので、なおかつ、一般的な〈留守歌〉が夫の旅の困難を思いやる類型をとるのに対し、もっぱら夫の旅を羨望の抒情で思いやるのは、この作品の独特な設定で、人麻呂の「留京三首」（巻一・四〇～四二）や大伴旅人の「遊松浦河歌群」の「後人追和歌群」（巻五・八六一～八六三）と同様の[注19]、文芸性の強い作品である。

　みたように、専門歌人の作品は、さまざまなジャンルのものが存在する。千年には王権讃美を主題とする作品がないことはすでに述べた。金村には行幸讃歌が存在する一方で、それ以外の主題による作品も存在することもみたとおりである（右に指摘したものの他にも、神亀三年の印南野行幸時になった巻六・九三五～九三七も加えられる）。そして、聖武朝のもう一人の専門歌人である山部赤人はどうかと言うと、実は確実な例として、彼が行幸時に詠作した長歌はことごとくが行幸讃歌である、と言うことができる。もっとも、『万葉集』が取材した赤人作品の原資料は、作歌状況に関する情報にきわめて乏しいものであったことが想定されており[注20]、現在の『万葉集』では行幸時の作品とは確認できない赤人詠の中にも、実際は行幸時のものであった可能性が考えられている作品がある[注21]（巻三・三二四～三二五、巻六・九四二～九四七）。もちろん、確かな例に基づいて、それら作歌事情未詳の作品を、軽々に行幸時作歌と判断することを戒めるという姿勢も重要と考えるが、なお赤人作品の主題の偏りについては、断定は保留すべきかもしれない。

　いずれにせよ、専門歌人による長歌作品も、主題を見定めることで、三者三様のあり方が見えてくることがわかり、興味深い。なお、このことに関しては、後にも触れる。

四　行幸における作歌の〈場〉

行幸讃歌と、主題が直接には王権讃美を志向しないものとは、やはり明確に区別して扱うべきである。それは行幸という催事そのものの主題と直接関わるか関わらないか、という違いを意味するからだ。そしてその違いは、それぞれの作品の発表・享受の場の違いをも含意しているように思う。ここで行幸時におけるうたのあり方について、専門歌人以外の場合にも視野を広げて検討してみたい。

前節では、専門歌人たちの作品には、行幸讃歌と呼べるもののほかに、美景賞美・望郷・地元女性との恋愛・留守歌などといった主題の作品があることを指摘した。行幸讃歌を除くこれらさまざまな主題は、専門歌人ばかりではなく、一般の従駕の人々によっても詠作されていたものであった。

（大宝）二年壬寅、太上天皇、参河国に幸す時の歌

引馬野《ひくまの》ににほふ榛原《はりはら》入り乱れ衣にほはせ旅のしるしに　（巻一・五七）

右の一首長忌寸奥麻呂

いづくにか舟泊てすらむ安礼《あれ》の崎漕ぎたみ行きし棚なし小舟　（五八）

右の一首高市連黒人

誉謝女王の作る歌

流らふるつま吹く風の寒き夜に我が背の君はひとりか寝らむ（五九）

長皇子の御歌

夕に逢ひて朝面なみ名張《なばり》にか日長《け》き妹が廬りせりけむ（六〇）

舎人娘子、従駕にして作る歌

ますらをのさつ矢たばさみ立ち向かひ射る的形《まとかた》は見るにさやけし（六一）

慶雲三年丙午、難波宮に幸す時に

志貴皇子の作る歌

葦辺行く鴨の羽がひに霜降りて寒き夕は大和し思ほゆ（六四）

長皇子の御歌

あられ打つ安良礼《あられ》松原住吉の弟日娘子《をとひをとめ》と見れど飽かぬかも（六五）

太上天皇、難波宮に幸す時の歌

大伴の高師の浜の松が根を枕き寝《ぬ》れど家し偲はゆ（六六）

右の一首置始東人

旅にしてもの恋しきに鶴《たづ》が鳴も聞こえざりせば恋ひて死なまし（六七）

右の一首高安大島

大伴の三津の浜なる忘れ貝家なる妹を忘れて思へや（六八）

右の一首身人部王
草枕旅行く君と知らませば岸の黄生《はにふ》ににほはさましを　（六九）
右の一首清江の娘子、長皇子に進りしなり。〈姓氏未だ詳らかならず。〉

右に掲出したのは、文武朝の大宝二年（七〇二）および慶雲三年（七〇六）の行幸時歌群である。長意吉麻呂や高市黒人のように専門歌人的な作者も混じるが、詠者は皇族から一般官人そして地元の女性（遊行女婦か）まで、不特定である。内容をみてみると、行幸先の美景賞美（五七・六二）、望郷（六四・六六・六七・六八）、留守歌（五九）などとさまざまで、六五歌は美景賞美の主題も込めるが、地元の女性（「住吉の弟日娘子」）との交歓もうたっており、それに応ずるかのような六九歌もある。望郷・留守歌などは、文武朝よりも以前にすでに行幸時の歌群の主題として確認できる[注22]が、行幸時の歌群の主題がほぼ出揃うのは、この文武朝のころであったようだ。しかし、右に掲げた文武朝の行幸時歌群の主題は、行幸という限定された場面でのみ詠作されるものではなく、むしろ羇旅という場面であれば常に主題になり得たものであることは、言うまでもない。

山部宿祢赤人が歌六首
縄の浦ゆそがひに見ゆる沖つ島漕ぎ廻《み》る舟は釣しすらしも　（巻三・三五七）
武庫《むこ》の浦を漕ぎ廻る小舟粟島をそがひに見つつともしき小舟　（三五八）

阿倍の島鵜の住む磯に寄する波間なくこのころ大和し思ほゆ　（三五九）
潮干《ひ》なば玉藻刈りつめ家の妹が浜づと乞はば何を示さむ　（三六〇）
秋風の寒き朝明《あさけ》を佐農《さぬ》の岡越ゆらむ君に衣貸さましを　（三六一）
みさご居る磯回《いそみ》に生ふるなのりその名は告らしてよ親は知るとも　（三六二）

右に掲げた赤人の歌群は、どのような折に成立したものかを詳らかにしないが、おそらく数次にわたる旅の中で詠作したものが集められているのであろう。美景賞美（三五七・三五八）、望郷や妻への思い（三五九・三六〇）、留守歌（三六一）、土地の女性への挑み掛け（三六二）など、すでにみた行幸時歌群でも繰返し詠作されていた主題がみてとれる。この赤人の歌群を行幸従駕と結びつける必然性はなく、羇旅歌のさまざまなパターンが配列されていると捉えるのが一般的理解だろう。

つまり、行幸讃歌を除く他の行幸時の歌うたは、基本的に羇旅歌一般の主題に収まるものだと言える。きわめてあたりまえのことを確認しただけのような気もするが、それによって、行幸讃歌というものが、行幸という催事に特化された、特殊な主題であることをも改めて確認することにしたい。そして、その両者の違いにおいてもうひとつ重要なことは、作品の担い手が、行幸讃歌は専門歌人に独占されるということである。この点を、本節冒頭に示した問題意識――作品の発表・享受の場の問題ということに関わらせてみるならば、次のようなことが考えられる。――行幸讃歌は、専門歌人による高度に儀礼的な作品が限定的に発表され、その行幸そのものの主題・目的について宣揚される場において、そして、その他の主題の作品は、行幸従駕のさまざまな人びとが入り混じって旅の思いを披瀝する享楽的な場において、それぞれ発表・享受されたのではなかったか。

行幸における作歌の場として、行幸そのものの主題に直接関わる場――そしてそこでの作歌は専門歌人が独占する――と、より享楽性が強い場――作歌の担い手はその場に居合わせる不特定多数――という、二つの違うレヴェルが存在した可能性が指摘できる。ここで、その想定をもう少し具体的にイメージするために、第一節でも触れた法令に規定された行幸のあり方のうち、奏楽に関する情報にいささか注目してみることにしたい。

『延喜式』には、行幸時においても、雅楽寮の属以上の担当者が楽人を引率して従駕することが規定されていることについては、先にも言及した。朝廷の諸儀礼――ことに諸節会の会宴では、おりにつけて奏楽が実践されることは周知のことである。それは礼楽思想の実践として、律令体制下にあっては重要な意味を有する。(注23) そのような諸儀礼において機能する楽の管理者・担い手として、雅楽寮の楽人たちが存在する。したがって、行幸に従駕した雅楽寮の楽人たちが奏楽するのは、行幸における会宴の席の中でも、もっとも儀礼性の高い場面であったろう。そのような場では厳粛な演出によって儀礼がとりおこなわれ、行幸の政治的意義を従駕者たちに確認することを求めたであろう。それを先に想定した行幸における作歌の場にあてはめるならば、「行幸そのものの主題に直接関わる場」に相当し、専門歌人たちによって行幸讃歌が披露されたことであろう。

ところで、行幸に関する規定の中には、もうひとつ別の箇所に奏楽に関する記述がある。

凡行幸従レ駕御研案一具。【研一口。筆十管。銀小瓶一口。墨四廷。雑色紙数不レ定。】和琴二面。【御一面。凡一面。】柳筥一合。【納二赤地両面袋一。】地図一巻。【以二細布一為之。納二赤地両面袋一。】儲幕四条。【二絁。二布。並随レ破請替。】官人二人率二番上二人一。令二仕丁五人担一之。各著二紺布衫。布袴。布帯一。【事畢返二収寮家一。随レ損請換。】其応二御和琴一者。官人以レ袖執二琴尾一而擎。転二於書司一進之。給二侍臣一者。執二琴首一直趁就レ座後授之。

（『延喜式』図書寮。【 】内は割注）

図書寮の担当者が地図や和琴を携帯することについては、やはり先に言及した。右に掲げたのは、そのあたりに関して具体的に記述している箇所であるが、図書寮携行の和琴の取り扱いについても比較的詳しい記述がある（傍点部）。携行する和琴は二面あり、一面は天皇が使用するもので、もう一面は従駕者が演奏するために用意されているようだ。天皇が琴を召した際の進上の作法や、天皇の命によって臣下に演奏を促す際の琴の手渡し方の作法についてまで規定されている。ここで規定されている和琴の演奏場面とは、もとより改まった儀礼におけるものではないだろう。宴席――雅楽が奏されるような儀礼性の強い会宴に対して、よりくだけた宴。後世のことばで言うならば、「宴座」に対する「隠《おん》座」のような場――の興に乗じて、天皇自らが和琴をかき鳴らしたり、また臣下にそれを促すような場面を想定しているのだろう。他の楽器に比して、和琴とはそのような気軽な座興の具として酒席の場にもてはやされたことは、『万葉集』の左のごとき歌うたの記録からもうかがわれる。

穂積親王の御歌一首

家にありし櫃《ひつ》に鏁《かぎ》刺し蔵《をさ》めてし恋の奴がつかみかかりて　（巻十六・三八一六）

右の歌一首、穂積親王宴飲の日に、酒酣なる時に、よくこの歌を誦み、以て恒の賞でとす、といふ。

かるうすは田廬《たぶせ》の本に我が背子はにふぶに笑みて立ちませり見ゆ　（三八一七）

朝霞鹿火屋《かびや》が下の鳴くかはづ偲ひつつありと告げむ児もがも　（三八一八）

右の歌二首、河村王、宴居の時に、琴を弾きて即ちまづこの歌を誦み、以て常の行と為す。

夕立の雨うち降れば春日野の尾花が末《うれ》の白露思ほゆ　（三八一九）

夕づく日さすや川辺に作る屋の形を宜しみうべ寄そりけり　（三八二〇）

右の歌二首、小鯛王、宴居の日に琴を取り、登時必ずまづこの歌を吟詠す。その小鯛王は更の名を置始多久美といふ、この人なり。

行幸時の和琴の演奏に唱歌がともなったかどうかは不明だが、場合に応じて、その可能性のあったことは当然考えられよう。右に掲げた『万葉集』巻十六の琴歌の担い手は、専門の楽人ではなく、一般の宮廷人でありながら、その道に巧みな者として知られていた人物といったところだろう。行幸時に和琴の演奏を促されたのも、おそらく同様な立場の人物であっただろう。また和琴の演奏に専門の楽人たちが他の楽器（笛、鼓、琵琶…）を合奏したりすることもあり得ただろう。行幸という長旅に対する慰安の意を込めて、専門の楽人も一般の官人も、そして天皇も、それぞれの立場から、一芸を披露しつつ享楽的な雰囲気を享受する場が思いやられる。先ほど示した、行幸における二つの詠歌の場のうちの後者、すなわち「より享楽性が強い場」――それは不特定多数の詠者による、行幸讃歌以外のさまざまな主題のうたが披露・享受される場である――も、そのような場面としてイメージしてよかろう。『万葉集』巻十六のことばを借りるならば「宴飲」「宴居」(注24)の場であり、儀礼性の強い会宴と区別するならば「隠座」ないしは「遊宴」とも言うべき場である。

前節の末尾で、行幸時に詠作された専門歌人たちの作品も、その主題を見定めることで、三者三様の歌人としてのあり方がうかがえることを述べた。さらに、その主題の違い――王権讃美かそれ以外か――が、作品の場の違いとして把握できるのであれば、また違った側面から聖武朝の三人の専門歌人の性格が指摘できる。赤人・金村が行幸の核心的な儀礼にも参画するのに対し、千年はそこには登場せず、もっぱら遊宴の場のみで活躍する歌人であったらしい。柿本人麻呂以来の王権讃美を主題とする赤人・金村に対し、もっぱら遊宴における慰安を提供した千年という存在に注目するならば、かつて井村哲夫が、その作品の表現主体の設定に女性性をうかがわせるところがあること(注25)を踏まえて可能性を指摘した(注26)千年＝女官説は、一定の蓋然性を有すると言える。

ところで、聖武朝の専門歌人に特徴的なのは、行幸讃歌以外の作品も、長歌体で制作する点である。すでに持統朝の人麻呂も、行幸時には「吉野讃歌」のごとき行幸讃歌を制作する一方で、「留京三首」（四〇〜四二）のような、王権讃美を直接の目的とはしない作品を詠んでもいる。しかし、その形式は他の一般従駕者の作歌（たとえば四三、四四）と同様に短歌体であった。聖武朝の金村や千年は、一般の従駕者と同じ主題をおそらく同じ場で詠作しながらも、なお形式は長歌体という、高度な専門的技量を必要とする形式——実際、王権讃美の主題同様、長歌体という形式も、この時期にあっては専門歌人が独占するところであった——を採用することで、専門歌人としての存在を誇示しているかのようである。それはまた、間接的には、くだけた遊宴の場までも荘厳に飾り立てて、聖武の即位を華々しく演出しようという意図の顕れと捉えることも可能である。

五　聖武朝の専門歌人、その後

以上、聖武朝の行幸における専門歌人たちの作歌活動を中心に、行幸におけるうたのあり方について述べてみた。

聖武の即位という特別な出来事を荘厳し喧伝する目的で、専門歌人たちの行幸讃歌が制作された。専門歌人たちは行幸讃歌以外の作品も制作するが、それら（行幸讃歌以外の羇旅詠）は、一般の従駕者も詠み得るものであり、専門歌人という存在が、聖武朝の行幸に求められた第一の理由は、やはり行幸讃歌の制作にあっただろう。したがって、聖武即位からしばらくときが経過すると、行幸時における専門歌人の詠作がほとんどみられなくなる。神亀三年の印南野行幸で金村・赤人が長歌を制作した（巻六・九三五〜九四二）のをあとに、専門歌人による長歌はしばらく途絶える。神亀五年の難波行幸時に、金村・千年による合作かと思われる短歌四首の連作の後は、行幸時の詠作そのものがみられなくなる。次に記録が残る行幸時作歌は、天平六年三月の難波行幸に際してのものになる。

　春三月、難波宮に幸す時の歌六首

住吉の粉浜《こはま》のしじみ開けも見ず隠りてのみや恋ひ渡りなむ　（巻六・九九七）

　右の一首は作者未だ詳らかならず。

眉《まよ》のごと雲居に見ゆる阿波の山かけて漕ぐ舟泊まり知らずも　（九九八）

　右の一首、船王の作。

千沼回《ちぬみ》より雨そ降り来る四極《しはつ》の海人網手綱干せり濡れもあへむかも　（九九九）

　右の一首、住吉の浜を遊覧し、宮に還る時に、道の上にして、守部王、詔に応へて作る歌。

児らしあらば二人聞かむを沖つ渚に鳴くなる鶴の暁の声　（一〇〇〇）

　右一首守部王の作

ますらをはみ狩に立たし娘子らは赤裳裾引く清き浜辺《はまび》を　（一〇〇一）

　右一首山部宿祢赤人が作

馬の歩み押さへ留めよ住吉の岸の黄生ににほひて行かむ　（一〇〇二）

　右一首安倍朝臣豊継の作

赤人が作歌しており、従駕の大宮人を構成的に描写している点、かつての行幸讃歌に通じるものを認めるが、形式は短歌である。さらに二年後の天平八年六月には吉野行幸が挙行される。この吉野行幸は、おりから京域で流行していた疫病から聖武が避難するためであったか、との推測があるほど[注27]政治的な目的は希薄なもののようだが、さすがに聖武即位の原点ともいえる吉野への久々の行幸に際しては、聖武にも他の官人たちにも、往時を懐かしむ感慨があったものか、長歌による行幸讃歌の制作が赤人に命じられている（巻六・一〇〇五〜六）。しかしそれが、かつての赤人ら専門歌人による行幸讃歌の詠みぶりとは異なる性格を有するものであったことは、すでに論じたことがある。[注28]聖武即位に際して必要とされた専門歌人たちの活動は、もはや宮廷の内には必要とされなくなっていた。

聖武の行幸としては、この後、天平十二年冬の藤原広嗣謀反に端を発する、二ヶ月におよぶ東国行幸があり、その際の和歌の詠作も知られる（巻六・一〇二九〜一〇三六）。しかし、本稿が主な対象とした専門歌人たちの活動は、すでにそこにうかがうことはできず、ここでの言及は割愛する。

注1　井上光貞「日本律令の成立とその注釈書」（日本思想大系『律令』〈岩波書店、一九七六〉解説）。

2　滝川政次郎「大宝令の注釈書『古記』について」（『日本法制史研究』有斐閣、一九四一）。

3　『続紀』には、元明・元正朝の約十六年七ヶ月の間に、十三回の行幸記事をみる。一方、聖武天皇の即位から天平十二年十月までの十六年七ヶ月間の京域外への行幸記事は十二回である。

4　聖武の行幸と専門歌人の作歌活動との関わりに言及する主な研究書には、橋本達雄『万葉宮廷歌人の研究』（笠間書院、一九七五）、清水克彦『万葉論集　第二』（桜楓社、一九八〇）、梶川信行『万葉史の論　笠金村』（桜楓社、一九八七）、同『万葉史の論　山部赤人』（翰林書房、一九九七）などがある。

5　A「山部赤人の吉野行幸従駕歌の構想」（『国文学研究』一〇一、一九九〇・六）、B「同（承前）」一（『古代研究』二三、一九九一・一）、C「山部赤人「難波従駕歌」の方法」（『古代研究』二五、一九九三・一）、D「大伴旅人「吉野奉勅歌」の性格」（『古代研究』二六、一九九四・一）、E「宮廷公宴における視線の共有」（『国文学研究』一一五、一九九五・三）、F「神亀五年「難波四首」の構想」（『古代研究』三〇、一九九七・一）、G「車持千年の作品と性格」（『古代研究』三四、二〇〇一・一）、H「赤人の吉野讃歌」（『万葉の歌人と作品』七、和泉書院、二〇〇一）など。

6　この『延喜式』の条文は、本稿第四節に全文を掲げてある。

7　最近の論として、村田右富実「吉野讃歌」（『柿本人麻呂と和歌史』和泉書院、二〇〇四）がある。

8　天武朝の人格的支配から、より律令制の理想的あり方に近い制度的支配への転換が実現する時期として持統朝を位置付ける、井上亘「「天武系」王権再考」（『日本古代の天皇と祭儀』吉川弘文館、一九九八）など、持統朝再評価は歴史学の分野でも定着しつつあるようである。

9　以下、赤人の「吉野讃歌」について詳しくは、注（5）拙稿A・B・Hに述べた。

10　清水克彦「赤人の吉野讃歌」（注（4）清水氏著書）。

11　吉井巌『万葉集全注　巻第六』（有斐閣、一九八四）一〇〇六歌注および注（5）拙稿D。

12　神野志隆光「聖武朝の皇統意識と天武神話化」（『柿本人麻呂研究』塙書房、一九九二）。

13　篠川賢「皇統の原理と不改常典」（『日本古代の王権と王統』吉川弘文館、二〇〇一）など。

14　天武は紀伊に行幸していないが、持統は四年（六八九）九月に行幸している（紀）。

15　大宝元年九月〜十月に行幸（続紀）。この行幸には持統も同行したらしい（万葉五四題詞など）。

16 久米常民『万葉集の文学論的研究』（桜楓社、一九七〇）「万葉「歌びと」の論」第二章第三節。清水克彦「養老の吉野讃歌」（注（4）清水氏著書）。

17 千年の作品と歌人としての性格については、注（5）拙稿F・Gで詳しく論じた。

18 〈留守歌〉については、拙稿「〈留守の歌〉をめぐる考察」（『上代文学』七二、一九九四）参照。

19 上野理「留京三首―留守歌の系譜と流離の歌枕」（『人麻呂の作歌活動』汲古書院、二〇〇〇）。

20 吉井巌「万葉集巻六について」（『万葉集への視角』和泉書院、一九九〇）。

21 清水克彦「敏馬の浦を過ぐる時の歌」（注（4）清水氏著書）、太田豊明「山部赤人「神岳作歌」考」（『国文学研究』一〇五、一九九一・一〇）など。

22 持統六年三月の伊勢行幸時に詠まれた四三、四四の二首は、留守歌と望郷歌の組み合わせと言える。

23 上代和歌と礼楽思想に関しては、上野理「天武・持統朝の宴と歌」（注（19）上野氏著書）参照。

24 漢語「宴居」の本来の意味は「安らかに居ること」の意（新大系）だが、『万葉集』の配列から考えて、三八一六左注の「宴飲」と三八一八・三八二〇左注の「宴居」に意味の違いがあるとは考えにくい。今は通説によって、「宴居」も「宴飲」同様の意と考える。

25 九二五歌に「君」の語を用いているのは端的な例。

26 井村哲夫「車持朝臣千年は歌詠みの女官ではないか」（『赤ら小船　万葉作家作品論』和泉書院、一九八六）。

27 吉井巌注（20）論文。

28 注（5）拙稿E・H。

＊万葉集の本文は『万葉集CD―ROM版』（塙書房）に拠った。一部、表記を改めた場合がある。

天皇・皇子の葬送の道——天智・高市の殯宮挽歌を中心に——

渡瀬昌忠

はじめに

万葉時代の葬送のことは、上代文献に散見するが、『万葉集』の挽歌作品を通して知りうることは限られている。例えば日本古代の天皇紀ともいうべき『日本書紀』には、天武天皇の崩御後の「殯宮」儀礼について二年三ヶ月に及ぶ詳細な記録があるが、『万葉集』には、「天皇崩之時」の大后（太上天皇）の挽歌（巻二・一五九～一六一）があるのみで、その「殯宮」の時の作であることを明記するものは一首もない。そうした中にあって、天智天皇の崩御をめぐっては、『万葉集』に、次のように、

A〈御病の時〉（巻二・一四七～一四八）
B〈崩御直後〉（巻二・一四九～一五〇）
C〈大殯の時〉（巻二・一五一～一五四）
D〈御陵退散の時〉（巻二・一五五）

順次、長歌・短歌あわせて九首の作品が連ねられている。また、高市皇子の薨去については、『日本書紀』には、持統天皇十年七月、

　庚戌《かうしゆつ》（十日）に、後皇子尊《のちのみこのみこと》薨《みまか》りましぬ。

とあるのみであるが、『万葉集』には、「高市皇子尊《たけちのみこのみこと》の城上《きのへ》の殯宮《あらきのみや》の時」に柿本人麻呂が作った一四九句から成る長歌（巻二・一九九）と二首の「短歌」（巻二・二〇〇〜二〇一）と「或書の反歌」一首（巻二・二〇二）とを記録している。この天智天皇挽歌群（特にその「大殯の時」の四首）と高市皇子殯宮挽歌とを中心に、万葉時代の天皇・皇子の葬送の道について考えつつ、それを表現する挽歌作品群を見直し、新たに読み解いていきたい。

一　天智「大殯の時」の送別歌——「かからむの懐《おもひ》知りせば」・去りゆく「大御船」——

○天皇の大殯《おほあらき》の時の歌（注1）

1かからむの懐《おもひ》知りせば大御船《おほみふね》泊《は》てし泊《と》まりに標結《しめゆ》はましを　額田王《ぬかたのおほきみ》（巻二・一五一）

2やすみししわご大君の大御船待ちか恋ふらむ志賀の辛崎《からさき》　舎人吉年《とねりのよしとし》（巻二・一五二）

大后の御歌

3いさなとり近江《あふみ》の海を　沖放《さ》けて漕ぎ来る船　辺《へ》に付きて漕ぎ来る船　沖つ櫂《かい》いたくなはねそ

辺つ櫂いたくなはねそ　若草の　夫《つま》の　思ふ鳥立つ　（巻二・一五三）

石川夫人《いしかはのぶにん》の歌

4 楽浪《ささなみ》の大山守は誰《た》がためか山に標結《しめゆ》ふ君もあらなくに　（巻二・一五四）

○

「大殯」は天皇の「殯」の意で、「殯」の字義は、『説文解字』（後漢、許慎）に、

死して棺に在り、将《まさ》に葬柩に遷《うつ》さむとして、之《これ》を賓遇す。

とあり、『釈名』（後漢、劉熙）「釈喪制」に、

殯は賓なり。賓客として之《これ》を遇す。

とあって、棺に納めた死者を、墓所への葬りの柩《ひつぎ》に移そうとするときに、その死者（の霊）を賓客としてもてなすことが、「殯」の字の原義である。天智天皇のC〈大殯の時〉の四首が、B〈崩御直後〉の二首とD〈御陵退散の時〉の一首との間に位置しているのは、その「殯」が字義どおりに用いられており、A→B→C→Dの〈時〉の順序が信じてよいものであることを示している。

『日本書紀』によれば、天智天皇は、その十年（六七一）十二月三日に「近江宮《あふみのみや》」で「崩」じ、八日

後の十一日に「新宮《にひみや》に殯《もがり》す」とあるが、その「新宮」の場所は、崩御の皇宮の近くと思われる。「天皇崩御ののちまもなく起こされる殯宮は」「一般には崩御あった宮の近傍——南庭が多い——に新しく起こされたようである」(注2)からだ。七世紀以後に限定すると、推古・舒明・孝徳・天武・持統の各天皇の「殯」の記事(『日本書紀』・『続日本紀』)によって、右のことを確認できる。斉明天皇は、旅先の筑紫の朝倉宮で「崩」じたから、本来の皇宮たる後飛鳥岡本宮の近くの「飛鳥川原《あすかのかはら》」に戻って「殯」したので、例外ではない。万葉時代の天皇の殯宮はすべて皇宮の近くに営まれたと見てよく、天智〈大殯の時〉の四首(1〜4、数字は前掲の歌の頭に付したもの。以下同じ)に、近江の海の「大御船」(1・2)や「船」と水鳥(3)や「楽浪の大山」(4)が詠みこまれるのは、近江の湖畔に天智天皇の殯宮が営まれたからにほかならない。

○

額田王の歌(1)の第一・二句の通訓は、カカラムトカネテシリセバであり、意味も通りやすく、大伴家持も「かからむとかねて知りせば」(巻十七・三九五九)の句を用いているので、通訓に依る説も多いのであるが、原文の最も信頼できる本文は、金沢本・類聚古集・古葉略類聚鈔の古写本に共通する「如是有乃懐知勢婆」であって、通訓を採るときは、最少でも、「乃」を「登」の誤字とか衍字とかして、誤字説に立たなければならない。しかし、「乃」は「の」の音仮名であり、第一句は「かからむの」と訓むのが最も自然である。すると、第一句は連体句となり、第二句の最初の字「懐」は体言であるはずだから、『類聚名義抄』の第一訓ココロ、『日本霊異記』(下巻、第八)の「懐、心也」によって「かからむの懐《こころ》知りせば」（武田全註釈・日本古典文学大系）と訓むか、金沢本・類聚古集・古葉略類聚鈔の訓、および紀州本・廣瀬本に見えるオモヒの訓を採って「かからむの懐《おもひ》知りせば」（万葉集大成本文篇・中西全訳注）と訓むか、いずれかとなる。

「懐」の字義は、『説文解字』（心部）に、

　　懐、念思也。（懐は念思なり）

とあり、『爾雅』（釈詁）に、「懐」は「思也」とし、『方言』（前漢・揚雄）にも「懐」を「思也」とする。

『毛詩』（詩経）の例をあげると、国風（召南）の「野有死麕」の「有女懷春」（女有り春を懐ふ）の句の毛伝に「懷、思也」とするし、小雅（谷風之什）の「小明」に三回くり返される「豈不懷歸」（あに帰るを懐はざらむや）の句の最初の鄭玄の箋に「懷、思也」とある。李善注の『文選』にも、巻二の「西京賦」の薛綜の注に「懷、思也」とあるのを初めとして、実に多くの同様の例が見いだされる。山﨑健司『文選李善注　語釈索引』[注3]によって数えると、「思也」（念思也、念也ヲ含ム）は二十四例で、他の「抱也」九例、「藏也」六例、「來也」四例、「安也」三例、「歸也」二例、「和也」一例などがすべて一《ひと》桁《けた》であるのに比して、圧倒的に多い。その多くは動詞に訓む例だが、名詞として訓むべき例を挙げると、哀傷詩（巻二十三）の「悼亡詩」（潘安仁）にある「私懷誰克從」（私懐に誰か克《よ》く従はしめむ）の句

に、「説文曰、懐、念思也」とあるものや、贈答詩（巻二十六）の「贈王太常」（顔延年）にある「遙懐具短札」（遙懐を短札に具す）の句に、

説文曰、懐、念思也。又曰、札、牒也。（説文《せつもん》に曰《いは》く、懐は念思なり。また曰く、札《さつ》は牒《てふ》なり。）

とあるものが挙げられる。この両句の「懐」は「私《ひそか》なる懐《おもひ》」「遥《はるか》なる懐《おもひ》」の意に倭訓しうるものだ。『万葉集』にも題詞には「懐《おもひ》を述べて作る」（巻六・九五七題）のように名詞に訓むべき例は多い。

九条本『文選』の古訓に(注4)「懐《オモヒ》」とある名詞の例は五例あり、その第一例は昭明太子の文選序の「壹鬱之懐《オモヒ》」とあるもので「イツウツのおもひ」と訓ぜられたか。この例のような「――之懐」の形の句は、『文選』中に九例を数え、晋の劉越石（琨）の「勧進表」（巻三十七）には「踊躍之懐」や対句で「上以…之懐、下以…之望」「外以…之志、内以…之情」と見える。しかも漢籍に「懐、心也」とするものは見あたらないのだ。額田王は漢籍の〈懐《おもひ》〉の倭訓（訓読漢字）を自己の作歌・表記に利用したのではないか。ただ追随者がいなかったために、それが『万葉集』歌詞中の「懐《おもひ》」の孤例となってしまったのだろう。以上によって、（1）の第一・二句は、「かからむの懐《おもひ》知りせば」と訓む。

○

1かからむの懐《おもひ》知りせば大御船泊てし泊まりに標結はましを　（巻二・一五一）

「かからむの懐」の「む」は、「絶えむの心」(巻十二・三〇七一、巻十四・三五〇七)のそれと同じく意志の助動詞で、「かくあろうとする思い」の意となる。「かくあり」とは、天智天皇の遺体が殯宮にこもっており、葬所へ向かう柩に移ろうとしている今の状態であり、死は既に確認された後で、霊魂は遺体を離れて他界へ去りつつあるであろう。そうなろうとする死者の思いがわかっていたら、と事実に反して仮想するのだから、死者がそうなろうとした時点では、彼はまだ生者だったのである。その生者が天皇であったことは「大御船」の語によって示される。天皇の御心を「かからむの懐」と言うのは敬意のない言い方であるが、「君もあらなくに」(4)にも天皇への敬意表現はない。むしろ(1)では、生前の「懐《おもひ》」の主の行為を「大御船泊てし」と表現することによって、現在の歌い手と過去の行為者としての天皇との関係は明示される。その過去の船着場に「泊てし」「大御船」は、琵琶湖遊覧の天皇御座船であろう。その生前の「大御船」の主の、そのときは未来であった現状への意志、その「懐」が、その時点で、歌い手にわかっていたら、その「船着場に標《しめ》を結《ゆ》う(占有のしるしをつける)呪術をしておくのだったのに(過去の「泊てし」時点でその「懐」がわからず、それに対応できる呪術をしなかったので、このような現状に至らせてしまった)」と悔み嘆くのである。「泊まりに標結ふ」はいかなる呪術か。占有のしるしは、内に対しては「出て行くな」、外に対しては「入って来るな(手をつけるな)」の意味をもつ。ここは、霊船に対して「出て行くな」という呪術だろう。その呪術が現実に対して有効かどうかは別にして、その呪術すら施せなかったことを悔む表現なのである。それは、殯宮で棺に別れを告げようとする遺族たちの、死者の生前の過去にさかのぼって、現状に至ることを阻

みえなかった悔しさを、棺に向かって訴えるように、表現されている。(注5)

そして、額田王の歌（1）の「泊まり」に「泊てし」「大御船」は、天皇生前の遊覧船であるが、「標結」うことができなかったがゆえに、現状としての「泊まり」には、ありし日の「大御船」は存在しない。留めえなかった「大御船」は、今や霊船として「泊まり」を去りゆきつつある。この歌の「大御船」(御座船)には、天皇生前の船着場に泊てた遊覧船の残像と、今や殯宮から去りつつある霊船の幻影とが、重ねられているのである。

〇

額田王の歌（1）の天皇生前の「大御船」を受けて、やはり歌人の立場で舎人吉年が次のように歌う。

2やすみししわご大君の大御船待ちか恋ふらむ志賀の辛崎　(巻二・一五二)

（1）が遺族たちの悔しさの表現であったのに対して、（2）は公的儀礼的表現で、「やすみししわご大君の大御船」と天皇御座船を讃美し、その「大御船」が湖上を漕いで遊覧に来るのを、今も変らずに待つ「志賀の辛崎」の現世の姿を推量して、天皇に遺された者たちの空しさと慕情とに形を与える。それは、殯庭に集う廷臣(大宮人)たちとともに、琵琶湖を見はるかしつつ天皇生前の「大御船」とその遊覧の行事とを追懐し、しかも、それが現実にはけっして再現することのない空しさを嘆く、そのような趣の表現となっている。このような表現は、殯宮内部の閉ざされた空間での発想に基づくものではなく、公的な歌人の立場の表現として、額田王がD〈御陵退散の時〉に「大宮人」を詠みこむ（巻二・一五五）のに通じて行くものだろう。

○

舎人吉年の短歌（2）が、公的儀礼的讃辞で始めつつ、回想の「大御船」を湖上に浮かべ、「志賀の辛崎」の方を見やるような表現であるのに対して、大后の長歌（3）は、枕詞で「近江の海」を飾り、〈沖〉と〈辺〉とを対照させる対句を用い、にぎわしく「漕ぎ来る船」を点景して、「夫の思ふ鳥」（霊鳥）を「立」ち去らせるのを制止する表現である。ともに湖上を見はるかしつつ「船」を出す趣向を共有する。しかし、かつて湖上に漕いだ（2）の「大御船」が今の湖上に漕ぎ来ることはけっしてないのに対して、（3）の「船」は今の「近江の海」の「沖」に「辺」に「漕ぎ来る」。また（2）の「大御船」は、その漕ぎ来ることが、「志賀の辛崎」に待たれるのに対して、（3）の「船」は、その「漕ぎ来る」ことが「夫の思ふ鳥」を他界へ「立」ち去らせつつあり、歓迎されない。（2）と（3）との間にある、このような趣向の共有と対立とは、（3）が（2）を受けて、（2）に対応しつつ作られていることを示していよう。

しかし、（2）は短歌で（3）は長歌だから、両者が同じ場で作られたと見ることを疑う向きもあろう。短歌は個の詠嘆に適した形式であり、長歌は儀礼的性格の強い形式であるとする先入主がありうるからである。一般的にはそうであるとしても、短歌でも（2）のように儀礼的詞章を含みうるし、長歌でも（3）は十三句の小長歌であり、死霊との惜別の情は深く蔵されている。天智天皇の「大殯の時」の四首のなかで、殯宮の主催者としての大后だけが長歌形式を選んでも不思議はない。

　そして、霊鳥の立ち去りつつあることを、結果として表現することになる（3）は、殯宮から去りつつある霊船の幻影を浮かべる（1）をも受けている、と言える。他界へ去る天皇の霊との別れを惜しむことを主題とする点において、（3）は（1）と共通するのである。しかしながら、「かからむの懐知りせば」と殯宮の棺に向かって悔みかけるような（1）の短歌表現と、「近江の海」を殯庭から見はるかすように、「沖」に「辺」に「漕ぎ来る船」に向かって、霊鳥を飛び立たせるなと呼びかける（3）の長歌表現との間には、いささかの時空の差が感じられる。（3）は、（2）と（1）とを受けつつ、惜別の情の表現を展開しているのである。

○

　石川夫人は、大后と同じく天皇の妻の立場にあって、天皇を「君」と呼ぶが、大后の歌（3）が「近江の海」を属目しつつ歌っているかのような表現であるのに対して、石川夫人の歌（4）は、目を「楽浪の大山」に向ける立場で歌う。対照的に（3）の「海」から「山」へ主眼を転じたような表現になっている。
　（4）の短歌が対応しているのは、むしろ（1）と（2）との短歌である。

4楽浪の大山守は誰がためか山に標結ふ君もあらなくに

最も顕著に対応しているのは「山に標結ふ」が（1）の「泊てし泊まりに標結はましを」と「に標結ふ」の語句を共有していることである。しかも、（1）は反実仮想表現で、「標結ふ」（出るな、のしるしをつける）ことができなかったことを嘆くのに対して、（4）は「君」なき今も現実に山に「標結ふ」（入るな、のしるしをつける）ことを嘆く。この対応は誰の目にも明らかであろう。そして、「君」なき今も、現世の「君」のために「大山守」が「標結」うのは、「楽浪の大山」であって、それは、（2）の「わご大君」なき今も、現世の「わご大君の大御船」を「待ち」「恋ふ」かと見える「志賀の辛崎」に対応する。

そして、（4）は、天皇の妻として、現世に遺されてしまった嘆きを、「誰がためか山に標結ふ君もあらなくに」と問いかけ、深く詠嘆し慕情を表現して、四首歌群全体を結ぶ。

天皇ではないが大津皇子が「薨」じた後、その「屍《かばね》を葛城《かづらき》の二上《ふたがみ》山に移し葬《はぶ》る」（巻二・一六五題）よりも前に、同母姉の大伯皇女が伊勢の斎宮より上京した時に作ったという、

神風《かむかぜ》の伊勢の国にもあらましをなにしか来けむ君もあらなくに　（巻二・一六三）

右の歌は、愛する肉親男性を亡くした女性が、現世に遺されてしまった嘆きを、「なにしか来けむ君もあらなくに」と問いかけ、深く詠嘆し慕情を表現する歌として、（4）の歌と共通するものがある。「君もあらなくに」の句は、実は『万葉集』中にこの二首のみにあり、しかも結句にある点において、

類を見ない共通性である。（4）の歌の結句が、十数年を経て、愛する男性に遺された女性の嘆きと慕情を表現する典型句として、大津皇子移葬の前の、大伯皇女の立場の歌に利用されたのであろう。（4）の歌は、天智天皇の殯宮での、遺された妻の最後の嘆きの歌として、一つの典型でありえたのである。

○

天智天皇の「大殯の時」の四首歌群の構造を見やすく示すと、次のようになる。

歌人の立場┌額田王　（1）「大御船」
　　　　　└舎人吉年（2）「わご大君の大御船」

妻の立場┌大后　（3）「若草の夫」
　　　　└石川夫人（4）「君」

右のように、四首は、歌人の立場で天皇を「大御船」の語で示す前半二首と、妻の立場で天皇を「夫・君」と呼称する後半二首とから成り、第一首（1）の、天皇生前に天皇を現世に引き留めえなかった遺族の悔やみから、第四首（4）の、天皇に遺された現世の妻の最後の嘆きと慕情まで、時間的に進行する四首の世界である。

その前半二首と後半二首との間には、歌詞や表現内容において、次に示すような、波紋型対応と流下型対応とが見える。

波紋型対応

1 泊まりに標結はましを
2 讃辞・大御船
3 対句・漕ぎ来る船
4 山に標結ふ

（2・3）湖上の船
（1・4）標を結う

流下型対応

1 大御船（霊船）
2 志賀の辛崎
3 夫の思ふ鳥（霊鳥）
4 楽浪の大山

（1・3）他界へ去る
（2・4）現世に遺る

波紋型対応は、後半の第一首（3）が前半の第二首（2）の〈湖上の船〉を受けて内側の対応をなし、後半の第二首（4）が前半の第一首（1）の「に標結ふ」の語句を受け取って外側の対応をなして、波紋が広がるような形を見せる対応である。流下型対応は、後半の第一首（3）が、前半の第一首（1）と同じく、他界へ去るものを留めようとするも留めえないことを歌い、後半の第二首（4）が、前半の第二首（2）と同じく、現世に遺る自然（地形）の空しさとそれを通しての死者への慕情とを表現して、水が流れ下るような形を見せつつ、歌を隔てて順次対応するものである。

天智天皇の「大殯の時」の四首は、右の両型の対応を混然と融合させているので、私はこのような対応構造を「波紋・流下混融型」の対応と呼んでいる。このような対応が四首の歌群に生じるのは例えば次のような事情による。歌人の立場の二人と妻の立場の二人とが対座していて、四人が順次に歌を作り発表していくときに、対座の相手（正面とその隣席）を意識し、相手の歌を受けつつ作歌する。座順がU字型の場合、正面を意識すると波紋型、隣席を意識すると流下型、両者（複数の対座）を意識すると両型混融型となる。

この四首は、天智天皇の「殯」の時の、おそらく最終段階で、遺体を納めた棺を葬柩に移すにあたって、亡き天皇の霊をもてなし、他界へ去る霊との最後の別れをする、送別の宴のごとき歌の座において作歌された歌群であろう。この四首から、天智天皇との別れを惜しむ遺された人々の気持ちが波立ちつつ伝わってくるのは、この「大殯の時」が天智天皇葬送の最も重要な最終段階での送別歌発表の時であり、かつ四人の歌い手が、対座しつつ、殯宮内外の人々の霊への感情を代表して表現しえたからだろうと思われる。そして「大御船」は去り、霊鳥は飛び立ったのである。

二　海上葬送の船――「大御船取れ」・「大君を島に葬《はぶ》らば」――

『隋書』倭国伝（東夷伝、倭国）は、七世紀初頭ごろの倭国の葬送の習俗を、こうしるす。

(1)死者は斂《をさ》むるに棺槨を以《もち》てし、親賓、屍《かばね》について歌舞し、妻子兄弟は白布を以て服を製す。
(2)貴人は三年外に殯《もがり》し、庶人は日を卜《ぼく》して瘞《うづ》む。
(3)葬に及びて屍を船上に置き、陸地これを牽《ひ》くに、あるいは小轝《しょうよ》を以てす。

右の(1)の段階は、天智挽歌群のB〈崩御直後〉に相当し、(2)はC〈大殯の時〉であり、(3)が殯宮からの葬送にあたる。ここに「屍を船上に置」くとあるのが注目される。額田王の歌（1）の「大御船」は、これと関係があるのではないか。その幻影のごとき霊船は、実は屍を乗せた船に裏打ちされて、霊船としての「大御船」となって他界へ漕ぎ出て行くのであろう。端的に言えば、殯宮を去る「大御船」は天皇の屍を乗せた霊柩船だった（補記参照）のだ。

○

『日本書紀』の仁徳三十年九月条に、天皇が難波の大津で、着岸しない皇后の船を待って、

難波人《なにはひと》　鈴船《すずふね》取らせ　腰なづみ　その船取らせ　大御船《おほみふね》取れ　（紀五一）

と歌ったとある。「大御船」は「天皇の御座船」だから、これを皇后の船に言うのは変で、「独立歌謡の歌詞を物語化したもの」（土橋全注釈(注6)）であろう。しかし、土橋全注釈が「鈴船」を通説に従って「官船」とするのは、いかがか。大化二年（六四六）正月の改新の詔などによって、駅馬に鈴をつけたことは認められるとしても、同じことを官船にするだろうか。そして、〈官船＝大御船〉だろうか。

相磯貞三(注7)は、万葉集の「おしてる難波の崎に　引き登る赤《あけ》のそほ舟　そほ舟に綱《つな》取《と》り掛け　引こづらひありなみすれど　…」（巻十三・三三〇〇）や「さ丹《に》塗《ぬ》りの小舟《をぶね》もがも　玉巻きの小梶《をかぢ》もがも」（巻十三・三二九九）を挙げて、『釈日本紀』（私記、師説）以来の、鈴をもって飾った船とする説を展開し、鈴で

飾るのは「洋上航海の船の行ふ咒術で」「一種の儀礼であつたのだらう」とする。しかし、「洋上航海の船」はみな「鈴船」であったのか。〈洋上航海の船＝大御船〉に意味はあるのか。

私は、「鈴船」は霊柩船で、〈霊柩船＝大御船〉だろうと考える。喪葬令（第八条）葬送具の規定に「鈴」は見えないが、「金鉦《こむしゃう》、鐃鼓《ねうく》」があって、親王一品には「各二面」、太政大臣には「各四面」などとある。『令集解』によると「古記」に「金鉦、謂鉦也」（金鉦は鉦を謂《い》ふなり）云々とあるから、大宝令以来の葬具であった。『説文解字』には、「鉦、鐃也。似鈴」（鉦は鐃なり。鈴に似て）云々とあり、また、「鐃、小鉦也」（鐃は小鉦なり）、あるいは、「鐸、大鈴也」（鐸は大鈴なり）とあるし、『周礼』（地官、鼓人）には、鼓の撃ち方をやめさせたり始めさせたりするのに、

以金鐃止鼓（金鐃を以ちて鼓を止《とど》め）、以金鐸通鼓（金鐸を以ちて鼓を通ず）。

の二句があって、鄭玄の注は、前句については「鐃は鈴の如く、舌《ぜつ》無く秉《へい》有り、執《と》りて之《これ》を鳴らし、以ちて撃鼓を止む」とあり、柄を執って鳴らす鈴のようなものが鐃であり、後句については「鐸は大鈴なり。之《これ》を振りて以ちて鼓を通ず」とある。「鉦」も「鐃」も、柄を持って振り鳴らすものであるが、どちらも「鈴」に似ており、「鐸」は大きな「鈴」である。喪葬令の「古記」には、右に引いた『周礼』の「以金鐃止鼓」の句と鄭玄の注、および『説文』の「鐃は小鉦なり」をも引用しているから、貴人の葬送具として「鉦」や「鐃」といった鈴の類が用いられていたことは、大宝喪葬令までは

さかのぼれるのである。

仁井田陞《のぼる》『唐令拾遺』(注8)（喪葬令第三十二）によれば、唐の開元七年令には、

> 三品已上、四引四披、六鐸六翣、挽歌六行三十六人、有㆓挽歌㆒者、鐸依㆓歌人数㆒。……
> （三品已上《さんぼんいじやう》には、四引《いん》・四披《ひ》、六鐸《たく》・六翣《せふ》、挽歌《ばんか》は六行三十六人、挽歌有れば、鐸は歌人の数に依《よ》れ。……）

とある。「引《いん》」は柩車を引く綱、「披《ひ》」は棺を両側から引き持つ紐、「鐸《たく》」は大鈴、「翣《せふ》」は棺の両側で持つ（羽）飾りで、いずれも棺・柩を引く時の葬送具である。「鐸」も柩を引く時に鳴らす大鈴で、「挽歌有れば、鐸《すず》は歌人の数に依れ」とあり、「挽歌」の人数の「六行三十六人」に「六鐸」だから、一行六人に一鐸の割合で、柩を引き挽歌を歌いながら大鈴を鳴らすのであろう。貴人の葬柩の列に不可欠のものとして鈴のあったことがわかる。

『隋書』礼儀志（巻八）に「開皇の初め高祖（文帝）」の時の「喪紀」として、

> 三品已上、四引四披、六鐸六翣。

の記事がある。挽歌についての記事はないが、右の引用部分が完全に一致していることは、三品以上の葬柩に「六鐸」を鳴らすことが、隋の初め六世紀末ごろまではさかのぼれることを意味する。隋唐

の柩車が、『隋書』倭国伝に「葬に及びて屍を船上に置」くとされた倭国で、柩船として受容されたことも、当然にありえたことだろう。「難波人…」の歌謡の「鈴船」を霊柩船と見る理由の一つである。

この歌謡の「腰なづみ」の語句が、『古事記』の「天皇《すめらみこと》の大御葬《おほみはぶり》に歌ふ」四歌の、陸の「浅小竹《あさじの》原《はら》」を行く歌（記三五）と「海処《うみが》」を「いさよふ」歌（記三六）とに見える「腰なづむ」の二語句と一致し（記紀歌謡にはこの三例のみ）、「大御船」の語が、天智挽歌群の「大殯の時」の額田王の歌（巻二・一五一）に見える、留めえぬ「大御船」と一致するのは、偶然ではない。〈鈴船＝その船＝大御船〉を「取らせ」「取れ」とは、去りゆく霊柩船を留めてください、つかまえろ！と言うのであって、この歌謡の独立歌謡としての場は、「天皇の船遊びの宴」（土橋全注釈）などではなく、「天皇の霊柩船との別れの宴」「天皇海上葬送の儀」であろう。

「天皇の大御葬」の『古事記』の歌謡が、霊鳥を追って「海塩《うしほ》に入りて、なづみ行き」、「海処《うみが》行けば　腰なづむ」（記三六）と歌ったように、『日本書紀』の「難波人…」の歌は、〈鈴船＝大御船〉すなわち霊柩船の御座船を追って来て、難波の海に浮かび他界へ去り行くのを留めようとして、「腰なづみ　その船取らせ」と歌うのであろう。さる天皇の葬送の難波での別れの歌として伝えられていた古歌謡を、『日本書紀』が仁徳天皇の、皇后の船の着岸を待つ歌として利用したものと思われる。

○

古代の日本人には、海の遠い彼方に、他界（常世の国・生命の原郷）を想定する傾向があった。山中や天上に他界を想定することもあったが、右の傾向を否定することはできない。海上に他界を想定すれば、死霊をそこに返すために、死者を船に乗せて海へ送り出し、あるいは海中の島に葬る補記参照ことが行われたはずである。『隋書』倭国伝に「葬に及びて屍を船上に置き」というのは、その習俗のなごりではないか。古墳の壁画や埴輪に船が描かれ、古墳の出土品に船型埴輪があるのも、それとかかわる。

『万葉集』に、「怕《おそ》ろしき物の歌」の題で、

沖つ国うしはく君が塗り屋形《やかた》　丹《に》塗りの屋形　神が門《と》渡る　（巻十六・三八八八）

とあるのも、海上葬送の船であろう。「神が門」は、他界との境界の場所である。

○

難波高津宮の仁徳天皇と磐姫皇后との間の第四皇子に「男浅津間若子宿禰命《をあさつまわくごのすくねのみこと》（允恭天皇）」があって、葛城の「朝妻」の地名を名にもち、『古事記』によれば皇宮は「遠飛鳥宮《とほつあすかのみや》」であった。その宮での「木梨軽太子《きなしのかるのおほみこ》」と同母妹の「軽大郎女《かるのおほいらつめ》」との悲恋物語があって、軽太子（記）または軽大郎女（紀）が伊予に流される。その時に太子が歌った歌として、次の歌（記による、紀も小異）

大君を　島に葬《はぶ》らば　船《ふな》余り　い帰《がへ》り来むぞ　我《わ》が畳ゆめ　言《こと》をこそ　畳と言はめ　我《わ》が妻はゆめ　（記八六）

を載せる。『古事記』によれば「夷振《ひなぶり》の片下《かたおろし》」という歌曲名をもつ。宮廷に伝承された歌謡であるが、第二句の「はぶる」の語は、本居宣長の『古事記伝』に、

波夫流《ハブル》は放棄遣《ハナチステヤ》る意の言なり、…死人《シニビト》を葬《ハブ》ると云（ふ）も、家より出しやりて、野山に放《ハブ》らかす意にて、言の本は同じ

（筑摩書房版『本居宣長全集』第十二巻、二一〇頁）

とあるように、「葬《はぶ》る」でもあって、船で島に葬送するの意がこの歌謡としての原義であろうと私は思う。それを「追放する」の意に解して、軽太子の悲恋の物語に利用したのであろう。すでに、山路平四郎『記紀歌謡評釈』(注9)に、

若しわが亡骸を遠方の島へ葬送するなら、我が魂魄は喪船には納まらず（船あまり）、直ちにお前の許に帰って来ようから、常に我が居る畳を動かすな、お前も他所に行かず慎んでおれと云ったものが原義であったのではなかったか。（傍点原文）

と述べていた。

大和の内陸の飛鳥・軽のあたりから、霊柩船が川をくだり難波の海に浮かんだところで、海上の霊柩船との別れの宴が催され、送る側の遺族（妻）が、「大君を島に葬らば」と歌いかけると、送られ

る死者が、「（われは）この船に納まっていず、すぐ帰って来ようと思う」と妻を慰めようとする。そのような葬送の場の歌が伝えられていたのではないだろうか。補記参照少なくとも、「大君を島に葬らば」の「夷振の片下」が、海の彼方の島に船で「大君」を葬送することを前提とする歌謡であった、と考えることは許されるであろう。内陸からの海上葬送の船は、大和からは大和川を経、近江からは山城川を経て、難波の海に浮かんだはずである。難波の津は、その境界の地、別れの場であった。近江朝の「大御船」も、そうした行く方を想像させる。

三　皇子・王（みこ）葬送の道―〈居所―境界地―殯宮〉

「高市皇子尊《たけちのみこのみこと》の城上《きのへ》の殯宮《あらきのみや》の時に、柿本朝臣人麻呂《かきのもとのあそみひとまろ》が作る歌」と題する長反歌は、天武天皇の委任によって高市皇子の活躍した壬申の乱が平定し、天皇による「瑞穂《みづほ》の国」統治がなされたことを述べた後に、

A　やすみしし我《わ》が大君の　天《あめ》の下奏《したまう》したまへば　万代《よろづよ》に然《しか》しもあらむと　木綿花《ゆふはな》の栄ゆる時に
B　我が大君皇子《みこ》の御門《みかど》を　神宮《かむみや》に装《よそ》ひまつりて　使はしし御門の人も　白たへの麻衣《あさごろも》着て　埴《はに》
安《やす》の御門の原に　あかねさす日のことごと　鹿《しし》じものい這《は》ひ伏しつつ　ぬばたまの夕《ゆふへ》に至れば
大殿を振り放《さ》け見つつ　鶉《うづら》なすい這ひもとほり　侍《さもら》へど侍ひ得ねば　春鳥のさまよひぬれば　嘆
きもいまだ過ぎぬに　思ひもいまだ尽きねば

C　言さへく百済《くだら》の原ゆ　神葬《かむはぶ》り葬りいませて　あさもよし城上《きのへ》の宮を　常宮《とこ》と高くしたてて　神《かむ》ながら鎮《しづ》まりましぬ

D　然《しか》れども我が大君の　万代と思ほしめして　作らしし香具山の宮　万代に過ぎむと思へや　天《あめ》のごと振り放《さ》け見つつ　玉だすきかけて偲《しの》はむ　恐《かしこ》くありとも　（巻二・一九九）

短歌

E　ひさかたの天《あめ》知らしぬる君故に日月《ひつき》も知らず恋ひ渡るかも　（巻二・二〇〇）

F　埴安の池の堤《つつみ》の隠《こも》り沼《ぬ》の行くへを知らに舎人《とねり》は惑《まと》ふ　（巻二・二〇一）

或書の反歌

G　泣沢《なきさは》の神社《もり》に神酒《みわ》据ゑ祈れども我が大君は高日《たかひ》知らしぬ　（巻二・二〇二）

右のように展開され、結ばれている。長歌の高市皇子自身に関する部分は、

A　生前――薨去前の繁栄（期待）
B　薨去直後――居所での喪礼（悲嘆）
C　殯宮――葬送（百済の原ゆ）と鎮座
D　居所追慕――香具山宮（見つつ・偲はむ）

右のA～Dから成る。

Aでは、高市皇子（やすみしし我が大君）の太政大臣としての、薨去前にあった繁栄と「万代に」の

期待とが表現される。「御病」の表現はないが、Aの「栄ゆる時に」とBの薨去との間には、深い暗転があり、そこに「御病の時」は封じこめられている。

Bでは、「我が大君皇子の御門を　神宮に装ひまつりて」と客観的に（異文「さす竹の皇子の御門を」はより客観的）描写することによって皇子の薨去が現前のものとなったことを示し、続く「使はしし御門の人も…春鳥のさまよひぬれば」に、舎人たちの喪礼奉仕のさまを描き、その匍匐し泣く姿に、見る者の「嘆き」「思ひ」（悲嘆）を重ねる。右の「神宮」を「殯宮」とする注釈書・テキスト類が多い（伊藤釈注は「仮の殯宮」と注している）が、この歌の「殯宮」は、題詞にも明記するとおり「城上の宮」の「常宮」であって、居所にはない。皇宮近くにある皇子の居所と殯宮との間には大きな隔絶があり、それゆえに、そこに「神葬り葬」る葬送の道が生じるのである（後述）。

Bの歌っているのは、薨去直後の居所での喪礼であって、薨去確認前の招魂儀礼でも、葬送後の殯宮儀礼でもない。その「神宮」は、皇子の生前の居所としての「香具山の宮」そのものではなく、薨去直後の喪礼のために「装《よそ》」われた「皇子の御門」にほかならない。

Bでは「御門」（原文）の語がくり返されることにも注意しなければならない。「宮」と「御門」とは、同じ宮殿をさす場合も、微妙に異なる。「宮《みや》」は「御屋《みや》」であって、神や天皇・皇族など高貴な存在の住む家屋をさすのが原義であるが、「御門《みかど》」の原義は宮殿の「門《かど》」であり、宮への出入り口である。「妹が門《かど》入り出《い》づ」を「泉川《いづみ》」にかける表現が人麻呂歌集非略体歌（巻九・一六九五）にあるのを引くまでもなく、一般に「門」は家への入り口であり出口であった。「門」は外界との境界であり、宮の「御門」は、宮へ参入し退出する者にとっても、宮を防衛し警護する者にとっても、重要な場所であって、その「御門」を中心として、それを「宮」全体に及ぼすのが「御門」の語なのである。その「御門」の語で宮を呼ぶのは、その「御門」を外から見る第三者か、その「御門」を奉仕の場所とする者か、少なくともそうした者の立場に立っての宮殿の呼称であろう。

Bの「使はしし御門の人」は、まさにその「御門」を中心に奉仕する人々（舎人ら）であり、彼らが遺族と同じく喪服（白たへの麻衣）を着て、日夜、「鹿じもの」「鶉なす」匍匐礼をすると表現される場所は、「埴安の御門の原」である。武田全註釈が語釈に言うとおり、

ミカドは御門・宮殿をいふ語であるが、こゝは、御門前の原の意に使用してゐるのであらう。

香具山の宮には「埴安の御門」と呼ばれる門があって、その門前の原が「埴安の池」に接しており、そのあたりに水の湧出する祭祀場所があって「泣沢《なきさは》の神社《もり》」と呼ばれていたのであろう。誰しも気づくはずであるが、『古事記』（上巻）の神話に、イザナミの神が「神避《かむさ》り坐《ま》し」た直後に、遺された夫のイザナキの命《みこと》が「御枕方《みまくらへ》に匍匐《はらば》ひ、御足方《みあとへ》に匍匐ひて哭《な》きし時に、御涙《みなみた》に成れる神は、香山《かぐやま》の畝尾《うねを》の木本《このもと》に坐《いま》す、名は泣沢女神《なきさはめのかみ》ぞ」とある叙述は、高市皇子薨去直後に、「使はしし御門の人」が、香具山の宮の「埴安の御門の原」で匍匐（いはひ）し呻吟（さまよひ）したとするBの表現および反歌F・Gと深くかかわっている。

『古事記』も『日本書紀』（第六の一書）も、イザナキの「匍匐ひて哭きし」期間をしるさないが、天若日子が「死」んだ直後に、遺族（父や妻子）が「哭《な》き悲しびて、乃《すなは》ち其処《そこ》に喪屋《もや》を作りて」「日八日《ひやうか》夜八夜《よやよ》以《もち》て、遊びき」（『古事記』）とするし、『日本書紀』によれば、天智天皇の「崩」から「殯」までの間（すなわち崩御直後）は八日間であり、天武天皇のそれは十五日間、その前後に及ぼしても、舒明天皇のそれは九日間、持統天皇は七日間である。高市皇子の薨去直後は、天皇よりは少なく数日間か。「嘆きも」「思ひも」まだ尽きないのに、との表現はそこに生まれる。

○

Cでは、皇子の遺体（を納めた棺）を、「百済《くだら》の原」を通って殯宮へ葬送することと、「城上の宮」を「常宮」にりっぱにお造りして、その殯宮に、遺体が鎮座されたことを歌う。「城上《きのへ》の宮」の地理的位置については、飛鳥の木部説（注10）と旧広瀬郡広陵町説（注11）とに分かれており、「百済の原」の百済についても両説それぞれに別地を挙げる。長屋王家木簡に「木上《きのへ》」「木上司《きのへのつかさ》」があって、旧広瀬郡説に傾くかとも思われるが、なお完全に決着したとは言いがたい。しかし、いずれにしても、皇子生前の居所たる「香具山の宮」の近傍（周辺）でないことは確かである。

すでに確認したように、天皇の殯宮は皇宮の近傍に造営された。しかし、天皇以外の「殯」は、斉明四年（六五八）五月に薨じた皇孫建王《たけるのみこ》の「今城谷《いまきのたに》の上」、日並（草壁）皇太子の「真弓の岡」、いずれも生前の居所からは隔絶した地に営まれている。その理由については、上野誠『古代日本の文芸空間』（注12）に注目すべき見解が述べられている。天皇がその居所に殯宮を営むことができるのは、天皇の特権であり、天皇以外の死は穢れとして天皇から遠避けられたのだ、という。「近江令成立以前にも、天皇居所近辺の死穢を嫌う思想があった」、それが飛鳥浄御原令、大宝令、養老令の喪葬令（第九、皇都条）へと引き継がれている、と。確かに斉明朝の建王の「今城谷の上」（曽我川上流の地か）は飛鳥の皇宮から遠く、持統朝初期の日並（草壁）皇太子の「真弓の岡」は飛鳥浄御原宮から遠く、藤原宮時代の高市皇子や明日香皇女の「城上の宮」も皇宮からは遠い。飛鳥の木部《きべ》説によれば大藤原京内の東南隅近くになって問題が残るが、志貴皇子が「明日香宮《あすかのみや》より藤原宮《ふぢはらのみや》に遷《うつ》居りし後に」作ったとされる次の歌によれば、

　采女《うねめ》の袖吹き返す明日香風京都《みやこ》を遠みいたづらに吹く　（巻一・五一）

藤原宮時代、飛鳥は「京都」から「遠」いと感じられていたはずだから、許容されようか。むろん京外西北の旧広瀬郡説によれば問題はない。上野説も当然に旧広瀬郡説を採る。

天皇に対して死穢となる遺体を、皇宮から遠避けて、生前の居所から殯宮へ葬送するには、その死穢を断つための境界を越える必要がある。実は、それが挽歌表現の上にあらわれているのである。

第一に、高市殯宮挽歌のCの「言さへく百済の原ゆ　神葬り葬りいませて」がそれだ。「言さへく」は「百済」の枕詞だが、「辛《から》（韓）」にもかかり（巻二・一三五人麻呂石見相聞歌）、同じく「辛《から》（韓）」にかかる「さひづるや」（巻十六・三八八六）、「漢《あや》」にかかる「さひづらふ」（巻七・一二七三人麻呂歌集非略

体旋頭歌）など、みな同義であって、特にその「さへ（敝、甲類）」と「さひ（比、甲類）」とは同根の語であろう。奈良時代の『新訳華厳経音義私記』（上巻）に、「邊咒語咒」の語の注として、

古経に云く、鬼神邊地の語。佐比豆利《さひづり》。

とあって、辺境の呪言、鬼神の発する辺地の語を「さひづり」という。「言さへく百済の原」にも、鬼神の呪言の発せられる境界の地の印象がこめられているであろう。天皇に対する死穢をもつ遺体は、そのような境界の地を経由して「神葬り葬り」殯宮に移されてこそ、「鎮まり」うるのだ。そうして、死霊が浄化され、「我が大君」が「高日知らし」（或書の反歌G）、「君」が「ひさかたの天知らし」（短歌第一首E）て昇天するにいたるまでの殯宮儀礼が、その殯宮で執り行なわれるのであろう。

第二に、巻十三「挽歌」部冒頭に、さる藤原京時代の皇子への挽歌があって、題詞がないのでこれが殯宮挽歌かどうかは不明ながら、殯宮挽歌の型どおり、

A　生前――薨去前の繁栄（期待）
…　万代《よろづよ》にかくしもがもと　大船の頼める時に
B　薨去直後――居所での喪礼（悲嘆）
泣く我《われ》の目かも迷《まと》へる　大殿を振り放《さ》け見れば　白たへに飾り奉《まつ》りて　うちひさす宮の舎人《とねり》も

たへのほの麻衣着れば《あさぎぬけ》　夢《いめ》かも現《うつつ》かもと　曇り夜の迷《まと》へる間に

（巻十三・三三二四）

とあって、その次に、

あさもよし城上《きのへ》の道ゆ　つのさはふ磐余《いはれ》を見つつ　神葬り葬り奉《かむはぶまつ》れば　…

右の表現がある。この「城上の道」が「城上へ行く道」か「城上を通る道」か明らかでないが、藤原京の居所から「城上」に通じている道を通って、「つのさはふ磐余《いはれ》を見つつ」と経由地を示して、「神葬り葬り奉」ると言う。その経由する地「磐余」につけられた枕詞が「つのさはふ」（角障経）で、その「さは」は、先の「さへ」「さひ」と無関係ではあるまい。人麻呂の石見相聞歌群の、第一編で「角《つの》の里」との別れを歌った後、[注13]第二編の冒頭に「つのさはふ石見《いはみ》の海の　言さへく辛《から》の崎なる」（巻二・一三五）と歌い始めるのは、「角障経」の表記を含めて「隔絶のイメージ」[注14]を生み出すものであるが、「城上」の地にかかわって「神葬り葬」る経由地が、それぞれに「言さへく」「つのさはふ」の枕詞を有しているのは、そこが隔絶の地であることを印象づける表現だからであろう。

第三に、「島の宮」で薨じた日並（草壁）皇太子の殯宮が「真弓の岡」で営まれまれていた時の、舎人らの慟傷作歌群に、最初の「真弓の岡」での歌群（巻二・一七四～一七七）があって、その第二首に、

夢《いめ》にだに見ざりしものをおほほしく宮出《みやで》もするか佐日《さひ》の隈廻《くまみ》を　（巻二・一七五）

とあるのが挙げられる。これは、「島の宮」から「真弓の岡」の殯宮への「宮出」の経由地として、「さひの隈廻」を特定して歌う。これは「檜前《ひのくま》」の地名に接頭語「さ」と接尾語「み」とが付いたものと見られているが、そうではあるまい。(注15)この「さひ（日、甲類）」も、右の一連の「さは」「さひ」「さへ」などと同根の語で、皇宮近い「島の宮」と「真弓の岡」との間にあって、その境界をなし、両地を隔絶させるのが檜隈川《ひのくまがは》（高取川）のあたりで、そこを「塞《さ》ひの隈廻」と称したものと思われる。その境界の地を通過することが、殯宮への「宮出」に最も印象深いこととして表現されているのだ。

第四に、さかのぼって建王《たけるのみこ》の「殯」が「今城谷の上《いまきのたにのうへ》」で営まれた時、『日本書紀』（斉明四年五月条）によれば、斉明天皇は「哀《かなしび》に忍びず傷慟《いたみまと》ひたまふこと極めて甚し」「廼《すなは》ち作歌して曰はく」として、

今城《いまき》なる　小丘《をむれ》が上《うへ》に　雲だにも　著《しる》くし立たば　何か歎《なげ》かむ　（紀一一六）

射《い》ゆ鹿猪《しし》を　認《つな》ぐ川上《かはへ》の　若草の　若くありきと　吾《あ》が思《も》はなくに　（紀一一七）

飛鳥川　漲《みなぎ》らひつつ　行く水の　間《あひだ》も無くも　思ほゆるかも　（紀一一八）

右の三首を載せ、「天皇、時々《ときとき》に唱《うた》ひたまひて悲哭《みね》したまふ」とある。すでに母を亡くしていた「年八歳」の建王を最も愛した遺族が、祖母斉明天皇だったのである。右の三首は、その遺族によって

「殯」の時にくり返された挽歌である。

第一首は、「今城なる小丘が上に」せめて雲だけでも立てと、殯の地において悲傷詠嘆する立場の歌であり、第三首は、王生前の居所たる飛鳥の宮において、属目の飛鳥川の流水を序として王を追慕する立場の歌である。その間にある第二首は、かの土橋全注釈をして、「きわめて特殊な、かつ難解な歌である」と言わしめているが、生前の居所（皇宮）と殯の地との境界の川のほとりにあって、天皇への死穢を断ち霊魂を浄化せしめるための呪術にかかわる歌と見れば、いくらか理解が届くのではなかろうか。「今城」の地理的位置については諸説があり、吉野郡今木村（現、大淀町）説（『大和志』）から曽我川上流説（通説）まで、いずれにしても、生前居所の飛鳥との間に檜隈川（高取川）が流れている。そこは、「さひの隈廻《くまみ》」（巻二・一七五）であったし、「さひの隈《くま》（佐檜乃熊）檜隈《ひのくま》川」（巻七・一一〇九、巻十二・三〇九七）とも称される。「射ゆ鹿猪《しし》を認《つな》ぐ川」のほとりは、射られて傷を負った鹿猪が行き着いて死ぬ場所（だから射手が跡を追ひ求めて行く場所でもある）であり、だから挽歌に「射ゆ鹿《しし》の行きも死なむと　思へども道の知らねば」（巻十三・三三四四）と歌われるのだ。その「射ゆ鹿の行き」「死」ぬ場所である「川」のほとりに「若草」が生えるのは、死者の転生、霊的再生の象徴であろう。

右のような意味をもつ「射ゆ鹿猪を　認ぐ川上の　若草の」を序として、「若くありきと　吾が思はなくに」と歌うのは、何を意味するか。『万葉集』巻五の末尾に「古日」という名の「我《あ》が子」を亡くした親の悲嘆を表現した長歌（巻五・九〇四）があって、その反歌に、

若ければ道行き知らじ賂《まひ》はせむしたへの使ひ負ひて通らせ　（巻五・九〇五）
布施《ふせ》置きて我《あれ》は乞ひ禱《の》むあざむかず直《ただ》に率《ゐ》行《ゆ》きて天道《あまぢ》知らしめ　（巻五・九〇六）

とある。「若ければ」「若くあり」ということは、死後の世界の「道行き」を困難にし、みずから「天道知らしめ」がたくする、そのような観念が山上憶良のころまでは存在したのであろう。七世紀後半から八世紀前半にかけての古代日本（万葉時代）に、死者の霊魂が浄化され成熟して他界へおもむくためには、「若くあらず」という状態が望ましい、そうした通念があったのだろう。「若（幼）い男子を亡くした親族が、「若くありきと」「思」うことを否定し、「若ければ道行き知らじ賂はせむ」「布施置きて我は乞ひ禱む」と他界への道を無事に行かしめることを願うのは、時代を隔て、場を異にしても、同じ通念に根ざした表現なのである。斉明第二首で、それが「射ゆ鹿猪を認ぐ川上の若草の」を序とし、それを属目する立場で表現されたのは、生前の居所（皇宮）と殯の地との間にある、天皇への死穢を断つ境界の川のほとりでの、呪術的儀礼にかかわる歌だからであろう。

建王の葬送の道は、次のとおりであろう。

居所（飛鳥）――経由地（境界の川）――殯（今城）

『日本書紀』の「殯」の時の歌謡三首が逆順になっているのは、「殯」での歌を優先したからか。日並皇子殯宮挽歌に添えられた舎人らの慟傷作歌群によれば、生前の居所「島の宮」と殯宮の「真弓の岡」との間を、遺された舎人らは、何度か往復しているようだから[注16]、建王の遺族も同様であったろう。「天皇、時々に唱ひたまひて悲哭したまふ」とある「時々《ときとき》」とは、その往復の機会ごとに、の意であろうから、殯から居所への歌の順序もありえたわけである。高市殯宮挽歌のCからDへもそれである。なお、明日香皇女殯宮挽歌については、別稿を用意している。

○

高市皇子殯宮挽歌に戻ろう。Cは「殯宮」への遺体の鎮座（鎮まりましぬ）で終り、そこでの殯宮儀礼については語るところがない。そこでは、鎮座した遺体を離れた霊魂が昇天するはずである。反歌（「短歌」）Eに「ひさかたの天知らしぬる君」と言い、反歌Gに「我が大君は高日知らしぬ」と歌う、その「天知らし」「高日知らす」のは、殯宮での皇子の霊魂・神霊である。その霊魂を浄化し、昇天せしめる呪術儀礼そのものは表現されないが、長歌のDでは、神霊の昇天を見送った後の、皇子生前の居所「香具山の宮」（ここでは「御門」とは言っていない）を「万代」に「見つつ」「偲はむ」と永遠の追慕を誓って長歌を結ぶ。

反歌Eの「ひさかたの天知らしぬる君故に日月も知らず恋ひ渡るかも」は、Cの殯宮鎮座から「日月も知らず」（何日も何か月も）時間が経過した時点に立ち、そして「香具山の宮」の主人の「君」に「恋ひ渡る」思いを詠嘆する。反歌第一首Eは、長歌のCとDとを受けた表現である。

反歌Fを「埴安の池の堤の隠り沼の」という序で始めるのは、皇子の生前の居所に戻って属目の景を詠む発想で、「行くへを知らに舎人は惑ふ」の本旨も、「香具山の宮」に遺された舎人たちの途方に暮れている現況を写すのであるが、ここに「埴安の池の堤」と「舎人」とを登場させるのは、長歌Bの「埴安の御門の原」での「使はしし御門の人」の、薨去直後の居所での喪礼を想起させる表現である。反歌第二首Fは、長歌のBとDとを受けているのである。反歌二首E・Fは、ともに長歌Dの時点に立ちつつも、長歌のCからBへとさかのぼり受ける波紋型の対応で構成されている。

「或書の反歌」Gは、「短歌」二首E・Fよりも前に成立した異文長歌（巻二・一九九「一云」）の反歌であるが、「泣沢の神社に神酒据ゑ祈」ったのは左注に引く『類聚歌林』によれば遺族の一人と思われる檜隈女王だが、そのような祈りがなされたのは、舎人らが「埴安の御門の原」で薨去直後の喪礼を行なっていた時のことであるから、長歌のBの段階での遺族の状況を受ける。そして、そのように「祈れども」、それにもかかわらず「我が大君は高日知らしぬ」と嘆くのは、長歌のDの時点である。「高日知ら」すこと自体はC段階のことだから、「或書の反歌」一首Gは、長歌のDの時点に立ちつつ、B・C段階の状況にも対応していると言える。異文長歌における反歌は、このG一首のみであったろう。長歌が本文に改められるとともに、反歌も「短歌」二首E・Fに改作されたのである。

むすび

古墳時代の終末期にあたる万葉時代の天皇や皇子は、その遺骸・遺骨を陵墓に埋納された。しかし、見て来たように、『万葉集』においては、亡き天皇や皇子と遺された者たちとの最終の別れの場は、殯の営まれた場合には、殯宮にあった。殯宮から陵墓への葬送の道が挽歌に歌われないのは、死者との別れがすでに殯宮で終わっていたからである。

かつては存在し機能したと思われる海上葬送の呪術的儀礼歌謡は、記紀の物語に利用され変質させられて、その本来の姿をとどめず、天智〈大殯の時〉の別れの「大御船」に、かろうじて海上葬送の船(霊柩船)の面影を残している。

『古事記』の倭 建《やまとたける》の物語には、「其の御葬《みはぶり》に歌ひ」、「今に至るまで、其の歌は、天皇《すめらみこと》の大御葬《おほみはぶり》に歌ふ」とする「四歌」(注17)があって、倭建の「崩」直後から、霊鳥を追って遺族(后等と御子達)が歌ったとされ、霊鳥は「白鳥御陵《しらとりのみささぎ》」に「鎮坐」の後「更《さら》に天《あめ》に翔《かけ》りて飛び行」くとされる。これは天智〈大殯の時〉の大后の「夫の思ふ鳥」の行く方にかかわる。天智〈大殯の時〉歌群が暗示する他界は、海上にも天上にもつながりうるものであった。

天智天皇への挽歌群の末尾に、D〈御陵退散の時〉の額田王の長歌(巻二・一五五)があるのは、きわめて珍しい事例であるが、『日本書紀』によってもその制作事情はいっさい不明であるのみならず、歌の内容も、「御陵《みはか》」の「山科《やましな》の鏡の山」からの、「大宮人」の「行き別れ」が新しく歌われる点に特色がありはするが、C〈大殯の時〉の「近江の海」からの、去りゆく「大御船」や飛び立つ霊鳥の行く方とは、全然かかわりのないものに終わっている。

天武天皇には殯宮挽歌のないのが不思議で、もし人麻呂が天武後宮の持統皇后に仕えていたり天武殯宮儀礼に歌人として参加したりしていたのなら、天智殯宮における額田王のように、あるいは皇后の代作者として、人麻呂が天武殯宮挽歌を作っていてもよいはずだが、それがない。天武〈崩御直後〉の「大后御作歌」（巻二・一五九）は、殯宮挽歌ではない。

その代わりのように、人麻呂は日並《ひなみし》（草壁）皇太子殯宮挽歌を作っていて、その中で父天武天皇について、次のように表現している。

高照らす日の皇子《みこ》は　飛ぶ鳥の浄御原《きよみ》の宮に　神《かむ》ながら太敷きまして　天皇《すめろき》の敷きます国と　天《あま》の原石門《いはと》を開き　神上《かむあが》り上りいましぬ　（巻二・一六七）

天武天皇は、飛鳥浄御原宮から直接「天の原」へ上る「石門を開」いて神として去ったように歌われている。また、高市皇子殯宮挽歌（巻二・一九九）でも、天武天皇は、「明日香の真神《まかみ》の原」（浄御原宮の所在地）に、天へ上る「天つ御門《あまみかど》」を「定めたまひて」、神としてこの世を去られたと表現される。天武の神霊は、飛鳥浄御原宮の一部としての南庭に起《た》てられた殯宮で別れを告げ、昇天していった、と持統朝には考えられていたのであり、そこに檜隈《ひのくま》の大内山陵が歌われることはなかったのである。

高市皇子の殯宮挽歌にも、皇子の陵墓が歌われることはなく、皇子の神霊は昇天したと歌われる。そして、そこでは、居所から（天皇への死穢を遠避けるために）隔絶された殯宮での、皇子との別れの悲しみと生前への追慕の誓いとが、歌い上げられる。その皇宮近い生前居所からの隔絶感の表現にのみ、居所から殯宮への葬送の道、境界としての経由地があらわれるのであった。

注1 『万葉集』巻二では題詞の「―歌」の下に「〇首」と歌数をしるすが、その歌数表記は原万葉『雑歌』から抽出する際に加えられたもの。拙論「万葉集雑歌史の出発」(『萬葉集研究第二十七集』塙書房、二〇〇五年)参照。以下、題詞・頭書の歌数表記は省略する。
2 和田萃『日本古代の儀礼と祭祀・信仰　上』(塙書房、一九九五年)十九頁。
3 山﨑健司編『文選李善注　語釈索引』(熊本県立大学文学部、二〇〇四年)
4 中村宗彦『九条本文選古訓集』(風間書房、一九八三年)
5 従来の解釈の中では中西全訳注(中西進『万葉集全訳注原文付㈠』講談社文庫、一九七八年)の次の口訳が最も妥当だと思う。「このように去ってしまおうとなさるお気持がわかっていましたなら、天皇の御船の泊った津に標を結んで出られぬようにしておきましたものを。」
6 土橋寛『古代歌謡全注釈日本書紀編』(角川書店、一九七六年)
7 相磯貞三『記紀歌謡新解』(厚生閣、一九三九年)また『記紀歌謡全註解』(有精堂、一九六二年)。引用は前者による。
8 仁井田陞『唐令拾遺』(東京大学出版会、一九三三年。一九六四年復刻)
9 山路平四郎『記紀歌謡評釈』(東京堂出版、一九七三年)
10 和田萃注(2)書に代表される。
11 岩本次郎「木上と片岡」(奈良国立文化財研所『長屋王家・二条大路木簡を読む』吉川弘文館、二〇〇一年)に代表される。
12 上野誠『古代日本の文芸空間―万葉挽歌と葬送儀礼―』(雄山閣出版、一九九七年)
13 拙論「石見妻との別離の歌群」(拙著作集第七巻『柿本人麻呂作歌論』おうふう、二〇〇三年)
14 神野志隆光『柿本人麻呂研究』(塙書房、一九九二年)二五八頁。

15　井手至『遊文録説話民俗篇』（和泉書院、二〇〇四年）第一編第四章。拙評「井手至著『遊文録説話民俗篇』を読む」（「萬葉」一九二号、二〇〇五年四月）。

16　拙著作集第六巻『島の宮の文学』（おうふう、二〇〇三年）・拙著作集第八巻『万葉集歌群構造論』（おうふう、二〇〇三年）

17　この「四歌」が波紋・流下混融型の対応を見せていることについては、注（16）にあげた拙著作集第八巻の第一章第一節一6および第四節一（一一九頁）に説いた。

〔付記〕本稿に用いた『万葉集』・『古事記』・『日本書紀』の書き下し文は、新編日本古典文学全集（小学館）のものに拠った。ただし私見をもって改めたところもある。

〔補記〕

二〇〇六（平成18）年二月二十三日の朝刊各紙は、奈良県広陵町の巣山古墳（四世紀末～五世紀初め）の、周濠の北東隅から、死者を納めた木棺を載せて古墳まで運んだと思われる葬送の舟「霊柩船」が出土したことを報じた。

三月四日に広陵町文化財保存センターで実物を間近に見せていただき確認したところによると、出土したクスノキの木棺のふたは、復元長約四メートル、最大幅約一メートルであり、スギ製の舟形木製品は、復元長八・二メートルに達する。これらはすべて破砕されていたが、「各部材を復元して、これが組み合わされていたと考えると舟形の上に長持型木棺が乗り、これが修羅に載せられていたと復元できる」（広陵町教育委員会「巣山古墳（第五次調査）出土木製品」）。これは、本稿第二節に述べた「死者を船に乗せて海へ送り出し、あるいは海中の島に葬る」習俗にかかわる葬送儀礼の葬具の、最初の出現

長持型木棺を乗せた舟が修羅で運ばれるさまの想像図。河上邦彦氏の案を元に作成されたもの。朝日新聞2006年2月23日朝刊第一面より転載。河上氏と朝日新聞社とから転載許可を得てある。

である。

そして、同じ巣山古墳について、その周濠は海の象徴であり、その「島状遺構」は海中の常世の島「被葬者の死後に安住すべき原郷」(海上他界)の造形であるとした拙論「日本古代の島と水鳥――巣山古墳と記紀の雁産卵――」(「萬葉」一八八号、平成16年6月)も、実証を得たわけである。

なお、今回、周濠北東隅の葺石裾付近から出土した舟形木製品と長持型木棺とがすべて破砕されていたのは、本稿第二節に見た記紀歌謡の「大君を島に葬《はぶ》らば　船余《ふなあま》り　い帰《がへ》り来《こ》むぞ」(記八六)の表現とかかわらせて考えると、原郷に安住すべき被葬者の霊が現世に漕ぎ戻ることのないように、永遠に常世の島に留めようとする呪術的儀礼がなされたことを意味するのではなかろうか。島状遺構から漕ぎ出しうる舟を、島側(周濠の西部内側近く)に置くことを避けて、周濠の外側遠くの北東隅(南の後円部の被葬者から見て時計回りに最も遠い隅でもある)で、破砕したのであろう。

(二〇〇六年三月六日　渡瀬昌忠)

旅の歌人　高市黒人の道

関　隆司

一　はじめに

『万葉集』第二期を代表する高市黒人《たけちのくろひと》は、「旅の歌人」と呼ばれることが多い。それは、黒人の歌がすべて旅の歌であることだけではなく、

いづくにか　船泊《ふなは》てすらむ　安礼《あれ》の崎　漕《こ》ぎ廻《た》み行《ゆ》きし　棚《たな》なし小船《をぶね》（巻一・五八）

旅にして　もの恋《こひ》しきに　山下《やました》の　赤《あけ》のそほ船《ぶね》　沖へ漕ぐ見ゆ（巻三・二七〇）

桜田《さくらだ》へ　鶴《たづ》鳴き渡る　年魚市潟《あゆちがた》　潮干《しほひ》にけらし　鶴鳴き渡る（同・二七一）

いづくにか　我が宿りせむ　高島の　勝野《かつの》の原に　この日暮れなば（同・二七五）

などのような、まさに寂寥《せきりょう》と呼ぶべき独特の旅愁が歌われているからである。

ところが、巻三に次のような歌がある。

高市連黒人が歌二首

我妹子《わぎもこ》に　猪名野《ゐなの》は見せつ　名次山《なすきやま》　角《つの》の松原　いつか示さむ　（巻三・二七九）

いざ子ども　大和《やまと》へ早く　白菅《しらすげ》の　真野《まの》の榛原《はりはら》　手折《たを》りて行かむ　（同・二八〇）

黒人が妻の答ふる歌一首

白菅の　真野の榛原　行くさ来《く》さ　君こそ見らめ　真野の榛原　（同・二八一）

二七九番歌は、高市黒人が妻に「猪名野」は見せたのだが、「名次山・角の松原」までは連れて行けなかったと読める。二八〇番歌は、「真野の榛原」から「大和」へ帰ろうとしている。

二八一番歌の三句目「行くさ来さ」の「さ」は、山田孝雄『万葉集講義』が、「古くは、意味ひろくして、時間空間に通じてその方向をさしたるならむ」と説いた語で、「行く時にも帰る時にも」と解釈される。四句目の「らめ」は、現在推量だが、「見る」に接続する時は、「習慣化された事がらを推量する用法」（古典全集本頭注）とされ、三句目の「行くさ来さ」と合わせて、

あなたはいつも見ていることであろうが、わたしはそうではないから、そのように早く帰ろうと言わないでほしい　（新編古典全集本頭注による）

と解釈される。

三首を通して想像されるのは、黒人夫妻が猪名野を見て、名次山と角の松原に立ち寄ることはできなかったものの、夫が何度も行ったことのある真野の榛原を存分に楽しんで、大和へ帰っていったという、現代ではありふれた夫婦の旅行である。

旅先の寂しげな歌境が持ち味の黒人の歌で、この妻との旅だけが明るい。伊藤博氏は、『万葉集釈注』で、『万葉集』では「たいへんめずらしい旅である」と指摘している。神野富一氏は、この三首を「めずらしくも楽しげな旅の歌である」とし、

ここでめずらしいというのは、黒人の旅の歌ではなくて、妻とともに旅を楽しむ彼の姿だ。楽しげなのはほかでもなく、都の近郊を妻とともに旅行くからであろう。

と説明している。[1] 古く佐佐木信綱氏は、二七九番歌には妻への愛情がよくあらわれている言っている[2]が、そのような解釈が穏やかなはずである。

ところが高橋六二氏は、「明るく弾むような趣がある」のは、「私的な旅とは考えない方がよいだろう」と、行幸従駕を想像している。[3] 影山尚之氏は、「下級官人黒人に私的な旅を想定するのは困難」と、高橋説を支持する。[4]

中西進氏の講談社文庫本の注は、二七九・二八〇番歌を「ともに従駕の歌で、第一首は官女集団に第二首は官人集団に対するものか」とし、二八一番歌の妻は「実際は官女か」とする。

女の答歌を多く妻の歌とした形跡がある。時に官女集団は残留、男性集団のみ、なお真野まで進んだか。

と考えている。

楽しげな歌を詠んだのは天皇の行幸に従駕したものだからだ、というのはわかりやすい。しかし、題詞にそのようなことは何も記されていないし、黒人の代表歌でもある次の二首は、

　二年壬寅、太上天皇、参河国に幸せる時の歌
いづくにか　船泊《ふなは》てすらむ　安礼《あれ》の崎　漕《こ》ぎ廻《た》み行《ゆ》きし　棚《たな》なし小船《をぶね》
　　右の一首、高市連黒人　（巻一・五八）

　太上天皇、吉野宮に幸せる時に、高市連黒人が作る歌
大和《やまと》には　鳴きてか来《く》らむ　呼子鳥《よぶこどり》　象《きさ》の中山　呼びそ越ゆなる　（巻一・七〇）

と、題詞に行幸従駕であると明記されているが、決して明るい歌ではない。黒人の特徴である寂寥感がよくでている。楽しげな歌だから行幸従駕歌だろうというのでは、論にならない。

ただ、二八〇番歌初句の「いざ子ども」という呼びかけは、その場に他者がいたことを想像させる。

「いざ子ども」は、『万葉集』では他に、

いざ子ども　早く日本《やまと》へ　大伴の　三津《みつ》の浜松　待ち恋ひぬらむ　（巻一・六三）

…滝の上の　浅野の雉《きぎし》　明けぬとし　立ち騒くらし　いざ子ども　あへて漕ぎ出む　にはも静けし　（巻三・三八八）

いざ子ども　香椎《かしひ》の潟《かた》に　白たへの　袖さへ濡れて　朝菜《あさな》摘みてむ　（巻六・九五七）

白露を　取らば消《け》ぬべし　いざ子ども　露に競《きほ》ひて　萩の遊びせむ　（巻十・二一七三）

いざ子ども　狂《たは》わざなせそ　天地《あめつち》の　堅めし国そ　大和島根《やまとしまね》は　（巻二十・四四八七）

とある。「さあみんな」といった呼びかけであり、中西氏の言うような「官人集団」かどうかは別としても、その場に集団がいたことを想像させる。

そのため、行幸までは想定せずとも、宴の場を考える説は多い。早く森朝男氏は、二七九番歌は地名づくしの歌であり、初句の「吾妹子に」は、「そう歌えば興趣がわくからそう歌ったまでのことであろう」とし、二八〇・二八一番歌については「いざ子ども」に対して「妻が答えるのはおかしく、本来はともに独立した別個の歌であったかも知れぬ」と言っている。[5] 題詞そのものを疑い、旅中の宴で詠まれた歌を『万葉集』の編者が配列したものと考える。

しかし、『万葉集』の題詞に「妻答」とあるのは二八一番歌だけであり、似た例を探しても、柿本人麻呂歌集歌に、

妻に与ふる歌一首
雪こそは　春日《はるひ》消《き》ゆらめ　心さへ　消え失《う》せたれや　言《こと》も通《かよ》はぬ　（巻九・一七八二）
妻が和ふる歌一首
松反《まつがへ》り　しひてあれやは　三栗《みつぐり》の　中上《なかのぼ》り来《こ》ぬ　麻呂といふ奴《やつこ》　（同・一七八三）

の例が見えるだけである。『万葉集』の編者が、歌の内容を加味して「妻」を作り上げるようなことがあったとすれば、もっと多くの例があったのではないか。

森氏はその後、黒人の妻を「宴席の女婦」と考え、

宴席の女婦が、それらしい機知を働かせて、第一首の「大和へ早く」という黒人の表現を引き取って、ゆっくり名物の榛原を見ておいでなさい」と、現地人らしく引きとめた歌と見られる。さもなくば、黒人自らがそうした立場に身をなして自問に自答しつつ宴席に披露したものであったか。

と具体的な二案を提示しているのだが、(6)これもまた、宴に侍した女性は題詞に「娘子」などと記された例があることを考慮すれば、わざわざ「妻」と記す意味があっただろうか。

題詞に見える「妻」は、素直に黒人の妻として、宴の場を想定すればいい。

新潮古典集成本の頭注には、「旅先での宴歌であろう」と簡単な注記が見える。その集成本の編者のひとりである伊藤博氏の『釈注』は、多少詳しく、

すべて宴席での歌で、黒人の第一首は兵庫県伊丹市の猪名野で詠まれ、黒人の第二首と妻の歌とは神戸市の真野で詠まれたものを、今見る形にまとめたものと考えられる。

とするのだが、その宴席がどのようなもので、いつまとめたのかという点についてはまったく触れていない。

『釈注』より早く、西宮一民は、『万葉集全注　巻第三』の二八一番歌の【考】で、

黒人の妻が宴席での場にふさわしく、二八〇番の夫の句の「白菅の真野の榛原」をうまく組み込み、それを夫に返したもの。座興としても、情愛が溢れているだけにほほえましく、また「いざ子ども大和へ早く」をうまくはぐらかしている点も興を盛り上がらせたであろう。

と記し、宴席を想像している。鑑賞としてはこれで十分なのだが、具体的ではない。

なぜ黒人は、妻と都の近郊を旅する楽しげな歌を詠むことができたのか、黒人の歩いた道に即して考え直してみたい。

二　摂津への道

二七九〜二八一番歌には、

猪名野

名次山

角の松原

真野

の地名が詠みこまれている。

猪名野は、平安時代の『倭名類聚抄』に摂津国河辺郡「為奈」と見える地で、現在の兵庫県伊丹市に含まれる。現在も猪名寺などの地名が残っている。

名次山は、現在の兵庫県西宮市中央部の丘陵で、名次神社(式内社)が残る。

角の松原は、やはり西宮市の松原町にある松原神社周辺と考えられている。「角」は、武庫の「津の」が語源ではないかと考える説もあるが、詳しくはわからない。

真野は、神戸市長田区真野町一帯と想定されている。

以上の比定地について再考すべきほどの異論はない。猪名野・名次山・角の松原・真野は、すべて摂津国内で、東から西へときれいに並んでいる。

摂津国は、畿内七道のうちの山陽道に属する。山陽道は、都と外国への玄関口であった大宰府を結ぶ道である。外国からの使節を都へ迎える道であるため、道そのものが七道中もっとも広かった。その山陽道は、河内国交野郡(現在の枚方市)から嶋上郡で摂津国に入り、嶋下郡・豊島郡・河辺郡・武庫郡・兎原郡・八部郡と通過して播磨国に抜けていた。

摂津国内の山陽道は、嶋上郡家・嶋下郡家のそばを通り、黒人が妻に見せた猪名野を横切っていたようである。しかし、名次山と角の松原は山陽道から大きくはずれている。そして真野は、もう少し進めば播磨国の須磨駅である。

歌に詠み込まれた地名を山陽道を基準にして置いてみれば、黒人夫妻は摂津国内の山陽道を真野まで進んで大和に帰って行ったと、素直に理解することができる。

「延喜式」では、摂津国は平安京から一日の距離としている。平安京から大和までも一日なので、大和から摂津を、仮に二日とすれば、宴の場が想定されるのだが、それは伊藤氏の言うような猪名野でも真野でも宴が開かれたということにはならないだろう。また、西宮氏の言うように、歌は現地で詠まれたとしても、それを披露したのを宴席に限定する理由はなくなるだろう。

なぜ単純に、黒人夫妻は山陽道を下向し、真野で引き返したのだと考えることはできないのか。そもそも、森氏が宴の場や宴席の女婦を想像したのは、「いざ子ども」という呼びかけに「妻」が答えるのはおかしいと感じたからである。

影山氏が高橋説を支持するのは、「官人の、むろん公の使命を帯びた旅に下級官吏の妻が同行したとは到底考えられないであろう」と考えているからである。

ともに誤った思いこみである可能性がある。

『万葉集』に見える「いざ子ども」の例は先に掲げておいたが、この場合の「子ども」は、一座の中心人物が呼びかけていると考えて、一般的に「年下、目下の親しい人々に対する呼びかけ」(新編古典全集本など)と解釈されている。

しかしながら、その呼びかけに答えたと思われる歌が残っているのは、黒人の歌以外には、九五七番歌の一例しかない。九五七番歌は神亀五年(七二八)の大伴旅人の歌で、この歌の題詞には「大宰の官人等」がそれぞれに思いを述べたとあり、旅人の周りには大宰府の官人たちがいたことがわかる。旅人を含めて三首の歌が残されている、その一首目と二首目が、

いざ子ども　香椎《かしひ》の潟《かた》に　白《しろ》たへの　袖さへ濡れて　朝菜《あさな》摘《つ》みてむ　（巻五・九五七、大伴旅人）

時つ風　吹くべくなりぬ　香椎潟　潮干《しほひ》の浦に　玉藻《たまも》刈《か》りてな　（同・九五八、小野老）

という応答である。小野老は、旅人の年下の部下である。だが、この歌だけをもって妻が呼びかけに応じるのはおかしいとは、決して言えないだろう。

むしろ黒人の場合は、大宰府の長官である大伴旅人とは立場が異なって、「いざ子ども」という呼びかけに対応できるのは「妻」しかいなかったのではないか。

次に、公務に妻が同行できたかどうかであるが、これは、大伴旅人が大宰府下向に大伴郎女をともなった例や、越中国守大伴家持のもとに妻坂上大嬢がいたと思われることなどをあげれば十分だろう。

むしろ、問題にすべきなのは別のところにある。実は早くに坂本太郎氏の次のような指摘がある。(7)

只高市連黒人の近江を巡遊し、笠金村の敦賀に赴いたことの如きは、純粋の遊覧旅行かも知れぬ。官人が地方在任中、部内の名所に巡遊する風の存在は、越中の布勢に於ける、大宰府の松浦に於ける、常陸の筑波山に於けるが如き、万葉の歌によつてその一班を確かめ得る。

坂本氏は、奈良時代の貴族や官吏による温泉旅行は間違いなく行われていただろう[8]としたうえで、遊覧旅行もあったのかも知れないとしている。

妻を連れての遊覧旅行が可能であるならば、二七九～二八一番歌をそのままに受けとってかまわないことになる。黒人夫妻が訪れた真野が、当時摂津国の名所として知られていたかどうか確かめるすべはないが、黒人が摂津国の官吏であった可能性は、見直しておいて良いだろう。

高市黒人の名が史書に見えないことから考えれば、黒人は従五位まで達しなかったと見てよい。

一方、摂津国の行政を掌るのは、国司ではなく摂津職であった。律令の規定では、摂津職の長官は正五位上相当の「大夫」で、以下、従五位下相当の「亮」、従六位下相当の「大進」、正七位上相当の「少進」となっている。黒人は、三等官までは進めた可能性があるということになる。

しかも、摂津職の政庁は、『令集解』の公式令「京官」の条に引かれた、「穴記」（平安時代前期に、穴太内人が記述した令の私記）が摂津職を京官であるとする理由として「為政所在京内故也」と記していることからすれば、京内にあったことになる。

つまり、黒人が摂津職の官吏として摂津国内を巡行することがあったとしても、黒人の帰るべき場所は、大和だったのである。

坂本氏は、その後の著書で次のように述べている[9]。

純然たる官の用務ではなく、私用またはそれに近い名目でも、官吏の旅行は繁く行われたことと思う。五位以上は十日の休暇以外にたやすく畿外に出ることができず、一々奏聞して許可を得る必要があるとせられたが、六位以下は所属の役所限りで許可せられる定めであった。だから、このことは規定の表面ほどに官吏の旅行を制限したとは思われない。万葉集に見える夥しい旅の歌は、行幸に従った時とか、国司として赴任帰任をした時とかが多かろうけれども、中には私の旅のものもあったであろう。柿本人麻呂・山辺赤人・高市黒人・笠金村等の旅の歌は、行幸従駕の時とはっきり定められるものの外に、そうでないものもある。それらを、その土地の地方官になったためと解する説が一般に行われているが、それに確証はない。旅を好み、吟詠を愛した彼等は、みずからの意志で旅に出たかもしれないのである。

下級官僚だった黒人は、簡単に旅に出ることができたようである。神野氏の「楽しげなのはほかでもなく、都の近郊を妻とともに旅行くからであろう」の通りに受け取って問題はない。

三　北陸への道

黒人唯一の明るい歌は、妻を伴った旅であったためと考えてよいのならば、寂寥感漂う旅は、すべて一人旅のせいであったと考えてもよいだろうか。

前項で引いた坂本太郎氏は、黒人が近江を「巡遊」したと表現していた。よく知られたことだが、黒人の歌には近江の地名を詠みこんだものが多い。それらをすべて挙げれば次の通りである。

古《いにしへ》の　人に我《われ》あれや　楽浪の　古き京《みやこ》を　見れば悲しき　（巻一・三二）

楽浪の　国つ御神《みかみ》の　うらさびて　荒れたる京　見れば悲しも　（同・三三）

磯の崎　漕ぎ廻み行けば　近江の海　八十の湊《みなと》に　鶴《たづ》さはに鳴く　（巻三・二七三）

我が船は　比良の湊に　漕ぎ泊《は》てむ　沖辺《おきへ》な離《さか》り　さ夜ふけにけり　（同・二七四）

いづくにか　我《わ》が宿りせむ　高島の　勝野の原に　この日暮れなば　（同・二七五）

かく故《ゆゑ》に　見じと言ふものを　楽浪の　旧《ふる》き都を　見せつつもとな　（同・三〇五）

率《あども》ひて　漕ぎ去《い》にし船は　高島の　阿渡の湊《みなと》に　泊てにけむかも　（巻九・一七一八）

地名に傍線を付したが、三二・三三・三〇五番歌に見える「楽浪」は大津宮のあった土地の名である。比良、高島も含めてすべて湖西である点が注意される。

近江国は東山道に属する。しかし、中央に近江（琵琶湖）を挟んで、東側を美濃国へ向かう東山道、西側を北陸道の若狭国へ向かう街道が走っている。なお、現在滋賀県を通っている東海道は、奈良時代は伊勢国を経由していて、近江国を通過していなかった。

黒人の歌に詠まれた地名が湖西ばかりであることは、そのまま北上して北陸道へ進んだものと想像される。

そして、『万葉集』巻十七には次の歌が残されている。

高市連黒人が歌一首　年月審らかならず

婦負《めひ》の野の　すすき押しなべ　降る雪に　宿《やど》借る今日《けふ》し　悲しく思ほゆ　（巻十七・四〇一六）

右、この歌を伝誦するは、三国真人五百国これなり。

三国五百国が伝えた高市黒人の歌を、当時越中守だった大伴家持が記録したものである。家持がこの歌を聞いた日時は記されていないが、前後には、天平十九年九月二十六日の日付を記す歌（四〇一一〜四〇一五）と天平二十年正月二十九日の日付を記す歌（四〇一七〜四〇二〇）があるので、その間に聞き書きしたものである。

黒人が婦負野で宿を借りた時期は、題詞脚注に「年月審らかならず」とあるように、家持がこの歌を記録した時にはすでに不明であった。

黒人の行幸従駕歌は大宝元年・二年である。その時からこの天平二十年までには、四十年以上もの時間が経過している。五百国は伝未詳で、黒人との関わりや家持との関わりについては何もわからない。五百国自身、誰かからこの歌を伝え聞いた可能性も高い。

歌を見ると、初句に「婦負の野」とある。「婦負」は、『倭名類聚抄』の「越中国」に「婦負郡」が見える。越中国婦負郡の野と考えて良い。ただし、当時の郡境が明確ではないため、婦負野が現在のどこにあたるのかは不明である。越中国の最東部には新川郡が置かれているので、恐らく現在の富山市のどこかに当たると想像される。

黒人は越中国婦負郡の野で、ススキを押しなびかすほどの降雪に遭遇し、宿を借りたのである。

いったい、黒人はどこからどこへ向かっていたのだろうか。遊覧旅行であれば、想像すら不可能であるが、公務として婦負野を通ったのだという前提に立てば、次のような情景を想像することができる。

ひとつは、黒人が越中国の国司の一員として、婦負郡を横切る北陸道か、礪波郡と婦負郡を結ぶ道を進んでいたというもの。もうひとつは、越中国より北の越後国か佐渡国の国司として、北陸道を進んでいたというものである。

前者であれば、管内巡察などさまざまな理由が想像される。

後者の場合は、二月末日を期日とする正税使が想起されるのだが、十一月一日期日の朝集使や十一月末期日の貢調使も、任国への帰路が降雪の時期である可能性は残る。

北陸道に属するのは、若狭・越前・能登・越中・越後・佐渡の六国であった。これらの諸国の等級は、平安時代の『延喜式』では、

大国　越前、
上国　越中、越後
中国　若狭、能登、佐渡

とされている。

奈良時代もこの通りであったのかは不明なのだが、今、『延喜式』のままの等級で越中・越後・佐渡の国司の官位相当を整理すれば次のようになる。

従五位下	越中守	越後守	
正六位上			
正六位下			佐渡守
従六位上	越中介	越後介	
従六位下			
正七位上			
正七位下			
従七位上	越中掾	越後掾	
従七位下			
正八位上			佐渡掾
正八位下			
従八位上			
従八位下	越中目	越後目	
大初位上			
大初位下			佐渡目

越中・越後の長官だけが従五位下である。佐渡国にいたっては、守すらが正六位下であるため、史書には、外従五位下の某が任命された天平宝字三年まで記録がない。

黒人が、越中・越後・佐渡などの国司として勤めていた可能性を否定することはできない。

ところが、そのことは近江国にもあてはまってしまうのである。近江国の等級は大国なのだが、守が従五位上となるだけで、介以下の官位相当はやはり六位以下である。黒人が近江国の国司であった可能性も十分にある。残念ながら、黒人の近江の歌が湖西に偏っていることは、そのまま黒人が越中、越後まで進んだ証にはならないのである。

一方、黒人が越後国や近江国の国司であったと仮定した時には、歌数の少なさが新たな疑問となる。

任地に赴く国司は、往復することで最低二度その道を通らなければならない。また、年に四回の中央への報告義務を数人の国司で担当するためには、任期中に必ず何かを担当したと想像される。残された歌が少ないのではなく、詠んだ歌が少なかったと考えるしかないのではないか。同じ国内の歌を、すべて一度の時のものと考えることに無理があるのだろう。

四　黒人の道

先に引いた坂本太郎氏の文章には、次のような一文が続いている。[10]

現に彼等を宮廷詩人と見、行幸に従って歌を詠み、地方の歌を採集したが、みずからもまたそれとは別に採集の旅をつづけたのではないかと考える学者もある。

この「彼等」は、柿本人麻呂・山部赤人・高市黒人・笠金村など、いわゆる宮廷歌人と呼ばれている歌人を指している。

坂本氏の言う「学者」が具体的に誰を指しているのかは不明だが、柿本人麻呂や高市黒人を「采詩官」と考えたのは高崎正秀氏であった。(11)

采詩官とは、古代中国皇帝の地方巡幸に随行し、その土地の詩文を採録する者であった。高崎氏は、その采詩官と同じような仕事が日本にもあったのではないか、
彼ら宮廷詩人連は又、従駕以外にも時折地方に出張して、その土地の風俗民謡を探り、これを採集することもしたらしい。即ち采詩官としての一面をも有したのである。人麻呂・黒人・赤人らの足跡が、旅行の最も困難な時代にあつて、まさに奇蹟的にまで各地にあまねきは、従駕以外は、さうした方面から解釈さるべきかと私は考へてゐる。

と考えたのである。

高崎氏の采詩官は、人麻呂や赤人までも想定する大きなものであったが、森朝男氏は、高市黒人の歌の表現を検証し、難波での国見歌と関係を持つことや、のちの神楽や催馬楽に出てくる地名と重なることなどを元に、黒人には間違いなく「采詩官的側面」があるとした。(12)森氏が「側面」と言ったのは、律令に定められていない采詩官という官職は否定しているからである。大陸の制度として采詩官とは異なるが、黒人は、地方の民謡採集を任せられていたのではないかという解釈である。

森氏は、
下級地方官として任地に赴く黒人が、この旅の道行きにたどる幾つもの国々の民謡を集めたとし

ても、何ら不思議はないであらう。あるひは近江や北陸の民謡採集そのものが、当時宮廷歌壇でゆるぎない地位を確保してゐたこの宮廷歌人に委ねられた任務であったかも知れない。

と言っている。森氏は、地方の民謡が中央に集められたという前提のもとに考察を進めている。この森説に関しては、すでに菊池威雄氏による的確な批判があるのだが[13]、あえて本稿もつけ加えておきたい。確かに各地の民謡を中央に集めてくる必要があれば、その担当者を想定するのは間違いではない。しかし、専任の担当者まで想定しなくても、各国に派遣される各国司に任せればよい。「当時宮廷歌壇でゆるぎない地位を確保してゐたこの宮廷歌人に委ねられた」は、筆が走りすぎたと言わざるをえない。

そもそも黒人は、短歌十九首の中に二十五もの地名を詠み込んでいることから、この地名を手がかりにして、黒人の行動圏を考え、黒人の歌人としての立場がさまざまに論じられてきたのである。しかし、黒人の歌に詠まれた地名を、畿内七道に分け、国別に分類すれば次の通りである。

畿内
　大和　七〇、二八〇
　山城　二七七
東山道
　近江　三二、三三、二七三、二七四、二七五、三〇五、一七一八
東海道

尾張　二七一
三河　五八、二七六、二七六の一本、
北陸道
越中　四〇一六
山陽道
摂津　二七九、二八〇、二八三、二七二
山陰道
ナシ
南海道
ナシ
西海道
豊前・豊後（二七二）

西海道に二七二番歌を入れたが、「四極山《しはつやま》」は、古い歌学書などで豊前国や豊後国とされていたものを、江戸時代に『万葉集』の他の例などから摂津国、歌の並び方から三河国と説かれはじめ、現在はほぼ摂津説に決まってしまっている。しかし、古い歌学書が、都に近い摂津ではなく豊前としていたこと、そして、現実に豊前にもシハツヤマがあったらしいこと[14]を考えて並べてみた。

ともかくも、右の一覧を一見してわかるように、黒人の歌には偏りがある。

黒人は、歌人としてゆるぎない地位を確保していたのではなく、独特の歌境の歌が残されただけなのだとみてよいのではないか。

黒人と妻の楽しげな贈答歌は、本当に偶然残された遊覧旅行のものであると考えてよいのではないか。

ここで、越中守大伴家持が越中国への往復の道中での歌を一度しか詠んでいないこと、そしてそれは少納言となって帰京する時に都での宴を想像してのものである（巻十七・四二五四、四二五五）ことを思い出したい。家持は、赴任・帰任の往復を含めて少なくとも三度は北陸道を往復したと考えられるのだが、その道上での作品はない。それは結局のところ、歌の作者は自分の思いがかき立てられた時に歌を詠むということだからである。それぞれの歌から作者が感じたものを読み取ることはできても、作者の職業や歌われた場まで想像するのはむずかしいことである。

ただし、歌の作者が官人である以上、作者の歩いた「道」は、官道から外れることはなかったとみていいだろう。

注1　神野富一『万葉の歌　人と風土―6兵庫』（保育社・昭和六十一年）

2　佐佐木信綱「高市黒人論」（『山部赤人・高市黒人・笠金村　作者別万葉集評釈第三巻』非凡閣・昭和十一年）

3　高橋六二「吾妹児に猪名野は見せつ―高市黒人の西旅歌―」（「王朝文学史稿」十　昭和五十八年三

月）

4　影山尚之「黒人歌の享受と異伝」（『高市黒人―注釈と研究』新典社・平成八年）

5　森朝男「高市黒人」（『万葉集講座』第五巻　有精堂・昭和四十八年）

6　森朝男「高市黒人羈旅歌」（『万葉集を学ぶ』第三集　有斐閣・昭和五十三年）

7　坂本太郎『上代駅制の研究』（至文堂・昭和三年）、引用は『古代の駅と道　坂本太郎著作集第八巻』（吉川弘文館・平成元年）による。

8　このことは、平林章仁「古代温泉利用考」（『風土記研究』七　平成元年五月）に詳しい考察がある。参照されたい。

9　坂本太郎『古代日本の交通』（弘文堂・昭和三十年）、引用は『古代の駅と道　坂本太郎著作集　第八巻』（吉川弘文館・平成元年）による。

10　注9に同じ。

11　高崎正秀「高市黒人研究」（『万葉集叢攷』人文書院・昭和十一年）

12　森朝男「黒人・その釆詩官的側面」（『文芸と批評』二―八　昭和四十三年四月）

13　菊地威雄『高市黒人―注釈と研究―』（新典社・平成八年）の「第一部注釈篇解説」。

14　このことは、竹中靖典「万葉集・高市黒人羈旅歌八首『四極山』『笠縫島』についての研究」（『国語の研究』十二　昭和六十三年十一月）に詳しく論じられている。やはり、黒人の歌に都から九州までの間のものが残されていないことが気になる。

※万葉集のテキストは、小学館新編古典全集本によったが私に改めたところもある。

配流された萬葉びと——記録者としての家持——

新谷秀夫

はじめに

『萬葉集』全二十巻の掉尾を飾る歌は、因幡に国守として赴任した大伴家持が、天平宝字三年（七五九）の正月一日に国庁において国司や郡司たちに饗応した宴で詠んだつぎの歌である。

新《あら》しき《た》　年の初めの　初春《はつはる》の　今日《けふ》降る雪の　いやしけ吉事《よごと》　（巻二十・四五一六）

『続日本紀』によると、天平宝字二年六月十六日に、従五位上であった家持は因幡守に任ぜられた。したがって、この歌は因幡ではじめて迎えた正月一日の作歌ということになる。

天平勝宝九歳（七五七）六月十六日より、兵部大輔（正五位下相当）、右中弁（正五位上相当）と優遇されていた家持であったが、このときは従五位下相当という格下の因幡守に任ぜられた。「因幡国は上国でも、家持が十二年前に任ぜられた越中（能登を合わせる）の三分の一以下の小国で、その守に落されたことになる」と新編日本古典文学全集本（四五一五番歌頭注、以下「新編全集本」と略す）が端的にまとめているように、家持の因幡守任命は左遷と考えるのが一般的である。しかしながら、左遷されて赴任した因幡で詠まれた唯一の歌である四五一六番歌には、左遷先の詠歌であるという気配が微塵も感ぜられない。

この四五一六番歌と近しい状況で詠まれたことが題詞に記された正月の歌が、いまひとつ存する。つぎに掲げる天平勝宝二年（七五〇）の越中守時代の家持歌である。

あしひきの　山の木末《こぬれ》の　ほよ取りて　かざしつらくは　千年寿《ちとせほ》くとそ　（巻十八・四一三六）

この歌で「千年寿くとそ」とうたうことで国守として部下とともに新年を寿いだ家持の思いと、さきの歌で部下を集めた新年の賀宴で「いやしけ吉事」とうたう思いとは近しいものであったにちがいない。さらには、これら二首の歌は国守としての職務に忠実な家持の姿を浮き上がらせる歌だと言っても過言ではなかろう。

ところで、たとえ仮に左遷でなかったとしても、地方へ赴任すること自体はおそらく寂しいものであったにちがいないと感ずる。

　七月五日に、治部少輔《ぢぶのせうふ》大原今城真人《おほはらのいまきまひと》の宅《いへ》にして、因幡守《いなはのかみ》大伴宿禰家持に餞する宴の歌一首

秋風の　末《すゑ》吹きなびく　萩《はぎ》の花　共にかざさず　相《あひ》か別れむ

（巻二十・四五一五）

　右の一首、大伴宿禰家持作る。

因幡への転出にあたり催された餞別の宴における家持歌である。七月五日はいまの暦で八月中旬にあたり、そろそろ萩の花の咲きはじめるころである。「萩の花共にかざさず相か別れむ」とうたい、家持は気心知れた友たちと別れて因幡へと旅立った。このあと、「新しき年の初めの初春の」の歌を最後に家持歌は残っていない。うたわなくなったのか、それともうたっていたが残さなかったのか。因幡での家持の思いは、まったくいまに伝えられていない。

　さて、家持が左遷されて『萬葉集』の掉尾を飾る歌を詠んだ因幡は、じつは流刑の地として『日本書紀』に登場する。

辛卯《しんばう》に、三位《さむゐ》麻続王《をみのおほきみ》、罪有《つみあ》り、因播《いなば》に流《なが》す。一子《ひとりのこ》は伊豆島《いづのしま》に流し、一子は血鹿島《ちかのしま》に流す。

（天武天皇四年四月十八日条）

「罪有り」と記載されるだけで具体的な罪状は不詳だが、麻続王は「因播」（因幡）に流されたという。この記事と関わると思しい歌が『萬葉集』巻一におさめられているが、その歌をはじめとして、

『萬葉集』には流刑に関わる歌がいくつか存することに本稿は注目する。

① 麻続王《をみのおほきみ》、伊勢国《いせのくに》の伊良虞《いらご》の島に流されたる時に、人の哀傷して作る歌　（巻一・二三）
麻続王、これを聞き感傷して和《こた》ふる歌　（巻一・二四）

② 古事記に曰《いは》く、軽太子《かるのひつぎのみこ》、軽太郎女《かるのおほいらつめ》に奸《たは》けぬ。故《このゆゑ》にその太子を伊予《いよ》の湯に流す。この時に、衣通王《そとほりのおほきみ》、恋慕に堪《あ》へずして、追《お》ひ往《ゆ》く時に、歌ひて曰く　（巻二・九〇）

③ 石上乙麻呂卿《いそのかみのおとまろきやう》、土左国《とさのくに》に配《なが》さるる時の歌三首　并《あは》せて短歌　（巻六・一〇一九〜一〇二三）

④ ただし、この短歌は、或書《あるしよ》に云《い》はく、穂積朝臣老《ほづみのあそみおゆ》の佐渡《さど》に配《なが》されし時に作る歌といふ。　（巻十三・三二四一左注）

⑤ 中臣朝臣宅守《なかとみのあそみやかもり》と狭野弟上娘子《さののおとがみをとめ》とが贈答《ぞうたふ》せる歌　（巻十五・三七二三〜三七八五）
※目録に「中臣朝臣宅守《なかとみのあそみやかもり》、蔵部《くらべ》の女孺《によじゆ》狭野弟上娘子《さののおとがみをとめ》を娶《めと》りし時に、勅して流罪に断じ越前国《こしのみちのくち》に配《なが》す。」とある。

「社会的生命を奪うために共同体から追放するという意味での流刑は、肉体的生命を奪う死刑に次ぐ重刑」（日本思想大系『律令』の「名例律」補注）と考えられていた古代において、このような罪人に関わる歌が、右に掲出したように『萬葉集』において五例も確認しうるのは何故か。流刑とは記されないが、「勅《みことのり》して不敬《ふけい》の罪に断《さだ》め、本郷《くに》に退却《まか》らしむ」こととなった安貴王《あきのおほきみ》の例（巻三・五三四〜五三五）

や紀皇女《きのひめみこ》とひそかに通じたために「左降《さかう》し、伊予国守《いよのくにのかみ》に任ぜ」られたとされる高安王《たかやすのおほきみ》の例（巻十二・三〇九八）なども視野に入れつつ、これらの歌々が『萬葉集』におさめられたことの意味について、いささか卑見を提示したいと考える。

一　軽太子、伊予へ

「はじめに」で掲出した五例のうち、もっとも年代的に古い例となる軽太子の場合から見てみたい。

古事記に曰《いは》く、軽太子《かるのひつぎのみこ》、軽太郎女《かるのおほいらつめ》に奸《たは》けぬ。故《このゆゑ》にその太子を伊予《いよ》の湯に流す。この時に、衣通王《そとほりのおほきみ》、恋慕に堪《あ》へずして、追《お》ひ往《ゆ》く時に、歌ひて曰く

君が行き《ゆき》日《け》長くなりぬ　やまたづの　迎へを行かむ　待つには待たじ〈ここにやまたづといふは、これ今の造木《みやつこぎ》をいふ〉（巻二・九〇）

この歌は、巻二巻頭を飾る「磐姫皇后《いはのひめわうごう》、天皇を思ひて作らす歌四首」（巻二・八五〜八八）の一首目

君が行き《ゆき》　日《け》長くなりぬ　山尋《やまたづ》ね　迎へか行かむ　待ちにか待たむ（巻二・八五）

右の一首の歌は、山上憶良臣《やまのうへのおくらおみ》の類聚歌林《るいじうかりん》に載《の》せたり。

の参考として『萬葉集』におさめられたと考えられている歌である。そのためか、九〇番歌には長文の左注が付され、八五番歌との差異について言及している。

右の一首の歌は、古事記と類聚歌林《るいじうかりん》と説《い》ふ所同じくあらず、歌主《うたぬし》もまた異《こと》なり。因《よ》りて日本紀《にほんぎ》に検《ただ》すに、曰《いは》く、「…（中略・仁徳天皇紀の記事の要約）…」といふ。また曰く、「…（中略・允恭天皇紀の記事の要約）…」といふ。今案《かむが》ふるに、二代二時に、この歌を見ず。

左注を施した者は『日本書紀』を調査して「二代二時に、この歌を見ず」という結論に達したことを記すが、九〇番歌が題詞冒頭で特記するように、この歌はあくまでも『古事記』に見える歌である。八五番歌に近しい歌を『古事記』に見出した者が、作歌事情を付す形で『萬葉集』に参考としておさめたのが九〇番歌であったと見て大過あるまい。

憶良の『類聚歌林』では磐姫皇后が仁徳天皇の行幸を「日長くなりぬ」と思い悩む歌としておさめられ、『古事記』は伊予に流された軽太子に対して「君が行き日長くなりぬ」と軽太郎女（衣通王）がうたう歌と解してふたりの悲恋物語に位置づける。しかしながら、作歌事情から切り離してこの歌を素直に読むと、歌そのものは愛しい人の帰りを待つ女の歌と解しうることは看過できない。

この歌群についてはすでに多くの先行研究が存するが、

以下四首は、実は磐姫の実作ではなく、後人が新旧さまざまな歌を組み合わせて、煩悶―興奮

―反省―嘆息の心情展開を漢詩の起承転結の構成にならって配列した連作で、記紀とはまったく異質な磐姫像を作りあげている。ただし、当時の人々はこれを磐姫自身の作として享受したのであり、四首が巻二「相聞」の巻頭にすえられたのは、作者・作風のうえで、以下に続く白鳳相聞歌群の規範と見られたからである。

と新潮日本古典集成本（八五番歌の頭注）が指摘しているように、後人仮託説が一般的な理解である。さらに、その仮託時期については、

なおこの磐姫皇后歌四首の成立時期については、持統・文武朝とする説、和銅末年以後、養老・神亀頃とする説などを見る。四首が「連作」とすると、文字の歌の成立した人麻呂以後のことになろう。

と稲岡耕二氏（和歌文学大系本、以下「稲岡『和歌大系』」と略す）が的確にまとめておられる。

　そのようななかで、この歌群が『萬葉集』巻二巻頭に位置づけられたことをめぐって、先行研究の蓄積を詳細に検討しつつ廣岡義隆氏「磐姫皇后歌群の形成―『萬葉集』巻第二、巻頭歌群の形成と史的背景―」（『和歌を歴史から読む』笠間書院刊　平14・10）が三段階的形成を内部徴証から検証された。そして、

第一次形成　↓　四首歌群の巻二への定着　＝　時期は天平初年ごろ　＝　家持は無関係
第二次形成　↓　「或本」注記（八九番歌）
第三次形成　↓　九〇番歌の定着　＝　現行の巻二の完成時期　＝　家持が関係

と結論づけられたのが正鵠を射たものと考える。同様な指摘はすでに伊藤博氏『萬葉集釋注』（以下、「伊藤『釋注』」と略す）にも見え、

この左注（九〇番歌の左注を指す・稿者注）は、八五～八の連作が後世の仮託であることを知らない人の筆である。その人は、巻一の左注を記した人と同様、天平十七年（七四五）段階の大伴家持たちと見てよい。

とまとめられている。

「磐姫皇后、天皇を思ひて作らす歌四首」の形成・『萬葉集』への定着とは別次元で、軽太子が伊予に流されたときの歌を『古事記』から引用した営為に家持が関与した可能性がきわめて高いとすることれらの指摘は看過できない。おそらく愛しい人の帰りを待つ女の歌としてすでに存したか、もしくはそのような状況の歌としてあらたによまれた「君が行き」歌は、軽太子の歌謡物語のなかに流用されると同時に、それとは別次元で磐姫皇后の作歌として転用されたのであり、内田賢徳氏「萬葉歌の中の記紀歌謡」（『萬葉の知』塙書房刊　平4・7）が指摘されたように「一方から一方へと交替したのではなく、恐らく並行的にありえた」ものと考えるべきであろう。なお、家持の関与についてはあらためて後節でまとめて考えてみたい。

二　麻続王、伊勢へ

さて、年代的につぎに位置するのは「はじめに」で少しく触れた麻続王関連の歌である。

麻続王《をみのおほきみ》、伊勢国《いせのくに》の伊良虞《いらご》の島に流されたる時に、人の哀傷して作る歌

打麻《うちそ》を　麻続王　海人《あま》なれや　伊良虞の島の　玉藻《たまも》刈ります　（巻一・二三）

麻続王、これを聞き感傷して和《こた》ふる歌

うつせみの　命《いのち》を惜《を》しみ　波に濡《ぬ》れ　伊良虞の島の　玉藻刈り食《は》む　（二四）

右、日本紀《にほんぎ》を案《かむが》ふるに、曰く、「天皇の四年乙亥の夏四月、戊戌《ぼしゅつ》の朔の乙卯《いつぼう》に、三位麻続王罪ありて因幡《いなば》に流す。一子は伊豆《いづ》の島に流し、一子は血鹿《ちか》の島に流す」といふ。ここに伊勢国の伊良虞の島に配《なが》すと云《い》ふは、けだし後の人歌辞《かじ》に縁《よ》りて誤り記《しる》せるか。

左注が指摘するように、『日本書紀』では麻続王は因幡に流されたことになっており、題詞に記載された「伊勢国の伊良虞の島」とのあいだに齟齬をきたしている。さらにこの問題は複雑で、同時代の文献である『常陸国風土記』の「行方郡」に、

此より往南《みなみ》十里《さと》に、板来《いたく》の村《むら》あり。近く海浜《うみべた》に臨《のぞ》み、駅家《うまや》を安置《お》く。此《こ》を板来《いたく》の駅《うまや》と謂《い》ふ。その西《にし》に、榎木《えのき》、林《はやし》を成《な》す。飛鳥《あすか》の浄御原《きよみはら》の天皇《すめらみこと》の世《みよ》に、麻績《をみ》の王《おほぎみ》を遣《やら》ひて、居《す》まはせたまひし処《ところ》なり。その海《うみ》は、塩《しほ》を焼《や》く藻《も》、海松《みる》・白貝《おふ》・辛螺《にし》・蛤《うむぎ》、多《さは》に生《お》ふ。

と麻続王にかかわる記事が存する。「遣ひて、居まはせ」たと記されていることを鑑みると、『常陸国

風土記』の記事は流刑をめぐるものでないとも考えうるが、いずれにしろ因幡・伊勢・常陸の三つの国に麻続王をめぐる逸話が存したことは確認しうる。

ほんとうの配流の地は、正史『日本書紀』にいう「因幡」なのであろう。それがイラゴ・イタクの異伝を持つのは、いずれもイで始まる三音節で音が類似しているからである。著名な事件が各地に結びつけられて伝誦されたのである。（伊藤『釋注』）

という指摘も存するが、

因幡志によると、巨濃郡に伊良子埼という山があったと伝える。弥生川河口付近で古代には島だったろうと推測されている。幕末から明治にかけて儒者、詩人などで伊良子姓の鳥取出身者を見ることをあわせて、イラコの地名の存在も想像されるので、伝誦中の地名が同音によって移動したことが考えられる。（稲岡『和歌大系』の脚注）

という推測も看過できない。音の類似による変化か、同一地名の移動かは簡単に解決できる問題ではなく、いずれにしろ「かなり早い時期に麻続王配流事件は伝説化し、伝承内容に差が生じた」（新編全集本）と考えておくのが穏当な判断であろう。

近く、村田右富実氏「麻続王をめぐる歌二首」（『女子大文学［国文編］』53　平14・3）は二三番歌を『日本書紀』に見える「時人歌」に近しいものとし、それに応える形をとる二四番歌は麻続王の実作でないとした上で、

麻続王事件には直接関わりのない第三者が伝説内の当事者の気持を忖度して歌う「時人歌」と、

その「時人歌」をまっこうから捉え、和してゆく伝説内部の当事者詠から成立していたと考えられた。そのうえで、二三番歌は「流罪後早い段階において伝説化された麻続王の気持を忖度し哀傷する歌として天武朝〜持統朝の頃に存在し」ていた可能性を指摘されたのが正鵠を射たものと感ずる。それでは、なぜ麻続王の配流事件は早い段階で伝説化したのであろうか。

辛卯《しんばう》に、三位《さむゐ》麻続王《をみのおほきみ》、罪有《つみあ》り、因播《いなば》に流《なが》す。一子《ひとりのこ》は伊豆島《いづのしま》に流し、一子は血鹿島《ちかのしま》に流す。

（『日本書紀』天武天皇四年四月十八日条）

「はじめに」でも引用した記事であるが、ここで注目すべきは、三人の流刑地の記載である。

庚申、諸《もろもろ》の流配《るはい》の遠近《をんごん》の程《みちのり》を定《さだ》む。伊豆《いづ》・安房《あは》・常陸《ひたち》・佐渡《さど》・隠岐《おき》・土左《とさ》の六国を遠《をん》とし、諏方《すは》・伊予《いよ》を中《ちう》とし、越前《こしのみちのくち》・安藝《あき》を近《こん》とす。

（『続日本紀』神亀元年〈七二四〉三月条）

これは流刑地を遠・中・近の三種に区分したことを記す記事である。麻続王が流された因幡はふくまれないが、子のひとりが流された伊豆は遠流の地とある。もうひとりの子が流された「血鹿島」は長崎県五島列島の島と考えられているが、これもまたこの記事にはあらわれない。しかし、五島列島となれば、ここに記されている国のどこよりも都からは遠距離となる。

時代が下る史料ではあるが『延喜式』民部省式によると、因幡は近国であり、中国と規定されている伊豆よりも近しい国と規定されている。この点を鑑みると、もし罪の主体が麻続王であるならば、連座したふたりの子の方が重罰に処せられたという問題が生ずる。この点に着目して伊藤『釋注』は、

事件は二人の子が起こしたもので、父の麻続王はかかわりによっての配流にすぎなかったようである。とすれば、あちこちに同情の説話が生じた理由はこの点にも求められよう。

と推測されている。魅力的ではあるが、「史料に何らかの混乱があったのではないかと思われる」（新日本古典文学大系本の脚注）との指摘も存し、想像の域を出ない見解に感ずる。むしろ、因幡即ち今日の鳥取縣は裏日本に屬し、その氣候のよくないことは周知の事實であつて、距離が示すほど生易しいところではない。現に和氣清麿の如き、大隅に流される前には一應因幡の地が豫定せられてゐたことであるから、大隅には比すべくもないとしても、配所としては相當なところであつたことが知られよう。

とする吉永登氏「いらこ島考」（『萬葉　その異傳發発生をめぐって［増訂版］』和泉書院刊　昭61・10　初出は昭28・1）の指摘が穏当な解釈ではなかろうか。「裏日本に屬し、その氣候のよくないこと」を根拠とすると家持が赴任した越中も適地となっていてもおかしくないこととなり、いささか前半の記述には問題も存するが、後半で指摘されている和気清麻呂の

是《ここ》に道鏡《だうきやう》大《おほ》きに怒《いか》りて、清麿《きよまろ》が本官《ほんくわん》を解《と》きて、出《いだ》して因幡員外介《いなばのゐんぐゑのすけ》とす。未《いま》だ任所《にむしよ》に之《ゆ》かぬに、尋《つ》ぎて詔《みことのり》有《あ》りて、除名《ぢよみやう》して大隅《おほすみ》に配《なが》す。

（『続日本紀』神護景雲三年〈七六九〉九月条）

という記事や「はじめに」でふれた家持の因幡守任命の場合などから鑑みると、因幡の地が左遷先のひとつとして利用されていた可能性は高く、配流地として利用した可能性をまったく否定できるものではない。

三位であった王族が、具体的な罪状も記されることなく因幡に配流されたとだけ記載されているという看過できない状況を鑑みると、たしかに伊藤『釋注』のような推測にいたることも肯える。さらに、梶裕史氏「麻績王伝承考」（『芸文研究』77　平11・12）や多田元氏「麻績王伝承の昇華―王伝の構想から―」（『富士フェニックス論叢』4　平8・3）が、麻続王に関わる伝承を麻績氏が語り伝え、その結果として流刑地の異伝が生ずることとなったと推測されていることも、この状況を鑑みるとあながち否定できないであろう。

ともかくも、麻続王の流刑をめぐる伝承が早くに生じたことは、『日本書紀』記事の曖昧性と「因幡」が左遷先として文献で確認しうる地であることと密接にかかわると見て大過あるまい。何の罪による流罪かを記載しないこの記事のありようを鑑みると、『萬葉集』に記載された麻続王流刑に関わる歌が「巻二巻頭の磐姫皇后の歌四首（八五～八）が皇后の実作ではなく後人の仮託であるのと同類」（伊藤『釋注』）と考えておくのもあながち誤りではあるまい。

前節で少しくふれたように、年代的に古い軽太子の流刑をめぐる歌が奈良時代になって『萬葉集』に追補された可能性が高いのに対して、この麻続王をめぐる歌は巻一の原撰部（伊藤『釋注』別巻など）と目される部分に配される。この点に着目するならば、軽太子の用例が天平年代以降の追補である可能性が高いことから、奈良時代以前に『萬葉集』におさめられた配流をめぐる歌の唯一例となるのだが、むしろ本稿では、そこにも伝説めいた部分が少しく存することに注目しておきたい。

三　穂積老、佐渡へ

歌謡物語として『古事記』に語られていた軽太子の配流、具体性を欠くが『日本書紀』で配流が確認しうる麻続王の二例に比して、以下に見る三例はいずれも『続日本紀』などにおいて配流をめぐる具体的な事情を確認しうるという共通点が存する。

配流された年代順に、まずは巻十三におさめられた穂積老について見てみたい。

大君《おほきみ》の　命恐《みことかしこ》み　見れど飽かぬ　奈良山《ならやま》越えて　真木積《まきつ》む　泉《いづみ》の川の　速き瀬を　棹《さを》さし渡り　ちはやぶる　宇治の渡りの　激《たき》つ瀬を　見つつ渡りて　近江道《あふみぢ》の　逢坂山《あふさかやま》に　手向《たむけ》して　我《わ》が越え行《ゆ》けば　楽浪《ささなみ》の　志賀《しが》の唐崎《からさき》　幸《さき》くあらば　またかへり見む　道の隈《くま》　八十隈《やそくま》ごとに　嘆きつつ　我《わ》が過ぎ行けば　いや遠《とほ》に　里離《さか》り来《き》ぬ　いや高《たか》に　山も越え来《き》ぬ　剣大刀《つるぎたち》　鞘《さや》ゆ抜き出《い》でて　伊香山《いかごやま》　いかにか我《あ》がせむ　行《ゆ》くへ知らずて

（巻十三・三二四〇）

反歌

天地《あめつち》を　訴《うれ》へ乞《こ》ひ禱《の》み　幸《さき》くあらば　またかへり見む　志賀《しが》の唐崎《からさき》　（三二四一）

右の二首、ただし、この短歌は、或書《あるしよ》に云《い》はく、穂積朝臣老《ほづみのあそみおゆ》の佐渡《さど》に配《なが》されし時に作る歌といふ。

左注によると、長・反歌二首のうち反歌のみを「穂積朝臣老の佐渡に配されし時に作る歌」とする「或書」が存するという。反歌とされる短歌は、長歌の「楽浪の　志賀の唐崎　幸くあらば　またかへり見む」の部分を中心としてまとめて承ける形となっており、二首ともに穂積老の作歌と考えられなくもない。しかしながら、長歌は人麻呂の石見相聞歌（巻二・一三一）や近江荒都歌（巻一・二九）との表現の類似性や『遊仙窟《ゆうせんくつ》』によると考えられる修辞がすでに多く指摘されており、「反歌が前にあつて、それに古歌の句を入れて長歌としたものとも考へられる」（澤瀉久孝氏『萬葉集注釋』）と考えるのが穏当であろう。それでは、なぜこの反歌が穂積老の作歌と考えられるようになったのか。

壬戌、正四位上多治比真人三宅麻呂《たじひみやけまろ》謀反《むへん》を誣告《むがう》し、正五位上穂積朝臣老《ほづみおゆ》乗輿《じようよ》を指斥《ししやく》すといふに坐《つみ》せられて、並《ならび》に斬刑《ざむぎやうしよ》に処せらる。而《しか》るに皇太子《くわうたいし》の奏《そう》に依《よ》りて、死《し》一等降《くだ》して、三宅麻呂《みやけまろ》を伊豆《いづ》嶋に、老《おゆ》を佐渡《さど》嶋に配流《はいる》す。

（『続日本紀』養老六年〈七二二〉正月条）

この記事から、老は元正天皇を批判した罪で斬刑に処せられるところ、皇太子（のちの聖武天皇）の奏上により死一等を減ぜられて佐渡（前節で引用した『続日本紀』神亀元年三月条の規定から「遠流」となる）に配流されたということがわかる。都から佐渡への行程では近江を通過することはまちがいないが、おそらくつぎの歌の存在がこの反歌を老に結びつけることとなったのであろう。

志賀《しが》に幸《いでま》せる時に、石上卿《いそのかみきやう》の作る歌一首　名欠《か》けたり

ここにして　家《いへ》やもいづち　白雲《しらくも》の　たなびく山を　越えて来《き》にけり　（巻三・二八七）

穂積朝臣老《ほづみのあそみおゆ》の歌一首

我《わ》が命《いのち》し　ま幸《さき》くあらば　またも見む　志賀《しが》の大津《おほつ》に　寄する白波《しらなみ》　（二八八）

右、今案《かむが》ふるに、幸行《いでまし》の年月を審《つばひ》らかにせず。

この二首はおそらく同じ行幸時に詠まれた歌と考えられ、近年は霊亀三年（七一七）九月の元正天皇の美濃行幸ではないかと推定されているが、霊亀三年の行幸の目的地は美濃であり、二八七番歌の題詞に見える「志賀に幸せる時」という記載方法とやや齟齬をきたす。むしろ二八八番歌の左注にあるように、具体的な行幸の年月は未詳と考えておくのが無難であろう。

さて、老の歌とされる二首は「志賀」の地の風景をめぐって「ま幸くあらばまたも見む」（巻三・二八八）・「幸くあらばまたかへり見む」（巻十三・三二四一）とうたう点で近しい。おそらく、

岩代《いはしろ》の　浜松が枝《え》を　引き結び　ま幸《さき》くあらば　またかへり見む　（巻二・一四一）

という有間皇子の自傷歌を本歌として詠まれたものなのであろう。新編全集本が二八八番歌の頭注で、

その時（老の佐渡配流の時・稿者注）途中でこの歌が詠まれたとすれば、流刑先で死ぬこともあろうという不安が認められる。美濃行幸供奉の際の歌とすれば、あるいは齢初老に近い身などのこともあって、寿命さえ許せばまた訪れることもあろう、と湖畔の景を愛して詠んだものと思われる。

と指摘するように、老の歌とされる二首は行幸時の詠歌とも配流時のそれとも解しうる。しかしながら、もし行幸時とすると、「我が命しま幸くあらば」（二八八）や「天地を訴へ乞ひ禱み」（三四一）という歌表現にはいささか深刻さが感ぜられる。この点を鑑みて『萬葉集全注』（西宮一民氏担当、以下『全注』と略して下に担当者の名を付す）は二首ともに配流時の作と推測するが、巻三の配列を鑑みると、あくまでも巻三におさめられた老の歌は行幸時の作とするほうが穏当であろう。

羈旅詠として詠題的にうたわれた宴席歌だったのではなかろうか。気楽な近国の旅であることが、表現に誇張を呼びこんだのではあるまいか。

とする伊藤『釋注』の指摘は示唆に富む。さらに、巻十三歌をめぐって『全注』（曽倉岑氏担当）が指摘されているように、人麻呂作歌や『遊仙窟』の表現に倣った長歌は「笑いを伴った、旅の夜の宴の

楽しみとして、妻から遠く離れた男の心情を誇張して」うたった歌と思しく、有間皇子の歌をふまえた反歌をふくめて「近江を訪れ、通過する奈良朝官人の共通の好みによるものであり、必ずしも老の独自の経験に基づくものではない」とまとめられたのが正鵠を射た指摘であろう。

もともと巻十三の長・反歌は近江を訪れたか、もしくは通過した折りの歌として存在していたのであろう。そして、巻十三の左注を施した者は、その反歌と近しい表現をもつ歌を巻三に発見した者であると考えて大過あるまい。「老が佐渡配流の折に吟誦した」（伊藤『釋注』）と考えることもできようが、推測の域を出ない。むしろ稿者は、左注を施した者が巻三や巻十三の歌表現に深刻さを読みとり、その本歌であるところの有間皇子歌の作歌事情を鑑みて、左注を施す次元で二八八番歌と同じ行幸時の作としてではなく、配流時の作とする解釈を施したのではないかと考えたい。それは、老が佐渡に配流された養老六年以降であり、おそらく次に引用する天平十二年（七四〇）六月の大赦以降のことであろう。

其《そ》れ、流人《るにん》、穂積《ほづみ》朝臣老《おゆ》、多治比《たじひ》真人祖人《おやひと》・名負《なおひ》・東人《あづまひと》、久米《くめ》連若女《わくめ》等五人、召《め》して京《みやこ》に入《い》らしめよ。大原釆女勝部鳥女《おほはらのうねめすぐりべのとりめ》は本郷《ほんがう》に還《かへ》せ。小野王《をののおほきみ》・日奉弟日女《ひまつりのおとひめ》・石上乙麻呂《いそのかみのおとまろ》・牟牟礼大《むむれのおほ》野《の》・中臣宅守《なかとみのやかもり》・飽海古良比《あくみのこらひ》は赦《しや》の限《かぎり》に在《あ》らず

（『続日本紀』天平十二年六月条）

たとえ左注に「或書」からの引用としてであったとしても、死一等を減ぜられて佐渡へと配流され

たという重罪を犯した穂積老をめぐる記載を施すとなると、やはりその罪が赦された後と考えるのが穏当ではなかろうか。それでは、穂積老配流をめぐる左注を付したのは誰か。この点についても後述したい。

四　石上乙麻呂、土佐へ

つぎに、前節末尾で引用した天平十二年の大赦記事のなかに名が出てくる石上乙麻呂の配流に関わる歌が巻六におさめられている。

> 庚申、石上《いそのかみ》朝臣乙麻呂《おとまろ》、久米《くめ》連若女《わくめ》を奸《けん》すといふに坐《つみ》して、土左《とさ》国に配流《はいる》せらる。若女《わくめ》は下総《しもつふさ》国に配《はい》せらる。
> （『続日本紀』天平十一年〈七三九〉三月条）

大赦の前年の記事である。乙麻呂が「久米連若女を奸す」という事件があった。若女は、天平十二年の大赦によって赦されて帰郷したが、乙麻呂は赦されなかった。前節で引用した大赦記事の前に「他妻《ひとづま》に奸《けん》せる」は「赦《しゃ》の限《かぎり》に在《あ》らず」とあることによるのであろう。この事件に関わる歌がつぎの歌である。

石上乙麻呂卿《いそのかみのおとまろきやう》、土左国《とさのくに》に配《なが》さるる時の歌三首　并《あは》せて短歌

石上《いそのかみ》 布留《ふる》の尊《みこと》は たわやめの 惑《まと》ひに因《よ》りて 馬《うま》じもの 縄《なは》取り付け 鹿《しし》じもの 弓矢囲《かく》みて 大君《おほきみ》の 命《みこと》恐《かしこ》み 天離《あまざか》る 夷辺《ひなへ》に罷《まか》る 古衣《ふるころも》 真土山《まつちやま》より 帰り来《こ》ぬかも (巻六・一〇一九)

大君《おほきみ》の 命《みこと》恐《かしこ》み さし並ぶ 国に出《い》でます はしきやし 我《わ》が背《せ》の君を かけまくも ゆゆし恐《かしこ》し 住吉《すみのえ》の 現人神《あらひとがみ》 船舳《ふなのへ》に うしはきたまひ 着きたまはむ 島の崎々《さきざき》 寄りたまはむ 磯《いそ》の崎々 荒き波 風にあはせず つつみなく 病《やまひ》あらせず 速《すむや》けく 帰《かへ》したまはね 本《もと》の国辺《くにへ》に (一〇二〇・一〇二一)

父君《ちちぎみ》に 我《われ》は愛子《まなご》ぞ 母刀自《ははとじ》に 我《われ》は愛子《まなご》ぞ 参《ま》ゐ上《のぼ》る 八十氏人《やそうぢひと》の 手向《たむけ》する 恐《かしこ》の坂に 幣《ぬさ》奉《まつ》り 我《われ》はぞ追へる 遠き土左道《とさぢ》を (一〇二二)

反歌一首

大崎《おほさき》の 神の小浜《をばま》は 小《ちひ》さけど 百船人《ももふなびと》も 過ぐといはなくに (一〇二三)

この歌群をめぐるさまざまな問題については、五味智英氏「石上乙麻呂の配流をめぐって」(『萬葉集の作家と作品』岩波書店刊 昭57・11)の詳細かつ緻密な検討を参照願いたく、いまはその後の成果をもふまえてまとめられた『全注』(吉井巖氏担当)の、

この配流事件は、急速に昇進した高官の恋と配流という、耳目を驚かせた事件であった。従って、宮廷内外の関心も高く、以上のような歌謡的作品が作られるに至ったのであろう。

という説に従って進めたい。『全注』で吉井氏が推定されたような、乙麻呂と若女の亡夫である藤原

宇合の子・広嗣とが、若女を仲介として結びつこうとしたことに危惧を感じた橘諸兄による政治的謀略であるかどうかはわからないが、従四位下・左大弁であった乙麻呂の土佐（『続日本紀』神亀元年三月条の規定から「遠流」となる）への配流は耳目を驚かせる大事件であったことはまちがいない。ところで、『全注』が「歌謡的作品」とされたように、この歌群そのものは乙麻呂自身の作とは考えがたい。たとえば、

以上の三首は、形式的には、乙麻呂に同情的な第三者、乙麻呂の妻、そして彼自身が詠んだ歌、という組合せになっているが、実際は三首とも、第三者が歌謡的にこの事件を取り上げて歌ったものであろう。（新編全集本の一〇二三番歌頭注）

罪人の護送は日程が定まっており、風光を賞する暇もなく目的地へ送られる。その点に注目しての作歌だが、乙麻呂の自作ではなかろう。長歌の末尾「吾はぞ追へる…」をうけてる反歌。（稲岡『和歌大系』の一〇二三番歌脚注）

などのように、第三者による詠歌と考えるのが一般的である。そのようななかで、「この複式構成は中国詩に倣った、情詩の体をとるもの」であるとして、書かれた文芸としての側面を強調した中西進氏「詩人・文人」（『万葉集の比較文学的研究』南雲堂桜楓社刊　昭38・1　初出は昭37・7　なお本稿では講談社刊『中西進万葉論集』第一巻を利用した）や、前三首の長歌に大衆を中心とする口誦的吟誦的（歌謡性）な要素の存在を推定し、最後に反歌を加えて『萬葉集』の編纂者が「戯曲的《ドラマティック》に配列した」とする小島憲之氏「口頭から記載へ」（『上代日本文學と中國文學　中』塙書房刊　昭39・3）、さらに第三者的姿勢から

当事者的姿勢へと転換する「歌語り」と見る伊藤博氏「歌語りの方法」（『萬葉集の表現と方法　上』塙書房刊　昭50・11　初出は昭50・3）など、この歌群をめぐる解釈がいろいろと提示されているが、いずれにしろこの歌群そのものが乙麻呂の作ではないとする点では共通する。

それでは、当事者ではない第三者による配流事件をめぐる歌が、何故『萬葉集』におさめられたのか。「宮廷内外の関心も高」い「耳目を驚かせた事件」であった可能性が高いことを鑑みると、さきに見た麻続王の場合と同様に、事件直後にうたわれていた可能性もまったく否定できるわけではない。しかしながら、前節の穂積老と同様に考えると、遠流の地である土佐への配流という重刑をめぐる歌であることから、その罪が赦された後に『萬葉集』におさめられるにいたったとするのが穏当ではなかろうか。

前節末尾で引用した『続日本紀』の記事からうかがえるように、天平十二年の大赦で乙麻呂は赦されなかった。しかし、その後天平十五年五月に従四位上への昇進記事が同じ『続日本紀』に見えることを鑑みると、従来から指摘されているように、

> 京都《みやこ》新《あらた》に遷《うつ》れるを以《もち》て天下《あめのした》に大赦《たいしゃ》す。…（中略）…また、逆人《げきじん》広継《ひろつぐ》に縁《よ》りて罪《つみ》に入《い》れる者《ひと》は、咸《ことごと》く原免《ゆるし》に従《したが》へよ。（『続日本紀』天平十三年〈七四一〉九月条）

という恭仁京遷都に伴う大赦によって赦されたとするのが妥当な解釈と感ずる。『全注』で吉井氏が

推測されたように、もし乙麻呂が広嗣と関わったことが配流の要因のひとつであったとしても、この大赦の記事の意味は大きい。たとえこの大赦に浴さなかったとしても、昇進記事の見える天平十五年五月以前には帰京していたことだけはまちがいない。

ちなみに、ほぼ年代順に歌を配列する巻六のなかで作歌年代が判明するもっとも新しい歌が天平十六年正月の作（一〇四二・一〇四三）であることを鑑みると、巻六の編纂作業ははやくともそれ以降である。乙麻呂の昇進記事とのあいだにも齟齬をきたさないことを鑑みて、乙麻呂の配流をめぐる歌群が『萬葉集』におさめられることとなったのは、天平十六年以降と考えられはしないだろうか。なお、何故『萬葉集』におさめられるにいたったかについては後述する。

五　中臣宅守、越前へ

三節末尾で引用した天平十二年の大赦記事のなかで、石上乙麻呂同様に大赦に浴さなかった人物として名が挙がっている中臣宅守の配流に関わる歌が巻十五におさめられている。

中臣朝臣《なかとみのあそみ》宅守《やかもり》と狭野弟上娘子《さののおとがみをとめ》とが贈答《ぞうたふ》せる歌

あしひきの　山路《やまぢ》越えむと　する君を　心《こころ》に持ちて　安けくもなし　（巻十五・三七二三）

君が行《ゆ》く　道の長手《ながて》を　繰《く》り畳《たた》ね　焼き滅ぼさむ　天《あめ》の火もがも　（三七二四）

我《わ》が背子《せこ》し　けだし罷《まか》らば　白《しろ》たへの　袖《そで》を振らさね　見つつ偲《しの》はむ　（三七二五）

このころは　恋ひつつもあらむ　玉櫛笥《たまくしげ》　明けてをちより　すべなかるべし　（三七二六）

右の四首、娘子《をとめ》が別れに臨《のぞ》みて作る歌。

塵泥《ちりひぢ》の　数にもあらぬ　我故《われゆゑ》に　思《おも》ひわぶらむ　妹《いも》がかなしさ　（三七二七）

あをによし　奈良《なら》の大路《おほち》は　行《ゆ》き良《よ》けど　この山道《やまみち》は　行き悪《あ》しかりけり　（三七二八）

愛《うるは》しと　我《あ》が思《も》ふ妹を　思ひつつ　行けばかもとな　行き悪しかるらむ　（三七二九）

恐《かしこ》みと　告《の》らずありしを　み越路《こしぢ》の　手向《たむけ》に立ちて　妹が名告《の》りつ　（三七三〇）

右の四首、中臣朝臣宅守《なかとみのあそみやかもり》、上道《みちだち》して作る歌。

六十三首におよぶ歌群によって巻十五後半部分を占める中臣宅守と狭野弟上娘子の贈答の冒頭部分である。題詞そのものは、たんにふたりの贈答であることのみを記すが、目録には、

中臣朝臣宅守《なかとみのあそみやかもり》、蔵部《くらべ》の女孺狭野弟上娘子《にょじゅさののおとがみをとめ》を娶《めと》りし時に、勅して流罪に断じ越前国《こしのみちのくち》に配《なが》す。ここに夫婦別れ易く会ひ難きことを相嘆きて、各《おのもおのも》慟《いた》む情《こころ》を陳《の》べ、贈答《ぞうたふ》せる歌六十三首

と詳細な状況が記されている。

すでにこの歌群をめぐる研究史も膨大なものとなっており、本稿の主旨からすると詳細に検討する余裕はない。ここは、田中夏陽子研究員「中臣宅守狭野弟上娘子贈答歌群—歌物語・歌語り論の行方

―」（当論集6『越の万葉集』笠間書院刊 平15・3）や近藤健史氏「狭野弟上娘子の贈答歌群の表現」（『セミナー万葉の歌人と作品 第十巻』和泉書院刊 平16・10）などの近年発表された論考を参照願い、本稿の主旨である配流された萬葉びとの歌が何故『萬葉集』におさめられたかという視点に焦点を絞ってすすめたい。

さて、目録によると、「蔵部の女孺」であった狭野弟上娘子を「娶りし時」に「勅して流罪に断じ越前国に配」されることになった中臣宅守が、弟上娘子とのあいだで「夫婦別れ易く会ひ難きことを相嘆きて」贈答したものだということになる。いつ配流されたかは明白ではないが、三節で引用した天平十二年の大赦では「赦の限に在らず」とされている。同様の扱いを受けた乙麻呂が前年に配流されていることを鑑みると、宅守もこの大赦記事に近いころに配流されたのであろう。ちなみに、のちに昇進記事（『続日本紀』天平宝字七年〈七六三〉一月条）が存することから、それ以前には赦されていたことは明らかで、越前への近流であるという状況を鑑みると、前節の乙麻呂同様に天平十三年の恭仁京遷都に伴う大赦に浴した可能性は高い。すると、およそ二年程度の配流ということになる。

なぜ宅守は配流されたのだろうか。「勅して流罪に断じ」と記載されるだけで詳細は不明であることから、従来、娘子との結婚が原因であるという説やなんらかの政治的事件が原因ではないかという説などがあったが、池田三枝子氏「茅上娘子の恋」（『女流歌人（額田王・笠郎女・茅上娘子）人と作品』おうふう刊 平17・9）が諸説を検討され、

目録の伝えようとするところは、宅守配流の現実的背景ではないと考えられる。仮に実態に即し

て言うなら、宅守は天平十一、二年当時の厳しい政治状況の中で何らかの事件による越前配流の身となったが、それはほんの二年程度の近流であり、帰京後は復位・復官を果たした、ということになろうか。そのような背景は、歌に詠まれている悲別の情に相応しいものとは言えず、むしろ悲劇性を希薄にする方向に働いてしまう。それは目録の意図するところではあるまい。

と目録の記載するところの意味を捉え、

目録の記述は、「勅断」による配流という悲劇的状況下で、新婚の二人が別離を余儀なくされるという悲恋を、王権によって引き裂かれる「許されざる恋」という『古事記』の反乱伝承以来の悲恋のイメージを重ね合わせつつ演出する文芸的記述として受け止めるべきなのであろう。娘子の身分や配流の原因についての曖昧な記述は、かかる文芸志向に起因していると考えられる。

とまとめられたのが正鵠を射た解釈と感ずる。少しく長い引用となったが、この池田氏の指摘は示唆に富む。

宅守と弟上娘子との贈答をめぐる「実録を基にしながら適切な作歌を主題に従って補った虚構の作品ではないか」（『全注』吉井巌氏担当）という疑問についても、池田氏が指摘するところの「文芸志向」に起因するものだとすれば説明がつくであろう。宅守が越前に配流されたことは事実であった。その宅守と弟上娘子とのあいだでかわされた贈答のなかに一部実作ではないものがふくまれていた可能性があったとしたら、それはこの贈答を『萬葉集』に位置づけた編纂者による享受者としての営為であると考えられはしないだろうか。

一般的に『萬葉集』の目録は、『萬葉集』の本文そのものとは別次元で成立したと考えられている。しかし、伊藤『釋注』や鈴木武晴氏「狭野弟上娘子の贈答歌群の構成」（『セミナー万葉の歌人と作品　第十巻』和泉書院刊　平16・10）が指摘されているように、巻十五の目録に関しては、歌群の成立と同時かもしくは成立後間もないころに、解釈の前提として付されたものである可能性が高い。目録を付す営為が巻十五成立と近しい時期におこなわれていたとするならば、『全注』で吉井氏が指摘する実作ではない歌を補う営為とともに巻十五を編纂した者が目録を作成したと考えてもあながち誤りではあるまい。それは従来指摘されているように家持の可能性が高い。

さて、軽太子配流をめぐる歌にはじまり、『萬葉集』におさめられた五例の配流関連歌について、簡単ではあるがひとつずつ見てきた。そこで、

	配流者	歌の特徴	記録に関わる年	備考
①	麻続王	実作ではない		伝説化、後人仮託か
②	軽太子	歌謡物語（伝承）	天平以降に追補か	
③	石上乙麻呂	実作ではない	天平十五年昇進	

④	穂積老	仮託された可能性	天平十二年大赦	作者未詳歌巻の左注
⑤	中臣宅守	（文学志向）	天平十二年ごろ	巻十五編纂との関わり

というような特徴を見てとることができた。①の麻続王の用例をのぞくと、いずれも天平年代になってから『萬葉集』におさめられた可能性が高い歌となる。また⑤の中臣宅守の用例をのぞくと、いずれも配流をめぐる実作と断定できる歌が少ないという特徴も存した。

つまりは、やや結論を急ぐようだが、「社会的生命を奪うために共同体から追放するという意味での流刑は、肉体的生命を奪う死刑に次ぐ重刑」（日本思想大系『律令』の「名例律」補注）である配流をめぐる歌の多くが実作ではなく、天平年代に入ってから、おそらく「文学志向」をもって『萬葉集』におさめられた可能性が高いと考えられるのである。そして、稿者はその「文学志向」の持ち主として家持を推定しているが、その点について別の視点から補足してみたい。

六　天平の「和歌圏」

配流されたと記載されているわけではないが、それに近しい状況が左注に付された歌が『萬葉集』巻四におさめられている。

安貴王《あきのおほきみ》の歌一首　并《あは》せて短歌

遠妻《とほづま》の　ここにしあらねば　玉桙《たまほこ》の　道をた遠《どほ》み　思ふそら　安けなくに　嘆くそら　苦しきものを　み空行く　雲にもがも　高飛《たかと》ぶ　鳥にもがも　明日《あす》行きて　妹《いも》に言問《ことど》ひ　我《あ》がために　妹も事なく　妹がため　我《あれ》も事なく　今も見るごと　たぐひてもがも　（巻四・五三四）

反歌

しきたへの　手枕《たまくら》まかず　間置《あひだお》きて　年そ経《へ》にける　逢《あ》はなく思へば　（五三五）

右、安貴王、因幡《いなは》の八上采女《やかみのうねめ》を娶《めと》る。係念極《きは》まりて甚《はなはだ》しく、愛情尤《もと》も盛りなり。時に、勅《みことのり》して不敬《ふけい》の罪に断《さだ》め、本郷《くに》に退却《まか》らしむ。ここに、王《おほきみ》の心悼《いた》み怛《かなし》びて、聊《いささ》かにこの歌を作る。

この左注については、「勅して不敬の罪に断め、本郷に退却らしむ」の解釈をめぐっていささか問題が存し、稲岡『和歌大系』が、

第一は不敬の罪に問われたのも本郷に帰されたのも八上采女とする説。第二は不敬罪も本郷に帰されたのも安貴王とする説、第三は不敬の罪に問われたのは安貴王で、本郷に帰されたのは采女とする説、第四は不敬の罪問われたのは王と八上采女の二人であり、本郷に帰されたのは采女とする説である。ただし、後に藤原麻呂の妻として浜成を生んだ八上采女を同一人とすれば、采女は本郷に帰されてはいなかったと考えられ、第二説の可能性がもっとも大きい。尊卑分脈による

と、藤原麻呂の子浜成の母は因幡八上郡采女稲葉国造気豆之女となっている。浜成は延暦九年(七九〇)六十七歳で薨じたとあるので、その誕生は神亀元年(七二四)で、麻呂と八上采女との婚姻はそれ以前と見られ、浜成の母とここに言う八上采女は同一人の可能性が大である。

とまとめられたのが参考となろう。現行の諸注釈・テキスト類を見ても、歌の解釈とからんで左注の記述をめぐる解釈はいまだ分かれるところではあるが、宅守が弟上娘子を「娶りし時に」と記し、安貴王もまた「因幡の八上采女を娶る」と記述されているという看過できない共通性を鑑みると、稿者は前節で引用した池田三枝子氏の解釈を慣用すべきではないかと考える。

つまり、この左注の語るところは、安貴王と八上采女をめぐる現実的背景などではないということである。「勅して不敬の罪に断め、本郷に退却らし」められたという悲劇的状況下での別離をめぐる悲恋を、池田氏の言うところの「文芸志向」のもとに記したのが左注の記述であると考えられはしないだろうか。

この安貴王の歌の直後には、左注によって作歌事情が語られるという共通性を見いだせる「門部《かどべの》王《おほきみ》の恋の歌一首」が続く。この歌については以前、「門部王の「恋の歌」をよむ」と題して拙稿を発表した(『高岡市万葉歴史館紀要』15 平17・3)が、そこで『萬葉集』中にみえる「恋の歌」と題された歌の用例を検討し、

門部王によってうたわれた《恋を主題とする歌》は、享受されるなかで安貴王の「不敬」の恋をめぐる物語や実際にあった私通事件などとのかかわりから、あらたに男女の物語として解釈され

るようになった。それが左注として記載されることになった

と結論づけた。そこでも少しくふれたが、安貴王歌が目録では「安貴王の恋の歌一首 并せて短歌」と記され、「恋の歌」であると特記されていることも看過できない状況として存する。稿者は、安貴王の歌もまた門部王の歌と同様に、もともと《恋を主題とする歌》として詠まれたものが、享受過程であらたな物語が付帯されることとなったのではないかと見て大過ないと考える。

さらに、安貴王歌の直前におさめられたつぎの歌も看過できない。

大伴《おほとも》宿奈麻呂《すくなまろ》宿禰《すくね》の歌二首　佐保《さほ》大納言《だいなふごん》卿《きやう》の第三子にあたる

うちひさす　宮《みや》に行《ゆ》く児《こ》を　まかなしみ　留《と》むれば苦し　遣《や》ればすべなし　（巻四・五三二）

難波潟《なにはがた》　潮干《しほひ》のなごり　飽《あ》くまでに　人の見む児を　我《あれ》しともしも　（五三三）

新編古典全集本が頭注で、

作者の任国から采女などを貢進した時に、これを見送って詠んだものか。作者は養老三年（七一九）の前後、備後守であった。宮仕えに出る予定の女性を部領する使人などが横恋慕する類の話は記紀にも例が多い。

と指摘していることに注目したい。「采女」をめぐる歌として宿奈麻呂と安貴王の歌は関連し、左注で恋物語が語られるという関連で安貴王の歌は門部王の歌へとつながるという配列となっているので

ある。巻四・七五九番歌の左注によると、宿奈麻呂は田村大嬢や坂上大嬢の父であるという。すると、宿奈麻呂の妻は坂上郎女ということとなる。さらに、安貴王の妻が紀女郎であったことが同じ巻四の六四三番歌の題詞細注によって確認できる。紀女郎と言えば、家持との贈答が巻四や巻八に見える人物である。門部王はのちに大原真人と賜姓したが、越中萬葉において伝誦された古歌の作者として兄である大原真人高安が登場すること（巻十七・三九五二）も看過できない。

つまり、宿奈麻呂歌から門部王歌までの歌群は、ある程度まとまりあるものとして巻四に位置づけられていた可能性が考えうるのである。そこに家持の直接的関与を指摘するのは難しいが、その背景として、

> 相聞にせよ、雑歌にせよ、見立ての詠物的姿勢が強く、常に何らかの仮装を伴っている。…（中略）…歌はかならずしも写実でなくてもよいとする考え、いいかえれば、歌は仮構であるときむしろ美しいという考えが普及していた。…（中略）…その和歌圏は、恋歌に的をしぼれば片恋文化圏なのであり、雑歌をも含めていえば、虚構文化圏ないし見立《みたて》文化圏なのであった。

と伊藤博氏「天平の女歌人」（『萬葉集の歌人と作品　下』塙書房刊　昭50・7　初出は昭49・11）が指摘された、天平時代に坂上郎女を中心とする「和歌圏」があったとする想定に注目したい。

おそらくそのような文化圏のなかで、これらの歌は享受されていたのであろう。前節で引用した池田三枝子氏の指摘にあった「文学志向」とは、このような文化圏との関わりのなかで培われた志向なのではなかろうか。中心人物と目されている坂上郎女に歌を学んだと考えられる家持が、このような

文化圏に属する歌をまったく知らなかったとは考えられない。直接的ではないにしろ、家持がこのような文化圏に属する歌を学んだと見て大過あるまい。

七　記録者としての家持

さて最後に、前節末尾で引用した伊藤氏の言うところの「虚構文化圏」や池田氏の「文学志向」を考える上で看過できない用例を見てみたい。

おのれ故《ゆゑ》　罵《の》らえて居《を》れば　青馬《あをうま》の　面高夫駄《おもだかぶだ》に　乗りて来《く》べしや　（巻十二・三〇九八）

右の一首、平群文屋朝臣益人《へぐりふみやのあそみますひと》伝へて云《い》はく、昔聞くならく、紀皇女《きのひめみこ》ひそかに高安王《たかやすのおほきみ》に嫁《とつ》ぎて嘖《ころ》はえたりし時に、この歌を作らすといふ。ただし、高安王は左降《さかう》し、伊予国守《いよのくにのかみ》に任ぜらる。

巻十二という作者未詳歌巻におさめられている用例である。作者未詳歌巻という点では穂積老の場合に近しい。また王族をめぐる恋物語に関わるという点では前節の安貴王の用例に近く、「ひそかに…嫁ぎて嘖はえたりし時」という設定を鑑みると、軽太子や石上乙麻呂・中臣宅守に近しい状況にあると言うよう。

さて、この左注についてもすでに指摘されていることであるが、紀皇女と高安王では年代が合わな

いという矛盾が存する。その点をふくめてこの左注の解釈は、
左注はあくまでもお話である。養老二、三年よりは下る、天平十五、六年（七四三、四）頃の、大伴家持たちに伝えられたお話と察せられる。そういうお話（歌語り）では、時代の違う人が結びつけられてしまうことは充分ありうることではないか。紀皇女は艶聞に富む説話的人物として、家持たちのあいだで名の高かった徴証がいちじるしい。高安王が伊予守に左降された理由は明らかではないけれども、女性問題が原因ということはありうることであり、のちの人びとには著名な紀皇女と結びつけられる筋を充分に備えている。

と伊藤氏『釋注』が指摘されたことで大過はあるまい。ただし、高安王の伊予守任命が左遷ではないと考えられることを浅見徹氏「高安王左降さる」（『萬葉集研究　第二十四集』塙書房刊　平12・6）が詳細に検討されたことはふまえておかなければならない。つまり、「平群文屋朝臣益人伝へて云はく」ではじまる左注の前半部分は伊藤氏の言うところの「歌語り」であったが、その補足的説明として付された「高安王は左降し、伊予国守に任ぜらる」という記事はまったくの誤解なのである。

伊藤氏の言う「紀皇女は艶聞に富む説話的人物として、家持たちのあいだで名の高かった」とする根拠は、家持によって特立された巻三「譬喩歌」部冒頭に紀皇女の歌が据えられたことによる。しかしながら、たとえ紀皇女をめぐる艶聞という視点を除外したとしても、この左注が史実でないことは、ふたりの年代が合わないと言うだけで明白であろう。

このような史実からかけ離れた内容の左注が付されることとなったのは、おそらく、

記載されたうたは、記載されることによって作品としての道を歩み始める。その萌芽はうたが物語として伝え始められたところに既に萌しているであろう。三〇八九番歌も、高安王あるいは紀皇女をめぐる恋物語として、史的事実とは乖離した場をもって享受されていたものと考えた方がよい。

と浅見氏が指摘されたように、「史的事実とは乖離した場」において享受された結果だと考えて大過あるまい。その場は、おそらく前節で引用した伊藤博氏の説くところの、坂上郎女を中心とする「和歌圏」であったにちがいない。そして、家持もまたその「和歌圏」の一員であった。

ところで、一節で述べたように、軽太子配流をめぐる歌を巻二におさめたのは家持である可能性が高い。

巻一、巻二は原万葉を中心とする純正の『万葉集』だが、それにしても、これが増補されたり、追補されたりして、現在の巻一や巻二になったのは、一部に家持の手が加わった上ではなかったかと、わたしは考える。

と中西進氏「古代と和歌」（『万葉の世界』日本放送出版協会刊　昭48・4　なお本稿では講談社刊『中西進万葉論集』第六巻を利用した）も指摘されているように、『萬葉集』の成立論の立場からはほぼ通説と見て大過あるまい。ただし、巻一におさめられた麻続王の用例については、『日本書紀』を検討して『萬葉集』との齟齬を指摘した左注が家持の手になる可能性は考えられたとしても、配流をめぐる歌そのものを『萬葉集』におさめたという積極的な関与を確認できないところで問題を残すが、うまく説明できる考えもなく、いまは措いておきたい。

巻一におさめられている麻続王の一例をのぞくと、ほかの配流をめぐる歌を『萬葉集』におさめた営為には家持の関与を充分認めうるのである。配流をめぐる歌は、巻六（石上乙麻呂）・巻十三（穂積老）・巻十五（中臣宅守）というように、巻十六以前におさめられている。さらに近しい状況を左注に付す安貴王の歌は巻四におさめられ、さきの高安王の歌が巻十二におさめられていることをふくめても、いずれも巻十六以前と言うことになる。伊藤博氏が『釋注』別巻で詳細に述べられているように、おそらく『萬葉集』の巻十六までは天平十七年（七四五）以降の数年間で、家持を中心にまとめられたものと考えられる。とくに中臣宅守の配流をめぐる歌群をふくむ巻十五は「家持独自の力による歌巻」と伊藤氏は指摘する。重刑である配流者たちの歌が『萬葉集』におさめられるのはその者たちが配流先から許されて帰京した以降であろうという点でも、伊藤氏の指摘された天平十七年以降の成立とする説と矛盾しない。

巻一におさめられた麻続王の用例だけは問題として残ることとなったが、巻二に追補された軽太子の場合をふくめ、配流された者の歌は天平時代になって『萬葉集』におさめられたと考えて大過ないことを確認してきた。その中心人物は家持であろう。それでは、何故このような「肉体的生命を奪う死刑に次ぐ重刑」（日本思想大系『律令』の「名例律」補注）と考えられていた配流をめぐる歌を『萬葉集』におさめることとなったのか。

巻四にいくつか見える家持の「娘子《をとめ》に贈る歌」（六九一・六九二、七一四〜七二〇、七八三〜七八五）や「娘子が門《かど》に至りて作る歌」（七〇〇）などをめぐって黒田徹氏「大伴家持の「娘子」に贈る歌」（大東文化大学『日本文学研究』28　平元・2）が、その本歌取りの様態を検討しながら、

石上乙麻呂と久米若女、中臣宅守と狭野弟上娘子の私通事件が制作動機になっていると思われ、家持は、「娘子」に女孀のような女性を想定していると考えられる。

と指摘されたことに注目したい。乙麻呂や宅守の事件が「私通事件」であると単純に言えない部分もあることはすでに指摘してきたが、彼らの配流をめぐる歌が家持の歌学びの材料のひとつであった可能性は充分に認めうるのである。

平成十七年十月にオープンした第五回企画展「天平万葉」で稿者は「天平の恋」を担当し、その図録のなかで、坂上郎女の相聞歌に見られる身内との「相問起居」（巻四・六四九左注）を恋歌風に仕立てる営為を、人麻呂の「石見相聞歌」（巻二・一三一～一三九）や「泣血哀慟歌」（巻二・二〇七～二一六）をめぐってすでにさまざまに指摘されている「恋」そのものを主題とする虚構の世界、まさに文芸作品としての恋歌の流れにあるものと位置づけられることを指摘した。さらに家持と同族の池主との贈答（たとえば巻十八・四〇七三～四〇七九など）なども視野に入れて、

平城京遷都によって万葉びとたちが都市生活者となり、そのなかで文化もまた都市化され成熟していった天平時代あたりになると、宴席での歌の披露や贈答歌のやりとりが日常のこととしてなされることが多くなってきた。その結果として、宴席の場で披露したり身内との贈答に変化を持たせたりなどするために、純粋な恋歌ではない、まさに文芸的な「恋歌」を歌うようになってき

たのであろう。

とまとめたが、そのような流れのなかで、前節でも少しくふれた「恋の歌」と題する《虚構の恋歌》が詠まれるようになったと考えて大過あるまい。それとともに、本稿で見てきた配流をめぐる歌のなかの石上乙麻呂や中臣宅守に関わる歌、前節で取り上げた安貴王の歌や本節冒頭に掲出した高安王をめぐる歌などの、史実ではないとしても、まさに禁断の恋とも言うべき悲恋をめぐる歌が『萬葉集』におさめられることにつながったのではないだろうか。そして、その理由として、

おそらく、たんに鑑賞するためにだけこれらの歌は『万葉集』におさめられているのではない。むしろ、天平の万葉びとたちが相聞歌を作る上で、そこから表現を学ぶためのものとして享受《きょうじゅ》していたにちがいない。都市化された生活のなかで暮らす万葉びとたちの心のゆとりが、それまでの純粋な恋歌を超越したあらたな相聞の世界を必要とした。そのようななかで、これらの歌が受け入れられるようになったのであろう。

と第五回企画展「天平万葉」の図録のなかで結論づけたことを、本稿でも結論としておきたい。

さいごに

多種多様な様態を示す歌を一律に論じたためにはなはだ煩雑な論となったが、『萬葉集』に見える配流された萬葉びとの歌について卑見を提示してきた。

さて、本論集は『道の万葉集』と題する。そのなかで「配流の道」を担当したわけだが、まったく

「道」についてはふれていない。じつは本稿を執筆するにあたり、必要な資料を収集する過程で、すでに同じ問題を論じたものが存することを発見した。清原和義氏『万葉の旅人』（学生社刊　平5・3）のなかの「望郷　配流の旅」である。講演録でありながら、ひとつひとつをじっくりと読解しているこの論考がすでに存するなかで、本稿が取り上げうる問題はなにか。その結論として、副題に付したように「記録者としての家持」という視点を持ち込んでみたわけである。

流罪の歌は、本人の生の声はなかなかわかりません。世間の人がその人の立場をどう思ったかを歌ったり、ちょうど七夕伝説を歌うように、当事者になりきったり、あるいは世間の人の立場で歌ったりしているのが、配流の旅の歌の特色です。

ですから、本章のサブタイトルに「望郷」と書いたのは旅の一面を伝える言葉です。そのタイトルにふさわしいのは、じつは中臣宅守という罪人が故郷を思う歌の群れにのみみられるにすぎません。

清原氏の論考の末尾の文章である。ここに記されているように、もし配流された者の歌のなかで「道」を論ずるとなれば、中臣宅守の越前配流をめぐる歌しかないと言うことになろう。たしかに、軽太子の配流をめぐる歌では「君が行き」とはうたわれるが、道そのものを詠んでいるわけではない。また、麻続王の場合は「伊勢国の伊良虞の島」での状況、つまりは配流先が詠まれている。

穂積老の場合、短歌では「幸くあらばまたかへり見む」とうたいながらも道そのものはうたわないが、長歌冒頭には道行風な詞章が続く。しかしながら、左注は短歌のみを穂積老の作とし、長歌は老の歌と考えていない点を鑑みると、この用例も除外せざるを得ない。なお、石上乙麻呂の場合は、当事者の立場になって詠まれたと指摘されている

父君《ちちぎみ》に　我《われ》は愛子《まなご》ぞ　母刀自《ははとじ》に　我《われ》は愛子《まなご》ぞ　参《ま》ゐ上《のぼ》る　八十氏人《やそうぢひと》の　手向《たむけ》する　恐《かしこ》の坂に　幣《ぬさ》奉《まつ》り　我《われ》はぞ追へる　遠き土左道《ときぢ》を　（巻六・一〇二二）

の歌に「遠き土左道を」と存するが、つぎに見る宅守の場合とちがって、「遠き」と言い切るところにやや冷静・客観的な歌いぶりが感ぜられる。やはり乙麻呂本人の感慨ではないことに起因するのであろう。

あしひきの　山路《やまぢ》越えむと　する君を　心《こころ》に持ちて　安けくもなし　（巻十五・三七二三）
君が行《ゆ》く　道の長手《ながて》を　繰《く》り畳《たた》ね　焼き滅ぼさむ　天《あめ》の火もがも　（三七二四）
あをによし　奈良《なら》の大路《おほぢ》は　行《ゆ》き良《よ》けど　この山道《やまみち》は　行き悪《あ》しかりけり　（三七二八）
愛《うるは》しと　我《あ》が思《も》ふ妹を　思ひつつ　行けばかもとな　行き悪しかるらむ　（三七二九）
恐《かしこ》みと　告《の》らずありしを　み越路《こしぢ》の　手向《たむけ》に立ちて　妹が名告《の》りつ　（三七三〇）

中臣宅守と狭野弟上娘子との贈答の冒頭部分から五首を抜きだしてみた。最初の二首が弟上娘子の

歌で、あとの三首が宅守の歌である。娘子がうたう「道」がやや概念的であるのに対して、宅守のうたう「道」にはやや具体性を感ぜられることはまちがいない。詳細は清原氏の論考を参照願いたい。

具体的な「道」を論ずることなく、配流をめぐる萬葉歌について検討してきた。天平時代になり、「文学志向」（池田三枝子氏）を持った新しい「和歌圏」（伊藤博氏）が坂上郎女を中心として形成されるなかで、おそらくあらたな相聞世界を広げる手段のひとつとして、歌学びの対象として享受するために、配流された萬葉びとの歌が『萬葉集』におさめられることとなったのであろう。

はなはだ煩雑な上に、性急な結論であるが、ご教示・ご叱正をお願いする次第である。

参考文献（本文中に引用しなかったものを掲出する）

・稲岡耕二氏「磐姫皇后歌群の新しさ」（『東京大学教養学部人文科学科紀要（国文学・漢文学）』60　昭50・3）

・菅野雅雄氏「磐姫皇后御作歌群の構想―巻二増補の時と人をめぐって―」（『初期万葉歌の史的背景』和泉書院刊　平6・7　初出は平2・3　なお本稿ではおうふう刊『菅野雅雄著作集』第六巻を利用した）

・森朝男氏「木梨軽太子伝承考―万葉集相聞歌論の射程で―」（『恋と禁忌の古代文芸史』若草書房　平14・11　初出は平4・12）

・梶川信行氏「麻績王伝承の転生―八世紀の《初期万葉》―」（『美夫君志』66　平15・3）

・渡瀬昌忠氏「石上乙麻呂土佐国に配さるる時の歌」（『万葉集を学ぶ　第四集』有斐閣刊　昭53・3）

・粕谷興紀氏「中臣宅守の歌」(『セミナー万葉の歌人と作品　第十一巻』和泉書院刊　平17・5)
・阿蘇瑞枝氏「家持と万葉集―いわゆる十六巻本万葉集の形成と家持―」(高岡市萬葉歴史館叢書12『家持と萬葉集』高岡市万葉歴史館刊　平12・3)

使用テキスト(なお、適宜引用の表記を改めたところがある)
萬葉集・日本書紀・風土記　↓　小学館刊『新編日本古典文学全集』
続日本紀　↓　岩波書店刊『新日本古典文学大系』

大唐への道
——山上憶良「在二大唐一時、憶二本郷一作歌」の周辺——

藏中　進

一　第七次（大宝度）遣唐使派遣

文武天皇大宝元年（七〇一）正月二十三日、第七次遣唐使の任命が行われた——大宝建元は三月二十一日で、正確には文武五年——。その編成は次のごとくであった。

遣唐執節使	直大弐（従四位上）	粟田朝臣真人
大使	直広参（正五位下）	高橋朝臣笠間（渡唐せず）
副使	直広肆（従五位下）	坂合部宿祢大分（大使に昇格）
大位	務大肆（従七位下）	許勢朝臣祖父（副使に昇格）
中位	進大壱（大初位上）	鴨朝臣吉備麻呂
小位	追広肆（従八位下）	掃守宿祢阿賀流

大録　進大参（小初位上）　錦部連道麻呂
少録　進大肆（小初位下）　白猪史阿麻留
〃　　无　位　　　　　　　山於憶良

大使の上に執節使まで備えた堂々たる陣容で、三十年ばかり途絶えていた遣唐使の派遣にかける文武朝廷の並々ならぬ大きな意気込みと期待が感ぜられる。この度の遣唐使に課せられた任務は、儀礼的な国書や朝貢品の送達及び先進文化の摂取のみにあったのではあるまい。ようやく撰定の功を終えてその公布を目指していた大宝令の施行にかかわる諸問題や、すでに半島諸国に対しては国号を「日本」として外交関係を進めていたが、それを大唐に通告、承認させることも彼らに課せられた大きな任務であったと思われる。

ここにとり上げようとする山上憶良在唐歌（巻一・六三）は、少録に任ぜられて渡海し大任を果して帰国する際の作、『万葉集』中唯一の在外作とされるものである。齢四十をすぎて無位であった憶良が、少録として一行に加えられたのは、若年以来の彼の研鑽がようやく認められてのことと思われ、その実力は高い評価を得ていたのである。恐らく日ならずして同輩の少録白猪阿麻留と同位が与えられ、選ばれてあることの感動と新たなる決意の下に出発の準備万端に意を注いだことであろう。

周知のように、『万葉集』には遣唐使にかかわる長短歌が二十首ばかり残されている。その多くは第九次（天平五年［七三三］発）と第十次（天平勝宝四年［七五二］発）のものであって、第七次の時の作として確実なものは「三野連名闕くの入唐せし時に、春日蔵首老の作りし歌」（巻一・六二）と「山上臣憶良の大唐に在りし時に、本郷を憶ひて作りし歌」（巻一・六三）の二首のみが従来から指摘されている。六二歌は、

ありねよし対馬の渡り海中に幣《ぬさ》取り向けてはや帰り来《こ》ね

とあって、大宝元年（七〇一）三月十九日に還俗せしめられた僧弁基（賜姓春日蔵首老）が、遣唐使人の一員として渡海することになった三野（美努連岡万）に贈った送別歌であった。作者が春日蔵首老を名乗るのは三月十九日以降で、この歌もそれ以後の送別の宴などの機会に作られたものであろう。

巻十三に「柿本朝臣人麻呂歌集の歌に曰く」として長歌（三二五三）とその反歌（三二五四）が収められている。

葦原の　瑞穂の国は　神ながら　言挙《ことあ》げせぬ国　しかれども　言挙げぞ我《あ》がする　事幸《ことさき》く　ま福《さき》くませと　恙《つつみ》なく　福くいまさば　荒磯波《ありそなみ》　ありても見むと　百重《ももへ》波　千重波にしき　言上げす吾《あれ》は　言上げす吾は

反歌

志貴島《しきしま》の倭《やまとのくに》国は言霊《ことだま》の佐《たす》くる国ぞま福くありこそ

「言挙げせぬ」ことを美風とするこの「葦原の瑞穂の国」にあって、あえて「言挙げ」して無事を祈り、「言霊の助」によって「ま福くありこそ」の実現を確信する歌であって、「葦原の瑞穂の国」「志貴島の倭国」「荒磯波」「百重波　千重にしき」などの用語などからも大海を渡って他国に赴く遣唐使一行に対する壮行の宴席などでの送別歌とする解をとるべきであろう。遣唐使に対する壮行歌とすれば、人麻呂在世中のそれは第七次遣唐使派遣時以外には考えられない。即ち右の歌は大宝元年（七〇一）一月二十三日の遣唐使任命以後、五月七日粟田直人が節刀を授けられて藤原京を出立し難波（大伴三津）に向った頃までの間に催された壮行宴などで披露されたものと考えてよいであろう。その生涯など未詳の点も多いが、この頃の人麻呂はその作歌活動の最終期に近く、四十歳前後であったと推定され、さすれば渡唐準備に追われていた筈の山上憶良とほぼ同年輩、憶良は深く感佩してこの歌を心に刻んだことと思われる。後年（天平五年〔七三三〕三月三日）第九次遣唐大使として渡唐することになった多治比真人広成に贈った憶良の送別歌「好去好来歌及び反歌」（巻五・八九四、八九五、八九六）は、人麻呂のこの歌を意識しての作と考えてまちがいないであろう。

『続紀』によると、この間に四月十日には遣唐大通事大津造広人に垂水の姓を賜うことがあり、同十二日には遣唐使等拝朝の儀があった。そして前記のごとく五月七日には執節使粟田真人が節刀を授けられ、一行は直ちに難波へと都を立ったのであった。

難波での一行の動静などに関する資料は皆無で、総員が何名であったか、何隻の船団であったかなども一切不明であるが、『万葉集』西本願寺本には、

国史云、大宝元年正月、遣唐使民部卿粟田真人朝臣已下百六十人乗船五隻、小商監従七位中宮小
進美奴連岡麿云々

とあり、百六十名、五隻の編成であったものかと思われるが、また、他の遣唐使の例などによって推測すれば、総勢は五百名前後、四隻に分乗して執節使坐乗の第一船（船名は「佐伯」）を先頭に三津の浜から一せいに出航したものと思われる。残念ながらその日時も不明であるが、大宝元年（七〇一）五月中のことと考えてよいであろう。

『万葉集』巻二に有間皇子関係の挽歌六首が収められていて、その中に山上憶良の「追和歌一首」がある。

鳥翔成《つばさな》すあり通ひつつ見らめども人こそ知らね松は知るらむ　（巻二・一四五）

これにすぐ続けて「柿本朝臣人麻呂歌集中出」の歌が、作歌日時を示す題詞を伴って次のごとくある。

大宝元年辛丑、紀伊国に幸したまひし時に、結松を見し歌一首

のち見むと君が結べる岩代の小松がうれをまた見けむかも　（巻二・一四六）

この歌及び題詞によって、前掲の憶良の「追和歌」もこの時に作られたとする解があり、そうすると憶良はこの時の紀伊行幸に従駕していたことになる。『続紀』によればこの行幸は九月十八日から十月十九日までの約一ヶ月のことであった。私にはやはり遣唐少録であった憶良は、執節使の節刀拝受（五月七日）の直後に一行と共に九州に更には大唐国への旅に出ていたと思われ、憶良の「追和歌」はまた別の機会に作られたものと思われる。

前記のように、遣唐使一行はこの年（大宝元年）六月はじめ頃には筑紫に着き、風候宜しきをまって渡海の途についたと推定されるが、その日時は判然としない。『続紀』大宝二年（七〇二）六月二十九日の条に次のごとくある。

（六月二十九日）遣唐使ら、去年筑紫よりして海に入るに、風浪暴険《なみかぜあらしま》にして海を渡ること得ざりき。是に至りて乃ち発《た》つ。

前年（大宝元年）六月以降の頃大唐へ向けて筑紫を出発したが、風浪暴険によって引き返し、再度の出発が翌二年（七〇二）六月末に敢行されたのであった。恐らく初度の渡海時に損傷を受けた船の修理や積荷の整理、乗員の休養などに時を費し、それらの報告に執節使粟田真人ら幾人かが上京し、その間の五月二十一日に、粟田真人は参議に任ぜられ（『続紀』）ているが、遣唐執節使の労苦に対する褒賞と激励の意が込められたものであろう。――かくして山上憶良は大宝二年（七〇二）六月二十九日に筑紫から大唐への道に発ったのであった。

二 「日本国使」大唐（周）着岸

大宝二年（七〇二）六月二十九日に筑紫から入海した憶良らの遣唐船が、幾日を航海して大陸に着岸したのか資料乏しく判然としない。他の遣唐船などの例に徴して二十日前後かかったものと想定すると、七月中には着岸したと考えてよいであろう。着岸時の状況が日時を欠いてはいるが『続紀』に粟田直人の帰国時の報告として掲載されている（慶雲元年［七〇四］七月一日条）。

（慶雲元年七月一日）正四位下粟田朝臣真人、唐国より至る。初め唐に至りし時に、人有り、来りて問ひて曰はく、「何処《いづく》の使人ぞ」といふ。答へて曰はく、「日本国の使なり」といふ。我が使、反《かへ》りて問ひて曰はく、「此は是れ何《いづれ》の州の界ぞ」といふ。答へて曰はく、「是は大周楚州塩城県の界なり」といふ。更に問はく、「先には是れ大唐、今は大周と称《なづ》く、国号《くにのな》、何に縁りてか改め称くる」ととふ。答へて曰はく、「永淳二年、天皇太帝崩じたまひき。皇太后位に登り、称《な》を聖神皇帝と号《い》ひ、国を大周と号《なづ》けり」といふ。問答略《おほむねをは》了りて、唐の人我が使に謂ひて曰く、「亟《しばしば》聞かく、「海の東《ひむかし》に大倭国《たいわこく》有り。これを君子国と謂ふ。人民豊楽にして、礼義敦《あつ》く行はる」ときく。今使人を看るに、儀容太《はなは》だ浄《きよ》し。豈信《あにまこと》ならずや」といふ。語畢《ことをは》りて去りき。

これによるとわが遣唐船は、楚州塩城県（現在の江蘇省塩城市——揚州市の北東一二〇キロメートル連雲港市の南東一八〇キロメートルの地——）の沿海地方に着岸し、そこで土地の人と問答して次のような重大な情報を入手したのであった。即ち、大唐は永淳二年＝弘道元年（六八三）十二月に天皇太帝（高宗）が崩じ、中宗・睿宗などの廃立の後、則天武后が聖神皇帝と称して帝位につき、国号は大周となっていること、したがって遣唐使として派遣された彼らは、女帝武則天の君臨する大周への遣使ということになり、恐らく携えていただろう文武天皇からの国書その他諸種の文書類は、すべて大周国宛のものにされねばならなかったであろうし、そこに用いられる文字も、武則天によって制定、公布されていたいわゆる則天文字に改められねばならなかったであろう。山上憶良ら録事たちは、早速則天文字を学習し、貢納品の目録や日付などの数字もすべて大数字に、また暦制も天授元年（六九〇）に周正に改められていたが、久視元年（七〇〇）十月にまた夏正に復していること、そしてその元号も即位以来十数年の間に十数回も改元されて大周の現在の元号は長安でその二年であること等々驚くことばかりであったにちがいない。彼らにとって女帝が帝位にあることは、天武の后持統が数年前まで皇位にあったことを経験していて、さほど驚異ではなかったであろうが、大周における女帝武則天の絶大な政治権力と統治能力は塩城県あるいは揚州などの現地官人たちからしばしば聞かされて畏怖の念さえ抱いたのではあるまいか。例えば本国で制定されたばかりの大宝令の公式令詔書式には隣国（大唐）蕃国（半島諸国）などの外国使節に下される詔書の冒頭が、明神御宇日本天皇詔旨云云。

と規定されていた（養老令）と考えられ、彼らが携えた公式文書（国書もあったにちがいない）にはすべて大倭でなく日本の国号が用いられ、それらの日付も大宝の元号（周知のように、孝徳天皇の大化・白雉、天武天皇の朱鳥などが断続的に用いられたが、文武天皇もはじめの四年間は無元号で七〇一年三月二十一日にはじめて大宝と建元したのであった）を用い、宛名の国号は大唐であった筈である。中国王朝に対して正朔を奉ずる関係にはなかったわが国であったが、東アジアの宗主国として天下に君臨する大唐、そして今やその大唐を凌ぐほどの強大な権力を行使する大周女帝に対して、わが使節一行は、わが国の立場、例えば大倭から日本への脱皮、大宝令による律令体制の施行、等々をいかに説明し承認させるか、は大問題として重くのしかかっていたに相違ない。

前掲のように、彼らは塩城県界に着岸した時、己の身分を「日本国の使」と称し、土地人は「海東大倭国＝君子国」と称したという。後述の憶良在唐歌にも「日本」の表記が見えている。

わが国の国号表記「日本」については、はやく『日本書紀』の古注釈類にはじまって、本居宣長の『国号考』などを経て、近代から現代に至るまで多数の研究が山積している。二〇〇四年春、中国長安市の西北大学歴史博物館が新に収蔵した「井真成墓誌」を公表し、墓主が「公姓井、字真成、国号日本」であることを明らかにした。墓誌の実物は〇五年になってわが国でも東京・関西などで展観され、それぞれの博物館は連日の参観者で賑わったこと周知の通りである。確かに「日本」という国号を記した石刻資料の最古のものであり、しかもそれが「開元廿二年（七三四）二月四日」の日付をもつことは重視せねばならないであろう。

倭国から日本への改称の時期、わが国からの自称か、中国からの他称か、倭の意味、日本の意味等々をめぐる問題などについての山積する研究をよく整理して示しそれらを踏まえる研究を示されたのははやく増村宏氏であり、ごく最近では神野志隆光氏にも研究がある。「倭」を「日本」に改めたのは彼等（倭人）が「倭」というのを悪み嫌い、日の出る辺にある国だから「日本」と称したのだ、とする『新・旧唐書』あるいは『唐会要』などの考え方が一般的で、われわれ日本人にとっても解り易く、ただ何となく日の出る東が方位的にも優位であるかのような印象を受けているのではあるまいか。

第七次遣唐使が国号を「倭」から「日本」に改めたことを大唐（大周）に通告、承認させる任を課されていたとして、それが大変に困難な業であろうと思うのは、「日本」が日出づる東方にあって西方の大唐（大周）より優位の地に位置していることを示す国号だから、とするのは当たるまい。何のことわりもなく勝手に国号を変えるとは何事だ、と大唐（大周）のプライドを傷つけ怒を買うのではと心配したと解すべきであろう。後年（天平七年［七三五］）二月に新羅使が平城京に入京し、その国号を「王城国」と称したのに対して聖武朝廷がとった処置を思い合わせるべきであろう。

もともと「倭」は中国側からこの国を「ワ」と呼びその用字として用いたものであった。そこに住む人々は当然「倭人」である。その倭人たちが六世紀頃以来、先進中国から多くの文化を学んで己のものとし、特に漢籍・仏典にふれて、文字を学習しそれぞれの字形に対して一定の音があり、また意味があることを学びとった筈である。彼らは己たちの住む奈良盆地東南のヤマトの地を中国人に従って文字表記すれば「倭」（いま、音仮名、訓仮名などの表記は除く）であることを悟り、「倭」をヤマトと訓んだのである。

　奈良盆地東南のヤマトの地から勢力を伸張する過程で、そのヤマトは「クニノマホロバ」であり、「ソラ（ニ）ミツヤマト」と土地褒めの枕詞さえ加えて呼ばれるようになった。

　ヤマトに隣接するハツセの地は、三方を山に囲まれ西流するハツセ川の谷ぞいの狭小の地で、「ハツセヲグニ《小国》」とも呼ばれた。三方の山中にひっそりとこもっているので枕詞コモリク《隠国》（ノ）を冠して呼ばれ、やがてハツセ川ぞいのイセ方面との通交が盛んになると、そのハツセ川の長い谷を冠して、「ナガタニ《長谷》ノハツセ」と呼ばれるようになった。そして「トブトリ《飛鳥》ノアスカ」から飛鳥をアスカの地名表記にあてたと同様の手続きで、「長谷」をハツセにあて、後には促音化とその脱落によって「長《ハ》谷《セ》」が生れた。同様にして「ソラ（ニ）ミツヤマト」は、西の方ナニハから奈良盆地への最短路として、イコマ越えの道（暗峠など）が開かれ、ナニハ方面からイコマ山系を辿り、峠に立った時、まさに日の出る東辺の地であった。即ち、「ヒノモト《日本》ノヤマト」と呼ばれるようになり、その枕詞がヤマトの表記とし用いられるようになったのである。逆にヤマト側から西のナニハ方面に向えば、峠から見下すはるかな淀川河口一帯の地はまさに日光の降り注ぐ広い平地で「オシテル（ヤ）ナニハ」であり（後には「アシガチルナニハ」も生れた）、またすぐ足下のなだらかな傾斜地クサカは「ヒノシタ《日下》ノクサカ」と呼ばれ、その表記に「日下」を用いるようになった。——ながながと主題からそれるような言辞を連ねてきたが、「日本」の表記はヤマトにかかる枕詞「ヒノモトノ」に発するもので、日神信仰や大日如来信仰に結びつけたり、東方優位を考えたりするのは後世の恣意的解釈にすぎないと考えられる。従って、長谷＝ハ（ツ）セ、飛鳥＝アスカ、春日＝カスガ、日下＝クサカ、等と同格に日本＝ヤマトの表記として用いられ、それは「倭」をもってヤマトに当てるより好もしいとして用いられたものと考えられる。後年（和銅六年［七一三］）五月二日の諸国郡郷名に好字を着けしめ、『風土記』の撰進を令しているが、そのような行政地名改正政策の先駆的実施の一環として、国内的にも総国名ヤマトの二字好字として「日本」の表記が選ばれるに至ったと考えられる。「倭」は「説文解字」に、「倭　順皃、从レ人委声。詩曰周道倭遅」とあり、順、委、随、従、等とほぼ同義で従順である、まわり遠い、つつしむなどの意の字で、その字自体にそれほど忌避すべき意はない。字体的によく似る「矮」（背丈が低い、背の低い小さい人などの意）が連想されてヤマトに「倭」字をあてることを嫌ったとする解に従いたく思う。但し、「矮」字、『説文解字』『爾雅』などには見えず、わが上代人がこの字をどの程度理解していたかに疑問が残る。——何れにせよ、山上憶良もその一員であった第七次遣唐使人たちは、無事に大海を渡ることができてほっと一息つくと同時に、異国の風物や人々の生活を目の当たりにして奇異の目を見張り、これから入京までの一千キロメートルに及ぶ大陸横断の旅程を思いやったことであろう。

武后は神都と改称していた東都洛陽を大足元年（七〇一）十月に発して同二十二日に西京長安に至

り、大足元年（七〇一）を長安元年と改元してここを京都としていた（長安三年［七〇三］十月には再び神都に遷る）。したがって、わが遣唐使が上京すべき目的地は西京長安であった。彼らは恐らく長安三年（七〇三）正月の朝賀以前に貢納の儀を行うべく楚州の地を出発したと思われる。

上京を許された一行の人数なども不明であるが他の遣唐使の例などに徴すれば四十名程度であったと考えられ、少録山上憶良も当然その中に入っていた筈である。

三　「日本国使」大陸横断

楚州あたりからどのようなコースをとって上京したものか全く不明であるが、既に隋代に開通していた大運河を利用したり、また陸路をとって長安を目ざしたものと思われる。ほぼ一世紀後の延暦二十三年（八〇四）七月に、第十八次遣唐使判官として入唐した菅原清公に、「冬日汴州上漂駅逢レ雪」（『凌雲集』）と題する五言詩がある。揚州あたりから長安を目ざしての途次汴州上漂駅に至って雪に逢っての作であるが、汴州は河南道に属し、現在の河南省開封市にあたり、揚州方面から西北進して黄河に達する地で長安までの丁度中間点に位置する。ここから黄河沿いに二百キロメートルで神都（洛陽）に達する。第七次遣唐使一行も多分このようなコースを辿ったものと思われる。この旅程の途中ではないかと思われるが、張文成の『朝野僉載』巻二に次のごとく日食と月食の記事が見えている。

長安二年（七〇二）九月一日、太陽蝕尽し、黙啜の賊并州に到る。十五日夜に至り月蝕尽し、

賊并せて退尽す。（下略）

遣唐使人一行は、上京途次の異国の地にあって、半月の間に日月の皆既食を見たことであろう。わが国にあってもこの日食は記録されて

九月乙丑の朔、日蝕《ひは》ゆることあり。（『続紀』）

とあり、ユリウス暦九月二十六日にあたり、飛鳥における食分は九であったという。

鄭州、滎陽も通過して鞏県あたりからは、はるか南方に中国五岳の中岳とされる嵩山を望んだことであろう。武后は、この山を「神岳」と称し、その中腹に離宮三陽宮を営み、神都滞在中は避暑地としてしばしば訪れていた。『朝野僉載』巻八に次のごとき興味深い記事が収められている。

周の聖暦年中（六九八—六九九）、洪州（現在の江西省南昌市一帯の地）に胡超なる僧在り。出家して道を学び、白鶴山に隠る。微に法術有り、自ら数百歳なりと云ふ。則天長生薬を合せしめ、費す所巨万、三年にして乃ち成る。自ら薬を三陽宮に進《たまつ》る。則天之を服して神妙と為し、彭祖と同寿ならむことを望み、改元して久視元年（七〇〇）とす。超を放ち山に還らしめ、賞賜甚だ厚し。服薬の後、三年にして則天崩ず。

恐らく張文成が直接耳にした話柄を記したものであろうが、実際に武后が崩じたのは五年後の神竜元年（七〇五）十一月二十六日のことであった（年八十二歳）。『朝野僉載』のこの記述を裏打ちするかのごとく、一九八二年五月に嵩山で次のごとき銘文を刻した金簡が出土した。

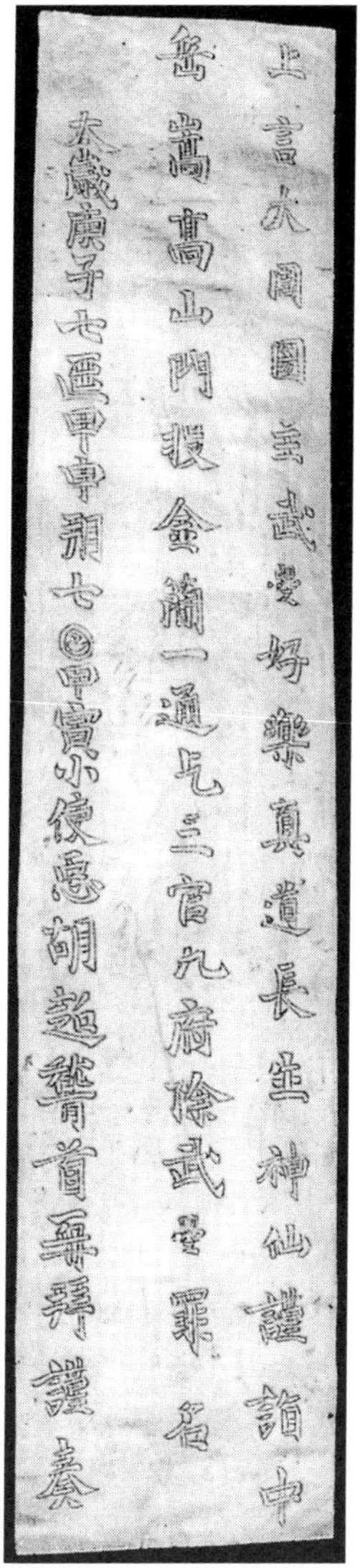

（河南・河南博物院所蔵）

上言大周圀主武曌好楽真道長生神仙謹詣中
岳嵩高山門投金簡一通乞三官九府除武曌罪名
太歳庚子七𠥱甲申朔七𡆠甲寅小使𢘑胡超稽首再拝謹奏

則天文字を混じえた三行六十三字の銘文を私訓すれば次のごとくである。

言を上る。大周国主武照、真道、長生、神仙を好み楽ひ、謹みて中岳嵩高の山門に詣で、金簡一通を投ず。乞はくは三官九府、武照が罪名を除かむことを。
太歳《ほし》庚子《かのえね》にある七月甲申《きのえさる》の朔《つきたち》にして七日甲寅《きのえとら》に、小使臣胡超、稽首再拝し、謹みて奏す。

これらによると、武后は胡超なる老道士に作らせたいかがわしい長生薬を服用し、久視元年（七〇〇）七月七日に道教儀礼に従って金簡を投じて長寿を祈ったというのであった。わが使人一行は、嵩山をはるかに望みつつ、この話などを聞かされ、今更のように齢八十歳を迎えた老女帝の生への執念と強大な権力に畏怖の念を新にしたことと思われる。特に私には三十数年後の山上憶良最晩年の名作「沈痾自哀文」（『万葉集』巻五）が思い合わされ、憶良は「沈痾自哀文」構想の過程で、武后の最晩年のこのような生き様をも想起しつつ筆を運んだのではないかと思われてならない。

一行が神都（洛陽）に入った日時も定かでないが、ようやく秋色も深まり初冬の気配も漂いはじめる頃だったと推定される。武后が西京長安に遷ったのは一年前の長安元年（七〇一）十月のことであったが、複都制をとり神都の風光を愛していた武后は、神都滞在の方が多く、造営にも力を注いでいたので、廃都といった面影などは微塵もなく、いずれ近日中の還御を待っているといったたたずまいであったと想像される。大陸着岸以来、情報収集につとめて、老女帝の朝廷には張易之・昌宗の兄弟が武后の寵を頼んで勢威を張り、宮廷内は暗黒と腐敗が渦巻き、政治的には官人たちの無能と密告の充満、酷吏たちの残忍と私欲の横行の時代となっていることをかなり的確につかんで、周廷参内時の手だてなどを議していたのではあるまいか。
神都皇城の正南門（端門）の外には、ほぼ十年前の長寿三年（六九四）から翌証聖元年（六九五）にかけて建立した天枢が聳えていた。『大唐新語』巻八にはそれが次のごとく記されている。

長寿三年（六九四）、則天、天下の銅五十万余斤、鉄三百三十余万、銭両万七千貫を徴して、定鼎門内に八稜の銅柱を鋳す。高さ九十尺、径一丈二尺、題に曰く、「大周万国述徳天枢」といふ。革命の功を紀《しる》し、皇家の徳を貶《おとし》む。天枢の下に鉄山を置く。銅竜負載し、獅子、麒麟囲遶し、上に雲蓋有り、蓋上に盤竜を施し、以て火珠を托す。珠の高さ一丈、囲は三丈、金彩は熒煌とし、光は日月と侔《ひと》し。

という巨大且つ華麗な代物であった。わが使人たちは、あらためて大周が万国を統べ老女帝が君臨しているという事実を見せつけられたことであろう。
神都南郊の伊河のほとりの竜門の石窟寺院奉先寺に、巨大な盧舎那仏像があり、それは高宗在位中の咸亨三年（六七二）から上元二年（六七五）にかけて開鑿されたもので、その容貌は武后を模したものといわれていた。李唐の道先仏後に対して仏先道後を標榜し、『大雲経』を諸国に配置して大雲寺を建立し、自らを弥勒の下生と称して積極的に仏教を政策に利用している武周朝廷に参内せんとしているわが使節一行にとって、奉先寺参詣は重要な予定コースに入れられていたであろう。恐らく彼らは案内されて詣で、高さ十七メートルの巨像に驚歎し、その端正で微笑を含んだ美貌に長安の武后の面影を想像したことと思われる。この頃の武后は、道教の不老長生術に心を傾け、前記のように巨費を投じて仙薬を煉らせて服用しつつあり、仏教は政権獲得とその維持強化の手段、道教は日常の生活信仰と見事に使い分けをしていたのである。

神都北東郊の白馬寺や、都城内の仏寺なども、山上憶良らは留学僧道慈・弁正らと共に巡拝したのではないかと思われるが想像の域を出ない。

武后が寵愛した妖僧薛懐義に造営させていた明堂や夾紵大像は、寵衰えたりと慍った薛懐義の放火によって、天堂と共に天冊万歳元年（六九五）正月に焼け落ちていた。使人一行の神都入りの七年前のことであったが、武后は直ちに再建を命じ、新明堂を通天宮と命名し、万歳通天と改元（六九六）した。高さ二百九十四尺方三百尺、上に銅火珠を捧げる群竜が配されていた。使人一行は建設間もない壮大な明堂を見て、ここでも武后の絶大な権力をひしひしと実感したことであろう。

神都を後にして西進し長安に向ったが、その間の距離は八百五十里（『通鑑』胡三省注）、ほぼ半月の行程であった。三門峡、潼関などを過ぎて華山に至った。

『唐語林』巻四によると、

東夷の山川に識有る者、偏《ひとへ》に五岳を礼し、一拝して退く。惟《ただ》関に入り華山を望めば、関の西門より歩々して礼拝す。山下に至りて仰望嘆詫し、七日にして去る。京師の衣冠文物の盛を謂ふものは、此に由りて致す。

とあり、ここにいう「東夷」は高麗、新羅などと共にわが国をも含むものと考えたい。華山は、さきの嵩山（中岳）と共に五岳の一で、はやく『爾雅』（釈山）にも

泰山を東岳と為し、華山を西岳と為し（別に「河南華」ともある）、霍山を南岳と為し（別に「江南衡」ともあり、衡山を南岳とする）、恒山を北岳と為し、嵩高を中岳と為す。

とあり、古来西岳として尊崇されてきた山であった。わが使人たちも仰望嘆詫したことであろうが、ここで七日間費したかどうか、絶好の休養と入京準備に幾日かを過したのではあるまいか。

温泉で有名な驪山も過ぎ長安城東郊の長楽駅に到着して所管の役人たちの迎接を受けたが、これを『続紀』（宝亀十年（七七九）四月二十一日、領唐客使奏言の条）には、

往時《むかし》、遣唐使粟田朝臣真人ら楚州より発《た》ちて長楽駅に到り、五品舎人、勅を宣《の》りて労問す。この時拝謝の礼を見ず。

と記している。これは唐からの使節がわが平城京に入京する時の行列に対する取扱いについて、領唐

客使から太政官に問い合せた奏問の一節で、八十年ばかり前の第七次遣唐使の報告中から長安入京時の大周の取扱いを先例として引いたものである。これによると、粟田真人ら一行は整然と隊列を組み、おそらく多数の貢納品などを積んだ車馬などを従えて長安城に到達したのであった。周側の対応は、『唐六典』巻九（中書省の条）の規定に則して、中書舎人を迎接に当らせたものであろう。そこには、

中書舎人六人、正五品上、

とありその掌るところは、

…凡そ将帥の功有る及び大賓客には、皆以って之を労問せしむ。…

であったのであり、彼らは「大賓客」としての礼遇を受けつつ入城することになったのである。長楽駅は長安城の東郊にあり、長安城の東面の三門（北から通化門、春明門、延興門）の中央、春明門に通じていた。東方諸国、つまり東夷の遣唐使節はこの門から入城することになっていて、ここから数キロ《メートル》の長楽駅は多くここに一泊して翌朝威儀を整えて行進入城する宿駅になっていたのである。恐らくわが使人一行もこの長楽駅に緊張の一夜を過し、翌朝迎接の五品上中書舎人先導の下に春明門から長安城に入ったのである。

春明門を入るとすぐ右手に、玄宗の代になって離宮興慶宮が置かれた興慶坊の王子たちの邸宅が連なり、更に西進すると左手に東市の喧騒があり、やがて皇城の城壁が右前方に見える。皇城正面の朱雀門に至って、この門を入るとすぐ左手にある建物群が鴻臚寺であるが、『唐会要』巻六十六によると、武后執政の光宅元年（六八四）に「司賓寺」と改められ（神竜元年（七〇五）鴻臚寺に復す）、この頃は司賓寺と呼ばれていた。司賓寺の職掌は賓客及び凶儀の事にあり、賓客に対する属官に典客署が置かれていた。『唐六典』には、

典客令は、…東夷、西戎、南蛮、北狄、の帰化在蕃者の名数を掌り、丞は之が弐《つぎ》と為す。凡そ朝貢、宴享、送迎に預り、皆其の等位を弁じて其の職事を供す。凡そ酋渠、首領の朝見する者は、則ち館にして礼を以て之に供せ。若し疾病あらば所司、医人を遣し以て湯薬を給せ。若し身亡せなば、使主、副、及び第三等已上は官に奏聞せよ。其の喪事に須《もちゐ》る所は所司量《はか》りて給せ。蕃に還らむと欲する者には、則ち輿《こし》を給して遞《かたみ》に境に至れ。諸蕃の使主、副の五品已上には帳、氈、席を給せ。六品已下には幕及び食料を給せ。丞の一人は厨事を判じ、季終らば則ち之を会《はか》れ。若し蕃に還らば、其の賜各《おのおのしな》差有り、朝堂に於て給せ。典客は其の受領を佐《たす》け、其の拝謝の節を教へよ。

とあり、わが使節一行もこの規定の下に司賓寺管下の典客署に収容されたのである。彼等の待遇は、

その位階によって差があり、恐らく山上憶良は六品以下を以って遇せられ、滞在中はここに起居して、大いに異国の風を学び見聞を拡めることに勉めたものと思われる。因みに後年の開元二十二年（七三四）正月、長安に客死した井真成も、この役所に起居し、「終㆓于官弟㆒」とある「官弟」もあるいはここを指すのではないかと思われ、その罹病・死去に際しても、ここにいう規定に即して遇せられたものであろう。

典客署の職掌に「朝貢、宴享、送迎預焉」とあるように、使節一行は迎接を受けて落着いたら直ちに周廷に対する貢納その他の諸手続きに追われたことであろう。少録山上憶良は周廷からの諸文書の受領、読解、処理や、当方からの提出文書の作製、それらの記録などに忙殺され、執節使、大使らの参内謁見に備えての日々を、有能な書記官としてまた秘書官として過した筈である。

この時の遣使にも幾名かの若者が留学生として派遣された筈であるが、その人数、氏名など一切不明。さきに記した美努（三野）岡万も、その墓誌によると神亀五年（七二八）十月二十日に六十七歳で没していて、大宝二年（七〇二）には山上憶良とほぼ同年輩の四十一歳であった筈で、年令的にも留学生とは考え難い。

『唐語林』巻五によると、

学旧六館に国子館、太学館、四門館、書館、律館、算館有り。国子監都《すべ》て之を領す。毎館、各《おのおの》博士、助教有り、之を学官と謂ふ。国子監に、祭酒、司業、丞、簿有り、之を監官と謂ふ。

太学の諸生は三千員、新羅、日本の諸国、皆子を遣《つかは》して入朝し業を受けしむ。

とあり（『唐六典』巻二十一などにもより詳細な規定が見えている）、わが国の留学生も多く太学（「文武官五品已上及び郡・県の公子・孫、従三品の曽孫」などが学び、留学生もこの扱いを受ける者が多かった）に学んだのである。ただ、『唐会要』巻六十六には、

武徳の初（六一八〜）国子学を為《つく》り、太常寺に隷す。貞観元年（六二七）五月、改めて監と為《な》し、竜朔二年（六六二）改めて司成館と為し、咸亨元年（六七〇）復して国子監と為し、光宅元年（六八四）改めて成均館と為し、神竜元年（七〇五）復して国子監と為す。

祭酒…光宅元年（六八四）改めて成均祭酒と為し、神竜元年（七〇五）復して祭酒と為す。

とあって、武后時代は国子監は成均館、その長官は成均祭酒と呼ばれていたのである。同行した僧道慈、弁正らは、留学僧であったと考えられ、恐らく入京間もなく当時多数の内外僧徒の学んでいた西明寺、あるいは玄奘三蔵以来翻経の盛んな法相祖庭慈恩寺、華厳祖庭華厳寺などに赴いたのであろう。

唐長安城復元図

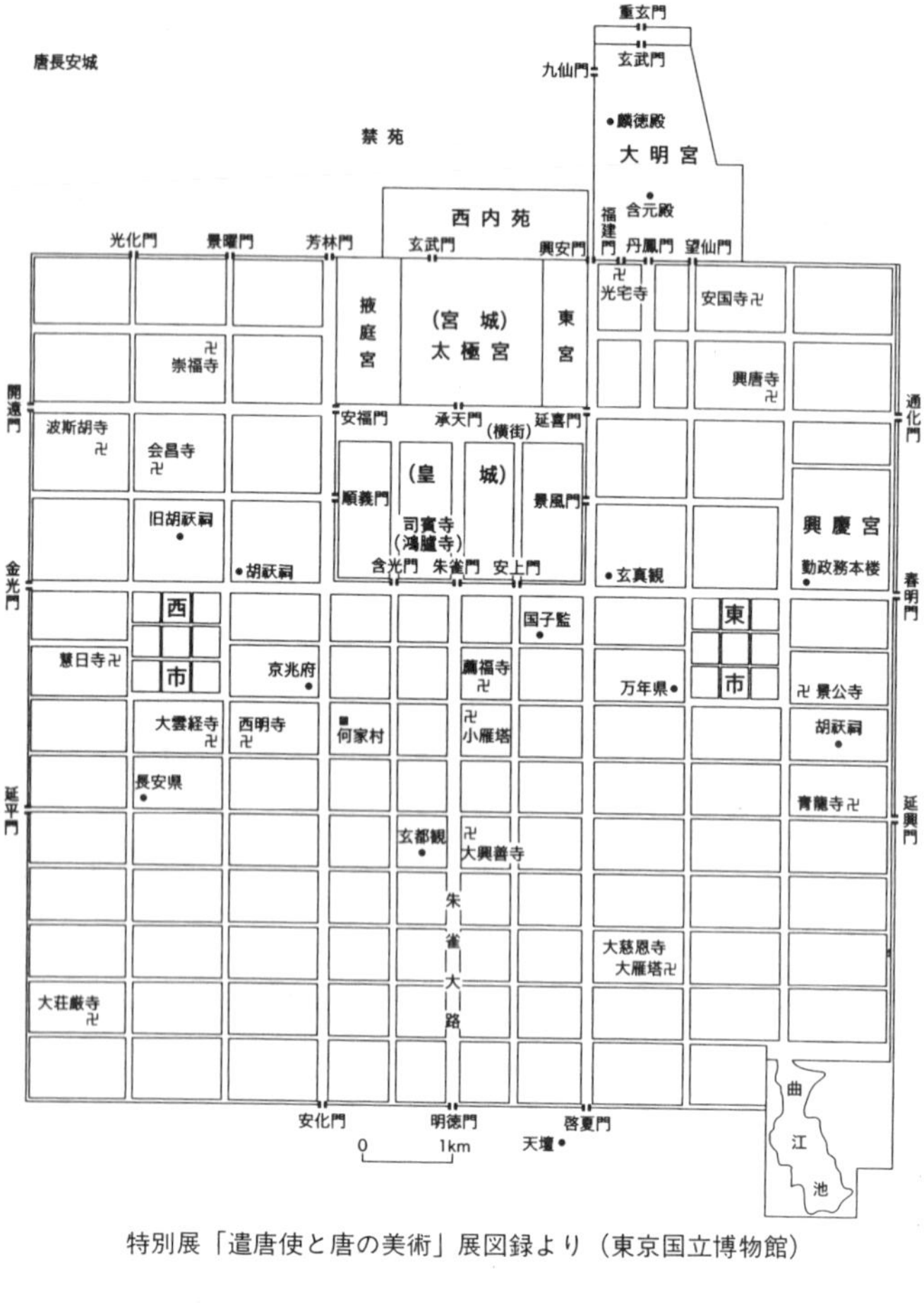

特別展「遣唐使と唐の美術」展図録より（東京国立博物館）

四　「日本国使」長安入京

わが使節一行が長安城に入京した正確な日時は何時であったか。年については長安二年とするもの、三年とするもの、元年とするものの三者が唐代の史料に見えているが、これは前記のように大宝二年（長安二年）六月末に筑紫を出発しているのであるから、その年の七月中には楚州塩城県の海浜に着岸し、八月～九月の間に上京の旅を続け、十月には入京したものと推定してよいであろう。いま、関係史料の二三を示すと次のごとくである。

㈠『通典』巻一八五、東夷倭国

武太后の長安二年、其の大臣朝臣真人を遣して方物を貢す。真人は猶《なほ》中国の地官尚書のごときなり。頗《すこぶ》る経史を読み、属文を解す。首《かうべ》に進徳冠を冠し、其の頂に花有り、分れて四散す。身に紫袍を服《き》、帛を以て腰帯とす。容止温雅、朝廷之を異とす。拝して司膳員外郎とす。

㈡『旧唐書』①巻六、則天皇后紀、②巻一四九上、東夷日本国伝、

①長安二年冬十月、日本国遣使、方物を貢す。

②長安三年、其の大臣朝臣真人来りて方物を貢す。（以下㈠に大同、省略）則天之を麟徳殿に宴し、司膳卿を授け、放ちて本国に還す。

㈢『唐会要』①巻九十九、倭国（本稿に関係なく省略）、②巻一百、日本国

②日本は倭国の別種、其の国日辺に在るを以ての故に、日本国を以て名と為す。或は倭国を以て自ら其の名の雅ならざるを悪《にく》み、改めて日本と為す。或は云ふ、日本は旧小国なれど倭国の地を呑併すと。其の人の入朝する者、多く自ら矜ること大にして、実を以て対せず。故に中国は疑へり。長安三年其大臣朝臣真人を遣して来朝し、方物を貢す。（以下㈡の②と小異あるも大同、省略）

㈣『新唐書』巻二二〇、東夷日本伝。

長安元年、其の王文武立ち、改元して太宝と曰ふ。朝臣真人粟田を遣して方物を貢す。（以下㈡の②と小異あるも大同、省略）

㈤『釈日本紀』巻一

問ふ、日本と号する濫觴、大唐の何《いづ》れの時の書に見ゆるや。

答ふ、元慶の説 詳《つまびら》かならず。公望が『私記』に曰く、「太宝二年壬寅は唐則天皇后の長安二年に当れり。『続日本紀』に云く、「此の歳、正四位上民部卿粟田朝臣真人、遣唐持節使と為る」と。『唐暦』に云く、「此の歳、日本国其の大臣朝臣真人を遣して方物を貢す。日本国は倭国の別名なり。朝臣真人は猶《なほ》中国の地官尚書のごときなり。頗る経史を読み、容止温雅なり。朝廷之を異とし、司膳員外郎に拝すと、云々」と。大唐の日本と称する濫觴、此《ここ》に見ゆ。又応神天皇の御時、高麗上表して云く、「日本国、云々」と。然れば則ち日本と称するの旨も亦此の時か」。

これらの史料中その成立が最も古いものは逸書となったが『釈日本紀』所引の『唐暦』（唐柳芳撰）、

次いで『通典』（唐杜佑撰）、『唐会要』は宋代になってからの王溥の撰、『旧唐書』は後晋劉昫らの奉勅撰、『新唐書』は宋欧陽脩らの奉勅撰で、それぞれが前を承けつつも独自の史料などによると思しい新見解もあって、この時の使節の武后朝廷における動静をある程度推測することが可能である。いまそれを簡略に示すと次のごとくであろう。

①使人一行の入京は長安二年（七〇二）十月で、その頃参内して貢納などを行い、恐らくこの時、国号を「日本国」と称し、その承認を求めたと考えられること。

②武后は日本使節一行を大明宮内麟徳殿に宴したこと。

③この時の執節使粟田真人は頂に花を四散した進徳冠をつけ、紫袍を着て出席し、その容止温雅は朝廷の賞讃を受け、武后はこれに司膳卿（或は司膳員外郎）を授けたこと。

山上憶良がこの参内に随行し、宴にも出席することができたか否か、これまた全く不明であるが、使節幹部末席の一員として、また執節使、大使らの書記官・秘書官として周廷側も出席者の一員として加えることを認めていたものと考える。ここで前記①〜③について、今少しく私見を加えてみることにする。

わが使節の参内謁見を長安二年（七〇二）十月とするのは『旧唐書』則天皇后紀であったが、筑紫出発以来の旅程を考えれば適当するのではあるまいか。『資治通鑑』巻二百七、長安二年九月己卯（十五日）の条によると、吐蕃、其の臣論弥薩を遣し、来りて和を求む。

とあり、その十九日（発未）の条には、

論弥薩を麟徳殿に宴す。時に涼州都督唐休環入朝す。亦宴に預る。弥薩屢《しばしば》之を窺ふ。太后其の故を問ふ。対へて曰く、「洪源の戦に、此の将軍猛厲無敵なりき。故に之を識らむと欲す」と。太后休環を擢《ぬきん》でて右武威、全吾二衛大将軍とす（下略）。

とある。即ち、わが使節の参内より一月ばかり前に、吐蕃が遣使入朝して、九月十九日には麟徳殿賜宴のことがあり、武后は気さくに吐蕃使節に対して問いかけたりしている。私見によれば、この一月足らず後にわが使節の参内謁見があったものと思われるが、『両唐書』『通鑑』などにはその記事は残らない。右の吐蕃入朝記事によると、九月十五日入朝、十九日武后賜宴となっているので、わが使節の場合も、十月半ばの頃に入朝謁見して、その四五日後に武后賜宴があったと考えてよいであろう。したがってこの頃に貢納品や国書なども奉呈され、倭国使節ではなく日本国使節たることも通告、承認を求めたと推考される。

国号改称については、前述のように、「日の本のヤマト」にもとづくことを説明したであろうが、強烈な中華意識をもっている周廷にとっては、東夷の日辺の国だから日本とするのは理解し易かったであろう。何よりも現王朝自身が大唐を大周に改めたのは天授元年（六九〇）九月九日のことであって、まだ十数年しか経ていない。また、文字というものに対して一種の呪術的信仰をもっていた武后は、すでにいわゆる則天文字なるものを制定公布していた。『説文解字』以来の文字の構成原理を応用しての改字であったが、東夷の日本をこの原理にもとづいて理解すれば、何の抵抗感もなく受入れられたのではあるまいか。即ち、『説文解字』によれば、

東、動也。従㆑木。官溥説、従㆔日在㆓木中㆒。

とあり、「東」は「日」が「木」の中にあること、朝日が昇りはじめて木の中ほどにかかった方位をさす字と考えられていたのであり、同様に

杲、従㆑木専声。杲明也。従㆔日在㆓木上㆒。読若㆑稾。
杳、杳冥也。従㆔日在㆓木下㆒。

などの類形字の説明からも東夷の倭が日本を称することを興深く迎えたのではあるまいか。また、その「倭」字を厭《いと》い悪《にく》む心理も、類形字「矮」の連想から理解し易かったことであろう。実際にこの時の使人の総領粟田真人は、前記の『通典』その他の史料にいうように中国古典をよく読み、漢文で文

を綴ることもよくできたので、宴席での会話も弾んだことであろう。山上憶良がこの席に待していたかどうか、これも全く不明であるが、使節幹部の末席の一員として出席し、執節使や大使などの補佐役を勤めたり、記録などに当ったのではないかとひそかに推考するものである。

賜宴の場は、前記のように、大明宮内の麟徳殿で行われたのである。高宗の麟徳年間（六六四〜六六六）に大明宮内の西部翰林院の北に建築された二層複棟の入母屋造りで廻廊からは翼廊をもって連絡、前殿は柱間十一間（約六十五メートル）、梁間六間（約三十六メートル）の単層入母屋造りの壮大な殿舎であった。かつて高宗が大明宮内の宣政殿において百官・命婦を会して九部楽を催そうとしたところ、太常博士袁利貞の諫言にあって、麟徳殿に移して行った（『大唐新語』巻二）。この頃の宮廷宴楽の殿舎だったのである。前記のように、わが使節賜宴の一月ばかり前には吐蕃使節に対する賜宴も行われていた。

尚、『通鑑』巻二百七の胡三省注には「麟徳殿は大明宮右銀台門内に在り。殿西の重廊の後は即ち翰林院。是殿は三面有り、亦三殿と曰ふ」とある。また近時中国社会科学院によってその遺趾が発掘調査され、出土した瓦、磚などが社会科学院考古研究所に収蔵され、遺趾の土壇や石階、欄檻などが復原されている。

この日の粟田真人の着冠は前記のように「進徳冠」の頂に花を四方に散らしたものであったという。『唐会要』巻三十一によると、この冠は旧制では太子の平服に用いるものであったらしいが、別に次のごとく見えている（『大唐新語』巻十にも同文があるが少異がある）。

貞観八年（六三四）五月七日、太宗初めて翼善冠を服し、貴臣に進徳冠を賜ふ。因りて侍臣に謂ひて曰く、「幞頭は周武帝に起れり。蓋《けだ》し便を軍容に取りしのみ。今し四方に虞《おそれ》無く当に偃武《えんぶ》を事とすべし。此の冠は頗《すこぶ》る古法を採り、兼ねて幞頭に類す。乃ち宜しく常服とすべし」といふ。開元十七年（七二九）に至りて廃して行用せず。

数十年も昔の太宗時代に、軍装の幞頭に類し頗る古風なものとされていたものであった。粟田真人は、恐らくその事も知悉していて、敢えてその頂上から四方に花を垂らし飾ってこの冠を用いたのであろう。

更にその身には紫袍を服《き》、帛を腰帯としていたというが、『随唐嘉話』中には、

旧官人の服《き》る所は、唯黄紫の二色のみ。貞観中（六二七〜六四九）、始めて三品以上は紫を服《き》、四品以上は朱、六品七品は緑、八品九品は青を以てす。

とあり、唐制では三品以上の紫袍を、四位であった粟田真人が敢えて着用したのも、旧制によったというつもりであったと思われ、また帛（しろぎぬ）の腰帯も十分に朝廷貴臣たちの目を引くものであったであろう。しかもその容止は温雅、また、『朝野僉載』巻六には、当時の宮廷官人たちをその風貌、姿態などによってあだ名で呼ぶ風があったと見え、その一に

舎人呂延嗣は長大にして少髪、目して「日本国使人」と為す。

というのがある。この「日本国使人」を養老二年（七一八）十二月に、次の第八次遣唐大使多治比真人県守らの帰国時に随って帰国した前年（第七次）大使坂合部宿称大分に比定し（加藤順一）、また舎人呂延嗣は開元二三年（七一四—七一五）の紫微舎人呂延祚の誤り（池田温）、とする説があるが、私はやはり第七次執節使粟田真人をさすものと見たく思う。『朝野僉載』については、その成立年次、成立時の巻数など未詳の部分が多く、右の記事も、開元の頃のものであるとすれば、坂合部大分としてよいが、慶雲元年＝長安四年（七〇四）に帰国した執節使粟田真人と考えられなくもない。前記のように、古風な進徳冠に花を四垂したものを冠り、紫袍に帛帯、容止温雅で、経史にも通じ漢文を綴ることもできる使人として強く印象に残り、その姿態から長大、冠の下からすけて見える頭は少髪と捉えて「長大少髪」のあだ名として「日本国使人」が生れたのではあるまいか。

さきに、武后が崇山三陽宮で、道士胡超に不老長生薬を調製させて服用したことを記したが、今一例武后の神丹服用の話柄をとり上げておこう。寵臣張昌宗兄弟が贓四千貫の罪を得て法によって解職されそうになった時のことであった。

昌宗「臣、国家に功有り。犯す所、解免に至らず」と奏す。則天、諸宰臣に謂ひて曰く、「昌宗、国に功有りや否や」といふ。（楊）再思、時に内史たり。奏して曰く、「昌宗は神丹を合錬し、聖躬之を服して効有り。此実に莫大の功なり」といふ。乃ち之を赦す。天下の名士、再思を視て糞土と為す。（『大唐新語』巻九）

ここにも張昌宗の神丹なる長生薬が登場しているが、丹薬は毒性の強い水銀を用いる場合が多く、服用を続ければ心身ともに侵される代物である。八十歳を越えた老女帝は、これらの妖薬によって徐々に心身を侵されつつあった筈である。その死はこの二年半ばかりの後にせまっていた。

五　「日本国使」長安滞在

わが使節が武周宮廷に参内する十数年前のことであったが、『唐会要』巻三十六、「蕃夷請二経史一」の条に次のごとくある。

垂拱二年（六八六）二月十四日、新羅王金政明、使を遣して『礼記』一部并びに雑文章を請ふ。所司をして『吉凶要礼』を写さしめ、并びに『文館詞林』の其の詞規誡に渉る者を採り、勅して五十巻と成さしめ、之に賜ふ。

『文館詞林』は全一千巻、顕慶三年（六五八）許敬宗らの奉勅撰で、漢代から初唐頃までの詩文を総集した巨巻であったが、その中から規誡に渉るものを抄出し五十巻として新羅に与えたというのである。わが国に伝存する弘仁十四年（八二三）書写の『文館詞林』残巻の書写原本は、おそらくこの時の使節たちが武后から下賜されて（購入したのではあるまい）もたらしたものであろう。残巻は十数巻の零巻であるが、巻中には則天文字が用いられている巻もあって、書写原本（将来本）は確かに武后時代に書写装潢されたものであることを物語っている。即ち則天文字の公式伝来は、この時の使節によるものであった。『旧唐書』巻百九十九上の「得る所の錫賚、尽く文籍を市《か》ひ、海に泛びて還る」（『新唐書』も文辞が異るがほぼ同意）は、開元初（四年〔七一六〕）の第八次遣唐使に掛けられているが、恐らく第七次の時も同様に、惜しみなく大金をはたいて多数の典籍を求め、わが国に将来したのである。その中には新訳の仏典類、例えば武后の序を付した八十巻本『花厳経』などがあり、また評判の高い初唐四傑の詩文集もあった筈であり、その書写残巻が『王勃詩序集』一巻として現に正倉院に蔵せられていること周知の通りである。

張文成の『遊仙窟』が山上憶良によってもたらされたとするのは、ほぼ定説といってよい。『大唐新語』巻八には、

張文成、詞学を以て名を知らる。筆を下すに応じて章を成す。才高けれども位は下《ひく》し。（中略）久視中（七〇〇）、太官令馬仙童默啜を陥《おと》す。問ふ、「張文成何《いづく》に在りや」と。仙童曰く、「御史より官を貶《おと》さる」といふ。默啜曰く、「何ぞ用いられざる」といふ。後、暹（新）羅、日本使の入朝するや、咸《みな》使人就《つ》きて文章を写して去る。其の才の遠く播《し》くこと此《かく》の如し。

とあり（『新唐書』巻百六十一張薦伝には「新羅、日本使、至れば必ず金宝を出して其の文を購《あがな》ふ。」とある）、この頃流行作家として評判高く、山上憶良もその作品を買い求めたのである。文成は五十歳前後、武周宮廷に御史としてあったが、大足（七〇一）、長安（七〇一―七〇四）の頃には地方の処州司馬、柳州司戸、徳州平昌令などに貶せられていて、憶良らはその風貌に接することは叶わなかったであろう。『朝野僉載』はまだその一部のみが公表されたばかりではなかったか、また『竜筋鳳髄判』もすでに発表されていたのではないか、と思われるが確証はない。

公的行事のひまを縫って、憶良らは長安市中の寺院や道観、更には景教の波斯寺（玄宗の天宝四年［七四五］に大秦寺と改称）や祆教の祆寺などにも足を運んだことであろう。また、東市、西市の雑踏の中に大周庶民の生活を見たり、俗講や大道芸に興じたり、たまには酒家にも立ち寄ったりしたことと思われる。このような機会に白話詩人王梵志の詩にもふれることがあったのではないか。――すべては推測あるいは想像の域を出ないが、四十歳すぎの憶良はその在唐期間を精力的に見聞を拡める為に費し、多数の書籍を購求したことと思われる。憶良にも大周見聞記、あるいは遣唐（周）旅行日記ごときものがあったのではないかと思われるが、すべては千三百年の歳月が湮滅せしめて、われわれは断片的資料によって推測するばかりである。

六　長安辞去――故国日本へ

この時の使人たちの帰国は、『続紀』によると三回に及んでいる。即ち、

㈠慶雲元年（七〇四）七月　執節使粟田真人ら
㈡慶雲四年（七〇七）三月　副使巨勢邑治ら
㈢養老二年（七一八）十月　大使坂合部大分ら

がそれである。山上憶良はこの中のどの時に帰国したものか判然としない。かつて私は㈡の時にそれを推定したが、それは少録という職務からして副使に同行（大録は執節使あるいは大使に同行）したのではないか、と考えたからであった。若し㈡の時と考えるならその在唐期間は五年余りとなり、㈠とすればその期間は二年ばかりとなる。㈢は論外として、㈠か㈡か、決すべき資料は何もなく、ここでは㈠の場合としてみることにする。

　長安二年（七〇二）十月の貢納などの儀も無事に終り、倭国からではなく日本国からの使人として振る舞うことも承認されて、長安三年（七〇三）の元日朝賀の儀にも参賀して、この度は大明宮中の主殿で東西七五・九メートル、南北四二・三メートルの威容を誇る含元殿での儀式に臨んだ。西域や北地などからの胡人、夷狄の国々からの参賀使、周廷の貴臣、顕族の中に交じって、わが使人たちは、東方の君子国日本を大いにアピールしたことと思われ、山上憶良も随員として出席したのではないかと推考する。

　前年（大宝二年＝長安二年）の年末十二月二十二日、本郷では太上天皇の持統女帝が五十八歳の生涯を終えていた。長安にあったわが使人たちは、知る由もなかった。彼らは武周朝廷に参賀したが、故国では諒闇により廃朝されていた。

春から秋にかけて、わが使人たちは武周朝廷の制度や文物を精力的に学び、また長安市内のさまざまな都市装置やその中で生活する庶民の日常を観察し、また更に壮麗を極める寺塔や道観の僧徒や道士たちの修行の姿などを貪欲に見学したことと思われる。もちろんこの間にあらゆる分野に渉る書籍の購入にも意を注ぎ、それは経史子集の正統典籍、仏典以外の俗文学や日常生活上の即席的ノウハウものの類（『○○立成』など）にまで及んだことと思われる。

この年十月八日には武后はまた西京長安を発って、二十七日に神都に至った。恐らくわが使人一行もそれに従って神都に遷り、長安四年（七〇四）正月の周廷参賀には、神都皇城の含元殿に参内したことと思われる。長安二年（七〇二）秋の上京時には慌しく見物して通過した神都を、この度はゆとりをもって見学し、ここでも書籍などを買い求めたことと思われる。

春を迎えて帰国準備に忙殺され、周廷に対する諸手続き挨拶、購求した典籍その他の荷作りなども終り、いよいよ帰国の途についたのは神都の春酣の頃であった。往路を逆に辿って、四月中には揚州に着き、待機していた第一船佐伯以下の船に荷物を積み込み、五月中のある晴れた日に母国へ向けての帆を上げたのであった。『万葉集』中唯一の外郷での作山上憶良在唐歌は、まさにこの時に詠ぜられたのであった。左に原文を以て示すことにする。

山上臣憶良在㆓大唐㆒時、憶㆓本郷㆒作歌

去来子等　早日本辺　大伴乃　御津乃浜松　待恋奴良武

（巻一・六三）

ここには、「日本」という文字が用いられていて、「本郷」を「倭国」あるいは「大倭」と表記するのではなく、「日本」とするのだという、憶良の誇らしげな姿が目に浮かぶようである。共に海を渡った留学僧弁正、道慈らは、仏法研学の為に残り長安で別離を惜しんだが、その弁正に次のごとき五絶が残されている。

五言　在レ唐憶二本郷一　一絶
日辺瞻二日本一
雲裏望二雲端一
遠遊労二遠国一
長恨苦二長安一

五言　唐に在りて本郷を憶ふ　一絶
日辺《ジッペン》　日本《ジッポン》を瞻《み》
雲裏　雲端を望む
遠遊　遠国に労《いたづ》き
長恨　長安に苦しぶ

（『懐風藻』）

この詩、その制作時期が判然としないが、結句の「長恨」などからは、在唐生活をかなり経ての思いのごとく取ることもできる。しかし、私には憶良の歌やその題詞（これも作者自身の付したものとする）、弁正の詩の起句やその詩題（作者自身の付したものと考える）のあまりにもよく似通っている点から、長安に残って憶良らの帰国を見送ったときの作ではないかと考えたい。憶良はこの詩を本郷に運び、揚州出帆に当って、この詩の起句にもとづいて己の詠をなしたのであろう。憶良は、己の内部からの衝動によって詠出するよりも、外部からの触発によって歌作するタイプの人であったと私には思われる。その作品に己の相聞の歌が無いのもその一証と言えよう。弁正は日の出る東のあたり、そここそ本郷、「日本」と詠出し、憶良は「早く日本へ」と両者ともどもに本郷を「日本」と呼びかけたのである。倭国から日本国への脱皮の瞬間であった。弁正の詩での「日本」は日人質反、nziĕt 本布忖反puan、ジッポンであったろうし、憶良の歌の「日本」も今日一般に「ヤマト」と訓まれているが、大陸離岸時の作であり、大周に対して国号「日本」を承認させたばかりでもあり、憶良の心情を私なりに忖度して、周廷官人たちが音読してジッポンと発音した通りにやはりジッポンと音読すべきだと思う。かくてこの歌を訓読すれば、

いざ子ども早《はや》く日本《ジッポン》へ大伴の御津《みつ》の浜松《はままつ》待《ま》ち恋ひぬらむ

ということになる。

帰国の海路は、執節使の船佐伯のみが何とか九州沿岸に着いて、大使や副使の船は吹き返されたのであろう。前記のように、大使、副使ともに後年になって帰国している。憶良が執節使の船に同乗していたとすれば、この時、(慶雲元年＝長安四年〔七〇四〕)帰国し、七月に大宰府着、十月に入京したことになる。執節使粟田真人の帰国により、全員揃っての帰国ではなかったが、ともかくその大任を果しての帰国であり、その功に報いるために、七月には在唐の大使坂合部大分に正五位を贈り、十一月

には粟田真人に田廿町、穀一千斛を賜り、更に慶雲二年（七〇五）四月には中納言に任じ、八月には正四位下から従三位に進め、慶雲三年（七〇六）二月には、粟田真人の坐乗した遣唐第一船佐伯に従五位下を授けて功績を讃えたのである。なお、慶雲二年八月の粟田真人従三位昇叙の条には、「その使下の人等に、位を進め物賜ふこと各《おのおの》差有《しなあ》り」とあって、第一船の帰国者にそれぞれ昇叙、賜物が行われている。山上憶良もこの中の一員として、褒賞に与ったことと思われる。はじめにも記したように、彼らに課された大任は、東海君子国たる大倭国が長安城に習った都城藤原京を建設し、大宝令を撰定して新たな律令国家を目指し、大宝を建元し、国号を日本とすることを大唐（周）に通告、承認させることにあった。無事にそれを果し、武周朝廷からその容止、風貌の悠揚たるを絶讃されて、多数の典籍、その他の文物を持ち帰ったのであった。憶良もその一員として任命以来の苦難の道程を思い返し、誇らかな気分にひたったことであろう。憶良の大唐（周）への旅が終ったのである。

七　国号「日本」の定着

武周朝廷では、この時以来わが国を呼ぶ正式国号として日本を用い、中宗復位による李唐王朝の回復後も、東夷ではあるが東海君子国たる此の国を日本と呼ぶことになった。

唐張守節の『史記正義』百三十巻は玄宗の開元二十四年（七三六）――わが天平八年――に成った『史記』の注釈であるが、その注中にしばしばとり上げられているように、次のごとき記事が見えている。

巻一「東長、鳥夷」の注、

注「鳥」或作㆓「島」㆒。『括地志』云、「百済国西南海中有㆓大島十五所㆒、皆置㆑邑、有㆓人居㆒、属㆓百済㆒。又倭国西南大海中島居、凡百余小国、在㆓京南万三千五百里㆒」。案、武后改㆓倭国㆒、為㆓日本国㆒。

巻二「島夷卉服」の注

『括地志』云、「百済国西南渤海中有㆓大島十五所㆒、皆邑落有㆓人居㆒、属㆓百済㆒」。又倭国、武皇后改曰㆓日本国㆒、在㆓百済南㆒、隔㆑海依㆑島而居、凡百余小国。此皆揚州之東島夷也。按、東南之夷草服葛越、焦竹之属、越即苧祁也。

ここに引く『括地志』は唐太宗第四子魏王李泰らの撰で貞観十六年(六四二)表上。五百五十巻あったというが散佚して清孫星衍の輯本が行われ、近人賀次君の『括地志輯校』が行われている。『史記正義』は地理注に多く『括地志』を引用し、為に逸文集成にあたっては大いに『史記正義』が用いられている。張守節の『史記正義』はその地理注に特色があるが、右に示した二条はいずれも『括地志』からの引用部分ではなく、張守節自身の「案」語であるが、しかるべき資料によるものであろう。これによると、開元の頃、すでに「武后が倭国を改めて日本国とした」とする説が唐土に定着していたことが知られる。縷述してきたように、それは実に山上憶良を含むわが第七次遣唐使の功によるものであった。

【参考文献】

増村　宏『遣唐使の研究』（昭和六十三年十二月、同朋舎出版）
福田俊昭『朝野僉載の本文研究』（平成十三年三月、大東文化大学　東洋研究所）
池田　温『東アジアの文化交流史』（二〇〇二年三月、吉川弘文館）
小　　著『則天文字の研究』（一九九五年十一月、翰林書房）
王仁波他『随唐文化』（一九九七年八月、新華書店）
東京国立博物館『唐の女帝・則天武后とその時代展図録』（一九九八年一〇月、ＮＨＫプロモーション）
羅元貞『武則天集』（一九八七年一月、山西人民出版社）
雷家驥『武則天伝』（二〇〇一年十一月、人民出版社）
『唐会要』（国学基本叢書、民国二十四年十一月、商務印書館）
『唐六典』（陳仲夫点校、一九九二年一月、中華書局）
『旧唐書』『新唐書』（中華書局、標点本）
『大唐新語』（許徳楠・李鼎霞点校、一九八四年六月、中華書局）
『唐語林校証』（周勛初校証、一九八七年七月、中華書局）
『万葉集』『続日本紀』…新日本古典文学大系
『懐風藻』…日本古典文学大系

歴史地理的に見た「道の万葉集」

木下　良

私は歴史地理の立場から、古代道路の経路復原を主とする古代の交通について研究している者で、『万葉集』については全くの素人に過ぎない。平安時代の古代道路は延喜五年（九〇五）から延長五年（九二七）にかけて編纂された、『延喜式《えんぎしき》』兵部省《ひょうぶしょう》「諸国駅伝馬」条によって、ほぼその経路が推測されるが、延喜という時代は律令政治の最後の段階にあたり、その諸制は衰退して駅伝制も完全な施行は困難になっていた時期である。当時は大宝律令の制定から既に二〇〇年余が経過して、交通制度は大きく変質し、その道路もかなり変化していた。

律令制が典型的に施行されていた奈良時代の道路については、公式文書では『六国史』や一部の国の『風土記』などに断片的に見られるに過ぎず、それに対して実際に通った人が詠んだ歌が載せられる『万葉集』は、当時の交通の実態を具体的に知ることができる貴重な資料であると言える。その意味で、素人ながら大きな関心が持たれる所以である。

一　古代の交通制度と道路

そこで「道の万葉集」を考える前に、古代の交通制度と道路の実態について先ず述べておきたい。

古代の交通制度　大化二年（六四六）正月に出された改新詔は、中央集権国家建設の基本方針を示したものであるが、その中に「駅馬《はゆま》・伝馬《つたわりうま》を置き」「駅馬・伝馬給ふことは、皆鈴・伝符《つたえのしるし》の剋《きざみ》の数に依れ」とあるように、駅伝制の基本的なことが挙げられている。これらの詳細な規定は『大宝令《たいほうりょう》』や『養老令《ようろうりょう》』に見えるところであるが、駅制は緊急連絡の早馬を初め公文書の逓送など主に通信連絡の制度で、伝制は公用旅行者に食料と宿泊所を供給し特に伝符の所持者には伝馬に乗用させる制度であった。駅伝制は中国の制度に倣ったもので、中国では駅も伝も同じ道と施設を使用したが、日本の伝制は大化前代にあった国造《くにのみやつこ》が負担していた交通制度を継承したと考えられ、国造は多く郡司に任用されたから、伝馬は郡家《ぐうけ》（郡の役所）に置かれ郡家間の道路を通った。その道路を伝路と呼んで駅路と区別することにする。一方、駅制は目的地に最短距離で到達するように直線的路線をとる駅路を新設し、それに沿って三十里（約十六キロ）を基準に設置された駅家《うまや》に駅馬を配置した。駅路は現代の高速道路と性格が似ており、両者の路線が共通することも多い。（注1）

駅制と伝制という二重構造には本来的に多くの矛盾をはらんでいた。『養老公式令《くしきりょう》』「朝集使」条によって、遠距離の国の朝集使に駅馬の乗用を認めているが、その後近距離の国にも適用されるようになり、その乗用も四度使《よどのつかい》のうち貢調使を除く諸使に広がった結果、本来通信を原則とする駅馬に広く公用旅行者の乗用を認めることとなった。従って駅制と伝制との区別が曖昧になり、八世紀中頃には本来伝馬を利用すべきである官使が駅馬を使用することが多くなったので、天平宝字元年（七五七）には、「上下の諸使、惣《す》べて駅家に附すること理に於て穏かならず」として、勅によって本来の使用区分を守るよう指示している。しかし、この傾向はますます進行したので、山陽道では神護景雲二年（七六八）に伝馬を廃止し、その代わりに駅馬を増やしているが、延暦十一年（七九二）には全国の伝馬を廃止することになった。(注2)その後伝馬制は復活したが、以後は駅制の補助的制度として駅路に沿う郡に伝馬を置くようにしたらしいことが、『延喜式』に見る伝馬の配置によって窺われるが、山陽道と南海道には伝馬を置いていない。

この平安時代初期の伝馬の廃止・復活に伴って、駅路と伝路の整理・統合が行なわれ、以後の駅路にはかつての伝路を転換した所もあったと思われる。(注3)発掘された平安時代の駅路は奈良時代の伝路並の道幅で、わざわざ狭めている所もあるのは、かつての伝路の幅を基準に統一した結果であろう。

平安時代に入ってからは、官使の身勝手な使用が多くなったため、負担に耐えかねて駅子が逃亡し、機能を喪失する駅も出てくるようになった。『続日本後紀《しょくにほんこうき》』承和七年（八四〇）四月二十三日条および嘉承三年（八五〇）の官符「応《まさ》に逃亡駅子を捜勘すべきこと」によれば、東山道美濃国大井駅は駅子が逃亡して官舎は倒壊し、駅家としての機能を失ったとしている。

各地で発掘された道路跡は、その多くが十世紀代に荒廃している。十世紀になると地方行政は受領《ずりょう》と呼ばれた国司長官に一任されるようになったが、受領の中には私利をむさぼるものも多かった。永延二年（九八八）尾張国の郡司百姓たちが、国司藤原元命《もとなが》の非政を三十一箇条にわたって列挙し、中央政府にその解任を要求する訴状を提出しているが、その十一条は駅路を上下する官使に支給すべき食料の経費を出さず、駅子の賃金と食料を与えていないこと、十二条では着任以来三年の間、駅馬・伝馬の買替料と馬の飼料代を着服していたことを指摘している。当然、駅伝の業務は停滞した。

これは極端な例であろうが、ほかでも大同小異の状態にあったと思われ、十世紀末になると実質的に駅伝の制度は行き詰まり、荒廃する駅家も多く出てきた。十一世紀に入ると駅伝制は名残も無くなり、当時の国司の仕事を具体的に記す『朝野群載《ちょうやぐんさい》』に載せる「国務条々事」によれば、赴任・帰任の旅行では部下を先行させて宿所の手配をしなければならなかった。実際に『更科日記《さらしな》』に見える、寛仁四年（一〇二〇）上総介《かずさのすけ》の任期を終えて帰京の旅に出た菅原孝標《たかすえ》の一行は、途中に適当な宿舎がない場合は「仮屋《かりや》を作り設け」、「柿の木の下に庵《いおり》などを作」っている。その後、平安時代の末期になると、交通の頻繁な地域には民営の宿泊地である宿《しゅく》が発達することとなった。

日本の古代道路　今では幾らかでも古代道路について関心を持っている人は、それらが計画的に造成されて、道幅も九〜十二メートルはある直線の大道であったことを知っているが、一般的には古代道といえば、「山の辺の道」のように車の通行も困難な、曲折した小径を想像する人が多いであろう。

つい十数年前までは、古代交通を専門にしている学者も、日本の古代道路は自然発生の踏み分け道から発達して、それが国家権力によって幾分の整備がなされたものの、「中央に近い道でも二メートルほどのものであったろうし、中央から離れた所や支道に至っては、「けもの道」を多く出ないほどのもの

図1　佐賀平野を一直線に通る奈良時代の西海道肥前路の痕跡、佐賀県神埼町唐香原上空より東方を撮影。（佐賀県教育委員会提供）

であったであろう。(注4)」と書いている。

しかし、現在各地で発掘されている古代道路は、平野部では両側に側溝を備え、両側溝間の心々距離で測って駅路は幅九〜十二メートルのことが多く、場所によっては十五メートルを測る。また地方道ともいえる伝路も幅六メートル前後のことが多い。畿内では、藤原京や平城京設置の基準線となった下ツ道《しもつみち》が二十三メートル、難波京《なにわきょう》の朱雀大路《すざくおおじ》を延長する難波大道は十八メートルの道幅を示している。このように、古代道路の道幅が三メートル単位になっているのは、約三メートルに当る丈を単位にしたのであろう。

中央から遠く離れた西海道でも、佐賀平野を通る西海道肥前路は十六キロ以上を一直線に走る痕跡が空中写真に認められ、[注5]吉野ヶ里遺跡[注6]等で発掘された結果、その道幅は切通し部で約六メートル、平野部で広いところでは十五メートルもあった。佐賀平野ではこの他に二本の古代道路が北と南に並行して通り、これらは道幅約六メートルで本来は伝路であったと思われるが、『延喜式』駅路は南側の道に移ったと考えられる。この変化は、前記した平安初期の駅路と伝路の再編成によるものであろう。

以上のように、直線的路線をとって計画的に敷設された古代道路は、国・郡・郷の境界になることが多く、また条里制施行の基準線になった。畿内では藤原京や平城京も道路を基準に設定され、諸国国府は駅路の分岐点に置かれることが多く、国分寺も多く駅路に沿っていた。すなわち、道路は古代的国土計画の基準線としての役割も持っていたのである。[注7]

また、これらの古代道路は軍用道路としての性格を持っていた。[注8]単に駅馬が走り伝馬が通るだけなら幅六メートルまたそれ以上の道幅は必要ないはずであるが、大軍が通る軍用道路は道幅が広ければ広いほど有効で、また複数路線が並行する場合は軍勢を分けて通すのに好都合である。壬申紀《じんしんき》（六七二）には大和盆地を軍勢が上・中・下の三道に分かれて進軍する様子や、また河内平野でも並行する大津道と丹比《たじひ》道とを通ったことが記されている。駅路が狭隘な谷間を避けて見通しのよい尾根筋を通ることが多いのも、軍事的見地からのことと思われる。

律令を初めとする古代の諸制は中国に倣《なら》ったものであるが、このような古代道路も中国を範としていた。中国の古代道路(注9)は古くは『周礼《しゅらい》』に「矢の如し、砥の如し」と直線的で平坦な道路であったことが記されているが、典型的なものは紀元前三世紀に中国全土を統一した秦の始皇帝が、国内巡察のために造った広さ五十歩（約七十メートル）の馳道《ちどう》で、中央に皇帝の専用路線を備え、道の両側には松並木を植えていたとされるが、その明確な遺跡は知られていない。一方、匈奴《きょうど》の侵攻に備えて本土の基地と前線とを結ぶ軍用道路として、将軍蒙恬《もうてん》に命じて建設させた直道《ちょくどう》の遺構(注10)は、陝西《せんせい》省と甘粛《かんしゅく》省の境界の山脈子午嶺《しごれい》の尾根伝いや、陝西省北部の毛烏素《もうす》砂漠で発見されており、子午嶺の稜線伝いに通る部分でも道幅三十〜五十メートルで、『史記』に「山を塹《き》り谷を堙《ふさ》ぎ」と記されるように、峰を切通し谷には版築《はんちく》によって土手状に盛土した状況が見られるという。

当時、ヨーロッパにはローマ帝国が栄えており、「全ての道はローマに通ず」といわれたローマ道が、その広い領域内に敷設されていた(注11)。ローマ道は厳重な舗装を施したので遺構がよく残っているが、道幅はあまり広くはない。一般に幅六メートル程であるが、幹線道路では車道と歩道を分けて、中心になる車道は幅三メートル程度、その両側に幅一・五メートルほどの歩道を設け、さらに七〜八メートルの草地を置いて、その外側に側溝を設けていたので、計二十メートルほどであった。中国では道幅は広いが、一般に土を固めた程度のものであったので、路面も開墾され遺跡としては残り難かったのであろう。ほぼ同じ時期に洋の東西で大帝国が栄え、共に壮大な道路網の整備が行なわれていたことになる。

日本の古代道路が自然発生の小路と考えられていた頃は、同じ古代道路といってもローマ道とは性格を異にしているので比較にはならないと考えられていたが、現在判明している古代道路の状況から

みれば、その路線形態などは非常によく似ているのである。(注12)

古代中国ではその後も道路の整備は継続し、古代日本が直接の範とした隋《ずい》では、大運河の開削で知られる煬帝《ようだい》が道路の整備にも力を入れ、御道《ぎょどう》と呼ばれる幅百歩（約一七〇㍍）の大道を作っている。遣隋使の一行はこのような道路を通り、またその建設を目にして、中央集権国家の形成には道路の整備が必要なことを痛感したことであろう。推古天皇十五年（六〇七）遣隋使小野妹子《おののいもこ》が派遣されたが、その翌年遣隋使の帰国に随行して来朝した隋使裴世清《はいせいせい》が入京した際、これを海石榴市《つばきいち》の街《ちまた》に迎えている。当時の都であった飛鳥小墾田宮《あすかおはりだ》からは東北に当たるが、難波から来て反対方向の海石榴市で迎えたということは、当時は外使を迎えるような道路が無かったので、大和川の水運を利用して海石榴市で上陸したからであろうと考えられている。(注13)

その後、『日本書紀』推古天皇二十一年（六一三）に、「難波より京に至る大道を置く」という記事が見える。前記隋使の入京に鑑みて、まず外使の通る道筋を整備したのであろう。私はこれが日本で最初に作られた計画的大道であろうと考えている。その路線を、摂津・河内は難波京の中軸線を延長する南北道路の難波大道《なにわだいどう》で、竹ノ内峠から大和に入って東西道路の横大路《よこおおじ》に通じたと想定する説があるが、私は初期の計画道路は最短距離で目的地に到達するように直通する、斜方位の道路であったと考える。すなわち、難波から大和川旧流路に沿った渋川道で大和川の谷口に達し、大坂峠を超えて大和に入り、秋山日出雄(注14)の言う「葛下斜向道路《かどのしもしゃこうどうろ》」で飛鳥に向うという経路ではなかったろうか。

畿内では東西南北方向の道路が卓越し、これに従って条里地割が施行されているが、大和平野においては、東西南北方向の条里地割を切って斜方位をとるので筋違道《すじかいみち》ともよばれる太子道《たいしみち》を初めとして、斜方位の直線道路が何本か存在し、それらの多くは条里地割によって消され、僅かに痕跡を留めている。太子道だけは飛鳥と斑鳩《いかるが》を繋ぐ幹線道路として残ったものの、その南部は殆ど消滅している。これらの斜向道路は飛鳥に向って収斂するので、都が飛鳥に置かれていた当時に敷設されたと見られ、正方位道路を基準に施行された条里地割によって消滅していることから、斜向道路が正方位道路より古いことを示している。（注15）

大化二年（六四六）正月に発せられた改新詔に畿内国の四至が挙げられているが、難波京からこれらの四至に達する道路は皆斜向道路である。（注16）一方、壬申紀（六七二）には軍勢が上・中・下の三道を分かれて進んだことが記されているが、三道は正方位道路の典型である。従って、斜向道路から正方位道路への転換が行なわれたのは、ほぼ斉明・天智朝（六五五〜六七一）と見てよい。

下ツ道と横大路《よこおおじ》を基準に大和国条里が施行されているが、両道の道路敷は条里地割の間に現れる約四十五メートルの余剰分で示される。我々はこれを条里余剰帯と呼んでいる。発掘によって確認された下ツ道の道幅は両側の側溝間で測って二十三メートルであったから、その外側にそれぞれ約十メートルの路側帯を有していたことになる。路側帯がどのように利用されたかは不明であるが、これに沿って流れる寺川の河川敷や、また並木を植える場にもなっていたかもしれない。山陽道や南海道の駅路に沿っても十五〜二十メートルの条里余剰帯が認められるので、駅路が条里施行の基準線になったことが明らかである。他の諸道でも西海道と北陸道を除いて、それぞれ余剰帯が確認されている。北陸道は耕地整理が早くから進行し、条里地割が消滅しているために確認できないが、西海道では条里地割が現存し、駅路が条里の基準線になったと見られるにもかかわらず余剰帯は認められない。

ところで、畿内でも摂津国を通る三島道などは斜向道路のままで、これに代わる正方位道路は認められないから、斜向から正方位への変換は特に都城計画に関わって其の周辺だけに行なわれた可能性が高い。

畿内以外では、筑前国で大宰府以南の平野には正方位条里が施行され、筑後・肥前・豊後方面に通じる諸駅路は全て正方位をとっているが、これに先行すると見られる斜方位の道路遺構(注17)が発掘によって一部確認されているので、ここでも斜向道路から正方位道路への変更があったと考えられる。一方、大宰府北方の福岡平野では、大宰府から博多《はかた》湾沿岸に向う駅路として、山陽道に連絡する大宰府路と、鴻臚館《こうろかん》にも通じる壱岐・対馬路との二路があったが、これらは平行せず、それぞれ水城の東門と西門を出て、外方に開くように狭い扇形を作っているから、水城の線を基準に施行されたと見られる条里地割に対しては斜向している。これらの斜向道路は条里の施行に先行したと考えられるが、特に正方位道路への変換は見られないから、大宰府周辺のごく限られた空間においてのみ斜向道路から正方位道路への変換が行なわれたことになる。

二　畿内と諸道（西海道を除く）

律令国家は全国を畿内と七道に地域区分していた。これらは西海道が大宰府を中心に行政区を形成していた以外は、公文書の逓送区また巡察使などが派遣される地域名称であった。ただし、大化二年（六四六）正月の改新詔には畿内について、「凡そ畿内《うちつくに》は、東は名墾《なばり》の横河より以来《このかた》、南は紀伊《き》の兄山《せのやま》より以来、西は赤石《あかし》の櫛淵《くしふち》より以来、北は近江の狭狭波《さざなみ》の合坂山《おうさかやま》より以来を畿内国《うちつくに》とす。」としているので、当時は畿内全体が一つの行政区になっていたと思われる。国郡制定後は大和（倭・大倭・大養徳）・山城（山代・山背）・摂津・河内の四カ国から成ったので四畿内また四畿と呼ばれたが、河内から和泉が分国してからは、五畿内また五畿になった。畿内は首都圏としての意味があり、都は天智天皇が近江の大津に宮を置いた以外には畿内から離れることはなく、畿内出身の氏族が律令官人となって行政機構を動かしたが、住民に課せられた課役も畿外より軽減されていた。

畿外は東海・東山・北陸・山陰・山陽・南海・西海の七道からなり、各道には同名の道路が通じ、畿内から東北日本に東海・東山・北陸の三道、西日本に山陰・山陽・南海の三道の計六道が放射状に出て、西海道だけが大宰府を中心に道路網を形成していた。西海道を除く諸道は都からの距離によって近・中・遠国に分ける同心円状地域区分があったが、西海道は全て遠国であった。

七道によって官人や庶民の往来が行なわれたので、歌は其の沿線で作られることが多く、最初に述べたように、『万葉集』は交通路研究の貴重な資料になっているが、その中でも特に地域の境界が強く意識されているので、これらの例を取り上げてみたい。

畿内の境界　前記した改新詔に示される畿内の四至は、東と西は河を南と北は山を境界にし、それぞれ難波京からの道路が通じていた。

南の境界の「紀伊の兄（背《せ》）山」（巻一・三五他）は紀ノ川の谷にあるが、平城京から出た南海道駅路の沿線でもあったので、対岸の妹山《いもやま》と共に、「妹と背の山」（巻七・一二〇九・一二一〇）・「妹背《いもせ》の山」（巻四・五四四、巻七・一二四七）として歌われることが多い。

北の「合（相・逢）坂山」（巻十三・三二三六・三二三七・三二四〇）は、平城京から近江国に至る東山・北陸両道の道筋に当たるので多く歌われているが、また「相《あ》ふ」にかけて相聞（巻十・二二八三）にも出てくることになる。

東の「名墾の横河」は、足利健亮（注18）によって名張川が名張市街の南で東西に流れる部分に比定され、壬申紀《じんしんき》では大海人皇子が天に横たわる黒雲を見て勝利を確信したという地点でもあるが、万葉の歌には見えない。これに代わって「名張（隠《なばり》）の山」（巻一・四三、巻四・五一一）が歌われるのは、川よりは山が境界としては強く認識されていたのではなかろうか。これらの歌は持統天皇六年（六九二）の伊勢国行幸に関わるが、当時の東海道は伊勢国から伊勢湾を横切って参河国渥美半島に通じていたとする説（注19）があり、これに従えば名張山こそが当時の畿内の東を限っていたのかも知れない。

西の「赤石の櫛淵」については、従来、現在の神戸市須磨区と垂水《たるみ》区との境、摂津・播磨国境の境川に当てる説が多かったが、なお明石市大久保の海岸とする説や神戸市西区神出町の明石川の奇淵《くしふち》説などもあって決定されていなかった。この中で最後の奇淵は櫛淵とも書かれるので、まさしく『日本書紀』の記事に合致するが、一般に想定される山陽道駅路からは離れた位置にあるので、あまり採り上げられることがなかった。しかし、足利健亮（注20）が難波京から有馬温泉に通じる直線古道の存在を指摘し、これが山陰道にも通じることが判明（注21）すると、当時の山陽道にも当たる可能性が考えられるので、（注22）私は有馬温泉から西に奇淵に通じる路線を当時の山陽道に想定した。しかし、奈良時代から平安時代の山陽道は別路を通ったので、忘れ去られることになったのであろう。

これに代わって多くとり上げられるのは、「天離《あまざか》る夷《ひな》の長道《ながぢ》ゆ恋ひ来れば明石の門《と》より大和島見ゆ」（巻三・二五五）と歌われた「明石の（大）門」（他に巻三・二五四・三八八、巻十五・三六〇八）であった。多く瀬戸内海の水運が利用されたからであろう。また、明石海峡に面する陸路は「荒磯《ありそ》越す波をかしこみ淡路島見ずか過ぎなむここだ近きを」（巻七・一一八〇）と詠まれた難所であったので、駅路はこれを避けて峠越えの山路を通っていた。（注23）

東海道　前記したように、初期の東海道は伊勢国から伊勢湾を渡って参河国に通じていたとする説（注24）がある。田中卓は、天武天皇四年（六七五）二月癸未《みずのとみ》（九）条、同十三年（六八四）是歳《このとし》条、持統天皇六年（六九二）三月甲午《きのえうま》（二九）条などにおける、国名列記に美濃・尾張と続くことに留意し、また『万葉集』に「麻績王《をみのおほきみ》の伊勢国の伊良虞《いらご》の島に流さるる時、人、哀しび傷みて作る歌」（巻一・二三）とあるが、「伊良虞の島」は渥美半島先端の伊良湖《いらご》崎で、参河国であるのに何故伊勢国とされたのかを疑問に思った。そこで、当時尾張国は美濃国に続いて東山道に属しており、東海道は伊勢国から海を渡って参河国の渥美半島に上陸したのではないかとの仮説を提示した。一方、東山道駅路は美濃から尾張に入る別路（注25）があって、承和二年（八三五）頃までは機能していたと考えられるので、その説は説得力がある。

平城京に遷ってからの東海道は伊賀から鈴鹿を越えて伊勢に入った。鈴鹿には三関の鈴鹿関が置かれたが、鈴鹿に関しては「鈴鹿川」(巻十二・三二五六)があるだけである。

参河国では高市連黒人《たけちのむらじくろひと》の羇旅《たび》の歌八首の中に見える「妹もわれも一つなれかも三河なる二見《ふたみ》の道ゆ別れかねつる」(巻三・二七六)に見える「二見の道」がある。「二見の道」については夏目隆文の考(注26)証があり、近世に姫街道の名で知られた浜名湖の北岸を廻る本坂越《ほんさかごえ》の経路に当たることを指摘し、巻十四東歌《あづまうた》のうち、「遠江国歌」が全て二見道の沿線から採録されていること、また巻二十の「諸国の防人《さきもり》等《ら》の歌」の遠江国の歌の中の「遠江《とへたほみ》白羽《しるは》の磯と贄《にへ》の浦とあひてしあらば言《こと》も通《かゆ》はむ」(四三二四)の「白羽の磯」「贄の浦」の両地名も(注27)「二見の道」の沿線に求められるとして、奈良時代には「二見の道」が主要交通路であったことを指摘している。(注28)私は三河国府を調査した際に、国府から国分寺方面への道の傍らに見られた、豊川市八幡町上ノ蔵の土手状遺構を、「二見の道」に当たる古代道路の跡ではないかと考えたが、発掘調査の結果、(注29)基底部幅約二十二メートル、道路敷幅約十九メートル、版築による盛土部分の高さ約一・五メートルの壮大な道路遺構と判明した。

『養老公式令《くしきりょう》』「朝集使」条によれば、朝集使が駅馬の乗用を許される範囲として「東海道は坂の東」で、『令集解《りょうのしゅうげ》』はこれを「駿河と相模の界の坂」としている。すなわち「足柄の坂」(巻九・一八〇〇)また「足柄の御坂《みさか》」(巻十四・三三七一、巻二十・四三七二・四四二三)である。駿河は中国で相模は遠国であるが、この朝集使条によって足柄坂以東を一括して坂東《ばんどう》と呼ぶ広域名称が生じたほどに重要な境界線であった。巻十四東歌の相模国一二首の中八首までが足柄を歌っている。

東山道　天智天皇が大津に宮を置いたので、近江国は準畿内的な性格をもっており、万葉の歌も多い。美濃国に入って「不破《ふは》の行宮《かりみや》」と「関」（巻六・一〇三六）が見える。三関で歌われているのは不破関《ふわのせき》だけであるが、常陸国からの防人倭文部可良麿《しとりべのからまろ》は「足柄の　み坂たまはり　顧《かへり》みず　吾は越《く》え行く　荒し男《を》も　立《た》しや憚《はばか》る　不破《ふは》の関　越《く》えて吾《わ》は行く　馬《むま》の蹄《つめ》　筑紫《つくし》の崎に　留《ちま》り居て　吾《あれ》は斎《いは》はむ　諸《もろもろ》は　幸《さけ》くと申《まを》す　帰り来《く》までに」（巻二十・四三七二）と歌っている。東海道に属する常陸国の防人が、足柄の坂を越えるのは当然の道筋であるが、不破関は東山道になる。国司の赴任などでは他道に入るのを「枉道《おうどう》」と称して特別の許可を必要としたが、その他の旅行者は適宜都合の好い道を通ったことを示す例である。すなわち、東海道は伊勢と尾張の境の木曽三川が交通の障害になっていたから、これを避けて尾張国から美濃国へ入ったのである。一方、東山道は信濃国の通過が困難であったから、当時東山道に属していた武蔵国の防人は、「足柄」（巻二十・四四二一・四四二三）を越えて東海道の道筋をとっていた。

　東山道随一の難所として知られたのは、「ちはやぶる神の御坂《みさか》に幣奉《ぬさまつ》り斎《いは》ふ命は母父《おもちち》が為」（巻二十・四四〇二）と歌われた、美濃・信濃の国境にある神坂峠《みさか》（海抜一五九五メートル）である。この歌の作者信濃国埴科郡《はにしな》の神人部子忍男《かむとべのこおしを》も幣を奉って旅の無事を祈っているが、ここには古墳時代以来の祭祀遺跡[注30]がある。

　犬養孝の筆になる、「信濃道《しなのぢ》は今の墾道《はりみち》刈株《かりばね》に足踏ましむな履《くつ》着けわが背《せ》」（巻十四・三三九九）の歌碑が神坂峠の信濃側中腹に建てられているが、前記したように神坂峠道は古墳時代以来の通路であった。一志茂樹は古墳時代からの祭祀遺跡がある神坂峠・雨境峠《あまざかい》（蓼科山北麓）・入山峠《いりやま》（信濃・上野国境）を繋ぐ路線を古東山道と称したが、古東山道は上田市域に想定される信濃初期国府を通らないので、『延喜式』駅路の通る保福寺峠（一三四五メートル）が新しく開削されたとして、ここにこの歌碑を建てた。岩波日本古典文学大系の註は「信濃道」を「信濃へ行く道」として、『続日本紀』和銅六年（七一三）条に見えて開通した「吉蘇路《きそぢ》」を挙げている。たしかに、何々路という場合は行く先の地名が用いられることが多いようであるが、この歌は信濃国の歌四首に含まれている。

　東山道の朝集使が駅馬の乗用を許される範囲は「山の東」で、これも「山東《さんとう》」という広域地域名を生むことになったが、この山は「信濃と上野の界の山なり」とあるので碓氷峠《うすい》である。「日の暮《ぐれ》に碓氷《うすひ》の山を越ゆる日は夫《せ》なのが袖もさやに振らしつ」（巻十四・三四〇二）は上野国の歌で、「ひなぐもり碓日《うすひ》の坂を越えしだに妹《いも》が恋しく忘らえぬかも」（巻二十・四四〇七）は上野国の防人の歌である。同じ東山道でも、武蔵国の防人は一部東海道を通ったのに対して上野国の防人は碓氷から神坂を越えなければならなかった。

　古代の「碓氷の山」「碓日の坂」は近世中山道の通る碓氷峠ではなくて、祭祀遺跡がある入山峠であったとする説が一志茂樹[注31]によって提唱されたが、この祭祀遺跡[注32]は古墳時代の遺物はあるが奈良平安時代の遺物はないことが発掘調査の結果判明した。一方、一九八九年に松井田町原遺跡[注33]で検出された、八世紀の大型の掘立柱建物は坂本駅に関わる遺構と考えられるが、中山道《なかせんどう》に沿うその位置からは近世中山道ルートに連なる可能性が高い。

図2　群馬県新田町下原宿《しもはらじゅく》遺跡（現太田市）で発掘された奈良時代の東山道。両側溝間の心々幅13mで側溝が現在道路に匹敵する。（旧新田町教育委員会提供）

上野国では奈良時代の駅路は高崎市から伊勢崎市を通って太田市新田町に通じていたが、平安時代には前橋市から赤城山麓を通る北側の経路に変更されたことが、それぞれ発掘された道路遺構によって判明している。（注34）

下野国の歌では「下毛野《しもつけの》美可母《みかも》の山の小楢《こなら》のすま麗《ぐわ》し児ろは誰《た》が笥《け》か持たむ」（巻十四・三四二四）の「美可母の山」（三毳山《みかも》）は『延喜式』三鴨駅の西にあるが、九条家本には駅名に「ミカホ」と振り仮名を付している。

東山道は下野国から陸奥国に入り、さらに出羽国に通じるが、陸奥国の歌は極めて少なく、駅路に沿っては安太多良《あだたら》（安達太良）（巻七・一三二九、巻十四・三四二八）がある。また、「笠女郎《かさのいらつめ》、大伴宿祢家持に贈れる歌三首」の中に見える「陸奥《みちのく》の真野《まの》の草原《かやはら》」（巻一・三九六）は、現在の福島県相馬郡鹿島町真野に当たるらしい。ここには養老三年（七一九）当時の石城《いわき》国に常陸国から駅路が通じ十駅が置かれていたが、平安時代に入って弘仁二年（八一一）に廃止された。

奈良時代における陸奥国の最前線は現在の宮城県止まりであるが、一方の出羽地方は越後国からの海路によって進出が行われ、既に天平五年（七三三）に秋田に出羽柵が進出していた。出羽国は和銅五年（七一二）に越後国から分国したが、天平九年（七三七）頃に東山道に所属替えになったと思われる。『万葉集』には出羽国の歌を見ない。

北陸道　北陸道駅路は近江国琵琶湖西岸を通って若狭国また越前国に入った。越前国には三関の愛発関《あらちのせき》が置かれたが、「有乳山《あらちやま》」（巻十・二三三一）が見える。越前国は敦賀《つるが》郡と以北の丹生《にゅう》郡との間の山地が険しく、大伴家持の歌「可《か》敝《へ》流《る》廻《み》の道行かむ日は五幡《いつはた》の坂に袖振れわれをし思はば」（巻十八・四〇五五）がある。五幡の地は敦賀湾東岸にあるが、山が海に迫り駅路は山地を上下しなければならなかった。その北から山中峠を越えて九頭竜川《くずりゅうがわ》上支流日野川の谷に通じ、そこに鹿蒜《かひる》駅（福井県南越前町今庄町帰《かえる》）が置かれていた。「鹿蒜」を「帰る」にかけての歌であるが、奈良時代の駅路の道筋を示している。

「角鹿津《つのがのつ》にして船に乗る時、笠朝臣金村の作る歌一首」（巻三・三六六）は、五幡山から山中峠越えの難路を避けて、角鹿津（敦賀《つるが》）から海路を越前国府の外港である河野浦《こうのうら》（南越前町河野）に至ったものであろう。なお、その前に笠金村の「塩津山《しおつやま》にして作る歌二首」（巻三・三六四・三六五）がある。塩津は北陸道駅路からは外れているが、『延喜式』「主税上」の「諸国の雑物を運漕する功賃」条に見えて、北陸道諸国から海運で運ばれた物資は、敦賀から塩津まで陸路で運び、また塩津から琵琶湖水運で大津に運んだ。金村は琵琶湖も船に乗った可能性が考えられる。また、笠金村は「伊香山《いかごやま》にして作れる歌」（巻八・一五三二・一五三三）があり、これは琵琶湖東北岸の山なので、あるいは東山道から分かれて琵琶湖東北岸を敦賀に出る道路の存在も考えられる。

平安時代に入った天長七年（八三〇）「越前国正税三百束・鉄一千廷を（彼）国鹿□嶮道を作る百姓上毛野陸奥（公）□山に賜ふ」と『類聚国史』に見えるのは、五幡の難路を避けて敦賀から鹿蒜駅に直行する木の芽峠越えのルートを開いたことを示し、これが『延喜式』のルートになった。

奈良時代には加賀は越前国に含まれていたので、砺波山《となみやま》（巻十七・四〇〇八、巻十九・四一七七）は越前と越中の国境であった。源平の合戦で知られる倶利伽羅《くりから》峠であるが、峠付近に北陸道駅路の遺構と見られる、幅六〜一〇メートルの切通し状の道路痕跡（注35）が残っている。この道筋は完全な尾根道で、直ぐ北に現在の鉄道や国道が通過する一〇〇メートルも低い天田《あまた》峠があるにもかかわらず、高所を通るのは軍事的観点からしか考えられない。その越中側には「砺波の関」（巻十八・四〇八五）も置かれていた。

大伴家持が国守になっていた越中国には多くの歌があるが、駅路との関係からは「射水《いみず》郡の駅館《やくかん》」（巻十八・四〇六五）が見える。『延喜式』の曰理《わたり》駅であろう。「左夫流児《さぶるこ》が斎《いつ》きし殿に鈴掛けぬはゆま下れり里もとどろに」（巻十八・四一一〇）と歌われた遊行女婦《うかれめ》左夫流児も、特に「鈴掛けぬはゆま」とあることから考えて同駅に居たのではなかろうか。

下総国井上《いかみ》駅も国府付属駅であるが、近くの国分寺で出土した墨書土器（注36）は、底部に「井上」の二字を組み合わせた文字を書き、その周りに「馬・牛・人夫・荷・酒」など駅に関係が深いと思われる語と共に「遊女」の文字がある。後に述べるように、大宰府付属の蘆城駅はしばしば宴会の場として利用されていたので、国府の付属駅も同様であったろう。

北陸道において朝集使が駅馬の乗用を許されたのは「神済《かんのわたり》」以北であった。これは「越中と越後の界の河也」とあるから、富山・新潟県境の境川ということになる。この川は歩いて徒渉できるほどの小川なので、「済《わたり》」の語に相応しくないとして黒部川や神通川に当てる考えも行なわれた。しかし、これらの河川は明らかに越中国内であるから適当ではない。米沢康(注37)は親不知《おやしらず》の海を舟で渡ったのではないかとの説を提示しているが、この方がより実感がある。日本海は水運が極めて発達していて、北陸道の諸駅も海岸に位置していることが多い。私は積雪期に陸路の交通が不便の場合は適宜海上交通を利用したのではないかと考えているが、親不知も舟を利用した方が好都合である。

越中国の歌四首（巻十六）の中に「伊夜彦《いやひこ》（神）」（三八八三・三八八四）が二首ある。弥彦神社は越後国一の宮であるが、大宝二年（七〇二）に越中から割かれて越後国に加えられた蒲原郡にあるので、それ以前の歌であろうか。それとも編者の誤解であろうか。付近に在った『延喜式』駅路の越後国最後の伊神駅は、伊夜彦神の二字を採ったものと考えられる。

山陰道　山陰道は丹波国に始まる。畿内の山城国と丹波との国境は、「丹波道《たにはぢ》の大江の山の真玉葛《またまづら》絶えむの心わが思はなくに」（巻十二・三〇七一）と歌われた大江（大枝《おおえ》）山で、現在老坂《おいのさか》と呼ばれる。「丹波の大江山」として知られ、『延喜式』には丹波国大枝駅があって亀岡市篠町王子に想定されるが、本来大江の地名は山城側の乙訓《おとくに》郡大江郷の名によると思われ、奈良時代には駅も大江郷に置かれていた。(注38) 都が山城国に遷ってからは距離が短いので峠を越えて丹波国に移されたのであろう。

丹後国は和銅六年（七一三）丹波から分国したもので、山陰道支道が通じており、本道は丹波国から但馬国に入る。山陰道の歌は柿本人麻呂に関わる石見国を除けば極めて少なく、歴史地理的観点からは現在も山陰地方で最大の交通の隘路になっている但馬西部の山地が興味深いが、『万葉集』には但馬の歌は無い。柿本人麻呂関係の歌は多く論じられているので、ここには触れない。

他道でも述べた朝集使が駅馬の乗用を許される範囲は、山陰道では「出雲以北」である。出雲以遠は石見・隠岐の両国で、隠岐は出雲の北になるが、石見は西にある。現在の地理的感覚から言えば、山陰道は西方であるが、これは最初に畿内を出る時の方角から山陰道は北方と認識され、出雲以遠の両国を意味したものらしい。

山陽道　播磨国の歌は多いが、神亀三年（七二六）聖武天皇の印南野《いなみの》行幸に際しての、笠金村（巻六・九三五〜九三七）、山部赤人（巻六・九三八〜九四五）の歌がある。この時の邑美頓宮《おうみかりみや》は、高橋美久二(注39)が邑美駅と仮称した『延喜式』に載らない駅の所在地、明石市魚住町長坂寺《ちょうはんじ》付近と思われ、駅そのものが頓宮に利用された可能性がある。

山陽道諸国の歌は殆どが海岸で詠まれており、それだけ海路が利用されていたことを示すが、陸路では「周防《すは》にある磐国山《いはくにやま》を越えむ日は手向《たむけ》よくせよ荒しその道」（巻四・五六七）が注目される。これは大伴旅人が瘡《そう》（できもの）を患った時に遣わされた駅使の帰路を送った、大宰少典山口忌寸《いみき》若麿が詠んだものであるが、山陽道では難路として知られていたのであろう。磐国山は石国《いわくに》駅や石国郷がある岩国市付近の山で、具体的な位置についての定説はないが、石国駅と野口駅との間にあって欽明天皇に因む伝説のある欽明《きんめい》峠と考えたい。

南海道　南海道も海路が利用されたから、海岸を詠んだ歌が多い。陸路では奈良時代の駅路が通っていた紀ノ川筋の歌の他に、「紀の温泉《ゆ》」（巻一・七・九）と言われた「牟婁温湯《むろのゆ》」（斉明紀）へ、「大宝元年（七〇一）辛丑《かのとうし》冬十月太上天皇《おほきすめらみこと》（持統）大行天皇《さきのすめらみこと》（文武）の紀伊国に幸《いでま》し時の歌十三首」（巻九・一六六七〜一六七九）の他、多くの歌に途中の風物が歌われているので、ほぼその道筋を知ることができるが、それらによれば、ほぼ後の熊野街道と同様と思われる。『延喜式』では駅路は通じていないが、平城京出土木簡(注40)に「天平四年十月」「紀伊国安諦郡駅戸桑原史馬甘戸同広足調塩三斗」と記すものがあり、安諦《あて》郡は後の在田《ありだ》郡であるから、当時（七三二）は紀伊南部へも駅路が通じていたと考えられる。

四国では奈良時代の駅路は四国周回路線を形成していたが、平安時代に入ってから土佐への道を四国山脈横断路線に変えた。これらの陸路に関係した歌は見られない。

三　西海道の特殊性と大宰府

西海道は他の六道と違って、大宰府が九国二嶋を管轄する行政区になっていた。大宰府は大陸に面するその位置から、特に外交の出先機関としての機能があったが、全体的に中央政府のミニ機構の性格を持って、行政的にも財政的にも権限を集中しており、例えば、本来は中央官人をもって任用すべき掾《じょう》以下の国司の詮擬も大宰府に委ねられていた。また他道の諸国の調は都に送られるが、西海道では大宰府に集められたので、『延喜式』主計上に載せる貢調の行程も、他の諸道の国は京までの日数を記すのに対して、西海道諸国は大宰府までの日数を記している。

他にも、例えば毎年七月七日に宮中で催される相撲節会《すまいのせちえ》には、各国から相撲人《すまいびと》三人ずつが集められ、これらの相撲人は国ごとに上京することになっているが、西海道ではまとまって上京した。天平六年（七三四）度の『周防国正税帳』には、六月廿日に長門国相撲人三人と廝《こもの》一人が「向京伝使」として往来八日分の食料の供給を受け、翌廿一日には周防国相撲人三人が往来六日分の供給を受けている。彼らは伝使にはなってはいるが、伝符の支給は受けられないから伝馬は使えず、都まで徒歩で赴いたものと思われる。

これに対して西海道では、「大伴君熊凝《くまごり》は、肥後国益城《ましき》郡の人なり。年十八歳にして、天平三年（七三一）六月十七日に、相撲使某国司《すまひのつかひそれのくにのつかさ》官位姓名の従人《ともびと》と為《な》り、京都《みやこ》に参《まゐ》向ふ。為天《てん》に幸あらず、路に在りて疾《やまひ》を獲《え》、即ち安芸国佐伯郡の高庭の駅家《うまや》にて身故《みまか》りぬ。」（巻五・八八六〜八九一題詞）とあることから、某国の国司が西海道諸国の相撲人をまとめて引率し上京したことが知られる。大宰府は伝符を発給できるから、引率者の国司は伝符を得て伝馬に乗用したと思われるが、その従者や相撲人達はやはり徒歩であった。高庭駅は『延喜式』に見えないので、奈良時代から平安時代にかけて駅の変更があったと考えられる。この際、本来伝制を利用すべきである相撲使の従者が駅家で死亡したことが疑問であるが、森哲也（注41）は、おそらく佐伯郡では駅路と伝路とが同一経路になっていて、大伴熊凝は高庭駅付近で発病したので、とりあえず駅家で手当てを受けたのであろうと推測している。なお、山陽道では神護景雲二年（七六八）に、「本道は郡伝路遠く、多く民苦を致す。乞う、また駅に隷《つ》きて迎送せん、と」として伝馬を廃止している。

ところで、天平二年（七三〇）十一月に大宰帥兼任のまま大納言に任じられた旅人は上京することになったので、送別会が開かれた。「大宰帥大伴卿、大納言に任《ま》けらえて京に臨入《いら》むとする時に、府の官人等《つかさびとたち》、卿を筑前国の蘆城《あしき》の駅家《うまや》に餞《うまのはなむけ》する歌四首」（巻四・五六八～五七一）がある。蘆城駅は『万葉集』によって知られるのみで『延喜式』に見えないが、筑紫野市阿志岐《あしき》を遺称として大宰府の東南約四キロにあり、大宰府の付属駅としての性格を持っていて、「大宰の諸卿大夫《まへつきみたち》と官人等《つかさひとたち》と筑前国の蘆城の駅家に宴《うたげ》する歌二首」（巻八・一五三〇～一五三一）、また「（神亀）五年戊辰《つちのえたつ》、大宰少弐石川足人《たりひと》朝臣の遷任するに、筑前国蘆城《あしき》の駅家《うまや》に餞《うまのはなむけ》する歌三首」（巻四・五四九～五五一）など、日常の宴会や送別会の場として利用された。餞は馬の鼻向けの意から出た語であるから、本来は此処まで送ってきて別れるということになろうが、旅人の場合は後述するように山陽道を通って帰京しているから、蘆城駅での餞は前以ての送別会だったことになる。

『続日本紀』神亀三年（七二六）八月乙亥《きのとい》（三十）条に見える太政官処分によって、新任の国司が任地に下向する時は、都に近い十八カ国の国司は伝符の支給を受けず、「大宰府并《なら》びに部下の諸国五位以上には、宜しく伝符を給ふべし。自外は使に随ひて船に駕し、縁路の諸国、例によりて供給せよ。

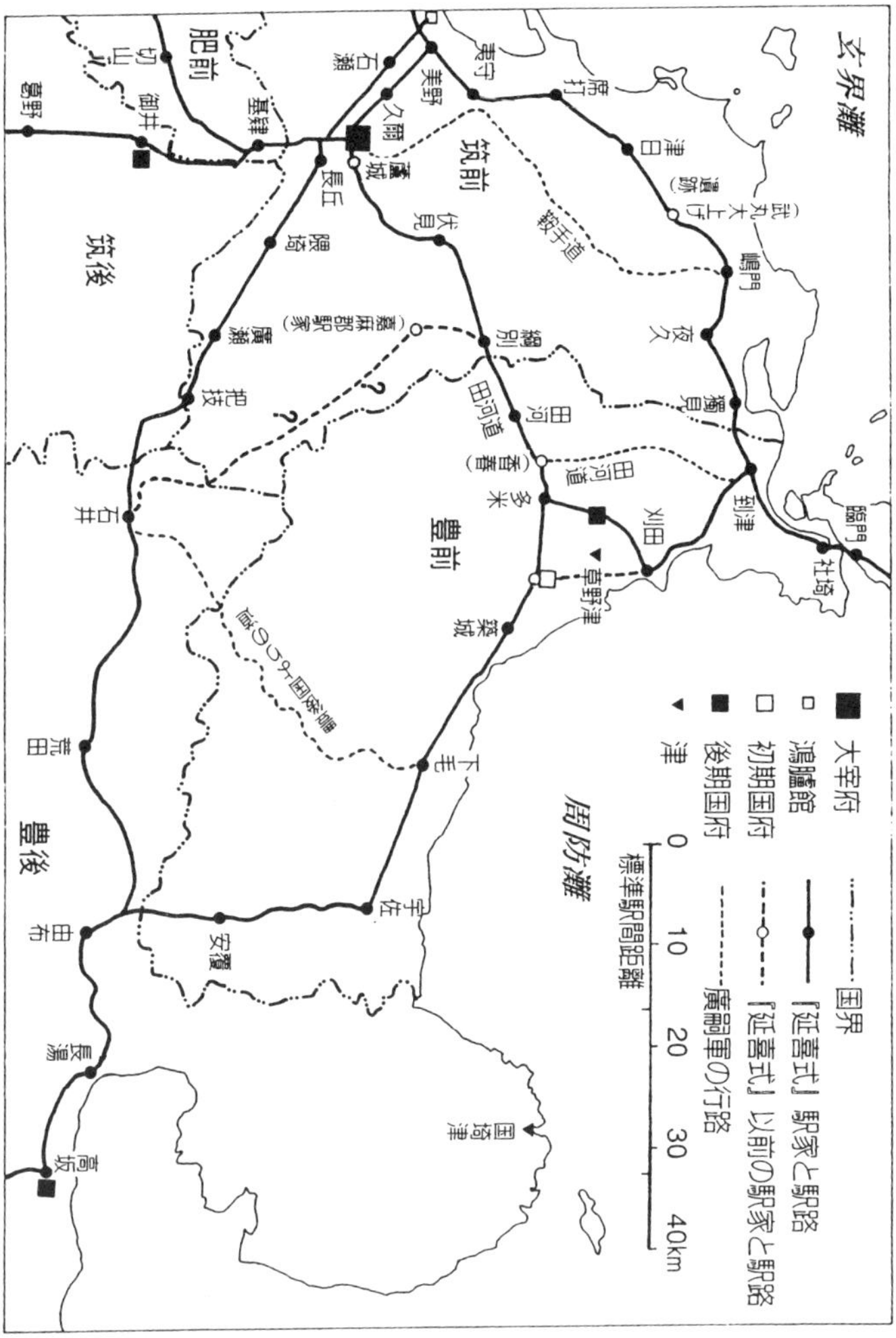

図3　西海道東北部の古代道路。（木下良「古代官道と条里制」『香春町史』上、2001年掲載図を題名を変えて転載）

史生《ししょう》もまた此れに准ぜよ。」と規定されたから、下級官人の都と大宰府との往来には海路が利用されることが多かった。この際、最も経路が短くて便利だったのは、大宰府から豊前路をとって豊前国京都《みやこ》郡草野津《かやののつ》から乗船する（注42）ことだったと思われるので、豊前路の起点に当たる蘆城駅は餞の宴の場所として最も適切な場所であった。

蘆城駅は『延喜式』に見えないので廃止されたことになる。奈良時代には平城京に都亭駅（注43）が置かれ、大宰府に蘆城駅、諸国府にもそれぞれ付属駅があったと思われるが、坂本太郎（注44）が指摘するように、『延喜式』によれば国府付近に駅が置かれていない国もかなり多く、これは多くの業務が集中する国府付近の住民の負担を軽減するために駅を廃し、国府の馬を代用したのであろうとする。その意味から、平安京には都亭駅が置かれず大宰府の蘆城駅も廃止されたのであろう。それでも『延喜式』によれば、西海道の諸国府では大宰府にあった筑前国府の他、豊前・大隅・壱岐・対馬の諸国府に付属駅が見られないが、大隅と対馬は駅路の終点的位置にあり、駅路の途中にある国府では、島嶼部の壱岐を除けば豊前国府だけということになる。

豊前国府は奈良時代には国分寺と共に、福岡県京都郡豊津町に在ったが、当地は本来仲津郡に属していた。一方、『延喜式』とほぼ同じ頃に編纂された『和名類聚抄』「国郡部」には、「国府京都郡に在り」としているので、『延喜式』当時の豊前国府は別地に在ったことになる。京都郡に在った国府については、戸祭由美夫（注45）が行橋市須磨園に想定している。そこで、奈良時代には仲津郡にあった国府に付属駅が置かれていたが、平安時代に入ってからの国府の移転に伴って新しい駅路が開かれ、駅の位置にも変更があったと考えられる。すなわち、京都郡に移った国府は従来の駅路には沿っていなかったので、そこを通る新しい駅路を開き、その分岐点に新駅として多米駅が置かれ、旧国府の付属駅は廃止された。それに伴って田河駅も移されたと考えられる。

　田河駅が田河郡内にあることは明らかであるが、郡内の位置については従来二箇所の想定地があった。一つは吉田東伍『大日本地名辞書』（一九〇二）や大槻如電『駅路通』（下・一九一五）が想定する田川市夏吉・伊田であり、もう一つは邨岡《むらおか》良弼《りょうすけ》『日本地理志料』（一八九八）が提唱し、戸祭由美夫(注46)も従った香春《かわら》町鏡山である。

　田川郡を通る駅路は、古代道路を意味する四箇所の「車路《くるまじ》」地名と、直線の田川市・糸田町の境界線によって想定されるが、下伊田には「馬込《まごめ》」、西夏吉に「大道添《おおみちぞえ》」、東夏吉には「大道添」と「立石《たていし》」など、それぞれ駅路に関係深い地名があり、また下伊田遺跡(注47)では田河郡家の一部と思われる、官衙形式の東西二間・南北一二間の大型の掘建柱建物が検出されているが、郡名を冠する駅は郡家に付属して設置された可能性が高い。

　一方の鏡山は、「桜作村主益人《くらつくりのすぐりますひと》、豊前国より京に上る時作る歌一首」（巻三・三一一）に「豊国《とよくに》の鏡山」と見え、都に向う道筋に在ったことが知られるが、また「河内王《かふちのおほきみ》を豊前国鏡山に葬《はぶ》る時、手持女王《たもちのおほきみ》の作る歌三首」（巻三・四一七～四一九）もある所で、現地には宮内庁の指定する河内王の墓がある。『日本書紀』によれば、河内王は持統天皇三年（六八九）に大宰率（帥）になったが、同八年（六九四）に「浄大肆《じゃうだいし》を以て、筑紫大宰率河内王に贈《おひたま》ふ。并《あはせ》て賻物《はぶりもの》（喪主に贈って助けとするもの）賜ふ。」とあるので、その少し前に現職で逝去したらしい。すると、その死去は部内巡行の際であろうが、何も施設の無い所で亡くなったとは思われない。鏡山は郡の中央ではなく郡家とは考えられないから、駅家が置かれていたのではなかろうか。同地は東西に通る豊前路に沿っており、また北に金辺峠を越えて企救《きく》郡に入り、大宰府路の到津《いたむつ》駅に至る道路の分岐点であったので、駅を置く場所としては適地であった。なお到津駅に至る道路は、天平十二年（七四〇）の藤原廣嗣《ひろつぐ》の乱の際に、その部下の多胡《たこの》古麻呂の率いる一軍が通っている。

以上を考え合わせると、当初の田河駅は鏡山にあり、豊前国府の移転に関する駅路と駅家の新設に関連して、伊田・夏吉に移ったのではなかろうか。蘆城駅の廃止もこれらと同時に行なわれたのかも知れない。

豊前路の説明が長くなったが、「冬十二月、大宰帥大伴卿の京に上る時に、娘子《をとめ》の作る歌二首」（巻六・九六五～九六六）の後に、「右は、大宰帥大伴卿、大納言に兼任して、京に向ひて上道《みちたち》す。此の日馬を水城に駐《とど》めて、府家《ふけ》を顧み望む。時に卿を送る府吏の中に、遊行女婦《うかれめ》あり。其の字《あざな》を児島《こしま》と曰ふ。ここに娘子《をとめ》、此の別るることの易きことを傷《いた》み、彼《そ》の会ふことの難きことを嘆き、涕《なみた》を拭《のご》ひて、みづから袖を振る歌を吟《うた》ふ。」とあるように、旅人自身は水城から出ている。大宰府道から山陽道に向うために、水城の東門を出たのであろう。また、これらの遊行女婦は蘆城駅にいたのではなかろうか。

一方、「天平二年庚午《かのえうま》冬十一月、大宰帥《だざいのそち》大伴卿の、大納言に任《ま》けらえて 帥を兼ぬること 旧の如し 京に上る時に、傔従《けんじゅう》等、別に海路を取りて京に入る。ここに羈旅《きりょ》を悲しび傷《いた》み、各ゝ所心を陳べて作る歌十首」（巻十七・三八九〇〜三八九七）とあるので、従者達は一足先に出発して海路をとったことが判る。それらの歌の中に「荒津《あらつ》」「比治奇《ひじき》の灘《なだ》」(注48)「都努《つの》の松原」(注49)「武庫《むこ》の渡《わたり》」(注50)などの地名が見えるが、荒津は福岡市西区に在った当時の船着場であったから、ここで乗船したのであろう。とすれば、水城の西門を出て鴻臚館に向う道（壱岐・対馬路）を通ったのであろう。この経路は前記した草野津で乗船するのに較べるとかなり遠回りになるので、何かの理由があったのだろう。

旅人の妹の大伴坂上郎女も、「冬十一月、（中略）帥《そち》の家を発し上道《みちたち》して、筑前国宗形《むなかた》郡名児山《なごやま》を越ゆる時に、作る歌一首」（巻六・九六三）があるので、また別路をとったことが判る。名児山は駅路から離れた、福岡県福津市津屋崎町から宗像市玄海町に入る峠路(注51)であるが、これは、おそらく名児山東麓の玄海町田島にある宗像神社に詣でたのであろう。続いて「同じ坂上郎女の京《みやこ》に向ふ海路《うみつぢ》に浜の貝を見て作る歌一首」（巻六・九六四）があるので、その後は海路をとったことになるが、以上のように関係者がそれぞれ別路をとっていることが注目される。

また、「大宰帥大伴卿の京に上りし後、筑後守葛井連大成《ふぢゐのむらじおほなり》、悲しび嘆きて作る歌一首」に、「今よりは城《き》の山道は不楽《さぶ》しけむわが通はむと思ひしものを」（巻四・五七六）がある。この「城の山」は一般に筑前と肥前の国境に設けられた基肄《きい》城がある基山《きやま》と考えられているが、これに対する異論もある。すなわち、林田正男(注52)は、基肄は『（肥前国）風土記』でも「キイ」と長音化して発音されていたようであるが、この歌では「キイノヤマミチ」ではない。また筑後から大宰府に行くのに、わざわざ肥前国を迂回して、しかも山道を通る必要はなく、例えば小郡《おごおり》の郡衙《ぐんが》（御原《みはら》郡家）から蘆城（駅）を経て大宰府に行く道筋などが考えられるので、基山越えは疑問であるとして、この「城」は大宰府政庁を中心とする諸施設であろうと解している。(括弧内は筆者付記)

しかし、基肄城は『日本書紀』に見えて天智天皇四年(六六五)に築城された当時は「椽城《きのき》」と記されているので、本来は「キ」であったと考えられる。おそらく、和銅六年(七一三)の好字令によって記夷《きい》・基肄と二字で表記されるように改められたのであろう。したがって、「キノヤマミチ」でおかしくはない。

また、前記したように、古代道路特に駅路は軍用道路としての性格をもっていたから、一般に隘路を避けて見通しのよい尾根筋を通ることが多かった。(注53) その典型的な例が北陸道の倶利伽羅峠であるが、「城の山道」のありようも倶利伽羅峠によく似ていて、大宰府から西海道南部への駅路が古代山城も置かれた筑前・肥前国境の要衝を、山道で越えることに少しも不思議はない。

もちろん、『出雲国風土記』にも見えるように、駅路以外にも隣国への通路があったから、御原郡家を経由して大宰府方面に通じる道もあったと思われるが、国司が公用で国外に出る場合には、正規の路線を通ったはずである。平安時代に入ってからも、伝馬は筑後国では御井《みい》郡・上妻《かみつま》郡・狩道《かりぢ》駅に置かれ御原郡にはなく、肥前国の基肄駅に伝馬を置いていたから、筑後国以遠の諸国への国司赴任にも「城の山道」から基肄駅経由の路線がとられていた。

注1　武部健一「日本幹線道路網の史的変遷と特質」『土木学会論文集』三五九、一九八五年。

2　木下良「古代の交通体系」岩波講座『日本通史』五（古代四）、岩波書店、一九九五年。
3　例えば、相模国から武蔵国に入る『延喜式』駅路は、以前は伝路であった可能性がある。（木下良「神奈川の古代道」『神奈川の古代道』藤沢市教育委員会博物館建設準備担当、一九九七年）。
4　田名網宏「古代の交通」児玉幸多編『日本交通史』吉川弘文館、一九九二年。
5　木下良「肥前国」藤岡謙二郎編『古代日本の交通路』Ⅳ、大明堂、一九七九年。
6　佐賀県文化財調査報告書一一三『吉野ヶ里』佐賀県教育委員会、一九九二年。
7　木下良「古代的地域計画の基準線としての道路」『交通史研究』一四、一九八五年。
8　木下良「古代官道の軍用的性格―通過地形の考察から―」『社会科学』四七、同志社大学人文科学研究所、一九九一年。
9　中国公路交通史編審委員会編・土木学会土木史研究委員会日中古代道路研究会訳「中国古代道路史概要」一～一〇、『道路』一九九一-一～一九九二-三。
10　陝西省交通史志編写委員会『陝西古代道路交通史』人民交通出版社、一九八九年。ＮＨＫ取材班『始皇帝』ＮＨＫ出版、一九九四年。
11　藤原武『ローマの道の物語』原書房、一九八五年。
12　木下良「日本古代駅路とローマ道との比較研究――序説――」『歴史地理学』一二四、歴史地理学会、一九八四年。「古代日本の計画道路――世界の古代道路とも比較して――」『地学雑誌』一一〇-一、東京地学会、二〇〇一年。
13　岸俊男「古道の歴史」坪井清足・岸俊男編『古代の日本』5近畿、角川書店、一九七〇年。『日本古代宮都の研究』岩波書店、一九八八年、所収。
14　秋山日出雄「日本古代の道路と一歩の制」橿原考古学研究所編『橿原考古学研究所論集』吉川弘文

館、一九七五年。
15 前掲註14。
16 木下良「「大化改新詔」における畿内の四至について――「赤石の櫛淵」の位置比定から――」『史朋』二七、史朋同人、二〇〇二年。
17 山村信榮「大宰府周辺の道路遺構」『季刊考古学』四六、雄山閣、一九九四年。
18 足利健亮『日本古代地理研究』大明堂、一九八五年。
19 田中卓「尾張国はもと東山道か」『史料』二六、皇学館大学史料編纂所、一九八〇年。
20 足利健亮「難波京から有馬温泉を指した計画古道」『歴史地理研究と都市研究』上、大明堂、一九七八年。前掲註18所収。
21 吉本昌弘「摂津国有馬郡を通る計画古道」『歴史地理学会会報』一〇四、一九七九年。
22 前掲註16。
23 吉本昌弘「摂津国八部・菟原両郡の古代山陽道と条里制」『人文地理』三三-四、人文地理学会、一九八一年。
24 前掲註19。
25 足利健亮「(東国)交通」藤岡謙二郎編『日本歴史地理総説』古代編、吉川弘文館、一九七五年。一志茂樹『古代東山道の研究』信毎書籍出版センター、一九九三年。
26 夏目隆文「「三河なる二見の道」新考―伊場木簡の出土に関連して―」『万葉集の歴史地理的研究』法蔵館、一九七七年、所収。
27 夏目隆文「「白羽の磯・贄の浦」私考―防人は「二見の道」を経由したか」『万葉集の歴史地理的研究』所収。

28 木下良「参河国府跡について」『人文地理』二八-一、人文地理学会、一九七六年。
29 林弘之「上ノ蔵遺跡」『愛知県埋蔵文化財情報』一五、愛知県教育委員会、二〇〇〇年。
30 大場磐雄ほか『神坂峠』阿智村教育委員会、一九六九年。
31 一志茂樹「古代碓氷坂考」『信濃』一〇-一〇、一九五八年。
32 椙山林継ほか『入山峠』軽井沢町教育委員会、一九八三年。
33 水田稔「群馬県碓氷郡松井田町原遺跡で発見された掘立柱建物跡について」『月刊考古学ジャーナル』三三二、一九九一年。松井田町遺跡調査会『関越自動車道(上越線)地域埋蔵文化財発掘調査報告書　横川大林遺跡・横川萩の反遺跡・原遺跡・西野牧小山平遺跡』一九九七年。
34 坂爪久純・小宮俊久「上野国の古代道路」『古代交通研究』一、一九九二年。高島英之「上野国」古代交通研究会編『日本古代道路事典』八木書店、二〇〇四年、等。
35 西井龍儀「倶利伽羅峠の古道」『古代交通研究』七、一九九七年。
36 市立市川考古博物館研究調査報告6『下総国分寺跡――平成元~5年度発掘調査報告書――』市立市川考古博物館、一九九四年。
37 米沢康「神濟考」『一志茂樹博士喜寿記念論文集』一九七一年、『北陸古代の政治と社会』法政大学出版局、一九八九年、所収。
38 前掲註18。
39 高橋美久二「播磨の駅と駅路」『古代交通の考古地理』大明堂、一九九五年。
40 『平城宮発掘調査出土木簡概報』二四、奈良国立文化財研究所、一九九一年。
41 森哲也「大宰府九箇使の研究」『古代交通研究』一、一九九二年。
42 『類聚三代格』十六所収の延暦十五年(七九六)官符によれば、豊前国草津、豊後国国埼津・坂門津が物資の積み出し港として盛んに利用されていたことが判る。草野津は福岡県行橋市草野に比定され、豊前路によって大宰府に連絡される。

43 『続日本紀』和銅四年（七一一）正月条に、「始置都亭駅、山背国相楽郡岡田駅、綴喜郡山本駅、河内国交野郡楠葉駅、摂津国嶋上郡大原駅、嶋下郡殖村駅、伊賀国阿閇郡新家駅」と見える。従来は、「始置二都亭駅一」と返り点を打って、以下の六駅を都亭駅と解するのが一般であった。これに対して、足利健亮『日本古代地理研究』（一九八五）は、都亭駅および以下の六駅が置かれたと読むのが、漢文の読み方としても適当であるとする。従うべきである。

44 坂本太郎「国府と駅家」『一志茂樹博士喜寿記念論文集』信濃史学会、一九七一年、『古典と歴史』吉川弘文館、一九七二年、『古代の駅と道』（坂本太郎著作集8）吉川弘文館、一九九三年、所収。

45 戸祭由美夫「豊前国府考」『歴史地理研究と都市研究』上、大明堂、一九七八年。

46 戸祭由美夫「豊前国」藤岡謙二郎編『古代日本の交通路』Ⅳ、大明堂、一九七九年。

47 福岡県教育委員会『九州横断自動車道関係埋蔵文化財調査報告』一〇、一九八七年。

48 響灘のことと考えられる。山口県豊浦郡の西方、北九州市北方の海面、または兵庫県高砂市の海面。

49 兵庫県西宮市の海岸。

50 武庫の海の渡り、難波に渡るのであろう。また、武庫川河口の渡し場とみる解釈もある。

51 木下良「律令制下における宗像郡と交通」『宗像市史』通史編第二巻（古代・中世・近世）、一九九九年。

52 林田正男『万葉集の歌―人と風土―』一九八六年。

53 前掲註8。

＊本稿における万葉集の歌の読みは日本古典文学大系『万葉集』岩波書店、一九五七～一九六二年によった。
また、その地名については著者から寄贈を受けた、樋口和也『萬葉集地名歌総覧』近代文芸社、一九九六年を参照した。記して大いに感謝したい。

鑑真入京の道

川﨑　晃

はじめに

天平勝宝五年（七五三）、遣唐大使藤原清河《きよかわ》は帰国に際して、いったんは乗船させた鑑真らを協議の末に下船させるという結論を下した。にもかかわらず副使の大伴古麻呂《こまろ》（胡麻呂とも）は鑑真ら一行をひそかにかくまい、日本に向けて出発したという。淡海三船《おうみのみふね》（真人元開《げんかい》）が撰述した鑑真の伝記である『唐大和上東征伝《とうだいわじょうとうせいでん》』（以下『東征伝』と略す）には、次のように記している。

十一月十日丁未の夜、大伴副使、竊《ひそ》かに和上及び衆僧を招いて己が舟に納め、惣《す》べて知らしめず。

鑑真はこの古麻呂の強行により六度目にしてようやく渡日に成功する。本稿では鑑真が来日し、入京するまでの足跡をたどり、その旅の道筋に関わる二、三の問題について私見を述べてみたい。

一　天平勝宝四年度の遣唐使

大伴古麻呂は天平勝宝五年（唐・天宝十二）正月、唐の大明宮含元殿《がんげんでん》での朝賀の儀式において、日本が朝貢国とみなす新羅の使者と席次争いをしたエピソードで硬骨漢として知られるが、はじめに鑑真来日の立役者であるこの古麻呂についてみておこう。（注1）

天平勝宝二年（七五〇）九月、藤原清河を遣唐大使、大伴古麻呂を副使に任命、翌年十一月に吉備真備を副使に追加し、天平勝宝四年（七五二）閏三月に大使に節刀が授けられた。

藤原清河は房前の子で光明皇后の甥に当たる。遣唐大使を出した藤原氏では光明皇后がみずから出席して餞宴を開いた（巻十九・四二四〇〜四二四四）。一方、副使を出した大伴氏でも一族が集まり古麻呂の餞宴を開いている。

閏三月に、衛門督《ゑもんのかみ》大伴古慈斐宿祢の家にして、入唐副使同胡麻呂《こまろ》宿祢等に餞する歌二首

韓国《からくに》（唐国）に　行《ゆ》き足《た》らはして　帰り来《こ》む　ますら健男《たけを》に　御酒《みき》奉《たてまつ》る　（巻十九・四二六二）

右の一首、多治比《たぢひの》真人鷹主《たかぬし》、副使大伴胡麻呂宿祢を寿《ほ》く。

櫛《くし》も見じ　屋内《やぬち》も掃《は》かじ　草枕　旅行く君を　斎《いは》ふと思《も》ひて　〈作者未詳なり〉　（巻十九・四二六三）

右の件の歌、伝誦するは大伴宿祢村上、同清継《きよつぐ》等これなり。

この餞宴歌の前の歌（巻十九・四二六一）の左注に「右の件の二首、天平勝宝四年二月二日に聞き、即ち茲《ここ》に載せたり」とあるので、この餞宴歌中の「閏三月」は、遣唐大使に節刀が授けられた天平勝宝四年の閏三月であることが諒解される。出発間近の慌ただしい時期に同族の大伴古慈斐《こしび》（祜信備・祜志備とも）の邸宅で餞宴が開かれたことになる。左注に「伝誦」とあることから家持は同席しなかったが、多治比鷹主、大伴村上、清継らが参加したことが知られる。周知の如く、この餞宴に参加した大伴古慈斐、古麻呂、鷹主らは、のちに奈良麻呂の変で逮捕され、死罪や流罪となっている。

さて、大伴古麻呂は大伴旅人の甥で、家持の従兄弟にあたる。天平二年（七三〇）大宰府にあった叔父の旅人が重病に陥ると、旅人の庶弟稲公《いなきみ》とともに西下している。『万葉集』巻四・五六七左注に「天平二年庚午夏六月に、帥《そち》大伴卿（旅人）、忽ちに瘡《かさ》を脚に生《な》し、枕席《しんせき》に疾苦《くるし》ぶ。これに因りて馳駅《ちやく》して上奏し、庶弟《ままおとひと》稲公・姪《をひ》（甥）胡麻呂に遺言を語らまく欲《ほ》しと望《ねが》ひ請《こ》ふ。右兵庫助《みぎのひやうごのすけ》大伴宿祢稲公・治部少丞《ぢぶせうじよう》大伴宿祢胡麻呂の両人に勅して、駅《はゆま》を給ひて発遣《さしつか》はし、卿の病を省《とりみ》しめたまふ」とある。

この古麻呂に関わるとみられる興味深い史料がある。それは井真成墓誌の発見により新ためて注目されている石山寺蔵『遺教経《ゆいぎようきよう》』（全一巻）の奥書である。

唐清信弟子陳延昌荘厳此大乗経典、附日　本
使國子監大學朋古滿、於彼流傳
開元廿二年二月八日従京發記

（唐の清信弟子、陳延昌《ちんえんしょう》、此の大乗経典を荘厳《しょうごん》し、日本使・国子監《こくしかん》大学の朋古満に附《さず》け、彼《そこ》に流伝せしむ。開元二十二年（七三四）二月八日、京より発《た》つとき記《しる》す。）

この『遺教経』は平安時代初期の書写経であるが、奥書も藍本（延昌が託した経典）を忠実に書写したと思われる。「朋古満」の釈読については「羽右満」とし、羽栗《はくりの》吉麻呂に比定する異論もある。[注2] しかし、一字目の「朋」と「羽」は微妙な所があるが、藍本に「羽吉満」とあったとは思われない。

吉麻呂は留学生阿倍仲麻呂の「傔人《けんにん》（従者）」として養老元年（七一七）に入唐、唐の女性と結婚し、翼《つばさ》と翔《かける》という二人の子どもをもうけ、天平六年（七三四）に遣唐使とともに子どもを連れて帰国したという（『類聚国史』仏道部）。しかし、仲麻呂の「傔人」であった吉麻呂が果たして「日本使・国子監大学」と称されたであろうか。

『延喜式』大蔵省入蕃使条には遣唐使の従者として「傔従《けんじゅう》」と「傔人」とがある。「留学生・留学僧・傔従」とあるのは「留学生・留学僧の傔従」の意であろう。傔従の支給物は、絁四疋、綿二十屯、布十三端とあって傔人に比して多く、滞在期間の長い留学生などの従者と考えられる。一方、挟《かじ》杪《とり》（操舵手の部下）と併記される傔人の賜物は絁二疋、綿十二屯、布四端と少なく、滞在期間の短い使節らの従者と考えられる。しかし、「傔従」と「傔人」の語が、厳密に区別され使い分けられていたかは未詳である。[注3]

円仁『入唐求法巡礼行記《にっとうぐほうじゅんれいこうき》』にある登州（山東省）開元寺浄土壁画の願主は、渤海路をとって入唐した天平宝字三年度の遣唐使（迎藤原河清使、迎入唐大使使）である。[注4] この遣唐使はやや特殊で、大使高元《こうげん》度《ど》は任命時に正六位上から外従五位下に昇叙されているが、大使の位階は遣渤海使の大使クラスである。副使が確認できないことからも、遣渤海使に准じて派遣されたと思われる。二月十六日、一行九十九人は渤海使楊承慶《ようしょうけい》らの帰国に随行、渤海を経由して唐に赴いたが、安史の乱の不穏な情況の中で、高元度ら十一名のみが唐に赴き、判官内蔵全成《くらのまたなり》らは同年十月渤海使とともに帰国した。開元寺浄土図の願主の記録には入唐した十一名のうち八名の名が見える（開成三年三月六日条）。そこには録事、雑使、諸吏（諸史、史生か）、使、傔人などとある。録事の建必感（建部人上）・羽豊翔（羽栗翔）はともに正六位上で天平五年度の遣唐使の判官クラス、大使とは一階の差である。「傔人」の建雄貞は従七位下、紀貞□は従八位下である。羽栗翔のように唐に留まった者もあるが、それは例外で、藤原清河を迎えることを目的とし、しかも削減されて入唐した十一名の中に留学生、ましてやその従者が同行したとは思われない。佐藤信氏が留学生の従者の例とされた(注5)この願主中の「傔人」は留学生の従者（傔従）ではなく、使節の従者（傔人）であろう。従者の身分を知ることのできる貴重な史料であるが、留学生の従者を考える参考例とはしがたい。このようなことからも、従来指摘されているように「朋古満」と釈読し、大伴古麻呂に比定するのが穏当と思われる。(注6)

さて、右に掲げた『遺教経』の奥書によれば、大伴古麻呂は開元二十二年（天平六・七三四）には「京」、すなわち長安にいたことが判明する。それでは古麻呂はいつ唐に渡ったのであろうか。前述したように、古麻呂は天平二年には大宰府の旅人のもとに行っているのであるから、それ以後の遣唐使になる。とするならば、天平五年度の遣唐使ということになる。

古麻呂は前述の巻四・五六七左注から天平二年には「治部少丞」であったことが知られるが、治部省の少丞は従六位上相当の官である。そこで、次に遣唐使人の位階を見てみたい。

『続日本紀』天平四年（七三二）八月甲戌〔四日〕条によると、大使の多治比真人広成は従四位上、副使の中臣朝臣名代《なしろ》は従五位上、その他に判官・録事各四名を任命している。判官四名のうち田口養《や》年《ね》富《ほ》、紀馬主は正六位上、（注7）平群広成は外従五位下、（注8）そしてもう一人の判官は『懐風藻』釈弁正伝に、息子の秦朝元《ちょうげん》が「天平年中に、入唐判官に拝《め》さる」とあることから知られる秦朝元であるが、位階は不明である。録事（主典）の四人は確認できないが、もう一人、「准判官」の従七位下大伴宿祢首名《おびとな》がいたことが知られる。（注9）「准判官」は首名の叙位記事にのみ見えるポストであるが、養老元年度の遣唐使を参酌すると「少判官」に相当すると思われる。古麻呂の位階である従六位上相当は判官と准判官の中間で、総じて判官クラスといえる。

また、『遺教経』奥書には「日本使国子監大学」とある。唐では国子監に六学が置かれているので、「国子監大学」は「国子監の大（太）学の（留）学生」の意味かとも思われる。遣唐使一行は八月に蘇州に到着したが（『冊府元亀』巻九七一朝貢四）、饑饉が続くなか、ただちに入京、あるいは太学への入学が許可されたとは思えない。きわめて短期の留学という可能性がないわけではないが、（注10）「日本使国子監大学」とあるのは、判官クラスの使人で、日本の式部省大学寮の官人の意味と解しておく。二月八日、古麻呂は京（長安）を発っているが、古麻呂の足取りを参酌すれば、遣唐使一行が長安での拝朝を果たさず、正月二十六日に東都洛陽へ行幸した玄宗《げんそう》を追って二月に洛陽に向かい、四月に方物を献

じたと解することができよう。(注11)

ちなみに、古麻呂は天平十年(七三八)には兵部大丞(正六位下相当)となっている(「官人歴名」『大日古』24ノ七四)。天平二年から八年もあるので傍証にはならないが、帰国して一階昇叙されたとみることができる。「朋古満」を古麻呂に比定して齟齬は生じない。

天平五年度の遣唐使で注意されるのは、この一行に伝戒師招請を任とした栄叡《ようえい》・普照《ふしょう》が加わっていた点である。古麻呂と栄叡・普照との関係は不明であるが、古麻呂が鑑真を強硬に同行した縁はここにあったと思われる。ともあれ、古麻呂が天平勝宝四年度の遣唐副使となったのは、このような入唐経験が買われてのことであろう。

二　鑑真の来朝

(一) 大宰府

鑑真を乗せた大伴古麻呂の第二船は、天平勝宝五年(七五三)十二月二十日に薩摩国阿多《あた》郡秋妻屋《あきめや》浦《うら》(現鹿児島県坊津町字秋目)に到着し、六日後の十二月二十六日に鑑真は延慶に率いられて大宰府に入った。

廿六日辛卯、延慶師和上を引《ゐ》て大宰府に入る。天平勝宝六年甲午正月十二日丁未、副使従四位上大伴宿祢胡満(ママ)麻呂、大和上の竺志《つくし》大宰府に到れるを奏す。(『東征伝』)

大宰府に着いた副使の古麻呂は早速鑑真来朝の旨を朝廷に伝えた。『続日本紀』天平勝宝六年正月壬子［十六日］条には「入唐副使従四位上大伴宿祢古麿来帰《まうけ》り。唐僧鑒真・法進ら八人随《したが》ひて帰朝《くゐでう》す」とある。古麻呂は大宰府に着くと、一月十二日に鑑真の来朝を奏したが、その奏状が平城京に届いたのが十六日と考えてよかろう。大宰府からおよそ五日ほどで平城京に伝えられていることから、この伝達は飛駅で行われたことが知られる。飛駅は大宰府―平城京間を四日ないし五日で走ったと指摘されており、(注12)その日数に合致する。大宰府―平城京間の新たな飛駅の例としえよう。

鑑真ら一行が大宰府のいずれに滞在したかは不明であるが、ただちに思い浮かぶのは『日本書紀』に見える、新羅使（持統紀二年二月）、あるいは耽羅《たむら》使（持統紀二年九月）などを迎接した「筑紫の館《むろつみ》」である。『万葉集』巻十五に収載される天平八年（七三六）の遣新羅使人の歌には「筑紫の館に至り、本郷《くに》を遥かに望み、悽愴《せいさう》して作る歌四首」（巻十五・三六五二〜三六五五題詞）があり、日本から外国へ派遣される使節にもこの筑紫館が利用されていたことが知られる。もっともこの場合は、猛威を振るう伝染病対策であったかもしれない。

志賀《しか》の海人《あま》の　一日《ひとひ》も落ちず　焼く塩の　辛き恋をも　我《あれ》はするかも　（巻十五・三六五二）

志賀の浦に　いざりする海人　家人《いへびと》の　待ち恋ふらむに　明かし釣る魚《うを》　（巻十五・三六五三）

右の遣新羅使人の歌によれば、志賀の海に近い、のちの鴻臚館がそれに該当しよう。しかし、鑑真一行が僧侶集団であることからすると、筑紫観世音寺に滞在した可能性がある。

（二）難波

さて、鑑真ら一行がいつ大宰府を発ったかは不明であるが、天平勝宝六年（七五四）二月一日に難波に到着している。恐らく、海路瀬戸内海を進み難波津に上陸したのであろう。古麻呂は鑑真一行より一足早く一月三十日に帰朝報告をしている。『続日本紀』には蓬莱宮《ほうらいきゅう》（大明宮）含元殿での新羅使人との席次争いが記されるのみであるが、鑑真来朝に関わる報告もなされたに違いない。

『東征伝』には「二月一日到難波、唐僧崇道等迎慰供養（二月一日難波に到る。唐僧崇道《すうどう》ら、迎へ慰めて供養す）」とある。難波に到着すると、唐僧の崇道が迎接したと簡略に記すのであるが、『東征伝』の原史料である思託《したく》の鑑真伝（以下『広伝』と略す）にはやや詳しい記事がある。

勝寶六載甲午二月一日、至難波駅国師郷僧崇道及大僧正行基弟子法義等、設供共叙寒暄。

（『東大寺要録』所引『大和上伝』）

この『広伝』の記事の冒頭部分は難解である。安藤更生氏は「難波駅の国師郷についた」と解されているが、(注13) 注意されるのは、『東征伝』には簡略に「難波に到る」とあって「難波駅国師郷」とはない点である。

まず、難波駅であるが、『延喜式』によると、摂津国の駅としては草野駅、須磨駅、葦屋駅の三駅がある。難波駅は見えないが、延暦二年（七八三）に西成郡の「江北」（堀江の北）にあった東大寺の荘

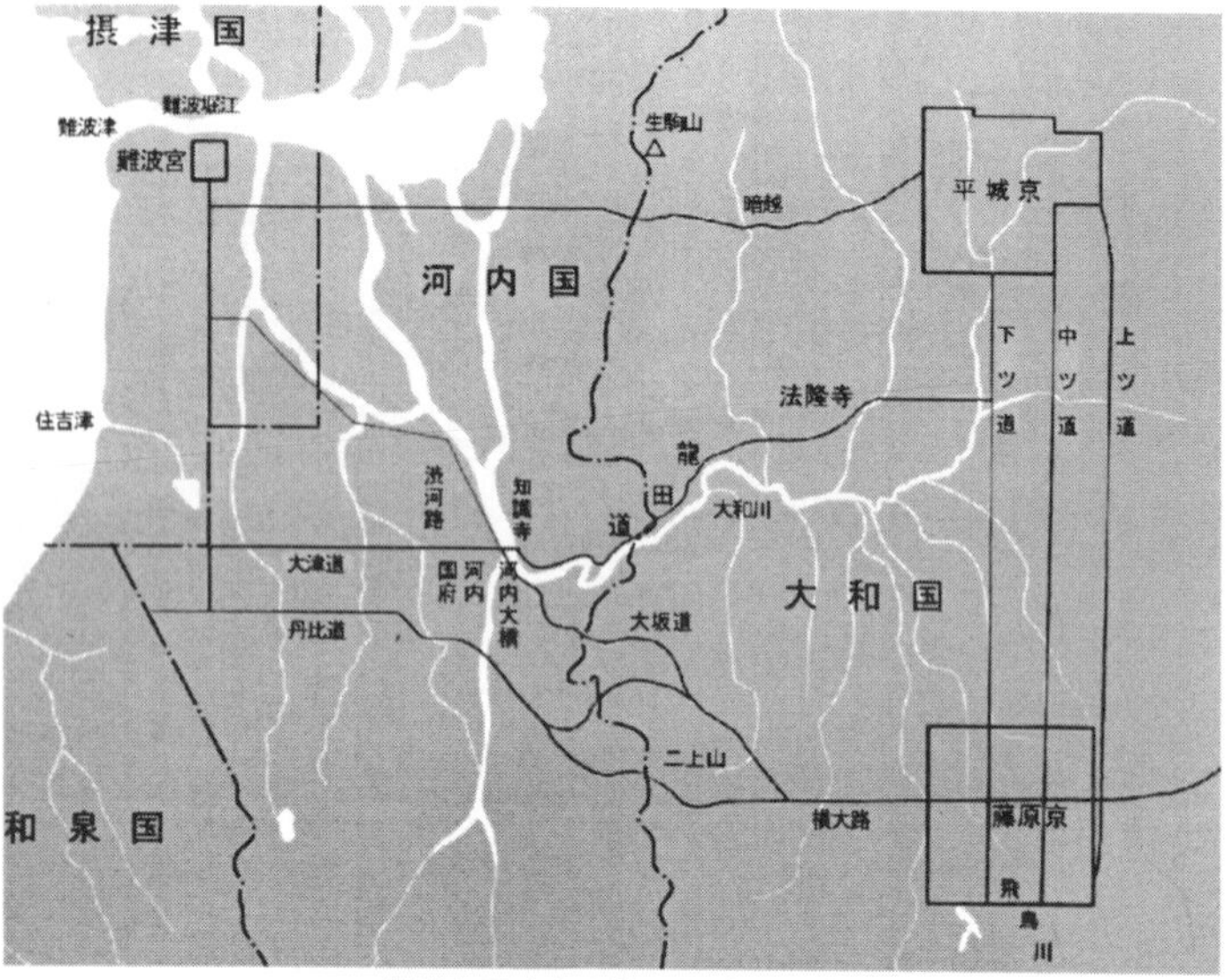

難波と平城京を結ぶ道（８Ｃ頃）

地を官有地として駅家を設置している。[注14] 難波は水上交通のみならず陸上交通にあっても要衝の地であったので、それ以前に駅家が置かれたとして不思議ではないが、確認できない。

『続日本紀』には来朝した新羅使節を迎接・送別した外交用の施設「難波館《なにはのむろつみ》」が見える（大宝三年閏四月一日条、天平勝宝四年七月戊辰〔二十四日〕条）。このことを勘案すると、思託は難波津に設けられた交通・餞迎施設である客館を「難波駅」と表記した可能性も考えられる。

次に「国師郷」であるが、「国師郷」という郷名も確認できない。「国師」で想起されるのは大宝二年（七〇二）二月に各国に任じられた僧である国師のことである（『続日本紀』）。天平神護元年（七六五）以後には、大国師、少国師が置かれ、[注15]その後、延暦十四年（七九五）八月に「国師」の称は、「講師」と改称されている。[注16]この国師に着目すれば、右の『広伝』の文は「難波駅に至る。国師・郷僧・崇道」と解せるのではなかろうか。

　そこで次に「郷僧」が問題となるが、『東征伝』を参酌すれば「唐僧」の伝写の間の誤ではないかと疑われる。しかし、同じ『広伝』の文中では唐から来朝した僧道璿を「大唐僧道璿」と記している。「郷僧」を「本郷（唐）の僧」の意、あるいは中井真孝氏の指摘にあるように「郷土（唐）の僧」の意[注17]と解するのが穏当であろうか。従って『広伝』の文は「国師である郷（唐）僧の崇道」の意で、「国師の郷（唐）僧崇道及び大僧正行基《ぎょうき》弟子法義《ほうぎ》ら、設供して共に寒暄《かんけん》（挨拶）を叙ぶ」と読めよう。

　このようにみると、鑑真の来朝にともない、その迎接に唐僧の国師崇道や行基の弟子の法義らが派遣されたことになる。この場合、崇道は迎接のために臨時に派遣されたのではなく、摂津国の国師として迎接の任に当たったと思われる。外国への窓口である難波津の所在する摂津国には、外国僧への対応のために、中国語に通じている唐僧崇道を国師に任じていた可能性が高い。

　しかし、そればかりではあるまい。『大僧正記』（池底本）[注18]「十弟子」の歴名には「法義法師〈土師氏〉」「崇道法師〈大唐蘇氏〉」とある。法義に関しては『広伝』の「大僧正行基弟子法義等」という記述とも合致し、行基の弟子であったことは誤りなかろう。崇道については、歴名注に「大唐の蘇氏」の出身としており、『東征伝』や『広伝』に見える唐僧崇道と同一人物とみてよかろう。しかし、これをもって崇道が行基の弟子であるとすることは躊躇される。というのは『広伝』に「国師郷（唐）

僧崇道と大僧正行基弟子法義」とあり、法義は明確に行基弟子とされるのに対して、崇道は行基の弟子とはないからである。

そこで、『行基年譜』年代記を見ると、行基の建立した所謂四十九院のうち七院が難波の地、西成郡に存していることが注意される。

天平　二年　善源院、同尼院（西成郡津守村）
天平十七年　大福院、同尼院（西城（成）郡御津村）
　　　　　　難波度院《なにわのわたりいん》、枚松《ひらまつ》院、作蓋部《さやべ》院（西成郡津守村）

行基は交通の要衝で布教活動を行い、そこに拠点を置いたのであろう。このうち難波度院は「西城（成）郡津守里」に置かれた「度布施屋《わたりのふせや》」（『行基年譜』）と対の関係にあろう。また、善源院は『行基年譜』行年六十六歳条（天平五年）に、寺内を造花荘厳し、また造花を河水に浮かべ、乗船到来した波羅門《ばらもん》僧（菩提《ぼだい》）、林邑僧（仏徹（哲））、大唐僧（道璿《どうせん》）の三人を行基が迎えたと伝え、またこの菩提迎接のことは行年七十六歳条（天平十五）にも見える。しかし、菩提、仏徹、道璿の三人が来朝し、行基が難波で迎接したのは天平八年（七三六）のことであり（「南天竺婆羅門僧正碑并序」など）、いずれも年紀に混乱があり、信用しがたいが、善源院が難波津近辺に所在したことは確認できよう。[注19]このような例からも西成郡の行基建立寺院は難波津周辺に設けられたと推測される。

行基の弟子の道義らが迎接儀礼の場に派遣されたのは、行基が菩提らの迎接を担った前例のみならず、行基建立寺院・施設を拠点とする人的・物的ネットワークが背景にあったと思われる。とするならば、崇道が行基の弟子であったとする所伝も無視し得ないものがあろう。崇道は中国語（漢語）に堪能であったばかりでなく、背後に行基信仰のネットワークを負っていたことになる。迎接に際しての行基建立寺院との連携を考慮するならば、行基弟子の摂津国師は適任であったといえる。

三　河内大橋

（一）河内国府

難波を発った鑑真一行は二月三日に「河内国」に着いた。『東征伝』は次のように記す。

> 三日至河内國、大納言正二位藤原朝臣仲麻呂遣使迎慰。復有道璿律師、遣弟子僧善談等迎勞、復有高行僧志忠、賢璟、靈福、曉貴等卅餘人、迎來禮謁。
>
> （三日、河内国に至る。大納言正二位藤原朝臣仲麻呂、使を遣して迎へ慰む。復た道璿《どうせん》律師有り。弟子僧善談らを遣して迎へ労はる。復た高行の僧志忠、賢璟《けんきょう》、霊福《りょうふく》、暁貴ら三十余人有り。迎へ来て礼謁《らいえつ》す。）

『東征伝』は「河内国に至る」と記すが、『広伝』には「河内国守藤原魚名《うをな》の庁」とある。「河内国守藤原魚名の庁」は、河内国庁、もしくは国守の館を指すと推測される。河内国府の所在は『倭名類聚抄』に「志紀郡に在り」とあり、藤井寺市付近に推定されている。『広伝』に「藤原魚名の庁」とわざわざ人名が挙げられているのは、国守の魚名は消息不明となっている第一船の大使藤原清河の弟であり、魚名がみずから接見し、消息を多々問われたことによろう。この河内国府に藤原仲麻呂が使者を派遣している。『広伝』には「大納言仲丸（仲麻呂）故《ことさら》に賀茜光順を遣して衆僧を慰労す」とあり、わざわざ使者（賀茜光順）を派遣したように記す。仲麻呂の使者派遣は、同族の大使清河のことは無論であるが、多分に留学生として渡唐した息子の刷雄《よしお》と関わろう。

大納言藤原家の入唐使らに餞する宴の日の歌一首〈即ち主人卿作る〉

天雲《あまくも》の　行《ゆ》き帰りなむ　ものゆゑに　思ひそ我《あ》がする　別れ悲しみ　（巻十九・四二四二）

岸俊男氏は右の歌を「愛児刷雄との離別を悲しむ父仲麻呂の心情がよく表現されている」歌とされている。刷雄がいつ帰国したかは確認できないが、岸氏の指摘にあるように、のちに鑑真を傷む五言一首（『東征伝』末尾）をよんでいることからすると、鑑真と刷雄の親交が深いものであったことが推測され、そのような親交が生まれた契機となったのは同じ第二船で帰国したことによる可能性が高い。(注20)

また、律師道璿が弟子僧らを派遣しているが、『広伝』には弟子僧と「二《ふたり》の近事《ごんじ》（優婆塞《うばそく》）」を派遣したと記している。母国唐からの来朝ということのみならず、僧綱《そうごう》としての配慮であろう。

(二) 河内大橋

鑑真一行は河内国府から大和川を渉り、龍田道を平城京に向かったが、この河内国府の近傍に国府の置かれた志紀《しき》郡と対岸の大県《おおあがた》郡を結ぶ「河内大橋」と呼ばれる橋があったと推測される。

河内の大橋を独り去《ゆ》く娘子《をとめ》を見る歌一首〈并せて短歌〉

しなでる　片足羽河《かたしはがは》の　さ丹塗《にぬ》りの　大橋の上《うへ》ゆ　紅の　赤裳裾引《あかもすそび》き　山藍《やまあゐ》もち　摺《す》れる衣着《きぬき》て
ただ独《ひと》り　い渡らす児《こ》は　若草の　夫《つま》かあるらむ　橿《かし》の実の　ひとりか寝《ぬ》らむ　問はまくの　欲《ほ》
しき我妹《わぎも》が　家の知らなく　（巻九・一七四二）
大橋の　頭《つめ》に家あらば　ま悲しく　独《ひと》り去《ゆ》く児《こ》に　宿貸さましを　（巻九・一七四三）

巻九・一七六〇左注に「右の件の歌は、高橋虫麻呂が歌集の中に出でたり」とあることから、右の二首も「高橋虫麻呂歌集」の歌と考えられている。坂本信幸氏は藤原宇合《うまかい》（馬養）と虫麻呂の関係から、この歌を難波宮造営に関わる往還の際の歌で、「橋の頭《つめ》の歌垣の風俗を背景にして、相聞的情調でもって歌った歌」とされている。(注21)

宇合は神亀三年（七二六）十月に知造難波宮事に任じており、その後天平四年（七三二）三月に知造難波宮事として賜物に与っているので、その間は知造難波宮事であったことが確認できる（『続日本紀』）。坂本氏に従えばこの時期に作られた可能性が高いことになる。しかし、「春三月に、諸の卿大夫等の、難波に下る時の歌二首并せて短歌」（巻九・一七四七〜一七五〇）は、天平六年三月の聖武天皇難波行幸の際の下検分、ないし準備のために下向した時の歌とされる。（注22）また、それに続く「難波に経宿《やど》りて明日《あくるひ》に還《かへ》り来る時の歌一首并せて短歌」（同・一七五一〜一七五二）をその翌日の歌とみるむきもある。（注23）「高橋虫麻呂歌集」の成立については天平十一年四月以降とする説もあるが、（注24）歌の作られた時期としては神亀三年から天平四年の間、さらには天平六年の可能性も無いわけではない。ともあれ、いずれにしても河内大橋はその頃に存在していたと推測される。

歌中の「片足羽河」については大和川説、石川説などがあり定まらないが、注目すべきはこの橋を「大橋」と呼んでいることであり、河内大橋は大和川と石河の合流点、龍田道が大津道と渋川路に分岐する交通の要衝に架けられた丹塗りの立派な橋であったとみられる。（注25）

この河内大橋はその後損壊、もしくは流失し、河内国大県郡家原里の人々が労力の提供を行って再架橋されたと推測されている。和歌山県伊都郡花園村の医王寺旧蔵の「家原邑知識経《いえはらむらちしききょう》」と呼ばれる『大般若波羅蜜多《だいはんにゃはらみた》経』巻四二一の奥書には次のようにある。（注26）

竊以、昔河東化主、諱万福法師也。行事繁多、但略陳耳。其橋構之匠、啓於曠河、般若之願、發於後身。此始天平十一年迄来十二年冬、志未究畢、迹偃松嶺。是以改造洪橋、花影禅師、四弘之願、發於寶椅、一乗之行、継於般若、汎導汎誨、良父良母。于茲吾家原邑男女長幼、幸預其化、心託本主。謹敬加寫大般若経二帙廿巻、繕餝已畢。此第四十三帙并第五十二帙也。仰誓、辱捧一豪（毫）之善、威（咸）報四恩之重。伏願、人頼三益之友、家保百年之期、廣者小善餘祐、普及親疎、自他相携、共遊覺橋。

奉仕知識伯太《はくた》造畳売《たたみめ》

天平勝寶六年（七五四）九月廿九日

（竊《ひそか》に以《おもんみ》れば、昔、河東の化主《けしゅ》、諱《いみな》は万福法師なり。行事繁多にして、但《ただ》略し陳《の》ぶるのみ。其れ橋構の匠を曠河《こうか》（広い河）に啓《ひら》き、般若《はんにゃ》の願を後身に発《おこ》す。此《ここ》に天平十一年（七三九）より始めて来る十二年冬に迄《いた》るも、志、未だ究畢《きゅうひつ》せずして迹《あと》を松嶺に偃《ふ》す（亡くなる）。是《ここ》を以て洪橋を改め造る花影《かえい》禅師、四弘《しぐ》の願ひを宝椅に発《おこ》し、一乗の行を般若に継ぐ。汎《ひろ》く導き汎く誨《おし》へ、良《まこと》に父、良《まこと》に母なり。茲《ここ》に吾が家原の邑の男女長幼、幸にして其の化（教化）に預り、心を本主に託し、謹み敬ひて、大般若経二帙廿巻を加え写し、繕餝《ぜんしょく》（つくろい飾る）已に畢《おは》りぬ。此の第四十三帙、并びに第五十二帙なり。仰ぎ誓はくは、辱《かたじけな》くも一毫の善を捧げ、咸《ことごと》く四恩の重きに報《むく》いん。伏して願はくは、人は三益の友に頼り、家は百年の期を保ち、広く小善の余裕を普《あまね》く親疎に及ぼし、自他相携へて、共に覚橋（彼岸に渡る橋。悟りを開く）に遊ばんことを。）

右の奥書については、ア、奥書に見える「家原邑」は、孝謙天皇が参拝した河内国大県郡の「智識、山下、大里、三宅、家原《いへはら》、鳥坂《とりさか》等七（六）寺」（『続日本紀』天平勝宝八歳［七五六］二月二十五日条）の家原寺のある地である。この家原寺は柏原市安堂町の安堂廃寺に比定されている。イ、「河東の化主」と呼ばれた万福法師が架橋事業を起こしたが、志半ばで亡くなってしまった。そこで花影禅師がその志を継ぎ、架橋と写経の功徳のために家原邑の人々を募り、『大般若波羅蜜多経』を書写した。ウ、知識による架橋事業は「覚橋」の願いの実践ともいうべき事業である、といった点が指摘されている。(注27) 架橋工事を行っていた天平十二年といえば、二月に聖武天皇が家原の地の北にある智識寺（太平寺廃寺）の盧舎那仏を礼拝し、大仏造立を決意した年でもある。

しかし、この願文で確実なのは天平勝宝六年には『大般若経』第四十三帙と第五十二帙の二十巻の写経が完成したという点であり、架橋については曖昧である。この経巻と同文の奥書をもつ同帙の巻が残存しており、そこには「奉仕知識牧田《まきたの》忌寸《いみき》玉足売《たまたりめ》」（巻四二五）、「奉仕知識馬《うまの》首《おびと》宅主売《やかぬしめ》」（巻四三〇）とあり、また奥書はもたぬものの、同日の記載のある同帙経巻に「奉仕知識家原里 私《きさきべの》 若子刀《わかこと》自《じ》」（巻四二六）、「奉仕知識家原里 文牟《ふむ（ふみ）の》 史《ふひと》広人《ひろひと》」（巻四二九）らが見え、(注28) これらの人々は家原里の住人、もしくは河内に本貫をもつ人々である。

写経が終了した天平勝宝六年（七五四）を架橋完成の下限とすると、天平十二年（七四〇）冬の頓挫から天平勝宝六年頃まで十五年近くも橋は未完成だったことになる。家原里近くの広河で、橋を必要とする交通の要衝の地という条件からいえば右述の「河内大橋」が想起されるのであるが、未完成のままであるとすれば当然国府の干与があったと思われる。営繕令12津橋《しんきよう》道路条に「凡そ津・橋・道、路《おほぢ》は、年毎に九月の半より起りて、当界修理《たうがいしゆり》せよ。十月に訖《をは》らしめよ。其れ要路陥《お》ち壊《やぶ》れて、水を停《とど》めて、交《にはか》に行旅《ぎやうろ》廃《や》めたらば、時月に抱《かかは》れず、量《はか》りて人夫を差して修理せよ。当司《たうじ》の能《よ》く弁するに非《あら》ずは、申請せよ」とあるが、「当界修理」は国司及びその属下の郡司が九月半ばから十月中に、雑徭を用いて修理を行ったと解釈されている。[注29] また、天平勝宝元年（七四九）十月には知識寺や「石川の上《ほとり》」への行幸があった（『続日本紀』）。そのような点を踏まえれば、天平十二年冬からさほど遠くない時期に架橋を完成させ、「覚橋」の願いを込めて写経を行い、天平勝宝六年には完成させたと解しておきたい。

しかし、それにしても実際の架橋については具体性に乏しい。かつて鬼頭清明氏は、この奥書は現実の造橋事業を述べたものではなく、涅槃の岸に至る「覚橋」の思想を語るもので、天平十一年から翌年にかけて未完に終わったのは書写事業だけであったとされている。[注30] 教化僧万福法師とそれを受け継いだ花影禅師の福田行（利他行）として、知識による架橋・写経事業はふさわしい。しかし、「宇治橋断碑」などと異なり、写経の奥書である点からすると、「橋構の匠を曠河《こうか》に啓《ひら》き」は煩悩の大河を悟りに導く教化僧を、「洪橋」「宝椅（橋）」「覚橋」は彼岸へ渡る橋の意とも理解され、ここで述べられているのは「覚橋」の願いに結集した共同体的結合（知識結《ちしきゆい》）を中核とする写経事業とみる余地がなお残る。

鑑真一行が河内から平群に向かったのは天平勝宝六年二月である。写経完成の七ヶ月前のことになるが、恐らく鑑真一行は「河内大橋」を渡って龍田道を京に向かったであろう。

四　龍田道

河内国府と平城京を結ぶ往還の峠道は「龍田道《たつたぢ》」（『続日本紀』宝亀二年二月二十一日条）と呼ばれた。[注31]

龍田道は難波と飛鳥を結ぶ交通路としても重視され、天武八年（六七九）には大坂山と並んで龍田山に関が置かれている（天武紀八年十一月条）。『万葉集』にも龍田越えの歌が散見する。その一つに天平四年八月に西海道節度使に任じられた藤原宇合《うまかい》（馬養）が筑紫へ向かった際の虫麻呂の壮行歌がある。

四年壬申、藤原宇合卿、西海道の節度使に遣はさるる時に、高橋虫麻呂が作る歌一首〈并せて短歌〉

白雲の　竜田の山の　露霜《つゆしも》に　色付《いろづ》く時に　打ち越えて　旅行く君は　五百重山　い行きさくみ　賊守る　筑紫に至り　山のそき　野のそき見よと　伴の部を　斑ち遣はし　山彦の　応へむ極み　たにぐくの　さ渡る極み　国状を　見したまひて　冬ごもり　春去り行かば　飛ぶ鳥の　早く来《き》まさね　竜田道《たつたぢ》の　岡辺の道に　丹《に》つつじの　にほはむ時の　桜花　咲きなむ時に　山たづの　迎へ参ゐ出む　君が来まさば　（巻六・九七一）

歌中には「白雲の　竜田の山の　露霜《つゆしも》に　色付《いろづ》く時に　打ち越えて　旅行く君は……」とあり、宇合は平城京から龍田道を通って難波に向かったことが知られる。

難波と平城京を結ぶ龍田道は、後述する新羅使や唐使などの外国使節や西海道節度使などが往来する重要な交通路であった。また、天平勝宝八歳（七五六）四月、難波に行幸していた聖武太上天皇、孝謙天皇らの一行は渋河路を取って知識寺の南の行宮に至り、平城宮に還っているが（『続日本紀』）、

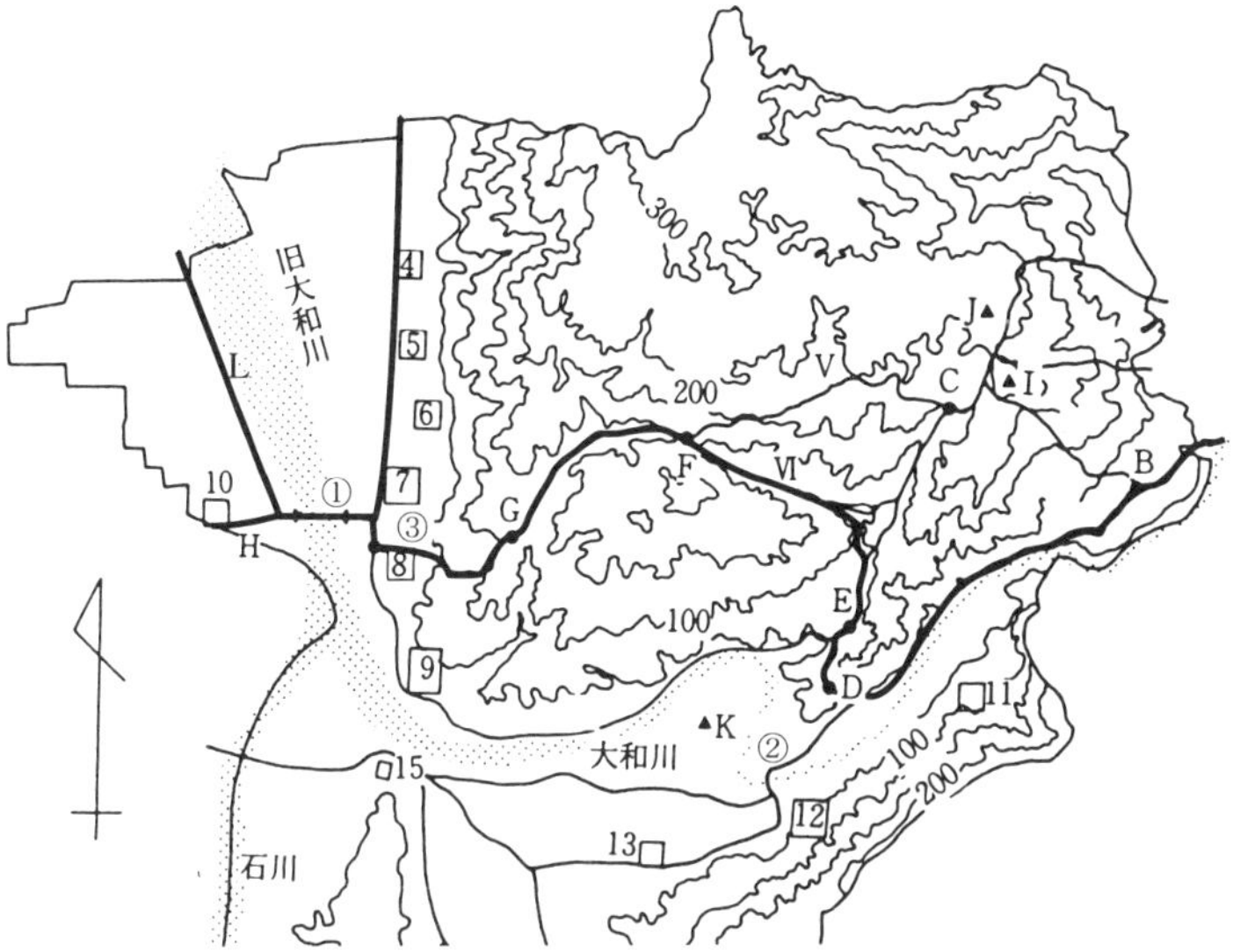

中河内の古代道（安村俊史氏原図）

B．峠八幡
C．雁多尾畑
D．切越
E．金山彦神社
F．横尾
G．津越
H．大津道
I．とめしょ山
J．ござ峰
K．芝山

①．推定河内大橋
②．青谷遺跡
（竹原井頓宮跡）
③．智識寺南行宮
4．平野廃寺（三宅寺跡）
5．大県廃寺（大里寺跡）
6．大県南廃寺（山下寺跡）
7．太平寺廃寺（智識寺跡）
8．安堂廃寺（家原寺跡）
9．高井田廃寺（鳥坂寺跡）
10．船橋廃寺
11．東条尾平廃寺
12．河内国分寺跡
13．河内国分尼寺跡

龍田道を通って平城宮に還幸したとみて誤りあるまい。龍田道は知識寺南の行宮や竹原井《たかはらい》の行宮（頓宮）などへの行幸の道でもあった。（注32）斑鳩宮付近では「其の路鏡の如くにして、広さ一町許《ばかり》なり。直《なほ》きこと墨縄《すみなは》」のようだったという（『日本霊異記』下巻・第十六縁）。

さて、この龍田道を京に向かった鑑真一行の足どりを追うと、『東征伝』はいきなり入京のことを記す。

四日入京、勅遣正四位下安宿王。五日於羅城門外、迎拜慰勞、引入東大寺安置。五日、唐道璿律師、波羅門菩提僧正來慰問、宰相右大臣、大納言已下官人百餘人、來禮拜問訊。……（『東征伝』）

（四日、京に入る。勅して正四位下安宿王を遣し、［五日］、羅城門の外に於て、迎拝慰労して、東大寺に引き入れ安置す。五日、唐道璿《どうせん》律師、波羅門《ばらもん》菩提《ぼだい》僧正来りて慰問し、宰相・右大臣・大納言已下官人百余人、来りて礼拝問訊す。……）

『東征伝』は四日に入京、五日に羅城門外で迎拝慰労があったと記すが、入京と羅城門外での迎拝慰労との関係に混乱がある。『広伝』に拠ると、二月三日に河内国府に宿泊し、翌四日には「平涼駅」に宿泊する予定であったが、勅使に促され、平涼駅では「歇息《けっそく》（休息）を略《はぶ》きて少時にして」京に向かい、「南閭門《なんりょもん》」で安宿《あすかべ》王の慰労を受けた。さらに東大寺に迎えられ良弁の案内で大仏を礼拝し、客堂に滞在した。五日には律師道璿や婆羅門僧正らが訪れたと解せる。

『広伝』に従えば、『東征伝』の「五日於羅城門外」の「五日」は衍字《えんじ》であろう。「平涼駅」については、早く坂本太郎氏が「涼」は「椋」、もしくは「群」の伝写の誤りか、思託が唐風に思い誤ってかいたものとされているように、(注33)平群駅を指すとみられる。平群駅は『日本霊異記』中巻第十七に、岡本尼寺から盗まれた観音六体が、平群駅西方の小池から発見されたと伝える。平群駅が奈良時代に存在したことは確実である。

また、『広伝』は安宿王が「南闈門」で衆僧を慰労したと記すが、『東征伝』を参酌すれば「南闈門」は羅城門を指すと考えて誤りあるまい。平城京の羅城門(南闈門)外の三橋《みはし》(三椅)で迎接儀礼が行われたことは、『続日本紀』に新羅使(和銅七年[七一四]十二月己卯[二十六日]条)や唐客(宝亀十年[七七九]四月庚子[三十日]条)の例が知られる。難波から龍田道を経由して入京した使節を、武官が騎兵を率いて迎接している。「三椅」「三橋」は、平城京朱雀大路の南端、羅城門外の佐保川に架けられた橋で、三つ並んで架けられた橋の意味だという。(注34)大和郡山市に上三橋、下三橋の地名が残る。

ところで、鑑真一行を迎接慰労した安宿王は長屋王の遺児である。ここで想起されるのは『東征伝』に記される長屋王が唐に施入した袈裟《けさ》の伝説である。(注35)

又聞、日本国長屋王、崇敬仏法、造千袈裟、来施此国大徳衆僧。其袈裟縁上繡著四句曰、山川異域、風月同天、寄諸仏子、共結来縁、以此思量、誠是仏法興隆有縁之国也。

(又聞く、日本国の長屋王は、仏法を崇敬して千の袈裟を造り、来たして此の国の大徳・衆僧に施す。其の袈裟の縁上に四句を繡著して曰はく「山川は域を異にすれども、風月は天を同じくす。諸の仏子に寄せて、共に来縁を結ばん」と。此を以て思量するに、誠に是れ仏法興隆に有縁《うえん》の国なり。)

戒師招請のために入唐した栄叡・普照は天平十四年（七四二、唐・天宝元）楊州の大明寺の鑑真を訪ね、渡日を懇請した。鑑真はその要請に決意を固めるが、日本が仏教に有縁の地である根拠の一つとして、長屋王の袈裟施入の伝説をあげている。長屋王の施入した袈裟の縁上に繡著された「四句」（頌偈《じゅげ》）は鑑真の心を揺り動かし、来朝の機縁の一つとなった。安宿王が鑑真迎接の使者とされたのは、そうした鑑真渡海の由縁を知っての起用であったと思われる。

ところで、鑑真が日本へ渡海すべく決意したもう一つの機縁は「倭国王子慧思後身説」である。鑑真は「昔聞く、南岳慧思禅師《なんがくゑしぜんじ》遷化《せんげ》の後、倭国の王子に託生《たくしょう》し、仏教を興隆して、衆生を済度《さいど》せり」（『東征伝』）と答え、日本との仏縁の根拠としている。中国南北朝時代の高僧慧思が転生し、倭国王子となったという伝説である。倭国王子は日本では聖徳太子とされる。このような聖徳太子慧思後身説は奈良時代後半、鑑真あるいは一門の思託《したく》が創り出したとみる説が有力であるが、広島大学本太子伝『七代記』所引『大唐国衡州衡山《こうしゅうこうざん》道場釈思禅師《しゃくしぜんじ》七代記』（以下『釈思禅師七代記』と略す）には慧思の「倭州天皇」転生説が記録されており、[注36]藏中進氏はこの伝説が奈良時代以前に遡及する可能性を指摘されている。[注37]慧思倭州天皇転生説はこの書に引用される「碑下題云（碑の下に題して云はく）」に続く文、つまり碑文に「倭州天皇彼所聖化（倭州の天皇、彼《そ》の聖化する所に）」云々と銘記されていたと伝える。その分注識語《しきご》には「李三郎帝（玄宗）即位の開元六年歳次戊午二月十五日、杭州銭唐（塘）館に写し竟んぬ」とあり、この『釈思禅師七代記』は開元六年（七一八・養老二）二月十五日、涅槃会《ねはんえ》の日に杭州銭塘館で書写したものであるという。鑑真が渡日する仏縁となった長屋王の袈裟施入伝説、あるいは慧思倭国王子転生説は、鑑真や思託が創り出したと見る向きもあるが、倭州天皇慧思後身説が唐で七一八年以前に唐で流布していた可能性は高い。

注意されるのは識語にある開元六年という年である。前年十月には日本の遣唐使が朝貢しており（『冊府元亀』巻九七四・外臣部褒異一）、開元六年はこの養老二年度の遣唐使がちょうど帰国した年に当たる。書写したのは識語に二月十五日と仏涅槃の日を記していることからすると、僧侶の可能性が高い。東野治之氏は『釈思禅師七代記』は、開元六年（七一八・養老二年）杭州の銭塘館という公的宿泊所に、遣唐使とともに帰国を待っていた留学僧道慈が書写したものとされ、慧思禅師倭州天皇転生説と聖徳太子とを結びつけたのは道慈である可能性がきわめて高いと指摘されている。(注38)

このようにみると、鑑真はすでに唐土で栄叡・普照から慧思禅師聖徳太子転生説を聞いていた可能性もある。龍田道を旅した鑑真は法隆寺の伽藍を格別の感をもって望んだであろう。律令国家にとって龍田道は、使節等を餞迎する儀礼の道・ハレの道であった。しかし、そこを通る者にとってそのもつ意味は異なる。長屋王の息子安宿王との出合い、慧思転生説に関わる法隆寺、鑑真にとっては渡日する決意を固めた仏縁に関わる旅路であった。

以上、鑑真が渡海し、入京するまでの足取りを追いながら、その道筋に関わる若干の問題に触れた。経典奥書の史料性など論じ残したことは多いがひとまず筆を擱くこととしたい。

＊『大日古』は『大日本古文書』の略、『寧』は『寧楽遺文』の略。

＊万葉集は『新編日本古典文学全集萬葉集』（小学館）に拠ったが、一部改めた所がある。
＊『唐大和上東征伝』は『寧楽遺文』による。

注1　井上薫「阿倍仲麻呂・大伴古麻呂の機知と鑑真渡日」（続日本紀研究会編『続日本紀の諸相』塙書房、二〇〇四年）、鐘江宏之「大伴古麻呂と藤原仲麻呂」（『学習院大学文学部研究年報』第五十一輯、二〇〇四年度）など参照。

2　石山寺一切経の調査に当たられた佐藤信氏は「朋古満」を「羽右満」と釈読され（『石山寺古経聚英』解説、のちに佐藤信「石山寺所蔵の典籍聖教（抄）」『古代の遺跡と文字資料』名著刊行会、一九九九年）、その後、「羽右満」を羽栗吉麻呂に比定、「国子監大学」を、国子監の六学の一つ太学の留学生と解されている（「日唐交流史の一齣」奈良古代史談話会『奈良古代史論集』第一集、一九八五年）。なお、王勇氏は佐藤説を敷衍され、「傔人」吉麻呂を太学で留学生仲麻呂とともに侍読した経歴から、「日本使国子監大学」と尊称したとされる（『唐から見た遣唐使』講談社、一九九八年）。

3　青木和夫『奈良の都』（日本の歴史3、中央公論社）の表「遣唐使の構成と手当」など参照。後述する『入唐求法巡礼行記』の現存本は正応四年（一二九一）の写本であるが、船師佐伯金成の遺品を受けとった人物は「傔従井俫替」と記されている。

4　佐伯有清「入唐求法巡礼行記にみえる日本国使」（『日本古代の政治と社会』吉川弘文館、一九七〇年。初出、一九六三年）

5　佐藤信・注2「日唐交流史の一齣」

6　矢野健一「「井真成墓誌」と第一〇次遣唐使」（専修大学・西北大学共同プロジェクト編『遣唐使の見た中国と日本』朝日新聞社、二〇〇五年）、東野治之「井真成の墓誌と天平の遣唐使」（特別展『遣唐使と唐の美術』図録、朝日新聞社、二〇〇五年）など参照。
7　『続日本紀』天平八年十一月戊寅〔三日〕条
8　『続日本紀』天平十一年十月丙戌〔二十七日〕条
9　『続日本紀』天平八年十一月戊寅〔三日〕条
10　藏中進・井上薫両氏は、古麻呂を国子監管轄下の大学に在籍した留学生とされている（藏中進「鑒眞渡海前後―「日本使国子監大学朋古満」の周辺―」『神戸外大論叢』24―3、一九七三年、井上薫前掲注1。
11　『旧・新唐書』、及び『冊府元亀』巻九七一朝貢四
12　直木孝次郎「大宰府・平城京間の日程」（『奈良時代史の諸問題』塙書房、一九六八年、初出一九六二年一月）。青木和夫「飛駅の速度」（『日本律令国家論攷』岩波書店、一九九二年、初出一九六九年）。
13　安藤更生『鑑真』（吉川弘文館、一九六七年）一七五頁。
14　延暦二年六月十七日「太政官牒」（『平安遺文』1ノ一、『大日古』（「東大寺文書」3ノ六一六）。栄原永遠男「難波堀江と難波市」（『古代を考える　難波』吉川弘文館、一九九二年）を参照。
15　天平神護元年四月二十八日付「因幡国高庭荘券」（『大日古』5ノ五二七）、宝亀三年（七七二）九月二十三日付「出雲国国師牒」（『大日古』6ノ三九七〜八）、『日本霊異記』下巻第十九など。なお、拙稿「古代北陸の宗教的様相」（『越の万葉集』高岡市万葉歴史館論集6、笠間書院、二〇〇三）を参照されたい。
16　延暦二十四年十二月二十五日太政官符（『類聚三代格』、『貞観交替式』など）
17　『新修大阪市史』第一巻（一九八八年）九四四頁。
18　『大僧正記』は吉田靖雄氏の校訂になる宮内庁書陵部所蔵の池底本による（吉田靖雄「行基の弟子に

ついて」『行基と律令国家』吉川弘文館、一九八六年)。
19 善源院については、吉田靖雄・前掲書注18、一九三頁、及び二五八頁注48・49を参照。
20 岸俊男『藤原仲麻呂』(吉川弘文館、一九六九年)。
21 坂本信幸「「河内の大橋を独り去く娘子を見る歌」について」(大谷女子大学『国文』二八号、一九九八年三月)。
22 武田祐吉『増補萬葉集全註釋』(角川書店、一九五六年)、坂本信幸・前掲注21など。
23 井村哲夫「高橋虫麻呂―第四期初発歌人説・再論」(『憶良・虫麻呂と天平歌壇』翰林書房、一九九七年)。
24 井村哲夫・前掲注23。
25 河内大橋については安村俊史「河内国大県郡の古代交通路」(柏原市古文化研究会編『河内古文化研究論集』和泉書院、一九九七年)、中西康裕「大津道に関する一考察」(『続日本紀研究』二七三、一九九一年)など参照。
26 『大日古』25ノ一七二、『寧』中巻、六二三頁。昭和二十八年の水害で亡失した。本文の釈文については、五来重「紀州花園村大般若経の書写と流伝」(『大谷史学』五、一九五八年)掲載の奥書写真を参照した。
27 五来重・前掲注25、井上正一「奈良朝における知識について」(『史泉』二九・一九六四年)、中井真孝『日本古代の仏教と民衆』(評論社、一九七三年)、和田萃「行基の道略考」(『環境文化』第五十八号、一九八三年　昭和五十八年)、勝浦令子「行基の活動と畿内の民間仏教」(『日本古代の僧尼と社会』吉川弘文館、二〇〇〇年)、舘野和己『日本古代の交通と社会』(塙書房、一九九八年)。井上氏は架橋工事と写経は併行して進められ、共に天平勝宝六年九月二十九日に完成したとされ、奥書署名の男女比率から、架橋工事に男性が、写経に女性が加わったと指摘されている。また和田氏は、橋が完成したとみられる天平勝宝六年九月に家原邑の女性たちが写経を行ったとされ、勝浦氏も天平勝宝六年までに工事を完成させたことが記されており、工事とともに『大般若経』書写が行われていると指摘されている。

28 『大日古』25ノ一七二～一七四、『寧』中巻六二三～六二四頁。巻四二九奥書には「牟文史広人」とあるが、同奥書の「文牟史」を参酌して「文牟史」と改めた。

29 舘野和己「律令制下の渡河点交通」前掲書27所収。

30 鬼頭清明「奈良時代の民間写経について」(『日本古代都市論序説』法政大学出版局、一九七七年)

31 龍田道については岸俊男「大和の古道」(『日本古代宮都の研究』岩波書店、一九八八年)、安村俊史・前掲注25などを参照。新川登亀男氏は奈良時代の龍田道を「アジアの表道」、「儀礼の道」、「ハレの道」などと呼んでいる(「平城遷都と法隆寺の道」王勇・久保木秀夫編『奈良・平安朝の日中文化交流―ブックロードの視点から―』農村漁村文化協会、二〇〇一年)。

32 南河内の行宮については塚口義信「竹原井頓宮と知識寺南行宮に関する二、三の考察」(『古代史の研究』四号、一九八二年)を参照。

33 坂本太郎「大和の古駅」(末長先生古稀記念古代学論集、一九六七年。のち『古典と歴史』一九七二年。のち坂本太郎著作集第八巻『古代の駅と道』吉川弘文館、一九八九年)

34 瀧川政次郎「平城京の羅城門」(『京制並に都城制の研究』角川書店、一九六七年)

35 藏中進「「山川異域　風月同天」の周辺」(『唐大和上東征伝の研究』桜楓社、一九七六年)など参照。藏中氏は「山川異域　風月同天」の句を、渤海王武芸の国書冒頭の「山河異域、国土不同」(『続日本紀』神亀五年正月甲寅［十七日］条)をヒントにしたものとされる。

36　『七代記』(『寧楽遺文』下巻所収)による。光定《こうじょう》『伝述一心戒文《でんじゅついっしんかいもん》』巻下(伝教大師全集)に引用される『上宮厩戸豊聡耳皇太子伝』などにもほぼ同文がある。

37　藏中進「『聖徳太子慧思禅師託生説』の周辺」前掲書35所収、初出一九七三年九月。なお、聖徳太子慧思後身説については飯田瑞穂「聖徳太子慧思禅師後身説の成立について」(『飯田瑞穂著作集1』吉川弘文館、二〇〇〇年、初出一九六八年)に、有用な学説整理がある。

38　東野治之「歴史の中の鑑真和上」『国宝　鑑真和上展』図録、二〇〇一年)、同「日唐交流と聖徳太子信仰ー慧思後身説をめぐって」(関西大学東西学術研究所『東と西の文化交流』関西大学出版部、二〇〇四年)

(補注) 脱稿後、勝浦令子氏に「鑑真迎接からみた外国僧迎接儀礼の特質」(あたらしい古代史の会編『王権と信仰の古代史』吉川弘文館・二〇〇五年)があるのを知った。拙稿と問題を共通にする部分もあるが、主眼は俗人外交使節との比較による外国僧迎接儀礼の特質の抽出に置かれている。拙稿と観点を異にする論考であり、参照されたい。

編集後記

平成十七年度は当館の開館十五周年の年に当たり、多忙をきわめた。十月七日に企画展示室を模様替えして第五回企画展「天平万葉」をオープンした。こうした仕事の上に二十数年ぶりという積雪である。この年の論集執筆の悪戦苦闘は館員にとって忘れがたいものになるだろう。

さて、今年のテーマは「道」である。「道」の概念は多様で、『万葉集』にも交通路としての「道」の他に、「遊びの道」（大伴旅人）や「世間の道」（山上憶良）の例がある。詳細は小野館長の巻頭の論考をご覧いただきたいが、前者は方面やその筋の意味を、後者は道理やあり方を示すという。また、「ますらをの行くといふ道」（聖武天皇）といった専門の仕事、専門分野を意味する用例もあるという。

今回の企画では、交通路としての「道」をテーマに、万葉に詠まれた「道」、陸の道、川の道、海の道、あるいは王者の旅である行幸の道、悲劇を負った旅である配流の道、死別の道行きである葬送の道、大陸からの文物将来の道、さらには古代の官道について考察を加えていただいた。

今回も国文学・歴史地理学の分野で第一線に立つ先生方のご協力を得ることができた。ご多忙にもかかわらずご執筆いただいた先生方に深く感謝申し上げたい。また、この度も編集の労をお取りいただいた笠間書院・大久保康雄氏に厚く御礼申し上げる。

来年度、第十冊目は『女人の万葉集』と題し、女性の歌人や万葉に詠まれた女性、あるいは古代の女性について探ってみたい。どうかご期待ください。

平成十八年三月

「高岡市万葉歴史館論集」編集委員会

＊　＊　＊

写真・地図掲載にあたり、朝日新聞社、河上邦彦氏、木下良氏、古代交通研究会、国立歴史民俗博物館、武部健一氏、東京国立博物館、保育社、八木書店、山口博氏、吉川弘文館のご協力をいただきました。記して感謝申し上げます。

執筆者紹介（五十音順）

小野《おの》　寛《ひろし》　一九三四年京都市生、東京大学大学院修了、駒沢大学名誉教授。高岡市万葉歴史館館長。『新選万葉集抄』（笠間書院）、『大伴家持研究』（笠間書院）、『孤愁の人大伴家持』（新典社）、『万葉集歌人摘草』（若草書房）、『上代文学研究事典』（共編・おうふう）ほか。

影山尚之《かげやまひさゆき》　一九六〇年大阪府生、関西学院大学大学院博士課程後期課程単位取得退学。園田学園女子大学国際文化学部教授。「聖武天皇と海上女王の贈答歌」（『萬葉』第百六〇号）、「恋夫君歌（巻十六・三八一一～一三）の形成（『萬葉』第百八四号）など。

川崎《かわさき》　晃《あきら》　一九四七年東京都生、学習院大学大学院修士課程修了、高岡市万葉歴史館学芸課長。『遺跡の語る古代史』（共著・東京堂）、「聖武天皇の出家・受戒をめぐる臆説」（『政治と宗教の古代史』所収、慶應義塾大学出版会）ほか。

木下《きのした》　良《りょう》　一九二二年長崎県生、京都大学大学院中途退学。元國學院大學教授。古代交通研究会会長。『国府―その変遷を主にして―』（教育社・歴史新書）、『古代を考える　古代道路』（編著・吉川弘文館）、『道と駅』（大巧社）ほか。

藏中《くらなか》　進《すすむ》　一九二八年山口県生、大阪市立大学大学院修了、神戸市外国語大学名誉教授。文学博士。『唐大和上東征伝の研究』（桜楓社）、『則天文字の研究』（翰林書房）ほか。

佐藤《さとう》　隆《たかし》　一九四七年名古屋生、皇學館大学大学院修了、中京大学教授。文学博士。『大伴家持作品論説』（おうふう）、『万葉史を問う』（共著・新典社）、『大伴家持作品研究』（おうふう）ほか。

新谷秀夫《しんたにひでお》　一九六三年大阪府生、関西学院大学大学院修了、高岡市万葉歴史館主任研究員。『万葉集一〇一の謎』（共著・新人物往来社）、「藤原仲実と『萬葉集』」（「美夫君志」60号）、「『次点』の実体」（「高岡市万葉歴史館紀要」10号）ほか。

関《せき》　隆司《たかし》　一九六三年東京都生、駒沢大学大学院修了、高岡市万葉歴史館主任研究員。『西本願寺本万葉集（普及版）巻第八』（おうふう）、「大伴家持が『たび』とうたわないこと」（『論輯』22）ほか。

高松寿夫《たかまつひさお》　一九六六年長野県生、早稲田大学大学院中退、早稲田大学教授。『古代和歌　万葉集入門』（トランスアート）、「万葉歌の表現と漢詩の表現」（『アジア遊学別冊　日本・中国　交流の諸相』）ほか。

田中夏陽子《たなかかよこ》　一九六九年東京都生、昭和女子大学大学院修了、高岡市万葉歴史館研究員。「有間皇子一四二番歌の解釈に関する一考察」（『日本文学紀要』8号）ほか。

森《もり》　斌《あきら》　一九四六年生、成城大学大学院博士後期課程単位終了。広島女学院大学文学部教授。『万葉集作家の表現』（一九九三年十月）。「大伴家持亡妾を悲傷する歌群の特質」（『広島女学院大学国語国文学誌』二〇〇五年十二月）ほか。

渡瀬昌忠《わたせまさただ》　一九二九年兵庫県生、國學院大學旧制学部卒、元実践女子大学文学部教授・元大東文化大学文学部教授。文学博士。『渡瀬昌忠著作集（全九巻）』（おうふう）、「万葉集雑歌史の出発」（『万葉集研究』27集）ほか。

高岡市万葉歴史館論集 9

道《みち》の万葉集《まんようしゅう》

平成 18 年 3 月 31 日　初版第 1 刷発行

編　者　高岡市万葉歴史館©
発行者　池田つや子
発行所　有限会社　**笠間書院**
〒101-0064　東京都千代田区猿楽町 2-2-5
電話 03-3295-1331(代)　振替 00110-1-56002
印　刷　壮光舎
製　本　渡辺製本所
ISBN 4-305-00239-6

乱丁・落丁本はお取り替えいたします。

出版目録は上記住所または下記まで。

http://www.kasamashoin.co.jp

高岡市万葉歴史館論集

各2800円（税別）

①水辺の万葉集（平成10年3月刊）
②伝承の万葉集（平成11年3月刊）
③天象の万葉集（平成12年3月刊）
④時の万葉集（平成13年3月刊）
⑤音の万葉集（平成14年3月刊）
⑥越の万葉集（平成15年3月刊）
⑦色の万葉集（平成16年3月刊）
⑧無名の万葉集（平成17年3月刊）
⑨道の万葉集（平成18年3月刊）
⑩女人の万葉集（平成19年3月刊）

笠間書院